# 煉獄の獅子たち

Purgatory Lions

Akio Fukamachi

深町秋生

角川書店

装丁　國枝達也
写真　Hidehiko Sakashita/Moment Open/Getty Images

◉登場人物相関図

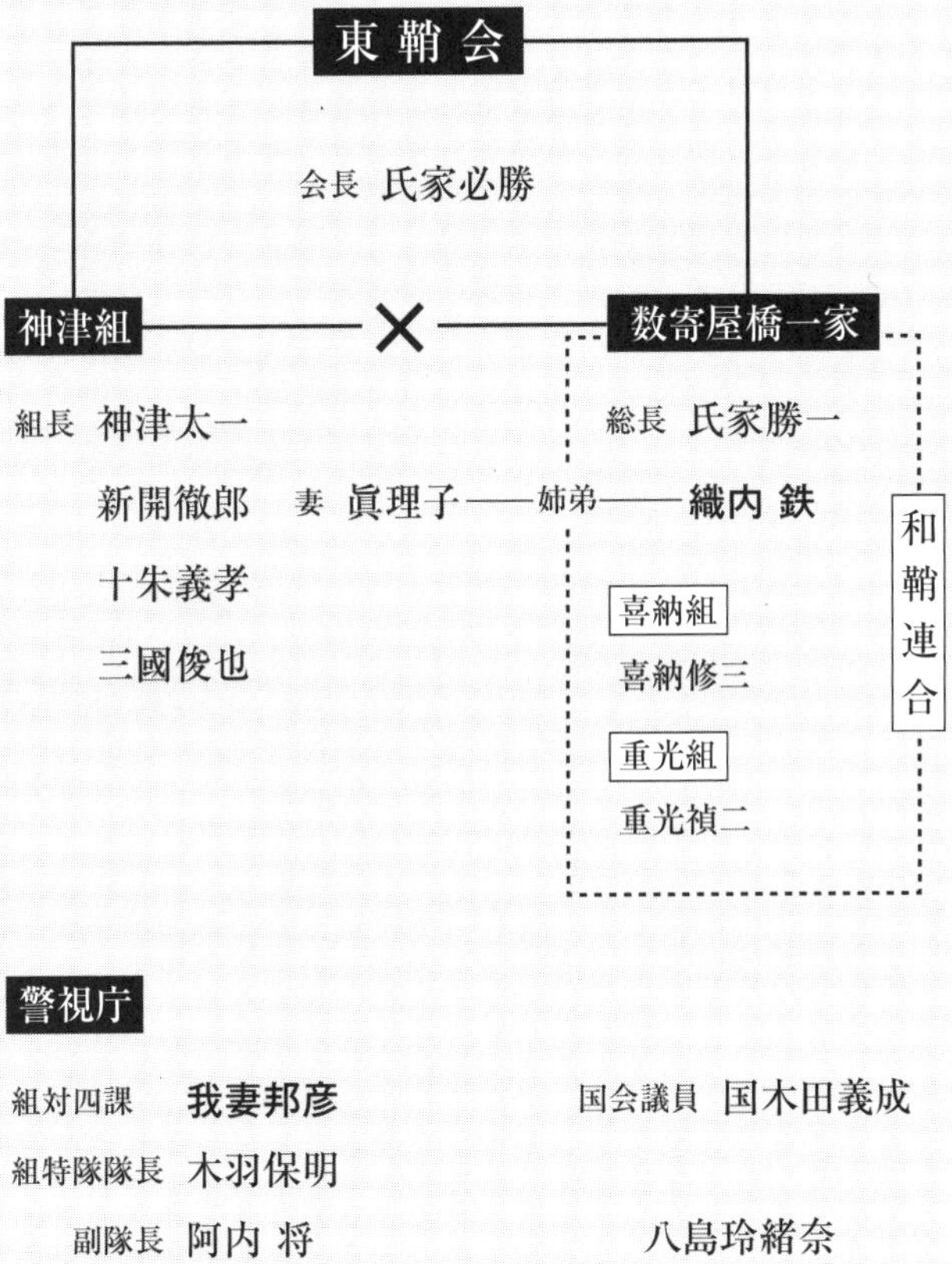
東鞘会
会長　氏家必勝
神津組
数寄屋橋一家
組長　神津太一
新開徹郎
十朱義孝
三國俊也
総長　氏家勝一
妻　眞理子——姉弟——織内 鉄
喜納組
喜納修三
重光組
重光禎二
和鞘連合
警視庁
組対四課　我妻邦彦
組特隊隊長　木羽保明
副隊長　阿内 将
国会議員　国木田義成
八島玲緒奈

# 1

我妻邦彦《あづまくにひこ》は最後のガムを噛《か》んだ。

ミントの刺激的な辛さが口内に広がったが、眠気はしぶとく頭に居座り続けた。朝の陽光が車内を暖めている。

ドリンクホルダーのエナジードリンクに手を伸ばして、プルトップに指をかける。

運転席の浅見濠《あさみごう》が、不安そうに我妻を見やった。

「あの、班長」

「なんだず」

「いえ……その」

浅見は目を伏せた。

我妻は鼻を鳴らした。浅見は体重九十キロを超える巨漢だ。岩石のようなごつい顔つきのおかげでヤクザに間違われるが、いたって慎重で真面目な刑事だった。

「わがったよ」

部下の諫《いさ》めに従い、缶をドリンクホルダーに戻した。一時的に眠気を追い払えても、注意力はかえって散漫になる。すでに缶コーヒーや栄養ドリンクを何本も飲んでおり、過剰にカフェインを摂取し続けていた。ミニバンの車内はコーヒーと栄養ドリンクが混ざり合った臭いがこもっていた。

山形の田舎で生まれ育って、今日《こんにち》に到るまで運動や鍛錬を怠った覚えはない。それでも三十代半ばになってから、徹夜がやけに応《こた》えるようになった。警視庁組織犯罪対策第四課に配属されてから一年。休みなく働き続けたせいもあるが、身体が重く感じられ、張り込みのたびに目や腰が痛みを訴える。

浅見がふいに前のめりになった。五つ歳下の部下は、我妻とは対照的に目を皿のようにして見張り続けている。緊張しているのか、肩に力が入っているようだ。

「来ました」

マンションの入口から、黒のスウェットを着た女が姿を現した。我妻は目をこらす。後部座席の部下も色めき立つ。

杉谷実花《すぎたにみか》だ。櫛《くし》で整える暇はなかったらしく、長い茶色の頭髪はひどく乱れていた。顔の半分をマスクで隠し、両手でトートバッグを抱えながら、警戒するようにあたりを見回している。

我妻らがいるミニバンから、マンションまでは二十メートルほど離れている。それでも実花だとすぐに視認できた。彼女は左目に青タンをこさえていたからだ。

はじめは慎重だった実花の足取りは、ミニバンに近づくにつれて速くなった。やがて小走りになり、我妻たちへ向かってくる。

「乗せてやれ」

後部座席の部下に声をかけた。

実花がミニバンに乗りこむと、部下が即座にスライドドアを閉じた。実花からはすっぱい汗の臭いがした。苦しげに肩で息をする。

朝五時の月島《つきしま》の住宅街には、ウォーキングに励んでいる老夫婦ぐらいしかおらず、筋者の姿は見当たらない。

我妻は実花の肩を軽く叩《たた》いた。

「眠ってんのが、やっこさん」

実花がマスクを取り、首を横に振った。

「起きてる。テレビをガン見してるから、その隙に……」

我妻は腕に注射をするフリをした。

「やってんのが」

実花が唇を噛んでからうなずく。

三人の部下たちの間に緊張が走った。本庁のマル暴とあって、全員がシャブ中の恐ろしさを知っている。柔道やレスリングで鍛えた猛者《もさ》であっても、覚せい剤でぶっ飛んだ人間には敵《かな》わない。

我妻はさらに尋ねた。

「娘は？」

「……寝室に」

実花が救いを求めるような目を向けてきた。

彼女は我妻と大差ない年齢にもかかわらず、目の周りの肌はひどくたるみ、額には何本もの皺《しわ》が刻まれて老女のようだ。夫と同じく覚せい剤の泥沼にどっぷりとはまり、そこから這《は》い出るために勇気を振り絞って警視庁に協力を申し出ていたのだ。

実花は極道の妻《おんな》だった。夫の杉谷博昭《すぎたにひろあき》は、首都東京に巣くう東鞘会《とうしょうかい》系の構成員だ。銀座《ぎんざ》を根城にした二次団体の数寄屋橋《すきやばし》一家の若衆で、自身も組の看板を掲げる組長でもある。ただ、組長とは名ばかりで、杉谷に子分はいない。ひとり組長というやつで、実花にさんざん身体を売らせ、その売上をクスリに注ぎこんできたクズ野郎だ。

厳冬の時代といわれる今の暴力団には、杉谷のような極貧ヤクザは珍しくない。構成員約七千人を誇り、関東《かんとう》最大の広域暴力団の東鞘会も例外ではなく、海外に進出して太く儲《もう》ける者もいれば、時代の波にすっかり乗り遅れ、日々の食事代にも事欠く杉谷のような敗残者も多く、組織内で極端な二極化が進んでいる。

その手の落ちぶれヤクザは、ひったくりや強盗に走るか、振り込め詐欺の受け子や出し子に使われるのがオチだ。悲惨な末路は避けられない。

そんな落ちぶれヤクザを抱える東鞘会は警察組織にとって、もっとも脅威といえる反社会的勢力でもあった。

関東のヤクザは争いを好まないと言われてきた。国家権力とも適度につき合い、首都東京がもたらす甘い汁を享受する。関西《かんさい》ヤクザと違って拡張主義を取らず、お上にも逆らわずに共存共栄で生きる。かつては東鞘会も例外ではなく、牧歌的な気質があったという。

当代の会長の氏家必勝《うじいえまさかつ》は、その甘さが東鞘会を遠からず崩壊させると危惧《きぐ》を抱き、関東の団体のなかでいち早く改革に踏み切った。四年前のことだ。

警察やマスコミとのつき合いを一切禁止し、情報を漏らした者は即座に破門。鉄の掟《おきて》を設けて規律の引き締めを図るとともに、組織の国際化を目論《もくろ》み、少子化や高齢化社会に喘《あえ》ぐ日本国内に留《とど》まらず、著しい経済成長を見せる東南アジアや中国に進出した。

現在の東鞘会でもっとも太く稼いでいるのは、暴対法や暴排条例の及ばない新興国で開拓に励んだ構成員たちだった。

ビジネスはおもに日本人相手で、はじめは現地で飲食店を開き、ドラッグ密売や売春に手を染め、頃合いを見て裏社会の中心に躍り出る。あとは日本と同じだ。表社会にも手を広げ、公共工事を日本のゼネコンに回して手数料を得るといった、従来の手法を使って荒稼ぎをする者もいる。

氏家の右腕である会長代理の神津太一《こうづたいち》は、海外進出を目指す組員に対して積極的に後押しした。低利でカネを貸しつけ、時には腕自慢の兵隊も送りこんだ。

当然ながら現地のマフィアと揉《も》め事を繰り返しているが、閉塞《へいそく》感の漂う日本を飛び出して、極道本来の暴力性を発揮し、銃弾を浴びてでもシノギをぶん捕ろうと、野心をたぎらせる組員は後を絶たない。

一方で、氏家と神津は古い体質を引きずった者を容赦なく切り捨ててきた。そんななかで改革についていけない者も少なくなかった。杉谷はそのひとりだ。

実花がトートバッグを差し出した。なかには文化包丁や果物ナイフ、それに刃渡り二十センチはある白木の匕首《あいくち》があった。

「危ないものは、できるだけ持ってきたよ」

実花は洟《はな》をすすった。青タンを涙で濡《ぬ》らし、彼女は哀願するように頭を下げる。

「だから……」

「警察を頼ったからには、悪いようにはしねえ。任せどげ」

「お願い……娘が。莉央《りお》が」

実花は濡れた目で訴えてきた。その意味を理解する。

「行くぞ」

実花から部屋の鍵《かぎ》を受け取り、我妻はミニバンを降りた。

五月の湿った風が頬をなでる。部下のひとりにボルトカッターを用意するように告げる。

浅見が無線のマイクを摑《つか》むと、マンションの裏手で張りこんでいる月島署員三名に声をかけた。

我妻も合わせれば、七人もの捜査員で踏みこむことになる。それでも、一同の表情は冴《さ》えなかった。

三ヶ月前、組対五課の薬物捜査係の捜査官が、関西系ヤクザの自宅兼事務所を急襲した。ヤクザはクスリをキメたばかりで、ひどい被害妄想に囚《とら》われ、枕の下には長大なサバイバルナイフを隠していた。

腕に覚えのある捜査員らが、暴れるヤクザを取り押さえようと立ち向かったが、狂犬のようにサバイバルナイフを振り回され、大いに手を焼いた。全員が防刃ベストを着用しており、生命にかかわる傷は免れたものの、若手のひとりが耳を切り落とされ、その上司も頬を裂かれて重傷を負った。

「急げ」

我妻は部下を叱咤《しった》して早足で向かった。スーツのボタンを外し、いつでも拳銃《けんじゅう》や特殊警棒を抜き出せるようにした。浅見たちが慌てたように追ってくる。

マンションは築三十年以上経った古ぼけた建物だった。敷地内にはスチール製のゴミ収集箱があり、大量のゴミ袋が溢《あふ》れんばかりに押しこめられていた。ろくに分別もされておらず、業者から回収を拒否され、そのまま放置されたものもあるようで、胸クソの悪い腐敗臭が鼻に届く。

エントランスのガラス扉を開けると、ロビーに設置された郵便ポストからは、たくさんのチラシがあふれて床に散乱している。壁にはコインで引っ掻《か》いたであろう傷が無数にあり、ところどころに便所の落書きのような卑猥《ひわい》な言葉やマークが描かれていた。

一階の管理人室にはゴミ収集箱と同じく、ダンボールやゴミのつまったビニール袋が天井まで山積みになっていた。ロビーのオブジェや彫像も、埃《ほこり》と蜘蛛《くも》の巣で汚れ、かえってみすぼらしさを強調している。マンション自体が、杉谷の極道人生を思わせた。

もともと、杉谷はリース業と称して、銀座の一角の数十軒の店舗から、観葉植物や絵画を貸しつける形で高額のみかじめ料を取っていた。一時は、プロ野球選手のタニマチになったり、イタリア製のスポーツカーを乗り回すなど、羽振りのいい時代もあったらしいが、暴対法と当局の締めつけで、商売は徐々に立ち行かなくなった。

追い打ちをかけるように、あるクラブの店長からみかじめ料の支払いを拒まれた。怒った杉谷は子分とともに店長に激しい暴行を加えたことで、監禁致傷などの罪で六年間を府中《ふちゅう》刑務所で過ごす羽目となった。満期で出所した二年前、組員はひとり残らず去っていた。

東鞘会は氏家の急進的な改革によって生まれ変わったが、その一方で深刻な問題を抱えていた。警察との対決姿勢を露《あらわ》にし、厳格な秘密主義を取ったことで、警察組織から狙い撃ちにされたのだ。

警察庁長官が全国の警察本部長を集めた会議で、「関西の華岡《はなおか》組と関東の東鞘会の弱体化なくして、暴力団の弱体化はありえない」と名指しで発言したほどだ。その数ヶ月後には、茨城県の土建業者を恐喝した容疑で会長の氏家必勝を逮捕している。

肝臓を患っていた必勝は、十八億円もの保釈金を積み、法廷闘争を繰り広げたが、懲役五年の実刑判決が下った。昨年から府中刑務所に収監されていたが、二週間前から獄中で肝硬変のために腹水が溜《た》まり、刑の執行停止を受けて病院に搬送されている。医師によれば、余命は長くないという。

必勝の死期が迫ったことにより、組織内の対立も顕在化した。彼の右腕として改革を推し進めてきた会長代理の神津太一と、反改革派の旗頭である理事長の氏家勝一《しょういち》が、会長の椅子をめぐって激しく睨《にら》みあっている。勝一は氏家の実子であり、改革に眉《まゆ》をひそめていた長老たちの支持を受けている。

トップが虫の息となったのを好機と捉《とら》えた警視庁は、東鞘会への攻勢を強め、構成員はもとより、準構成員のチンピラから共生者まで檻《おり》にぶちこめと、組対部に対して発破をかけている。

今朝の杉谷への朝駆けも、その作戦の一環だった。ひとり組長とはいえ杉谷は、勝一が率いる数寄屋橋一家の一員だ。

我妻は浅見らとともに階段を選び、月島署員にはエレベーターを使うように指示した。実花が部屋を抜け出したのに気づき、杉谷が外に出てくるおそれがあった。三階にある杉谷の部屋まで急いだ。機動隊から借りた鉄板入りの出動靴を履いているため、足は重たかったがモタモタしてはいられない。

杉谷の部屋の前までやって来た。玄関ドアの上には組事務所らしく、これ見よがしに監視カメラが設置してあった。だがこれは、ただのダミーだろう。

部屋からテレビの音が漏れ聞こえていた。朝のニュース番組のアナウンサーが昨夜のプロ野球の結果を伝えている。我妻は捜査員たちに目配せした。全員が顔を強張《こわば》らせる。

嚙んでいたガムをドアスコープに貼りつけ、ドアの鍵を挿しこんだ。ドアをゆっくりと開く。汚れた排水溝のような臭いがした。小さなエントランスに杉谷がパンツ一丁の姿でひっくり返っていた。眠っているわけではなく、天井をじっと見つめている。

杉谷はひどく痩《や》せこけた四十男で、妻の実花と同じく、年齢よりも老けて見える。頭は白髪だらけで、歯はボロボロだった。虎が彫られた肌はたるんでいる。病人のような見た目だが、瞳《ひとみ》には妖《あや》しい輝きがあった。

杉谷が玄関に目を向けた。

「お前ら、警察《サツ》か――」

「家宅捜索《ガサ》だ。邪魔すっぞ」

「この野郎、あっち行け！」

杉谷がすばやく立ち上がった。我妻がドアを開け放ち、他の捜査員が一斉になだれ込んだ。

「動くな！　じっとしてろや！」

浅見が令状を突きつけたが、杉谷がじっとしているはずはなかった。

杉谷が別の部屋へ駆け込んだ。

「実花！　あの売女《バイタ》、どこに行った。おれを売りやがったな！」

浅見らが土足で後を追ったが、彼らの足が不意に止まる。

キッチンから戻った杉谷が、皿や茶碗《ちゃわん》を投げつけてきた。捜査員や玄関のドアに当たり、けたたましい音を立てて砕け散る。実花の機転に感謝した。彼女が刃物を持ちださなかったら、間違いなく包丁で襲いかかってきただろう。

「あっ！」

鈍い音が鳴り、先頭の若い月島署員が膝《ひざ》をついた。

重そうなウイスキーグラスが、月島署員の額を直撃していた。彼が額にやった手から、血の滴が床に垂れ落ちる。

「公務執行妨害だ！」

「あの売女をどこにやった！　おれをナメやがって！」

杉谷が捜査員の警告を無視し、食器を休まず次々と放ってきた。刃物はなくとも、杉谷の攻撃は油断ならない。覚せい剤の力は、人間を平常の何倍も凶暴にさせてしまう。

捜査員は狭い廊下で足止めを余儀なくされ、縦一列に並んだまま身動きが取れずにいた。額を割られた月島署員を、浅見が首根っこを摑んで外へ連れだそうとする。

その浅見も痛そうに顔をしかめ、右目を手で覆った。皿が壁に当たって砕け、破片が目に入ったようだ。

ドンブリがさらに飛んでくる。今度は我妻が前に出た。ドンブリは太腿《ふともも》にぶつかって床を転がった。ガキのころから柔道と空手をやり、強烈な蹴《け》りや拳《こぶし》を山ほど喰《く》らって生きてきた。

「下がってろ」

浅見に声をかけた。彼はまだ右目を開けられずにいた。

投げつけるものがなくなったのか、小さなスプーンやプラスチックのレンゲを投げてくる。杉谷の攻撃が弱まった拍子に、激昂《げきこう》した月島署員が飛び出した。

「このクソヤクザが！」

杉谷に摑みかかろうとする。

ドスンと重たい打撃音がした。杉谷にビール瓶で首筋を殴り払われていた。

「てめえら、どこの者《もん》だ。刑事《デカ》なんて嘘っぱちだろう。おれの目はごまかせねえぞ。神津組が飛ばした鉄砲玉だろうが。おれの女をどこに売り飛ばす気だ」

我妻が先頭に出た。特殊警棒を手にしながら、杉谷と対峙《たいじ》する。

彼の目つきは危うかった。言動も妄想にまみれており、一匹の獣と化していた。

「死ね！」

杉谷がビール瓶を頭に叩きつけようとしてきた。我妻の振り上げた特殊警棒とぶつかり合ったビール瓶が、かん高い音を立てて砕け散る。

茶色い破片が頭に降り注ぐ。臆《おく》することなく前蹴りを放った。つま先が杉谷の胃袋に突き刺さる。

杉谷がヒキガエルのような声をあげ、胃液を噴き出す。身体をくの字に折り、苦しげにうめいた。すっぱい悪臭が部屋に立ちこめる。

後ろの浅見に特殊警棒を渡すと、ベルトホルスターから手錠を取り出した。

「許さねえぞ」

杉谷が胃液にまみれたまま逆襲してきた。割れたビール瓶で突いてくる。

頭を振ってかわそうとしたが、頰に熱い痛みが走った。大量の血が顎《あご》や首筋を伝う。

「我妻さん！」

捜査員らが悲鳴を上げた。

杉谷が奇声を発し、今度は腹を狙ってきた。腹に力をこめて突きを受け止めた。防刃ベストの強化繊維が、割れたビール瓶をふせぐ。

杉谷の右手首を左手で摑み、一切の手加減をせずにひねり上げた。彼の腕がねじれて、割れたビール瓶が手から落ちる。

杉谷の首に右手を伸ばし、足を絡めて大外刈りを放った。杉谷が背中から派手に倒れ、地震のように床が揺れる。

杉谷が部屋の中央にあったテーブルに頭を打って目を泳がせた。テーブルとガラス製の灰皿が大きくひっくり返り、部屋中に黒い灰が舞い上がる。

杉谷の右手首に手錠をかけようとしたところで、隣室にいる実花の娘の莉央が目に入った。十三歳のはずだが、食事をまともに摂《と》っていないのか、小学校低学年ぐらいにしか見えない。

彼女は和室の布団のうえで震えていた。タオルケットで身体を隠しているが、衣服は身に着けていないのか、肩や太腿が露になっている。頰を腫《は》れ上がらせ、鼻血で顔を赤く汚している。なにがあったのかを知った。

目の前を火花が散った。娘のほうに目を奪われすぎていた。右耳に激痛と衝撃が走り、杉谷に灰皿で殴られたのだと悟った。

右耳の裏を切ったらしく、血が首筋を流れ落ちるのを肌で感じた。殴られたショックで、グラグラと視界が揺れる。杉谷は顔を胃液と血で汚しながら、ざまあみろと言いたげに笑っていた。

捜査員らがリビングに殺到した。

「この腐れヤクザ!」「ぶっ殺してやる!」

我妻は捜査員たちに手を振った。リビングの隣室を指さす。

「お前《め》らは娘の保護に回れ。こいつはおれが仕留める」

杉谷からきつい一撃を貰《もら》いながらも、血が沸き立つのを感じた。杉谷がニヤつきながら、なおも灰皿を振り回す。

灰皿を右腕で受け止めると、杉谷の腹のうえにのしかかって、顔面に頭突きを入れた。固い衝撃が額に伝わり、杉谷は灰皿を手放した。さらに何度か鼻っ柱に頭突きをかまし、杉谷の鼻骨を砕いた。

「おっ死《ち》ね」

我妻は大きく息を吐いて立ち上がった。ふらつく身体を制御して、出動靴で上から杉谷を踏みつけた。

ガラ空きの鳩尾《みぞおち》に踵《かかと》を落としてあばら骨を砕くと、杉谷は目を飛び出さんばかりに剝《む》いた。杉谷が金魚のように空気を求めて口を開く。まだ充分ではない――。

「じゅ、充分です。死んでしまいます」

浅見に肩を摑まれた。我に返る。

「んだな」

耳の後ろに手をやると、掌《てのひら》にべっとりと血がついた。

出血はかなりひどく、視界はぐらついたままだ。アドレナリンで痛みの感覚は麻痺《まひ》していた。

杉谷が苦しげにもがいていた。血に濡れた掌をワイシャツに擦《こす》りつけると、杉谷の両腕を後ろに回して手錠を嵌《は》めた。捜査員たちが四方を取り囲み、耳や髪を引っ張るといった意趣返しをしつつ、嚙みつき防止のためにタオルを口に押しこんだ。

「出血がヤバいですよ。救急車を手配します」

浅見がハンカチを差し出した。

「いらねず。お前《め》、一晩中それで顔拭《ふ》いてたべや。便所行ったときも使ったでねが」

浅見の気配りに感謝しつつも、我妻は憎まれ口を叩いた。危うく杉谷を踏み殺すところだった。

「そうですけど……血が」

「おれのほうはいい。月島署に女性警官を手配するように言え。コワモテのおっさんばかりじゃ、あの娘が気の毒だべ」

「わかりました」

隣の和室に目をやった。

捜査員らに話しかけられた莉央は、身を縮めて震え上がっていた。敷布団には血痕《けっこん》があった。浅見ほどではないにしろ、鬼みたいな顔の男たちばかりだ。彼女の対応は女性警官に任せ、薬物検査用の簡易キットを準備するよう命じた。

杉谷を刑務所にぶちこめるだけの材料は、すでに揃っていると言ってよかった。リビングの床に注射器が転がっており、その横には精製水のボトルがあった。実花の証言によれば、杉田は入手した覚せい剤をまとめて精製水に混ぜ、いつでも注射できるように冷蔵庫に保存しておくのだという。

杉谷が捜査員に両脇を抱えられた。苦しげに息を吐き、その度にひどい口臭がした。

「これから精製水を検査すっぞ。お前《め》の尿もだ。調べるまでもなさそうだけんどな」

杉谷が瞳孔《どうこう》の開いた目を向けてきた。黒く溶けた歯を覗《のぞ》かせる。

「警察官《ポリ》みてえな口叩きやがって……てめえ、どこの田舎者《いなかもん》だ」

「警視庁組対四課だ」

「嘘つけ。てめえは極道の目してるよ。そのツラ、頭に叩きこんだからな。今度会ったときがてめえの最期だ。臓物ぶちまけるくらいに刺しまくってやる。何年かかってもやってやる」

杉谷がおかしそうに声をあげて笑った。

アドレナリンが消え失《う》せたのか、頬と耳の後ろの傷が痛みを訴えだした。我妻はにこやかな笑顔を見せると、杉谷の折れたあばら骨を再び蹴った。

2

織内鉄《おりうちてつ》は無表情を装った。

足元にはガムの銀紙や紙くずが大量に落ちていた。向かい合っている刑事どもが、へらへら嘲笑《あざわら》いながら織内にゴミを投げつけていたからだ。

看護師が織内らの間を通りかかった。剣呑《けんのん》な空気を察したのか、早足に過ぎていく。

「おう、チンピラ。ここは病院だぞ。ゴミ散らかしたまんまか」

肥った中年刑事がうなった。

中年刑事は頭を丸刈りにし、眉を極細に剃《そ》っていた。ダークスーツを身に着け、ゴールドの腕時計を巻いている。どこぞのマル暴刑事だが、ヤクザ顔負けの恰好《かっこう》だった。長椅子にどっかと座り、偉そうに股《また》を大きく開いている。

もうひとりは織内と同じくらいの年齢か。三十前後の若手で、短い髪をツーブロックにし、肌をこんがり焼いている。ワニ革のローファーなんぞを履き、振り込め詐欺にでも精を出していそうな半グレみたいだった。

若手は噛んでいたガムを銀紙に吐き出すと、丸めたそれを織内に投げつけた。さっきから頭の悪い嫌がらせを繰り返している。

パイプ椅子に腰かけていた織内は、屈《かが》んで床のゴミを拾うと、スーツのポケットに入れた。

中年刑事がたるんだ顎をしゃくった。

「まだゴミが落ちてるぞ」

「そうですか」

織内は肩をすくめた。

「『そうですか』じゃねえ。てめえのことだ。でっかいゴミが落ちてやがる」

中年刑事が指を差すと、若手が声をひそめて笑った。織内は顔をそむけてやりすごす。

今どきヤクザでもこんなチンケな因縁のつけ方はしない。腹は立たなかったが、蠅のようにわずらわしくはある。目の前にある病室のスライドドアを見やった。

「こら、粗大ゴミ。口が利けねえのか」

若手が挑発したときだ。

病室から銃声のような大きな物音がした。刑事が顔色を変える。テーブルを叩いた音だろう。

織内はスーツの襟を正して立ち上がった。スライドドアが勢いよく開く。

病室から現れたのは氏家勝一だ。唇を小刻みに震わせ、肩で息をしていた。ひと目で激怒しているとわかった。

病室のベッドに目を走らせた。身体を起こしている氏家必勝の姿が見えた。

織内は息を吞《の》んだ。いくつもの管につながれた必勝の顔はやつれ、死相が浮かんでいた。苦渋に満ちた表情で、息子の勝一の背中を見つめている。

必勝はオールバックの黒髪とボディビルダーのような肉体をトレードマークとし、覇道を突き進んだ東鞘会の象徴だった。七十近くになってもベンチプレスを欠かさず、髪をマメに黒く染めては精力的な姿を誇示し続けた。

しかし、四人である今はまっ白な坊主頭で、分厚い筋肉の鎧《よろい》も消え、ふた回りほども小さくなったようだ。見てはいけないものを見た気がした。

中年刑事が勝一に嚙みついた。

「なんだ、若様。親子喧嘩《げんか》か。死にぞこないの親父と揉めるなんてよ。親不孝な小倅《こせがれ》だな」

勝一の身体から怒気が噴き出した。織内は刑事との間に割って入った。

「勝一《オヤジ》、行きましょう」

勝一をエレベーターへ促すが、中年刑事がなおも煽《あお》ってきた。

「その様子じゃ、どうやら跡目は神津のようだな」

「刑事さん！」

織内は声を張り上げ、中年刑事の挑発をかき消した。微笑んでみせる。

「ずいぶんマブい時計してますよね。ロレックス・デイトナじゃないですか」

腕時計を褒め称《たた》えながら、電話をかけるフリをした。中年刑事の顔が強張る。

権力に酔っぱらった警官には隙がある。汚職しているんだと、自らアピールせずにはいられない愚か者だ。

調子こいてると、監察に密告《チンコロ》するぞ。遠回しに脅し上げると、ふたりの刑事は口を閉じた。

廊下やエレベーターホールには、他にも制服警官たちが詰めていた。勝一をガードしながら一階に降りる。

必勝が入院しているのは、芸能人や政治家といったセレブ御用達《ごようたし》の大病院だ。一階のロビーには大きなグランドピアノが置かれ、吹き抜けを備えた広大な空間がある。高級ホテルのような雰囲気であるために、正面玄関に立っている機動隊員たちがことさら浮いて見える。連中はヘルメットとプロテクターを着用し、ライオットシールドを手にしていた。織内らに無遠慮な視線を投げかけてくる。

正面玄関の車寄せには、勝一のジープ・グランドチェロキーが待機していた。装甲車のような力強さを感じさせる高級SUVだ。運転手の沓沢《くつざわ》が頭を下げて出迎える。ジープの後ろには、護衛が乗ったシボレーが控えている。

織内は後部ドアを開けつつ、あたりの警戒に当たった。警官がひしめく病院の前で、音を鳴らすバカがいるとは考えにくいが、神津派には図抜けた策士や腕自慢が何人もいる。勝一は父親を気づかって、なにも身に着けてはいなかった。織内は防弾と防刃を兼ねたベストを着用し、勝一とともに後部シートに乗りこんだ。

数寄屋橋一家を束ねる勝一の秘書兼護衛になって、半年が経とうとしていた。影武者役も兼ねている。勝一とは背恰好が似ているうえに、彼の性格も熟知していた。そのため一家の下っ端でありながら、彼の秘書に抜擢《ばってき》されたのだ。

今日の勝一は、縁起の悪い黒のスーツではなく、濃いネイビーの上下にブラウンのネクタイという姿だ。織内も同じ色のものを選んだ。

髪型も勝一に似せた。勝一はかつての父のように、艶《つや》のある黒髪をオールバックにしていた。クセの強い髪質の織内は、銀座のサロンに毎月安くないカネを払って縮毛矯正をし、髪をストレートにしなければならなかった。

お揃いの恰好で、まるで漫才師だ――神津派の連中は嘲笑うが、用心が足りずに死んだ極道は数えきれないほどいる。もはや、虚勢を張っていられる状況でもなかった。勝一とは反目《ハンメ》の神津も、最近は屈強なボディガードを何人も従えている。

沓沢がハンドルを握り、病院の敷地を出た。青山《あおやま》通りを走る。その間、激しい歯ぎしりの音がしていた。病院の建物や警官どもの姿が見えなくなっても、勝一の怒りは未《いま》だ治まっていない。

勝一がパンチを振るった。左拳が織内の顔に当たり、歯茎に痛みが走る。拳は相変わらず石のように硬い。生臭い血の味が口のなかに広がってゆく。

勝一は襟首を摑み、血走った目で睨んでくる。

「おれは世間知らずのボンボンか」

「違います」

口を開くと血があふれるため、勝一の顔に血が飛ばないように、慎重に口を開いた。

「おれは誰だ」

「数寄屋橋一家の氏家勝一総長です」

今度は裏拳を喰らった。

一度目のパンチほどの威力はないが、鼻っ柱を打たれ、意思とは無関係に涙がにじむ。

「おれは誰だ」

「数寄屋橋一家の総長であり、東鞘会の理事長です」

勝一にしばらく睨まれた。

やがて彼は白い歯を覗かせ、織内の襟首から手を離した。堪《こら》えきれなくなったように笑い出す。

「鉄、あんな刑事《デコスケ》、もっと早く黙らせないとダメだろ。危うく木っ端役人を殴って懲役行くところだった。また、おれにクサいメシ食わせる気だったのか？」

「すみません」

「ドヤ顔で腕時計なんざ指摘しやがって。おれが病室を出る前に言っておけよ。あんまり段取りが悪くて噴きだしそうになったぞ。瀕死《ひんし》の父親の前で笑ったら、それこそシャレにならねえだろうが」

勝一が唇を指さした。

織内は断りを入れてから、ポケットに手を伸ばし、ハンカチで顎の血を拭《ぬぐ》った。

「自分でも呆《あき》れかえりました」

「まったくよ……」

勝一は笑いながら、頬を涙で濡らしていた。

「会長を見たか？」

「はい」

勝一がマールボロをくわえる。織内はロンソンで火をつけた。

「あの筋肉ダルマが、あんなになるなんてな。人違いじゃねえかと思った」

「小さくなられたのは否めませんが、あの病院には会長の主治医もいることですし、これからは快復に――」

マールボロの煙を吹きかけられ、思わず目を閉じる。

「気休めはたくさんだ。腹を割れ」

「わかりました」

織内は咳払《せきばら》いをしてから答えた。

「府中刑務所が、わざわざ刑の執行停止を決めたくらいです。長くはないでしょう。一週間か、一ヶ月かはわかりませんが」

「死相が出てた。目なんかもまっ黄色でよ」

沓沢がちらちらとルームミラーに目をやっていた。勝一が運転席をつま先で小突く。

「運転に集中しろ」

「は、はい」

街道レーサーだった沓沢は卓越した運転技術を持っているが、組織の未来を左右する事態を耳にし、動揺しているようだ。タオルで掌の汗を何度も拭っている。もっとも、落ち着いて聞いていられる組員など、そうはいないだろうが。

勝一が紫煙を見つめながら呟《つぶや》いた。

「死んだ祖父《じい》さんも、使い回しの針で彫り物入れちゃ、肝臓をダメにしちまって、最期はあんな感じだったな。かりに保《も》ったとしても、今の会長に満期まで勤められるだけの体力はねえ」

勝一の涙が顎を伝って落ちた。

若いころの勝一は、アウトローとして生きることを決意していた。親の七光りと言われるのを嫌い、自分の腕と才覚のみでギャング組織を一から作り上げた。

アメリカ西海岸の不良文化に影響を受けた彼は〝池袋《いけぶくろ》モブス〟なるカラーギャングの頭目となり、闇金や外車ディーラー、会員制クラブなどを経営する一方、元暴走族OBとも交流を持ち、芸能人やセレブとのコネを築いた。いわゆる半グレとして、東京の裏社会で顔を売った。わざわざ極道の道を選ばずとも、ひとかどの実業家として成功しただろう。

今の日本において、極道の看板など背負ったところでメリットなどありはしない。当局や社会から睨まれるだけで、世間の日陰者として生きることを余儀なくされる。

勝一が東鞘会に加わったのは、警察組織と対立し、公共の敵と名指しされながらも、看板を守ろうとする父を支えたかったからだ。

息子の渡世入りに反対していた必勝だったが、息子の強い意志に折れ、教育にはひときわ厳しいといわれる側近の喜納修三《きなしゅうぞう》のもとに預けた。

理由もなく木刀やゴルフクラブが飛び交う喜納組で、勝一も特別扱いされることなく、二年の部屋住み修業を積むと、ギャング時代のコネを活かし、都内に企業舎弟をいくつも設立した。

手持ちの芸能人やグラビアアイドルを使って、名うての会計士や弁護士を抱きこむと、彼らがもたらす情報を駆使し、株式投資で成功を収めた。

わずか三十歳にして、大正時代から続く老舗《しにせ》団体・数寄屋橋一家の総長に君臨すると、上部団体の東鞘会内でも頭角を現し、ナンバー3という地位を勝ち取った。

関東の首領《ドン》を父に持った者の宿命かもしれなかったが、勝一には「ボンボン」「七光り」という悪評がずっとつきまとう。半グレ時代からともにいるが、織内もそれが間違いなのを知っていた。

〝池袋モブス〟の時代から、勝一は一貫して茨《いばら》の道を歩み続けた。カラーギャング同士の抗争では最前線で戦い、誰よりも傷を負っている。

凶暴性を売りにしていた埼玉・朝霞《あさか》のギャングと揉めたときもそうだ。当時の織内はケンカ上等を標榜《ひょうぼう》し、敵のメンバーを安全靴で蹴りまくっては何人も病院送りにしていたため、朝霞のギャングからひときわ憎まれていた。池袋の居酒屋から出てきたところを、連中に拉致《らち》され、朝霞市内の印刷工場で激しいリンチを受けた。

勝一が工場に殴りこみをかけてくれなければ、北関東の山に埋められたはずだ。

勝一がスマートなリーダーであるなら、自らバットを手にして敵中に飛びこみ、敵といっしょにお縄になることはなかっただろう。そのスタイルは関東ヤクザの顔役となった今も変わっていない。

勝一は父の声色を真似て、江戸《えど》弁で話し出した。

「お前《めえ》さんはなにを焦ってやがる。六代目《ろくでえめ》は神津だ。あいつも老い先短《みじけ》え年寄りさ。三年もすりゃ、理事長のお前《めえ》が七代目だぜ」

織内は眉をひそめた。

「会長が、本当にそう仰《おつしや》ったんですか」

「だから、言っただろう。人違いじゃねえかってよ。官《カン》が偽者をでっちあげたんじゃねえかとさえ思ったさ。身体が弱ったせいなのか、刑務所《ムショ》ボケしたのかはわからねえ。なんだって、あの氏家必勝が、そんな寝ぼけたことを口にするんだかな」

勝一が頬を歪《ゆが》めた。怒りはすでに消えていたが、代わりに深い悲しみに襲われているようだった。

氏家必勝は極道界の改革者と呼ばれた。日本国内の小さなパイを、お上の目を盗んでチマチマと奪い合う。そんな現状を打破するために海外進出に乗り出した。多くの子分が必勝の打ち出した方針に惚《ほ》れこみ、野望を抱いて突き進んだ。勝一もそのひとりだ。

改革に伴って多くの血も流れた。タイではバンコクの印僑《いんきょう》とトラブルになり、現在も激しい抗争を繰り広げている。先月は、組員がオフィスごとダイナマイトで吹き飛ばされたばかりだ。

その結果、多くの利権を手中に収めたのは、ナンバー2の神津太一が率いる神津組だった。地元マフィアと衝突し、政治家や役人を苦労して懐柔したと思っていたところで、最後に現れた神津にうまい汁を吸われた幹部も少なくはない。会長の必勝が逮捕されてからは、その傾向に拍車がかかった。

組織内でシノギがバッティングしようものなら、神津に近しい人間に有利な裁定が下された。勝一も例外ではなく、数寄屋橋一家はミャンマーの都市開発の利権をめぐって神津組と揉め、神津から手を引くように命じられた経緯がある。

必勝が提唱した改革により、東鞘会は勢力を拡大させた。だが、潤ったのは神津組を中心とした一派ばかりだという不満が、東鞘会内で渦巻いていた。

必勝が裁判に負けて下獄すると、神津は陰で必勝を〝先代〟と呼ぶようになったと言われている。囚人で重病人の必勝は引退したも同然で、自分こそが東鞘会のボスだとうそぶいているという。父を敬愛していた勝一には許しがたい発言であり、神津は改革を利用して私利私欲に動いた利己主義者と見なしていた。

そんな状況にあって、必勝は跡目を神津に譲り、その次は息子の勝一に継がせるという。修羅場を潜り抜けた必勝らしからぬ言葉だった。二次団体の末席にいる織内でも、権力闘争がそんな甘いものではないのを知っている。

もし神津が六代目の座につけば、勝一のキャリアはそこで終わりだ。七代目の可能性などあるはずがなかった。東鞘会は神津派に牛耳られるに決まっている。勝者が総取りするのが世の常というものだ。

分をわきまえずに言った。

「勝一《オヤジ》に身を引けと、暗に言いたかったのでは。刑務所《ムショ》ボケなどではなく」

「今さら、どうでもいいことだ」

勝一はタバコを灰皿に押しつけると、シートに背中を預けた。

「とにかく目がなくなった。それだけは確かだ」

「どうするんです」

「そうだな……まずは散髪だ」

「え？」

勝一がオールバックの前髪をつまんだ。

「髪を切るんだよ。こんなオッサン臭いヘアスタイルは止めにして、昔みたいにコーンロウにでもするか」

「本気ですか」

勝一に荒っぽく頭をなでられた。髪型をくしゃくしゃにされる。

「バッサリやるのは本当だ。お前もだぞ。オシャレボウズにでもすりゃ、お前のチン毛みてえな髪も矯正しなくて済むだろう。つきあえよ。連れションならぬ連れ散髪だ」

沓沢がハンドルを握りながら肩を震わせている。泣いているようだ。

勝一が再び運転席を小突いた。

「運転手さん、安全運転で頼みますよ。そんな有様じゃ、職務質問《バンカケ》されちまう」

沓沢が頭を下げつつ、タオルでしきりに顔を拭った。

沓沢の気持ちは痛いほどわかった。勝一が必勝と同じ髪型をしていたのは、極道として敬意を払うと同時に、跡を継ぐのは自分だという強い自負心の表れでもあったからだ。

必勝が刑務所に収監されてからは、父が愛用していた整髪料を使い、会合では氏家家の家紋である柏《かしわ》紋の入った紋付き袴《はかま》姿で、トップ不在に揺れる組織をまとめようと心を砕いた。今日はその父から死刑宣告をされたのだ。

散髪は、父との決別を意味していた。勝一は組を割るつもりでいる。

勝一は、これまでも反神津派の幹部たちからクーデターの誘いを受けていた。神津の専横を許すべきではないと。勝一はその度に拒んできた。謀反を起こせば、必勝の血の滲《にじ》むような努力がすべて水泡に帰すと説得してきた。短慮な行動は、さらに神津を利するだけだとも。

氏家必勝が稀代《きたい》の先駆者なら、会長代理の神津は豪腕で知られる生きたブルドーザーだった。海外進出を実行に移すと、組員たちのフロンティア精神を鼓舞し、立ちはだかる壁は札びらと暴力で叩き壊した。東南アジアを中心に、氷河期といわれる極道社会において組織を拡大させてきたのだ。自身が率いる神津組には海外で鍛えられた経済と武闘のプロがゴロゴロしている。

織内は携帯端末を取り出した。

「床屋に予約を入れます」

「その前に、事務局長に電話を入れろ」

「用件は」

「杉谷は絶縁だ。回状《チラシ》を回すように言っておけ」

「……わかりました」

織内はなにも訊《き》かずに従った。

事務局長に電話をした。杉谷の絶縁状をすみやかに作成し、全国に通知するよう伝えた。杉谷がなにをやらかしたのかは、おおむね見当がついた。

杉谷は数寄屋橋一家の若衆で、織内の大先輩にあたる。かつては銀座でいい顔だったらしいが、当局の締めつけで商売が立ちゆかなくなると、カタギに暴行を加えて刑務所行きとなり、出所してからは覚せい剤に手を出した。クスリによれたまま、定例会に顔を出したことさえある。幹部たちは激昂したが、最後までかばったのは勝一だった。彼を薬物依存症の病院に入れ、新しくシノギができるようにポケットマネーで融資もしている。

急激な改革によって、組織内に困窮する者が大勢出ている。勝一は杉谷のような落伍者《らくごしゃ》にも手を差し伸べてきたが、杉谷は彼の厚意を踏みにじったらしい。クスリから最後まで抜けだせなかったようだ。

勝一に背中を叩かれた。

「これから忙しくなる」

「はい」

理髪店に電話をかけつつ、車窓に目をやった。ホームタウンである銀座の街並みが見えてくる。

「楽しみだな」

織内は思わず呟いた。勝一が訊いてくる。

「なにか言ったか」

「散髪が楽しみだなと。毎朝、髪を整えるのが大変だったんで。これで三十分は余裕ができます」

「ボウズじゃつまんねえな。ここはひとつ、ヤクザらしくパンチパーマにでもしてみるか。連れパンチ。お前の姉ちゃん、嫌《や》な顔するだろうな」

勝一が悪戯《いたずら》っぽく笑う。

「姉貴どころか、愛人《レコ》にも去られちまいますよ。罰ゲームですか」

「木っ端役人を黙らせなかったからだ。バカ野郎」

空は見事な五月晴れだ。雲ひとつなく、澄み切った青空が広がっている。

勝一の決断が天に祝福されている。神も仏も信じていないが、このときばかりは、そう思いたかった。

※

自分の店に寄れたのは、午前二時を過ぎたころだった。

京橋《きょうばし》の小さなビルの二階にあるバー〝スティーラー〟に入ると、マスターのコウタがエプロン姿でツマミを作っていた。

「いらっしゃいませ」

織内はうなずいてみせた。店のオーナーである織内は、一介の常連客を装い、カウンターの隅に座った。

カウンターもテーブルも八割がたは埋まっていた。店は深夜になってからが書き入れ時となる。主な客層は、銀座で働き終えた飲食店関係者やホステスだ。場所柄、証券マンもよく訪れ、今もネクタイ姿の男たちがカウンターで潰《つぶ》れかけている。

コウタがスティックサラダをグラスに盛り、テーブル席に座る若いホステスたちに出した。ピンクのエプロンを女たちにからかわれ、コウタは照れたように頭を掻いた。なで肩の小男で、店ではいじられキャラに徹しているが、〝池袋モブス〟時代は〝マッドＫ〟と呼ばれ、殺傷能力の高いダガーナイフの使い手だった。今ではナイフを包丁に持ちかえて料理の腕をふるっているが、調理師の資格を取ったのも少年院のなかでだ。

バイトの若者がホットミルクを出してくれた。バックバーの酒瓶を眺めながらすすった。寝る前の牛乳は質のいい眠りを提供してくれる。ポケットからピルケースを取り出し、プロテインとビタミンの錠剤を呑み下した。

カウンターでカクテルを飲んでいた女が、織内に目で合図を送ってきた。銀座の高級クラブで働くトモミというホステスだ。白いカーディガンにフレアスカートという控えめな恰好をしているものの、羽振りのよさを示すかのように、ブルガリの腕時計とネックレスを着けている。

トモミに手招きをした。彼女はグラスを手にして、織内の隣のスツールに座る。

「どんなネタだ」

ホットミルクのカップを軽く掲げ、単刀直入に切り出した。ひどく疲れていて、世間話すら面倒だった。

トモミがあたりを見回してから、手で唇を隠して囁《ささや》いた。

「東京京和《とうきょうきょうわ》銀行です。今日、常務と部長さんがお見えになって」

「そりゃ興味深い」

トモミはクロコ素材のバーキンを開けて見せた。なかにはＩＣレコーダーが入っている。

「上に番頭がいるから。詳しい話はそいつにしてくれ」

ビルの四階にあるオフィスにはトレーディングルームがあり、この時間は大柿《おおがき》がアメリカ株の値動きをチェックしているはずだった。

大柿は帰国子女の元証券マンで、頭の悪いヤクザに代わって資金を増やしてやっていると自惚《うぬぼ》れるナルシシストだ。今のところヘタを打つ様子はないので放置している。

携帯端末で大柿にメッセージを送った。情報提供者への対応を頼むと、そっけなく〝りょ〟とだけ返ってきた。〝了解しました〟という意味だ。ナメた態度ではあるが、彼に忠誠心を求めてはいない。コウタも大柿も盃《さかずき》はもらわず、ヤクザの共生者という立ち位置だ。

トモミと軽く握手を交わした。勘定をサービスしてやり、オフィスに行くように促す。

彼女は常連だった。織内よりも年上で、とうに三十を過ぎている。美容にも惜しみなくカネをかけているはずだが、最近は目尻《めじり》の小じわが増え、会うたびに化粧が濃くなっている。加齢が身に染みてくると、男も女も若さをカネで買おうとあがくものだ。

客の秘密は墓場まで持っていくのが銀座のルールだ。しかし、不景気で稼げなくなった夜の蝶《ちょう》には、そんなルールなどどこ吹く風だ。職場ではつねに聞き耳を立て、カネに換えられそうな話を運んでくる。

東京京和銀行は、シェアハウス関連の不正融資で世間を賑《にぎ》わしている都内の第二地銀である。相当数の行員が書類の改ざんや偽造に関わり、創業家の役員も黙認していたと報道されている。第三者委員会による調査結果と、銀行を牛耳っていた創業家たちの動向が注目されており、トモミはお偉いさんからひと足早く情報を摑んだようだ。

銀行の株価は騒動で暴落していたが、創業家が経営から退くといった対応がなされれば、一時的に株価が上向くかもしれない。そのあたりは大柿がうまく扱うだろう。

情報がカネを生みだすのだと、勝一が教えてくれた。彼の教えに従って、〝スティーラー〟が入ったこのビル自体を入手した。もともとの持ち主は、一階で画廊を営んでいたが、未公開株詐欺に引っかかり、多額の借金を背負って手放す羽目となった。ビル売却の知らせをもたらしてくれたのは、池袋モブス出身の不動産ブローカーだった。

勝一から融資を受けて、ビルを入手した。情報収集の場として、〝スティーラー〟を開いた。店を情報の買取所として機能させ、情報提供者を広く募った。トモミのような夜の蝶、兜町《かぶとちょう》に生息する詐欺師や経営コンサルタントの看板を掲げた事件屋などがやって来るようになった。

連中から仕入れた情報をもとに株取引で利益を出すこともあれば、企業経営者や弁護士をカタに嵌めることもある。極秘情報で得た人脈で、さらに強固なネットワークを築いたのだ。

バックバーには、織内の趣味で揃えたレアなクラフトジンやプレミアムテキーラが並んでいる。美術品のようなボトルを見つめながら温かいミルクを飲む。

蒸留酒にひどく目がない織内も、勝一の秘書になってからはノンアルコールで過ごす日が多くなった。飲みたいとも思わない。いつ呼び出されても対応できるように、思考はつねにクリアにしておきたかった。

バーボン好きの勝一ですら、今日は最後まで一滴も飲まずに、新富町《しんとみちょう》の住処《すみか》に戻っている。一時間前に勝一を見送ったばかりだが、彼は帰宅した今もあちこちに電話しているだろう。父の必勝の死を予期して、さっそく政治工作を始めている。

理髪店で散髪している間、勝一は東鞘会の総本部長の喜納修三に連絡をとり、汐留《しおどめ》のホテルのスイートルームで極秘会談を行った。元々、喜納組で修業を積んでいたこともあり、喜納は勝一がもっとも信頼を置く重鎮だ。そして反神津派の筆頭格でもある。

四時間にも及ぶ会談を終えると、勝一は数寄屋橋一家の最高幹部らをスイートルームに招集し、東鞘会の現状と未来を率直に語り、結束を呼びかけている。織内は別室で待機していたが、勝一の計画に異論を唱える者はいなかった。

カップを持つ手がかすかに震えた。未だに興奮が収まっていない。おそらく、ギャング時代とは比べものにならぬほどの流血沙汰《ざた》が待っているだろう。どんな火酒をあおったときよりも身体が熱くなる。

バーのドアが開き、コウタが愛想笑いを浮かべた。

「いらっしゃ――」

コウタは笑顔を凍りつかせ、織内を見やった。

和装の女が店に入ってきた。着物を隙なく着こなし、背筋を伸ばして歩む姿は優雅だった。お喋《しゃべ》りに興じていたホステスが話を止め、潰れかけていた証券マンが身体を起こして目を丸くする。

和装の女の後ろには、精悍《せいかん》なマスクの中年男がいた。高級スーツに身を包んでいる。どちらも衣料品の広告に登場するモデルのようだ。事情を知らない者が見れば、銀座のママと羽振りのよさそうな若手実業家だと思うだろう。

ふたりは織内のほうにやって来た。織内はスツールから降りると、和装の女に頭を下げた。

「姉さん」

「久しぶり」

姉の新開眞理子《しんかいまりこ》が柔らかく微笑んだ。ただ、目は笑っていない。

中年男にも一礼した。親しげに肩を叩かれる。

「元気そうだ」

「義兄《にい》さんこそ」

新開徹郎《てつろう》は織内のカップに目をやった。一瞬だけ怪訝《けげん》な顔つきに変わるのを、織内は見逃さなかった。

「ここじゃなんですから。部屋に案内させてください」

周りの視線が痛かった。

極道同士が語り合うにはそぐわない場だった。義理の兄で、同じ代紋を掲げているとはいえ、相手は反目《ハンメ》の大組織の実力者なのだ。姉夫婦もそれを望んでいたらしく、織内の案内に従って店を出た。

エレベーターに乗ると、センサーにカードキーをあてた。眞理子が口を開いた。

「この時間だったら、いるんじゃないかと思った。だまし討ちみたいでごめんなさい」

「驚いたよ」

「悪く思わないでね。こうでもしなきゃ、会ってくれないでしょう？」

うなずいてみせた。

彼女からの電話には出ず、メールも多忙を理由にそっけない返事しかしていない。顔を合わせるのは約一年ぶりだ。

四階のオフィスに着くと、出入口のセンサーと睨み合った。虹彩認証装置を採用しており、オフィスの出入口はもちろん、ビルには多くの監視カメラが設置されている。

オフィスの内部は一般企業のそれと変わらない。無機的なデスクを並べ、壁には地味な絵画を掲げている。組の名を記した提灯《ちょうちん》や揮毫《きごう》といった極道臭いアイテムはない。

パーティションで仕切られた商談スペースでは、冷却ジェルシートを額に貼った大柿が、トモミの話に耳を傾けていた。織内にはだるそうに手をあげるのみだったが、姉夫婦のオーラに気づいたのか、額からシートを剝《は》がして最敬礼をした。

オフィスの奥には、織内用の個室があった。カードキーで開錠し、部屋に入る。

大した広さはなく、インテリアにもカネをかけていない。こだわりはオーディオくらいだ。七・一チャンネルサラウンドスピーカーを設置し、カラーギャング時代に愛聴していた西海岸ヒップホップを聞きながら、身体を鍛えるのが日課だった。

部屋の隅には、大きめのエグゼクティブ・デスクと株取引用の多画面モニターがあったが、勝一の側仕えで忙しくなり、デスクにはうっすらと埃が積もっている。

新開が部屋を見回した。

「立派なもんだ」

「とんでもないです」

明日のメシにも事欠く親分がぞろぞろいる時代にあって、小さいながらもビルを所有し、月に億のカネを稼いでいる織内は、成功している部類に入るのかもしれなかった。

だが、それも神津派の勢いとは比較にならない。新開は神津太一の直轄部隊である神津組の若頭補佐だ。自身も雄新会《ゆうしんかい》という組織を率い、ベトナムの製油所や空港建設といった国家的プロジェクトの利権に食いこみ、莫大《ばくだい》な利益を手にしていた。今は中部の街のダナンでリゾート開発に関わっている。

雄新会は人材派遣のシノギにも熱心で、東南アジアにいくつもの日本語学校を設立し、人手不足にあえぐ日本国内の企業に労働力を提供している。一年の半分を南国で過ごしているため、新開の肌はいつもまっ黒に焼けていた。

極道として駆け出しだったころ、織内は新開のカバン持ちとしてホーチミンを訪れた。

空港には政府高官が出迎えに現れ、入国審査もないという外交官並みの待遇を受けている。外国人は不動産を所有できないはずのベトナムで、新開は七つのベッドルームとプールのある豪邸を構えていた。

新開らと応接セットのソファに腰かけた。姉夫婦からまっすぐに見つめられ、自分の城にいるにもかかわらず、居心地の悪さを感じた。怖い教師と個人面談をする羽目になった悪ガキのような気分だった。

ドアがノックされ、コウタがワゴンで酒と料理を運んできた。人懐こい営業スマイルを浮かべていたが、表情がいつもより硬かった。テーブルに酒瓶とグラス、水割りセットやオードブルを手際よく並べたが、額にはうっすらと汗をにじませている。

コウタのスラックスのヒップポケットが小さく膨らんでいる。愛用品であるコルト社のフォールディングナイフを入れているのだ。

オードブルにはプチトマトが人数分あった。ビルの内にも外にも怪しい人物がいないというサインだ。

ビルにやって来るのは、情報屋だけではない。情報を持っているような顔をして侵入し、強盗の引きこみ役をやる食えない狐《きつね》がいるのだ。杉谷のような飢えた貧乏極道、代紋にもビビらない不良外国人などだ。

朝霞のピラニアどもと争って、警戒と用心がいかに重要なのかを教わった。あの時、コウタも織内とともにさらわれ、印刷工場できつい私刑を受けている。

「すごい。これはコウタ君が？」

眞理子がオードブルに顔を輝かせた。サーモンサラダにローストビーフ、から揚げとカットフルーツが大皿に盛られている。

「お口に合えばいいんですが」

「美味《おい》しそう。ちょうどお腹がペコペコだったから。ありがたくいただくわ」

眞理子は微笑みかけた。銀座の高級クラブで培った品のある笑みだ。コウタは目をそらした。

「足りないものがあったら、なんでも言ってください」

「お酒を作るのは任せて。私も一応、プロだしね」

彼女の朗らかな言葉で一瞬、場の空気がほぐれた。とはいえ、この後の話は決して和やかにはなりそうにないとわかっていた。

コウタが部屋から出て行くと、眞理子が酒を作り始めた。姉夫婦はウイスキーの薄い水割り。織内はジンのロックを頼んだ。

新開がクラフトジンのボトルを見やった。

「いいのか？」

「わざわざ足を運んでくれたんです。ここでホットミルクはないでしょう」

グラスをぶつけ合って乾杯し、クラフトジンをあおった。

ハーブや柑橘《かんきつ》類の香りとともに、燃えるような液体が胃に滑り落ちていった。身体に火がともる。深夜に訪れた新開に、ホットミルクで応対などできるはずもない。本音ではあったが、今日はとりわけ疲れている。火酒でも飲んで、心に活を入れる必要があった。

眞理子が織内の頭を見つめた。

「髪、ずいぶん思いきりよく切ったのね」

「変かな」

サイドを短く刈り、トップをわずかに長めにした。ヘアワックスで頭髪をワイルドに立たせている。勝一が理髪店のカタログを見て決めたのだ。

「すっきりしてて似合ってる。オールバックも様になってたけど、きついテンパに悩まされていたのを知ってたから。大変そうだなって」

「姉さんは昔から艶々の黒髪だった。ガキのころは妬《ねた》んだよ。なんで、おれだけ陰毛みたいなチリチリなんだってさ」

「あのころはいろいろやってたもんね。パーマ液に浸《つ》けたり、高いヘアブラシ買ったり」

新開が頭をなでた。

「髪があるだけまだマシだ。赤道の直射日光にさらされて、おれの頭はこの有様だ」

彼は三分刈りの短髪にしていたが、しばらく見ぬ間に、頭髪の生え際がいっそう後退し、額の面積が大きくなっていた。

「本当ですね。えらく眩《まぶ》しくなってる」

「この野郎」

新開が禿《は》げた前頭部をぴしゃぴしゃ叩き、愉快そうに白い歯を見せた。

織内も笑った。姉夫婦とこんなふうに笑い合うのは、果たしていつ以来だろうと思いながら。

かつて、姉夫婦と屈託なく過ごせた時期があった。七年も前になるだろうか。カラーギャングから足を洗い、数寄屋橋一家系の組織にゲソをつけたころだ。

眞理子は実弟の業界入りをひどく嫌がったが、自分が惚れた相手も極道だっただけに、織内が部屋住み修業を終えたころには、なにも言わなくなっていた。現在のように内部対立もまだ深刻ではなく、雄新会を結成したばかりの新開に、何度か東南アジアに連れていってもらった。

この世に生を享《う》けてから、織内の人生には暴力がついてまわり、皮肉にも暴力団に入ったときこそが、もっとも安らげた時間だった。

ベトナムのコンダオ島にある透き通った海、夜空に輝く星々を昨日のことのように覚えている。天国みたいなリゾートが世界にあるのは、テレビやネットで知ってはいた。ただ自分とは一生縁がないものだと思っていた。

両親の顔すら知らない織内にとって、新開は父とも思える存在だった。カンボジアでは軍直営の射撃場で、銃を何百発も撃たせてもらったこともある。まだカネを稼ぐ術《すべ》を知らず、殴る蹴るしか芸がなかった野良犬に、知恵を授けてくれたのも新開だ。

その関係もほどなくして終焉《しゅうえん》を迎えた。三年前に会長の氏家必勝が逮捕されてから、姉夫婦との交流も減っていった。冬の恒例だったベトナム旅行が消え、都内での食事も憚《はばか》られ、人の目を気にしながらお互いの店や自宅をこっそりと訪れるようになった。

一年前に必勝が収監され、組織の舵取《かじと》りを神津が担うようになってからは、顔を合わせるのも義理場ぐらいになった。

新開が水割りに目を落とした。

「勝一理事長もバッサリ切ったということだな」

姉夫婦は和やかな顔のままだったが、目つきはあくまで真剣だった。本題を切りだしてきたようだった。

織内はなに食わぬ口調で答えた。

「連れションならぬ連れ散髪ってやつです。いっしょにバッサリやりました」

「つまり、勝一理事長はついに決断したわけか」

残りのジンを含んだ。

「すみません、なんのことだか」

「病院で親子喧嘩が起きたのは、もうこっちの耳にも入ってる。勝一理事長が憤慨して出てきたことも」

新開が織内の右頬を指した。

勝一からパンチを喰らい、右頬は赤く腫れ上がっていた。すべてお見通しだと、新開が目で訴えてくる。

「探り、入れられても困りますよ」

首を横に振った。

眞理子が空になった織内のグラスを下げ、ジンのロックを黙って作る。

頭髪の話で一瞬だけ場が温まったが、すぐに冷え切ってしまった。もっとも、かつてのように和気藹々《あいあい》とやれるとは端《はな》から思っていない。

新開が眞理子を親指でさした。

「探りを入れに来たんなら、こいつを連れてきたりはしないさ。今のお前がやすやすと喋ってくれるとも思っちゃいない」

「だったら、なんのために」

眞理子がグラスを織内の前に置き、新開と目で合図しあった。新開は楊枝《ようじ》が刺さったオードブルのから揚げを口に放る。

「カタギになってくれないか」

織内は表情を消した。一笑に付したかったが、ふたりの視線はあまりに切実だった。

「意外だな」

ジンを指でかき回した。「てっきり、引き抜きの話かと思っていた。神津組に移籍させるための」

東鞘会は神津派と反神津派のふたつに分かれつつある。互いの構成員を自陣に取りこもうと、水面下では引き抜き工作が繰り広げられている。

神津派の中心人物である新開が、義弟の織内にコンタクトを取ろうとするのは自然といえた。それがまさか、カタギになれとまで迫ってくるとは思っていなかった。眞理子を連れてきたわけをようやく理解した。

新開に見つめられた。

「神津組《うち》に……来てくれるのか?」

「無理です。勝一《オヤジ》を裏切る気なんてない。それに、どこの馬の骨ともわからない男を、若頭《カシラ》と呼ぶ気にもなれない。神津組は飛ぶ鳥を落とす勢いですけど、素性のわからない連中が多すぎる」

腹をくくって挑発した。

新開は黙って聞いているだけだった。面倒見のいい男だったが、かといって決して穏和な性格ではない。組織に対してナメた口を利いた輩《やから》を、持っていた万年筆や箸《はし》で突き刺すところを何度か見かけている。

ボスの神津太一は覇道の信奉者だ。組織の新陳代謝を活発化させるため、信賞必罰をモットーとした結果、その下では海外で富を築いた若手が一気に頭角を現した。

若頭の十朱義孝《とあけよしたか》がその筆頭格だ。二年前、神津組に客分として拾われたやり手ビジネスマンで、臓器ビジネスでぼろ儲けして、タイ国内にある神津組系の企業を大きく成長させた。

商売がうまいだけでなく、長い海外での経験もあり暴力にも慣れていた。古武道と柔術を修得しているという。

バンコクで地元マフィアと揉めたさい、手打ちの話し合いの場を設け、暴君で知られるボスをレストランに誘い出すと、護衛ごと消し去るなど、度胸もある武闘派としても名を売った。

たった二年で並み居る幹部たちを追い抜き、神津組の若頭に抜擢された。他にも元証券マンや元商社マンなど、暴力団員とは思えぬ経歴の人間が今の神津組ではいい顔となっている。神津が六代目になるとなれば、十朱を始めとする海外組の新興勢力が東鞘会を牛耳ることだろう。

神津組を貶《けな》して、殴られるのを期待していた。そうなれば話は終えられる。織内の意図を見透かしたように、新開は苦笑いを浮かべて水割りを飲むだけだった。

「お前をヘッドハンティングできるとは思っていない。勝一さんとお前の関係を考えればな」

「だから引き抜きは諦《あきら》めて、足を洗えと迫りにきたわけですか」

「そうだ」

新開がきっぱりと答えた。静かな口調だったが、有無を言わせぬ圧力を感じさせる。

彼は十朱のような武道経験者ではない。だが、人材派遣業のシノギをめぐって、蛇頭とトラブルになったときは、凶暴で知られる福建《ふっけん》系マフィアがひしめく錦糸町《きんしちょう》の中華料理店に、大型ハンマーを抱えて乗りこみ、幹部クラスや構成員八名に重傷を負わせた。新開自身も青竜刀と中華包丁で切り刻まれ、二十代の大半を病院と刑務所で過ごしている。

東南アジアで地盤を築いたとはいえ、その過程は修羅場の連続だっただろう。久しぶりに会う新開は、大物の風格を増していた。彫り物や欠けた小指を見せるわけでもなく、紳士的な態度を崩さないが、まとっている空気は明らかに極道そのものだ。

織内は耳を小指でほじった。

「『神津組にあらずんば人にあらず』なんて言葉が流行《はや》るわけだ。いつから神津組はよその者に、極道の看板下ろせと上等こけるほど偉くなったんですか」

義兄にこんな口を叩きたくはなかった。ふたりが姿を現したときから、こうなるのを予想はしていた。コンダオ島の夜の砂浜に寝そべりながら、三人でのんびり星空を見上げた夜を思い出す。

「東鞘会はいよいよふたつに割れる。お前と争いたくない」

「おれだって避けたい。だけど、おれの取り柄といえば、今も昔もケンカぐらいしかないってことを、義兄《にい》さんも知ってるでしょうが。そのおれが『ケンカが嫌だからバックレます』なんて言えるわけもないでしょう。腹切って死んだほうがマシだ」

「鉄《てつ》ちゃん。せめて、この人の話を聞いてあげて」

ずっと黙っていた眞理子が口を開いた。目に涙を溜め、唇を震わせている。

激しい後悔に襲われた。あれこれ理由をでっち上げてでも、バーから逃げ出し、話し合いなど拒めばよかったのだ。

「言いたいことはよくわかった。今度はあんたらが耳を傾ける番だ。なあ、義兄《にい》さん。争いが嫌だというのなら、あんたがまず足を洗うのがスジじゃないのか？　神津組の大幹部の地位に、あぐら掻いたまま言うことじゃねえだろう」

「おれも足を洗う。まだこいつにしか打ち明けちゃいないが、あと半年を目途に退《ひ》くつもりでいる」

新開は眞理子の肩を抱いた。織内は目を見開いた。

「嘘だろ……」

彼のボスの神津太一は峻烈《しゅんれつ》な性格で知られている。神津の下を去るとは裏切り行為に等しい。築き上げた富も地盤も軒並み奪い取られかねない。

これまでも海外進出に乗り出したものの、事業展開に苦しみ、ケツを割って盃を返した組員が何人かいた。

しかし、その末路は悲惨だ。持っていた店を奪われ、東鞘会の暖簾《のれん》で稼いだからには、築いた富をすべて組織に返せと迫られる。妻子を売春組織に売り飛ばされた者もいれば、脱退を表明した数日後には失踪《しっそう》した者もいる。

新開がスコッチの瓶に手を伸ばすと、水割りのグラスへと乱暴に注いだ。濃さを増した水割りをあおる。

「お前の主張は正しい。自分だけ恋々と組にしがみついたまま、他人に足を洗えと言えるはずがない。今すぐにでも引退を表明するのがスジだろうが、ダナンのプロジェクトをまとめるのに、もう少し時間がかかる。信頼できないだろうから、念書を書く。この会話だって録音してるんだろう？」

織内はうなずいた。室内に置かれたスピーカーには小型カメラと集音マイクを仕込んである。部屋は交渉や掛け合いの場としても使われる。新開は言質を取られるのを承知で打ち明けたのだ。

「どうしてだ。今のままなら東鞘会の直参になれるのも時間の問題だ。今や関東どころか、アジアの東鞘会だ。カネもチャンスも全部ドブに捨てる気なのか」

新開が顔をうつむかせた。

「身内を殺《や》るよりはマシだ。お前に限った話じゃない。勝一さんにも数えきれないほど世話になった。あの人と同じで、おれは喜納組で部屋住み修業をやった。喜納さんは無茶苦茶な暴れん坊だが、極道の心構えを叩きこんでくれた恩人だ」

織内は押し黙らざるを得なかった。新開の口調がさらに熱を帯びる。

「いざ本格的に割れるようなことになれば、ゴリ押しで事を進めてきた神津派より、人徳のある勝一さんにつく人間のほうが多いと見ている。数寄屋橋一家や喜納組にだって、お前みたいなケンカ屋がひしめいてるしな。正面からぶつかり合えば、落としどころも見つからず、最悪の事態になりかねない。警察《サツ》だってここぞとばかりに潰しに来るだろう」

「あんた、カタギになるのは戦争を避けるために――」

「たかだか枝の若頭補佐《ホサ》だ。そんな大それたことまで考えちゃいない。神津《オヤジ》に睨まれてもやりたくないもんはやりたくない。それだけだ」

辞める気でさえいたとは想像していなかった。彼は改革派の先頭を走るトップ集団のひとりだ。傍《はた》から見れば成功者にしか映らない。

騙《だま》されている可能性もある。眞理子に訊いた。

「義兄《にい》さんが足を洗えば、姉さんも立ちどころに店を潰される。二度と銀座で商売はできない」

彼女はかつて『天童《てんどう》』という銀座の高級クラブで働いていた。東鞘会が贔屓《ひいき》にしている店で、彼女はそこで新開と出会ったのだ。『天童』から独立し、今は銀座に二つのクラブを抱えている。羽振りのいい雄新会関係者で、店は繁盛しているという噂だった。

「あんたらが殺し合うのを見ずにすむのなら、店なんて惜しくない。覚悟はできてる」

眞理子は平然とうなずいた。

「考えさせてくれ。なるべく答えは早く出す」

ふたりが本気なのがわかり、やはり会ったことを悔やんだ。

3

我妻はデジカメのシャッターを連続して切った。

夜間撮影用の高感度カメラを用意していたが、無数の灯《あか》りで街は派手派手しく照らされている。我妻がいるのは川崎砂子《かわさきいさご》のネオン街だ。居酒屋やカラオケ店の袖《そで》看板が雑然とした印象を与えている。路上にはサラリーマン風や学生の酔っ払いがうろつき、彼らに客引きたちが蠅のようにたかっている。

公道は車がすれ違えるほどの広さしかなく、駐車禁止を示す看板が設置され、車を停められないように、路肩には赤い三角コーンが置かれてある。

我妻らはミニバンの車内で二時間ほど前から張り込みをしていた。監視対象はミニバンから五十メートルほど離れた雑居ビルだった。神津組系の息がかかったタイ人クラブ『ディージャイ』が入っている。

雑居ビルの前にはヴェルファイアが停車しており、大勢のタイ人ホステスに見送られながら、スーツの男たち五名がヴェルファイアに乗りこむ。我妻が撮ったのは彼らだった。

デジカメの液晶画面で、男たちのツラをチェックした。三名は褐色の肌をした東南アジア系の中年男だ。

ノリの効いたワイシャツと仕立てのいいスーツを着こなしているが、かなり酔っ払っているらしく、目をトロンとさせている。ひとりは頬にキスマークを作っている。身なりからして、タイの実業家か官僚と思われた。

　画像を切り替えた。残り二名は日本人だ。シルバーフレームのメガネをかけたビジネスマン風の男。東鞘会系神津組の若衆である三國俊也《みくにとしや》だった。有名私大に在籍していた過去があり、学生のときにマルチ商法に手を染め、除籍処分になった経済ヤクザだ。

　三國はいわゆる〝海外組〟だった。またたく間に若頭の地位にまで駆け上がった十朱義孝と同じく、東南アジアの利権に食いこむのに成功した稼ぎ頭だ。まだ三十代前半ではあるが、改革を推し進めてきた神津太一に気に入られ、未来の東鞘会を担う人材と目されている。『ディージャイ』も彼の店のひとつだ。

　もうひとりの男は三國の子分だ。川崎や蒲田《かまた》のナイトビジネスを仕切っている曽根正志《そねまさし》だ。曽根はもともと原宿《はらじゅく》のスカウトマンで、若い女を騙しては風俗などで働かせてきた女衒《ぜげん》だ。親分にならってメガネをかけ、ネクタイを締めてカタギを装っている。甘いマスクをしているが、極道特有の暗い目つきは隠し切れていない。

　五名を乗せたヴェルファイアが走り出した。我妻は無線で部下に行動確認の指示を出した。我妻班は三國の監視のために、三台の車両を用意していた。

　運転席の浅見がシフトレバーに手をかけた。

「こっちも追いましょう」

　我妻は眠気覚ましのガムを口に入れた。

「おれらは先回りだ」

「どこへ」

「メシに酒と来りゃ、次は相場が決まってんべ。キスマークを見たべや」

「そうでした」

浅見がミニバンを走らせた。

ネオン街を離れて第一京浜《けいひん》に出る。深夜の国道を約百キロで飛ばし、多摩川《たまがわ》を越えて大田区《おおた》南《みなみ》蒲田《かまた》へといたる。

零細企業の工場や商店が軒を連ねる南蒲田だが、再開発がなされて巨大ビルがそそり立つ一角があった。ここには三國の城である三神《みかみ》組の事務所がある。

上部団体の神津組は赤坂《あかさか》にあるが、三國のような海外組は羽田《はねだ》空港近くに拠点を構えていることが多い。ビルの前には街路樹とコンクリートの広場がある。昼間は多くの会社員や住民が行き交うも、深夜の今はひっそり静まり返っている。広場の前にあるコインパーキングにミニバンを停めた。

今日の三國はタイ人の接待に励んでいた。夕方にタイ国際航空で羽田空港に降り立った彼らを出迎えると、大森《おおもり》にある三ツ星店の割烹《かっぽう》で食事を済ませ、横浜《よこはま》の高級クラブや川崎の『ディージャイ』へと繰り出した。

三神組は事務所の傍に別のアジトを抱えていた。マンションの最上階のワンフロアを丸ごと所有しており、高級ホテル顔負けの部屋に改装して、東南アジアのＶＩＰらをもてなすのだという――すべて魚住靖《うおずみやすし》が教えてくれた。

魚住は神津組の若頭補佐だった。神津に二十五年以上も仕えてきた側近で、海外組としてタイを中心に不動産投資で派手に稼いでいたが、パタヤの業者に勧められるままにコンドミニアムを転売目的で何棟も購入した。ところが、すべて手抜き工事の不良物件だった。

ババを摑まされた魚住は、業者に対して返金と慰謝料を迫った。しかし、業者の背後には凶暴な地元マフィアがついており、パタヤにある魚住のオフィスに、ダイナマイトを投げ込まれるなどトラブルに陥った。

投資の失敗と地元マフィアとの抗争で有り金を失い、神津組系の金融会社から受けていた融資を焦げつかせた。定例会の場で神津から厳しく叱責され、若頭補佐から一介の若衆へと降格された。魚住は大田区内の豪邸を失っただけでなく、弟分に顎でこき使われながら生きる羽目となり、満座の席で叱り飛ばしてきた神津に恨みを抱いた。

組対四課は神津組内の不協和音を見逃さず、魚住を暴行と監禁容疑で本庁に引っ張った。実刑判決は免れないと取調室で脅す一方、魚住の鬱憤《うっぷん》にじっくりと耳を傾け、同情の意を示して釈放した。情のない親分や兄弟たちの情報を流すのを条件として。

情報提供者となったとはいえ、魚住は捜査員らを喜ばせてくれるようなネタを出そうとしなかった。手始めに売ったのが、数寄屋橋一家のひとり組長である杉谷だった。覚せい剤にどっぷり浸かり、妻に春を売らせていたという情報だった。

売ったのが杉谷クラスのチンケな貧乏ヤクザとはいえ、警察に協力した事実は揺るがない。警察は魚住を情報提供者として育て、ゆくゆくは神津の弱点をも吐き出させる気でいた。

——魚住が消えたぞ。

上司の町本寿《まちもとひさし》課長から告げられた。一週間前のことだ。

杉谷を月島の病院へと連行し、覚せい剤の所持と使用で逮捕した。妻にも強制的に注射をし、娘に性的暴行を加えていたとして、外道ヤクザの余罪を徹底的に洗い出し、死ぬまで懲役生活を送らせようと気炎をあげたところだった。

——ひとり組長のシャブ極道なんぞは所轄に任せろ。お前は魚住の行方を追ってくれ。

町本はひどく焦った様子だった。

無理もなかった。魚住は若衆に降格されたとはいえ、東鞘会主流派の神津組の直参であり、次期会長と目される神津に長年仕えていた。そこいらの情報屋などではなく、東鞘会に痛烈な打撃を与えられる可能性を秘めた爆弾を持っており、彼と連絡が取れる人物は組対四課のなかでも、課長や理事官といった幹部クラスに限られていたはずだった……。

「ドンピシャですね」

浅見がマンションの正面玄関を顎で指した。

ミニバンが二台停まると、スカート姿の若い女たちがぞろぞろと降り立つ。十人にもなるだろうか。ネオン街と違って灯りは少なく、顔立ちまでは見えないが、全員が日本人のようでスタイルもよかった。

「あんなに大勢で……乱交パーティでもする気かよ」

浅見がぼやいた。

マンションの部屋はもっぱら性接待に使われるという。女たちは、タイの要人たちの接待要員と見てよかった。見栄《みえ》を張るのが極道の習性ではあるが、半日の監視で三國の羽振りのよさを目の当たりにした。

我妻は高感度カメラを構えた。望遠レンズを女たちに向けてシャッターを切った。

鼻や顎の形が不自然で整形手術をしたと思《おぼ》しき者が何人もいたが、雑誌のグラビアページを飾ってもおかしくないほどの美女ばかりだ。三國の手下が元スカウトマンなのを考えると、十人ものきれいどころを用意するなどお手の物なのだろう。

女たちが持っているバッグやスマホケースは、値の張るブランド品だった。華やかな持ち物とは対照的に、女たちの表情は冴えない。豹《ひょう》柄のブルゾンを着た茶髪の運転手に追い立てられ、マンションに入るよう促されていた。

我妻はひとりの女に注目した。白のブラウスに膝まで隠れたネイビーのレーススカートというコンサバティブな恰好だ。他の女たちが派手な色合いの衣服やアクセサリーを身に着け、高級娼婦《しょうふ》の匂いをさせているのに対し、ひとりだけ素人臭さを漂わせていた。

「七美《ななみ》……」

思わず呟きが漏れた。

瞬きを繰り返して、ファインダーを覗いた。七美のはずがなかった。よく見れば顔立ちも似てはいない。共通点といえばショートボブの黒髪ぐらいか。なぜ七美と見間違えたのか。自分でも不思議に思う。

女たちがマンション内に消え、ミニバンが去ってからしばらくすると、三國らを乗せたヴェルファイアが現れた。川崎から寄り道した様子はなく、車から降りた男たちの顔ぶれに変化はない。三國も曽根もまるで繁華街の客引きのように愛想笑いを浮かべ、遠目からでもわかるほど低姿勢でタイ人たちをもてなしている。三國の肩に手をかけて、日本語で「シャチョウ、オメコ、オメコ！」とわめくタイ人たちの浮かれた声が聞こえる。

へりくだった態度を取る三國だったが、やはりヤクザはヤクザだ。接待で徹底的に下手に出て、酒池肉林の宴《うたげ》で相手を調子に乗らせ、相手が警戒を解いたところで、接待部屋に設置したマイクと小型カメラで性交の様子をきっちり押さえるというわけだ。それも魚住から得た情報だった。

魚住は同じ海外組の三國をとりわけ嫌っていた。学があるのを鼻にかけた生意気な小僧だと腐し、積極的に三神組の情報を流した。タイでの利権を拡大させるため、三國に嵌められたのだとさえ訴えた。

魚住の話がすべて事実なら、彼は三國に最後まで叩きのめされたことになる。自宅を失った魚住は、東名《とうめい》高速の東名川崎インターチェンジ付近にあるラブホテルを所有していた。虎の子の物件を一円でも高く売却するために奔走し、怨敵《おんてき》でもある三國にも話を持ちかけている。カネ回りのいい三國が買収の意思を示し、十日前に蒲田の高級焼肉店で三國と話を進める予定だったが、魚住が店を訪れることはなかった。

　我妻ら組対四課は魚住の行方を追った。焼肉店近くまで徒歩で移動する魚住の姿を、コンビニの防犯カメラが捉えていた。それっきり煙のように消え、現在にいたるまで音信不通の状態が続いている。

　魚住の妻が証言している。ラブホテル売却の目途が立ったので、必ず再起してみせると、魚住の鼻息は荒かったという。自分の意思で消えた可能性は低いと思われた。

　何者かに魚住は拉致されたものと見て、組対四課は目撃者捜しや防犯カメラの画像データの収集を行ったが、思うような手がかりは得られていなかった。

　魚住の失踪に三神組が絡んでいると見られ、我妻班は監視を行っていた。企業舎弟の従業員や準構成員、密接交際者を男女問わずに撮りまくり、画像を刑事部捜査支援分析センター《SSBC》に送っている。画像解析のプロたちに、人物の割り出しを行わせていた。

　タイ人たちが曽根に連れられてマンションに消えるのを見送ると、三國はヴェルファイアに乗りこんだ。再び部下らに追跡させ、我妻はその場に留まった。

　カメラをマンションの最上階に向け、ファインダーを覗いた。どの部屋もカーテンで覆われているが、煌々《こうこう》と灯りがついている。

　助手席の窓を開けて耳をすました。タイ人の酔いっぷりを見るかぎり、乱痴気騒ぎがしばらく続くものと思われたが、防音設備がしっかりしているらしく、声ひとつ漏れてこない。

　ドリンクホルダーのエナジードリンクに手を伸ばした。缶を開けようとしたが、未開封のままドリンクホルダーに戻す。

「飲まないんすか？」

　浅見が意外そうに目を丸くした。

我妻は古株の刑事たちと違い、タバコをやらず、酒もさほど飲まない。ただし、重度のカフェイン中毒だ。

「やるよ」

「どうかしたんすか？」

「狂犬みてえに暴れたから、課長に嫌味を言われてたんだず。『杉谷を笑えないぞ』ってよ」

杉谷を挙げても、東鞘会にダメージを与えたことにはならない。

彼自身はしがない貧乏ヤクザで、覚せい剤にとち狂っていただけでなく、幼い子供に性的虐待をくわえ、春まで売らせていた事実が発覚した。組対四課は杉谷の外道ぶりをマスコミに流した。名門である数寄屋橋一家の直参組長でさえも子分はなく、妻子に売春させて惨めに食いつないでいたと喧伝《けんでん》されたことで、数寄屋橋一家は杉谷を即座に絶縁した。

すべてがシナリオ通りに行ったわけでもない。杉谷の抵抗が予想以上に激しく、身柄を拘束するのに手間取った。我妻と月島署員は頭に軽傷を負ったが、杉谷のほうは肋骨《ろっこつ》三本を骨折、手首を捻《ねん》挫《ざ》、背中や腹の打撲で全治三ヶ月の重傷だった。

町本の嫌みも正しくはあった。目に青タンをこさえた実花を見たときから、すでに冷静さを失っていた。娘の莉央が虐待を受けた姿を目の当たりにし、完全に限界を超えた。

組対四課で東鞘会潰しの担当となってからは、つねに苛立《いらだ》ちが腹のなかでうずまいている。法律や条例で雁字搦《がんじがら》めにされ、他団体が徐々に弱っていくのに対し、先鋭化した東鞘会は潰されるどころか、ますます存在感を増しているようにも見えた。三國のような神津組員の勢いを見ると恐怖さえ感じる。

カフェインの過剰摂取は不安感や焦燥感を増幅させる。今日もコーヒーを何杯空けたか覚えていないほど飲んでいた。だからこそ、大して似てもいない女を七美と見間違えたりするのだ。

最上階のフロアが暗くなった。宴会をお開きにして、女たちとベッドにしけこんだのだろう。浅見にデジカメの画像データを転送させた。データを捜査支援分析センターに送らせる。三國や三神組に張りついて、今日も手あたり次第にシャッターを切ったが、魚住の失踪に関わっていそうな人間は見当たらなかった。

ふいに女の悲鳴がした。浅見と顔を見合わせた。聞き間違いではないようだ。

カメラをマンションに向け、電子ファインダーを睨んだ。肉眼では確かめられない暗闇のなかでも明るく見られる。

正面玄関には誰もいなかった。マンションの非常用の外階段に動きがあった。ひとりの女が転がり落ちかねない勢いで外階段を駆け下りてくる。

我妻は目を見張った。七美と見間違えたショートボブの女だった。ブラウスとレーススカートを着けていたはずだが、今は下着姿だった。表情まではわからないが、その動きから必死に逃げようとしているのがわかった。最上階の非常ドアから曽根が飛び出し、女の後を追う。

グローブボックスからマスクを取り出した。顔が割れるのをふせぐため、車にはマスクやニット帽といった変装用のアイテムが積んである。

ニット帽とマスクで顔を隠す。

「こいづを持ってろ」

浅見にデジカメを手渡すと、彼のブルゾンのポケットに手を突っこみ、百円ライターを奪い取った。

「ちょ、ちょっと。なんですか」

「お前《め》は待ってろ。わがったな」

ミニバンを降り、腰をかがめてマンションへと忍び寄った。外階段の出入口にたどりつく。一階にはスチール製のドアがあって入れない。敷地内の植え込みに隠れて出入口を注視する。

女の嗚咽《おえつ》が耳に届き、出入口の人感センサーライトが灯《とも》った。開錠に手間取っているのか、ドアがガチャガチャと音を立てるが、なかなか開かない。

「てめえ、なにトンズラこいてんだ。おれのツラに泥塗る気かよ！」

曽根が二階まで駆け下りながら女を咎《とが》めた。声量を抑えてはいても、露骨な怒気がこもっているのがわかる。

女がドアを開けて外に転がり出た。我妻はハッとした。露になった太腿が目に飛びこんでくる。ブラとショーツしか身に着けておらず、足は裸足《はだし》だ。

人感センサーライトが女の白い肌を照らした。太腿に赤いミミズ腫れをこさえている。片頬が熟れた桃みたいに腫れており、涙で顔を濡らしている。

「誰か……」

「こっちだ」

植え込みの陰から顔を出した。

声をかけると、女は恐怖に顔を強張らせ、我妻のいる場所とは逆方向に逃げようとする。ヤクザどもの仲間と思われたらしい。

曽根が女に追いついて腕を摑もうとする。

「バカな真似しやがって。今さら逃げられやしねえぞ！」

植え込みから飛び出し、地面を這うようにして駆けた。助走をつけて、曽根の両足にタックルを決めた。

「うわ！」

曽根の身体が地面に弾んだ。

曽根が頭をアスファルトに打ちつけた。メガネが吹き飛び、ボウリングの球を落としたような硬い音がする。受け身が身体に染みついていないのを見ると、格闘技や武道経験はないようだ。

曽根の身体に覆いかぶさり、右拳を鉄槌《てっつい》のごとく振り下ろした。百円ライターの尻で殴りつける。鼻と口を滅多打ちにした。百円ライターが白い歯をへし折り、口内に欠片《かけら》が散らばる。鼻血を噴き出させ、曽根の顔がまっ赤に濡れる。

大学時代は柔道とケンカに明け暮れた。百円ライターや缶コーヒーを道具に用いた。手頃で拳を痛めないうえに、手っ取り早くダメージを与えられる。百円ライターが砕けて、液化したブタンガスが曽根を濡らした。

曽根は目を固くつむり、両手で顔を覆ったまま身体を震わせていた。タックルしてから約十秒でお釈迦《しゃか》にできたが、気を抜くわけにはいかない。曽根のワイシャツで汚れた手を拭い、あたりを見渡して注意を払う。

女は近くにいた。少なくとも曽根の仲間ではないことは理解したようだ。ひどく華奢《きゃしゃ》で、七美にはやはり似ていない。

マンションの一階フロアが騒がしくなった。男たちの怒声が外に漏れてきた。女はびくっと身体を痙攣《けいれん》させる。

「逃がしてやっからついてこい。グズグズすんでね」

我妻は立ち上がり、ミニバンへと引き返した。女は彫像のごとく固まっていたが、すぐに我妻の後を追うようにして駆けてきた。

# 4

東鞘会本部は線香の香りに包まれていた。

関東の顔役である氏家必勝の葬式といえど、今どき大規模な義理事など行えない。寺院も葬儀場もヤクザと関わったとなれば、お上や世間から睨まれる時代だ。式に加われるのは、親族と東鞘会系の親分衆、他団体のトップの名代のみだった。

銀座の本部ビルには、盃事や葬儀が行える大広間やホールがある。あくまで個人葬という名目で執り行われるため、東鞘会の名前や代紋は大っぴらに掲げてはいない。

供花の札名も同じだ。関西の華岡組を始めとして、全国の暴力団から送られているが、札名に記されているのはトップの名前のみだった。

必勝が息を引き取ったのは、織内らが見舞ってから一週間後のことだ。

東鞘会の首領《ドン》の死により、組織の内部分裂はいよいよ本格化する。当局はそう睨み、機動隊員を大量に動員して東鞘会本部をぐるりと取り囲んだ。大型の警察車両が何台も配備され、銀座自体がものものしい雰囲気に包まれた。

織内は一階ロビーで警備を担当した。情勢を考えれば気の抜けない仕事ではあったが、大侠客《だいきょうかく》の義理場でバカをやらかす三下《さんした》は最初から入れない。参列できる親分衆も機動隊から徹底したボディチェックを受けている。

式は一階ホールで粛々と執り行われていた。その模様はロビーに設置されたモニターで確認できた。

式は滞りなく進んでいるものの、水面下で激しい火花が散っていた。会長代理の神津太一を始め、神津派の幹部らがそれぞれ一千万のレンガを入れた巨大な香典袋を持ち寄り、その資金力を誇示してみせた。

義兄の新開もそのひとりだった。葬儀の参列者は百人以内と制限されているが、神津派の香典だけで数億にのぼるだろう。

ヤクザは見栄を張るのが商売とはいえ、嫌味なほど高額の香典は、その力関係を誇示しているようだった。一方で、勝一は数寄屋橋一家の組員を動員し、事実上の喪主となって葬儀を取り仕切った。モニターには最前列に座る神津と勝一の後ろ姿が映っている。

織内が見たかぎりでは、ふたりはひと言も会話を交わしていない。視線すら合わせようとしなかった。一階でも、神津派と反神津派の親分衆が睨みあいを繰り広げている。

出棺の儀となり、ビルの前に霊柩車《れいきゅうしゃ》が停まった。葬儀会社の運転手が機動隊員に難癖をつけられている。

ヤクザの葬儀も手がける希少な葬儀社だが、これだけ警官が動員され、ぎすぎすとした雰囲気の中で行うのは初めてのようで、運転手の顔色はひどく冴えなかった。受付係を担当した社長はあまりに高額な香典を管理する羽目になり、バケツで水を浴びたように汗を掻いている。

親族と幹部が棺《ひつぎ》を担ぎ、ロビーを通り抜けて、霊柩車へと運びこむ。後に参列者が続く。

公道に出た途端に、静かだった儀式が一転して騒がしくなった。東鞘会本部の前を走る公道の向かい側にはマスコミ関係者が陣取っており、カメラのフラッシュが一斉に焚《た》かれた。機動隊員が誘導棒を振り、さかんにホイッスルを鳴らしては、やじ馬に立ち去るよう促している。マスコミにとっては、またとない画《え》といえた。

先頭で棺を担いでいるのは、まさに対立しているボス同士だったからだ。

元力士の神津は、還暦間近にもかかわらず、棺を軽々と運んでいた。百九十センチ近い偉丈夫で、黒紋付を着ていると、大相撲の審判委員のように見える。表情を消しているものの、背筋を伸ばして歩むその姿は、次の首領《ドン》だと早くもアピールしているかのようだ。

神津の向かいは勝一だった。神津とは対照的に痩せているものの、飢えた狼のような野性味と覇気を感じさせた。

神津の後ろで棺を担ぐのは、タイで莫大な富を築いた神津組の若頭である十朱義孝だ。渡世入りして日も浅いが、十朱の貫禄《かんろく》は充分だった。眉にかかるほどの頭髪を七三に分け、メタルフレームのメガネをかけている。ヤクザの臭いを徹底して消しており、鋭い眼光と高い鼻が特徴の二枚目でもある。古武道や柔術の経験があるためか、異様に肩幅が広い。

勝一の後ろにいるのは、反神津派の重鎮である喜納修三だ。涙で顔を濡らしているが、額に血管を浮き上がらせ、怒りを噛み殺している。居並ぶ親分衆を差し置いて、なぜ十朱のような若輩者が棺を担いでいるのかと、顔に書いてある。織内は乱闘騒ぎに備えて固唾《かたず》を呑んで見守った。

霊柩車が別れのクラクションを鳴らし、東鞘会本部をゆっくり離れていった。この瞬間だけは派閥を超え、親分衆が掌を合わせて見送った。

勝一や喜納の傍には、神津に忠誠を誓う三羽ガラスの姿があった。元自衛官の土岐勉《ときつとむ》、ナイフ一本でのし上がったという大前田忠治《おおまえだちゅうじ》、それに神津と同部屋だった元力士の熊沢伸雄《くまざわのぶお》だ。彼らと勝一が並ぶのは、これが最後になるだろうと思われた。

出棺が済み、式は滞りなく終わった。火葬場に向かえるのは、当局の指導により親族のみとされたため、織内と沓沢が運転手を務め、二台のミニバンで勝一らを江戸川《えどがわ》区の火葬場へと送った。

約七千名の子を持った大親分といえども、たいていのヤクザと同じで、親族の数はひどく少なかった。必勝は十七歳で渡世入りし、二十代半ばのときに抗争で殺人を犯し、親兄弟から勘当されていた。そのため、まだ存命と言われる実父や兄弟の姿はない。火葬場を訪れたのは実子の勝一、カタギのところに嫁いだふたりの娘とその夫、四名の孫のみだ。

必勝が荼毘《だび》に付されている間、織内はミニバンの運転席で待機した。肩がひどく凝っていた。助手席のドアが開き、勝一がミニバンに乗りこんできた。彼がマールボロをくわえたので、織内はロンソンで火をつける。

勝一が煙を吐いた。

「骨になるまで時間がかかるらしい」

「そうですか」

「ここの係員が言うには、この世に思いを残した人間ほど、なかなか焼けねえんだってよ」

「初耳ですよ」

「おれもだ。そもそも残された親族に、んなことを言うやつがあるかってんだ。むっとしたよ」

勝一が小さく笑うと、急に話題を変えてきた。

「葬式んとき、えらくビビっていたな」

「おれがですか？」

「他に誰がいる。出棺のときなんざ、目が泳ぎまくってたぞ」

「あんなときに、子分の仕事ぶりをチェックしていたんですか？」

「背中にも目がついてるんでな」

「ビビっちゃいません。ハラハラはしましたがね。喜納の叔父貴が、神津に殴りかかるんじゃないかと思って」

「それだけか？」

勝一と目が合った。

心のうちを見透かすような視線だった。彼はカラーギャング時代から勘が鋭い。しばらく見つめ合ってから答えた。

「一週間前、新開と会いました。知っていたんですね」

「おれの目は背中にも京橋にもある」

「ですが、おれはなにも――」

勝一が歯を剥いた。

「この裏切り者《もん》が」

勝一が殴りかかろうとした。鉄拳が顔面スレスレで止まる。鼻に風圧を感じるのみだ。勝一に親しげに肩を叩かれる。

「なんてな。姉貴もいっしょについてきたんだって？」

織内は息を吐いた。

「急に押しかけられて、面会を断れませんでした」

「肉親とつるんで引き抜き工作ってわけか」

「おれにカタギになれと」

「ああ？」

勝一は眉をひそめた。

「自分たちも足を洗うと言いました。神津に潰される覚悟はできているとも」

「なるほど」

勝一が天井に向かって煙を吐いた。

「ここ数日、表情がどうも冴えねえと思ってた。お前の姉ちゃん、気合入ってるもんな。人だって殺《や》ってるし」

「はい」

眞理子は織内にとって母親のような存在だった。

織内と眞理子は埼玉で生まれた。母親は彼を病院で産むと、二日後には子供たちを残して姿を消した。父親は不明だ。

祖母の言葉を借りれば、母は男出入りの激しい売女《バイタ》だったそうだ。眞理子と織内を残し、職場のキャバクラで知り合った男と関西に逐電したという。

織内たちは浦和《うらわ》の祖母のもとで育てられた。十歳のときにその祖母が死に、母の叔父《おじ》にあたる人物に預けられた。織内らにとっては大叔父にあたる男だ。

大叔父は電気工事の会社を営む一方、市議会議員として地元では知られた顔だった。PTAの会長を務めながら、飼っていた犬が気に食わず、棒切れで叩き殺すような男だったが、遠い親戚《しんせき》の子を引き取ったのをアピールに使う一方で、織内たちに絶対服従を求めた。ガレージにはバッテリーを改造した根性注入器とやらがあり、織内の耳たぶに電極を固定して感電させるお仕置きをしょっちゅう行った。箸の使い方がなっていないだの、口の利き方がよくないだのと、難癖をつけては、この拷問器具を使いたがった。

家には大叔父の家族もおり、織内と同世代の子供もいた。織内への虐待を知っていたはずだが、大叔父の暴力を怖れていたのか、世間体を気にしていたのか、見て見ぬフリをし続けた。さらに大叔父は弟への折檻《せっかん》を止めるよう懇願する眞理子を、寝室に引っ張りこんで犯した。

極道をやっていれば、どこでも耳にする類いの話だ。大叔父は電気工事を自ら手掛け、しょっちゅう重い工具や資材を運んでいただけに、屈強で腕力もあった。

お礼をしたのは四年後、ついにそのときが来た。確実に仕留めなければ、自分たちが殺《や》られる。確実に死に追いやるため、家族が外出している日を狙った。

その日、大叔父は眞理子を寝室に連れこもうとした。寝室の前の廊下で、包丁を握った織内は大叔父めがけて後ろから突進し、背中を突き刺した。大叔父が怒鳴り声をあげて振り返ると、今度は正面から右脇腹や下腹を何度も突いた。肝臓や腸といった急所を集中的に刺され、大叔父は膝から崩れ落ちた。

——鉄ちゃん、それ以上はダメ！

眞理子が手で制した。織内は首を強く振った。

——止めんなよ！　もう殺《や》るしかねえんだ。

——いいから、あたしに貸して。

彼女は織内から包丁を奪い取ると、逆手に握って大叔父の胸を突いた。止めに入るつもりだとばかり思っていたが、自ら大叔父にトドメを刺したのだ。

——これはあたしがしたの。いい？

——ざけんな。これはおれが殺《や》ったんだ。姉ちゃんが罪被《かぶ》ることなんかねえ。こんなクソ野郎のために。

眞理子は血にまみれながら、妖しげな笑みを浮かべたものだった。それを見て、背筋がゾクゾクしたのを覚えている。

——こんなクソ野郎だから、あたしが殺《や》ったことにするんじゃない。

眞理子は大叔父の口に手をかざし、呼吸が停止しているのを確かめてから、織内に通報するように指示した。

少女による殺人は、当時のメディアをそれなりに騒がせた。

事件が明るみに出、大叔父は二度殺された。ＰＴＡ会長をも務めた現役の市議が、長年にわたって姉弟に対しておぞましい虐待を行っていた。事実が発覚し、刺したとされる眞理子には同情が集まった。

性的虐待を受け続けていた眞理子が無我夢中になって大叔父をメッタ刺しにし、織内が気づいて救命活動をしようとしたと警察では口裏を合わせた。

警察の捜査員は大叔父の自宅のガレージから手製の拷問器具を見つけ、織内が負った無数の傷に目を見張った。大叔父の家族には厳しい事情聴取が行われ、虐待を裏づける証言も得た。

眞理子は未成年であるうえ、被害者がサディストの鬼畜であることが明らかになったため、充分な情状酌量を得た。女子少年院で短期間過ごすと、すぐにシャバへ出ることが許された。

眞理子は肝の据わった女だった。目の前で弟が殺人を実行している最中に、パニックになることもなく、すぐに姉弟にとってベストとなる結果を弾《はじ》き出してみせたのだ。

真相を知るのはふたりだけだった。秘密は墓場まで持っていくつもりだ。勝一にも真実は打ち明けていない。

勝一に訊かれた。

「で。カタギになるのか?」

「よしてください」

勝一に肩を軽く叩かれた。

「お互いに面倒くさい肉親、持っちまったもんだな」

「まったくです」

勝一が笑みを浮かべた。

「心配いらねえよ。組織を割って出たからといって、今どき簡単にドンパチできるような状況じゃねえ」

「そうでしょうか……」

「いくら相手がケンカ好きの神津といっても、この日本じゃ好き勝手に暴れられねえってことを、やつが一番知っているからな。あの歳で懲役はもうコリゴリだろう」

勝一は灰皿にタバコを押しつけた。

「おれが望むのは冷戦だ。望むというより、そう持っていかなきゃならねえ。好き放題に暴れられねえのはこっちだって同じだ。それに、おれだって新開のような男前に、拳銃《チャヤカ》を向けたくはねえ」

「すみません」

「ちょっとは気が晴れたか」

うなずくだけで精いっぱいだ。視界が涙でにじんだ。これが勝一という男だった。

神津が覇道の信奉者なら、勝一は王道を行く男だった。人のうえに立てる器を持っているからこそ、ずっと彼についてきたのだ。

「神津のことだ。大っぴらにケンカはできなくとも、あの手この手で嫌がらせはしてくるだろう。事務所に車突っ込ませたり、店に消火剤撒《ま》かせたり。京橋のお前んところも、もちろんマトにかけられると思え。油断できねえぞ」

火葬場から葬儀社の係員が出てきた。ミニバンに向かって手を振る。

「焼けたみてえだな」

勝一がミニバンのドアに手をかけた。織内は頭を深々と下げた。

「ありがとうございます」

勝一は微笑むのみだった。

「おとなしく成仏してくれと祈ってくるとするか。殺し合いまではしねえからってよ」

勝一は建物内へとゆっくり消えていった。彼の背中がいつもより大きく見えた。

携帯端末を取り出して、今日の勝一のスケジュールを確かめた。火葬を終えた後は、氏家家の本宅がある築地《つきじ》に遺骨を安置する。

それが済んだ後は、態度を決めかねている親分衆のところを回って説得工作を行う予定だ。深夜には、喜納が経営している船橋《ふなばし》の沖縄料理店で、反神津派の極秘会合が行われる。まるで選挙中の政治家のようだ。

この一週間、勝一は因縁のライバルである華岡組の幹部や、関東系の他団体の重鎮とも接触している。

資金力では神津派に劣るものの、勝一側に賛同を示す人間は思いのほか多かった。運転手と護衛に徹した織内には、詳細こそわかりかねたが、必勝の舎弟分である長老たちを味方につけ、中立の立場にいる直系組長たちを口説き落とし、連判状に判をつかせることにも成功している。神津派と目された親分のなかにも、勝一に尻尾《しっぽ》を振るものもいるほどだった。人数だけでいえば、東鞘会の過半数を占める勢いだ。

勝一の交渉術もさることながら、最大の理由は神津派に対する嫌悪感や警戒心が予想以上に強かったためだ。

神津組を中心に海外で莫大な富を得た改革派の陰には、進出に失敗して大火傷《おおやけど》を負った者や、海外に打って出るだけの体力もないじり貧の組員も多い。

また、信賞必罰をモットーとする神津は、渡世入りして日の浅い者をも要職に就けている。長く組に尽くしてきた者たちほど、どこぞの馬の骨の盃など呑めるかと、猛烈な怒りや嫉妬《しっと》を抱えている。

携帯端末の電話帳を開いた。新開の名前と番号が表示される。画面にタッチして、新開に告げなければならなかった――おれは足を洗うわけにはいかない。

眞理子の顔がチラつき、姉夫婦と見た星空が脳裏をよぎった。しばらく画面を睨み続けたが、けっきょく電話をかけずに携帯端末をしまった。

煮え切らない態度のままの自分に苛立ちを覚え、拳を固めて頭を殴った。

※

「中立でいる連中は、今後もおれが直々に出向いて説得する」

勝一が携帯端末に向かって話しかけた。

画面には、沖縄料理店に集まった反神津派の男たちが映っていた。彼らとビデオ通話で会話をしている。

「それぞれ、自分たちの組織固めに努めてくれ。相手は惜しみなくカネをばら撒くつもりだ。シノギを潰されたやつ、事業がうまくいってねえやつ、とりわけカネに汚《きたね》えやつのところには、必ず連中が札束抱えて現れるはずだ」

真夜中の首都高湾岸線下りは事故で一車線に規制され、渋滞が発生していた。会合にも遅刻していたため、ビデオ通話で話し合いを始めていた。

喜納のダミ声がスピーカーを通じて響いた。

〈そうですな。これ見よがしに分厚い香典持ってきやがって。会長の葬式をアピールの場と思ってやがる〉

「喜納の兄弟、あんたの場合はゴルフクラブで教育した子分も見張ったほうがいい。きっと根に持たれてるぞ」

携帯端末のスピーカーから笑い声があがった。喜納は照れたように頭を掻いた。

〈昔と違ってこれでも控えてるんですよ。最近のガキはちょいと小突いただけで、警察に駆けこみますんでね。世の中どうなってんだか〉

織内は勝一の横で、窓外に目をやり、警戒にあたっていた。事故現場を通り過ぎると、車の流れはスムーズになり、ハンドルを握る沓沢とともに肩の力を抜いた。

車での移動には危険がつきまとう。乗降時はもちろん、信号待ちや渋滞時は恰好の的となる。勝一の愛車のジープ・グランドチェロキーは窓が防弾仕様になってはいる。しかし、神津派が東南アジアで展開している抗争では、自動小銃や爆発物が当たり前のように使われる。日本国内で派手なドンパチを仕掛けてくるとは思えないが、警戒だけは怠れない。

湾岸市川《いちかわ》インターで降りて国道を走った。沓沢がハンドルを握り直す。

「あと三分で着いてみせます」

勝一が携帯端末から顔をあげた。

「気合入ってるな。だが、ゆっくりでいい。どこで警官《ヒネ》が張ってるかわからねえ」

「あ、はい」

勝一の機嫌はよさそうだった。その横顔には疲れが見えるものの、父の葬儀をひとまず無事に終わらせると、態度を決めかねていた直参の親分衆ふたりとさっそく面会し、好感触を得て、ひとりから連判状の判をもらった。

織内は金属製のアタッシェケースを携えていた。なかには帯封のついた札束が入っている。資金力を誇示する神津派を批判しつつも、勝一の現金攻勢も負けてはいない。数寄屋橋一家がプールしていたカネを惜しげもなく配り、正統な後継者である神津には弓を引けないと渋る親分たちを、うまく自陣に取りこんでいる。

必勝から受け継ぐ遺産も莫大だった。他の遺族と分け合ったとしても、都内の優良な不動産や有価証券だけでも数十億になる。勝一は氏家家の顧問弁護士と話し合い、それらを迅速に現金化するように指示していた。トランクには、やはりカネがつまったアタッシェケースがある。

国道を東に走り、県道156号線を北上した。昼間はつねに渋滞しているが、深夜の今は行き交う車の数は少ない。片側一車線の道を進み、沖縄料理店がある京成船橋駅付近へと向かう。

「もうすぐ店に着く。続きは泡盛飲《や》りながらだ」

勝一が画面の喜納たちに告げ、携帯端末をポケットにしまった。織内はシートベルトを外す。店はもう目と鼻の先だ。

湊町《みなとちょう》二丁目交差点に入ったときだった。対向車線を走っていたダンプカーがセンターラインを越えてきた。ジープは日本仕様の右ハンドルで、ダンプカーは沓沢とその後ろの勝一めがけて突進してくる。

「なに――」

反射的に勝一のうえに覆いかぶさった。沓沢がハンドルを左に切る。

凄《すさ》まじい衝撃音がし、身体を激しく揺さぶられる。エアバッグが作動したのか、重炭酸ナトリウムの粉で車内はまっ白に染まる。

視界が白く濁り、万力で締めつけられたかのような痛みが走った。背骨とあばら骨がきしむ。ダンプカーと衝突したのだと悟る。

「勝一《オヤジ》……大丈夫ですか」

勝一はシートベルトを着用していた。顔を苦しげに歪めていたが、出血などは見られない。

「あいつを……」

勝一が運転席を指さした。

織内は前を向いた。痛みの正体をようやく理解する。運転席のシートに身体が挟まれていた。

「沓沢」

返答がなかった。織内は息をつまらせる。

運転席のシートは大量の血で真っ赤に染まっていた。まるでプレス機にでもかけられたように、高級SUVのフロント部分は押し潰されている。防弾仕様のフロントガラスには蜘蛛の巣状のヒビが入り、内側に大きくへこんでいた。

運転席のスペースは失われ、沓沢の胸にハンドルが喰いこんでいた。シートに頭を預けたまま、ぐったりと動かない。両耳の穴からも大量に出血していた。

「やりやがったな……」

勝一が呟いた。

織内はシートに挟まれながらも、携帯端末をポケットから抜き、１１９番にかけて救急車を要請した。

※

織内は病院の通路を歩きながら、ティッシュで洟をかんだ。

鼻水に白い粉が混ざっていた。エアバッグが作動したときの重炭酸ナトリウムだ。

まっすぐ歩いているつもりだったが、いつのまにか壁に肩をぶつけていた。両足がガクガクと震え、壁に設けられた手すりを摑んだ。

案内してくれた女性看護師が心配そうに顔を覗きこんできた。織内は首を振った。

「心配いらない。早く霊安室に」

手すりを摑みながら慎重に歩を進めた。

勝一の高級SUVは、突進してきたダンプによって、一瞬にして鉄くずと化した。頑丈なアメ車だったおかげで、すさまじい勢いで突っこまれたにもかかわらず、後部座席にいた織内は数か所の打撲と脳震盪《しんとう》のみで済んだ。

エレベーターで地下一階の霊安室に向かった。霊安室の出入口の前には、ふたりのニキビ面の若い制服警官がいた。織内の姿を見つけると、頬を歪めて注意してきた。

「死体《ロク》を拝んだら、とっとと帰るんだぞ」

織内はふいに距離をつめて、制服警官らに顔を近づけた。

「な、なんだ」

溜めこんでいた殺気を放って睨みつけると、制服警官らはふて腐れたように口を尖らせて視線をそらした。

スライドドアを開け、ひとりで霊安室に入った。無機質でガランとした空間が広がっている。

沓沢は隅に安置されていた。ストレッチャーのうえに遺体が載せられ、頭まですっぽりと白いシーツで覆われていた。

遺体の横には勝一の姿があった。首にコルセットをつけている。事故で頸椎《けいつい》を痛めたらしい。

「勝一《オヤジ》、大丈夫ですか」

早足で近寄ると、やはり足がもつれた。勝一は静かに答えた。

「たいしたことじゃない」

勝一がシーツをめくった。

「見てやってくれ」

顔をそむけたいという衝動に駆られたものの、歯を食いしばって直視する。

遺体の損傷は激しかった。胸や腹もプレス機にかけられたかのように、ぺしゃんこに潰されている。複雑骨折した肋骨が皮膚を突き破っていた。

惨たらしい遺体を目に焼きつけながら合掌した。この〝池袋モブス〟時代からの友が、苦しまずに旅立てたと信じたかった。

祈りを終えると、再びシーツをかけてやった。勝一がそっと息を吐いた。

「特攻してきたのは、無免のベトナム人だってよ。茨城で中古車売ってるパキスタン人の倉庫からくすねて、ハンドル操作を誤ったとぬかしてる」

「そいつの素性を洗います。パキスタン人のほうも」

勝一が携帯端末を振って、その必要はないと示した。液晶画面は事故でヒビが入っている。

「喜納の兄弟にもう任せてる。あくまで調べるだけで、軽挙妄動はくれぐれも慎むよう口を酸っぱくして言ってある。ベトナム人を一族から友人まで皆殺しにしそうな勢いだったからな。パキスタン人の家にも、ダイナマイトを投げこみかねない」

「確かに」

治療を受けている間、周囲はやたらと騒がしかった。

事故直後は情報が錯綜《さくそう》した。反神津派の幹部たちを始め、彼らの組員がこの船橋市内の巨大病院に殺到したのだ。

おまけに情報がねじ曲がって伝わったらしく、枝の組員にいたっては、勝一が事故死したと勘違いし、喪服姿で駆けつけてきた者もいた。警備に動員された千葉県警の警官隊との間に小競り合いも発生し、何人かの組員がしょっ引かれている。

勝一自らが携帯端末で無事を知らせ、組員を早々に立ち去らせたばかりだ。ついさっきまで、彼らの怒号が院内に響き渡っていた。

沓沢を見下ろす勝一の顔は無表情だった。声にも力がない。しかし、握りしめた拳には血が滲んでいる。無念さが伝わってきた。

「おれのミスだ。とんでもない大甘野郎だった」

勝一の目論みは、神津派相手に冷戦に持ちこむことだった。獲《と》った獲られたといった抗争は望んでいない。

たとえガラス割り程度であっても、暴力団員が抗争時に銃を使ったとなれば、市民に多大な不安や恐怖を与えたとして、十年以上の懲役を喰らいこむ場合もある。人を殺傷したなら無期や死刑だ。使用者責任として上層部までもが逮捕される。

シノギにも大きな支障が出るうえに、他団体にも迷惑をかける。いくら覇道の信奉者である神津といえども、自分と反目《ハンメ》にある極道を叩くのは難しいはずだと踏んでいた。

神津の盃を受けず、東鞘会を割って新たな組織を作り上げ、多少の小競り合いは起きるとしても、新組織の存在を嫌でも認めさせる――。

そんな勝一の青写真を、今夜のダンプが引き裂いた。運転手の素性は不明だが、ベトナムは神津組が深く食いこんでいる国だ。神津派の息がかかっているのは、火を見るよりも明らかだった。それこそ、新開などの幹部たちは、現地にいくつもの日本語学校を抱え、異国でひと旗上げたいと野心を抱く東南アジア系の人間を山ほど囲い込んでいる。

勝一の肩を叩いた。

「ミスったのは、勝一《オヤジ》だけじゃありませんよ」

「ああ?」

勝一が不愉快そうに歯を剝いた。彼はつまらぬ同情や慰めを嫌う。だが、織内は続けた。

「神津にとっては絶好のチャンスだった。必勝会長の葬式が終わったばかりのうえに、おれたちはドンパチなどありえないとタカをくくっていた。神津と張り合える対抗馬はあくまで勝一《オヤジ》しかいない。ここで大将首を獲っちまえば、一発でケリをつけられるうえに、警察《サツ》にもつけこまれずに済む。神津が描きそうな絵図でしょうが」

勝一が目を見開いた。

「第二波があり得たってことか」

「勝一《オヤジ》をきっちり殺《や》るのに、どっかの外国人のダンプだけじゃ頼りないと考えるべきでしょう。正面衝突で身動きが取れなくなったおれたちに、トドメを刺そうとした連中がいたはずです。だが、そいつらはしくじった」

「クソッ。おれはどこまで――」

勝一が血に染まった手で頭を掻きむしった。

確信があった。ダンプ特攻の目的は勝一殺害以外に考えられない。ダンプとは別の暗殺部隊がいたと見るのが自然だ。

高級SUVは鉄くずと化し、防弾ガラスは砕け、織内らは無防備な姿をさらしていた。息の根を止めるには、またとないチャンスだっただろう。

しかし、沓沢が終始警戒を怠らなかったことで、襲撃地点が沖縄料理店の近くとなり、喜納たちが瞬時に駆けつけたことで、九死に一生を得たのだ。最大の命の恩人は沓沢だった。

勝一が声をひそめた。

「根本的に見直さねえとな。冷戦は止めた」

「おれが飛びます」

「お前が？」

勝一に肘《ひじ》で突かれた。

「新開や姉ちゃんはどうすんだ。姉ちゃんはたったひとりの肉親だろうが」

織内は奥歯を噛みしめた。

「いい加減にしろ」

織内はシーツをはぎ取って勝一に言い放った。再び沓沢の遺体が露になった。勝一の頬が紅潮する。

「なにをしやがる」

勝一が強烈なアッパーを腹に放ってきた。

鳩尾に拳を叩きこまれ、身体が宙に浮きあがりそうだった。床に両膝をつき、喉元《のどもと》までこみ上げる胃液を飲みこんだ。

織内は勝一の足にすがった。

「あんたは……まだ、そんなぬるいことを言ってるのか。神津にまんまと先手を打たれて、沓沢はこんな惨《むご》たらしくくたばった。三下のおれなんかの心配してる場合か。あんたは王《キング》だぞ。子分の事情など歯牙《しが》にもかけずに命じればいいんだ」

ダンプに突っこまれて、織内自身も吹っ切れた。

新開や姉は、織内の身を本気で案じていたと思う。だが、こうなった以上は姉夫婦と話すことはない。

織内は続けた。

「もう引き返せはしないんだ。沓沢のためにも、脅威はすべて取り除かなければならない。そのためなら、なんでもやる」

勝一に見下ろされた。その目は潤んでいる。

「……しばらく潜ってろ」

「勝一《オヤジ》」

「とっておきの舞台を用意してやる」

「すみませんでした。おれたちを殺し損ねたことを、神津に後悔させてやりましょう」

沓沢の冷えた手に手を乗せた。勝一もそのうえに手を置き、報復を誓った。

5

我妻はつまずいた。

身体のバランスを崩し、脇にいる男に抱きかかえられる。

「おっと、大丈夫か」

「問題ねえけんどよ、まだなのが?」

「あと約三メートル。バリアフリーの物件じゃないから注意してくれよ」

我妻の目にはアイマスクが着けられていた。

鍵が外され、ドアが開く音がした。新しい建材の匂いがする。男に手を引かれながら、段差や上がり框《がまち》に注意して、建物のなかへ入った。

ドアが閉まり、ロックがかけられる。男に背中を叩かれた。

「外していいぞ」

アイマスクを外しつつ、深々と息を吐いた。

ずっと闇に包まれていたためか、部屋の照明がことさら眩しく思える。

連れてこられたのは、どこかのアパートのリビングだった。真新しい建物で、部屋の中央には大きなテーブルと、ファストフード店にあるような簡素なスチール椅子が四つ並んでいた。

ゴミひとつ落ちておらず、壁には絵画が飾られてあり、観葉植物の鉢がいくつも並んでいる。落ち着いた雰囲気ではあったが、大きな掃き出し窓は雨戸で閉じられ、圧迫感を覚える。外の風景が一切わからない。

瞬きを繰り返して目を慣らした。

「いくら長年の友人《ダチ》だからってよ、ずっと目隠しされるってのは緊張すんな。下手なお化け屋敷よりもドキドキすっず」

男——車田拓《くるまだたく》がおかしそうに笑った。

「百戦錬磨のマル暴刑事が言うことか。しかしな、ここにいる女たちは四六時中、ドキドキしながら息を潜めて暮らしてるってことを覚えていてくれ」

「わがってだ。秘密は守る」

車田に頭を下げた。彼とは大学が同じで、警察学校でも同期だった。

車田はバイタリティを買われ、入庁して四年で刑事となり、世田谷《せたがや》署の刑事組織犯罪対策課や渋谷《しぶや》署の生活安全課などの激戦区で働いた。そこで様々な形で惨い目に遭わされる女たちを目撃した。

筋の悪いスカウトに騙されて違法風俗店に売り飛ばされた少女や、酒に一服盛られてレイプ被害に遭った女子大生。ヤクザに覚せい剤を無理やり注射されて依存症に陥ったホステスや、鬼畜と化した夫に殴打されて死んだ主婦など。

性犯罪被害者は、その多くが泣き寝入りを強いられる。仮に警察に駆けこんだとしても、取調官から根掘り葉掘り訊かれ、悪夢を蒸し返された挙句、証拠不十分で不起訴になるケースも多い。

近年になって、ようやく被害者には女性警官が寄り添って話を聞くといった処置が取られるようになったが、車田が警官だったころは、無神経な男性刑事が事情聴取にあたり、短いスカートを穿《は》いていた被害者の服装を批判し、夜道をひとりで歩いたことを責める者さえいた。

車田は職場の空気に嫌気が差して警察を辞め、傷ついた被害者を保護するために、女性への暴力を根絶するためのNPO法人に転職した。

車田に目隠しされながら案内してもらったのは、一種の駆け込み寺だ。女性センターや福祉事務所などを通じ、駆けこんできた女たちが暮らすシェルターだった。

ここには暴力夫から逃げてきた妻子や、ブローカーに騙されて東南アジアや南米などから来た外国人女性など、様々な問題を抱えた女たちが匿《かくま》われている。ヤクザやブローカーにもバレないよう、秘密が徹底されていた。それゆえ、我妻も目隠しをされたのだ。

団体がアパートを丸ごと一棟借り切っているのか、それともシェルターはまた別の場所にあるのかは不明だが、アパートのリビングはミーティングルームとして使われているらしい。

椅子に腰かけた。車田が淹《い》れてくれたコーヒーを飲みながら、部屋を見回した。

「運営の調子はどうだ」

「相変わらずカツカツさ。補助金が圧倒的に足りない。おれの給料の額を知ったら驚くぞ」

車田は顔をしかめた。そのわりには声に張りがあり、移動中も饒舌《じょうぜつ》だった。調子がいい証拠だ。

色あせたトレーナーを着ているが、頭髪はすっきりとスポーツ刈りにし、肌つやもよくて若々しい。もともと、警視庁内では二枚目として知られ、女性警官からひどくモテていた。刑事としても優秀だっただけに、転職の決意を表明したときは、誰もが愕然《がくぜん》としていたものだ。

「職員もあまり長続きしない。ほとんどが女性だからな。四六時中、事務所に脅迫電話がかかってくれば、誰でも神経のひとつやふたつはおかしくなる」

「すまねえ。お前が大変なのを知ってんのに、さらに厄介事を頼んじまった」

「お前らしいよ。それに……連れてきたあの娘《こ》は、七美さんにどこか似てる」

「勘ぐるんでねえ。ちっとも似てねえず」

「似てるさ。だからこそ、張り込み中にヤクザをタコ殴りにしたんだろう。昔からスケコマシやDV野郎には情け容赦なかったが」

車田との間に隠し事はなかった。職場では誰にも言わずにいた秘密を互いに共有している。たとえば車田がゲイであることだ。自身の性的指向を自覚したのは警察学校に入ってからで、非番の日には上野《うえの》や新宿《しんじゅく》二丁目で男と愛を交わした。女性警官から告白され、あるいは上司から見合い話を持ちかけられるたびに、脂汗を流し続けていたという。

警察社会は、性的少数者がカミングアウトして、堂々と働けるほど進歩的な職場ではない。バレるのを恐れる毎日や、同性愛者をコケにする同僚に耐え切れなくなったのも、警察社会から去った理由のひとつだ。

車田は顔を曇らせた。

「ただ、あの娘《こ》はまだ怖がってる。被害届を出しそうもないぞ。頑《かたく》なに拒んでる」

「無理に出させる気はねえ」

「それじゃ、どうやってカタをつけるつもり――」

玄関のドアがノックされ、当の本人が姿を現した。トレーナー姿の女性職員に付き添われている。ヤクザの性接待部屋から、裸足で逃げ出したときこそ、死人みたいに顔を青ざめさせていたが、今は八島《やしま》玲緒奈《れおな》の顔色は悪くなかった。頬の腫れも引いている。カーディガンに濃紺のロングスカートというシンプルな恰好だが、薄く化粧を施しているためか、泣き顔で逃亡したときとは別人に見える。

玲緒奈は車田に椅子を勧められた。彼女は顔を強張らせたまま腰かけた。会ってから一週間が経つ。しかし、彼女の目に宿った怯《おび》えの色は未だに消えていない。車田がコーヒーを彼女に出したものの、なかなか手をつけようとしない。

我妻は笑いかけてみせた。

「少しは落ち着いたが？」

「とても、よくしてもらっています」

玲緒奈はうつむいて答えた。ふいに顔をあげる。

「我妻さんには感謝してます。助けてくれただけじゃなく、避難所まで。だけど……」

「どうした」

「わかっているんです。被害届を出さなければいけないのは。だけど……思い出すだけで目まいがして」

「無理にとは言わね。怖い目に遭ってきたんだべ。相手は筋金入りのヤクザだ。震え上がんのは当然のことだず」

「い、いいんですか？」

彼女は探るように上目遣いで尋ねた。

さんざん被害届を出すように迫ったのだから、疑われても仕方がないといえた。

「板挟みにあって苦しかったべ。とにかく今は、君が大手を振って生きられることを最優先に考えったんだ」

「自分が情けないです。こんなにお世話になっているのに」

玲緒奈が身体を震わせた。我妻は頭を下げる。

「自分を責める必要はねえ。悪《わり》いのはおれのほうだず。曽根を逮捕すんのに血眼になって、君の気持ちを考えてなかった」

「そんなことないです。我妻さんが悪いだなんて」

玲緒奈が首を強く振った。

警視庁本部で事情を訊いたところ、都内の食品メーカーに勤務しているＯＬだった彼女は、奨学金を返済するため、夜間に品川《しながわ》のラウンジで働いていたとき、そこで飲食店をいくつも所有する若手実業家と出会ったという。

若手実業家は玲緒奈の経済事情を知ると、奨学金の返済に一役買ってくれたばかりか、紳士的に立ち振る舞い、恩着せがましいところも見せなかった。まるで白馬に乗った王子様のようだったと、玲緒奈は過去を振り返っている。

羽振りのよさと優しさに惹《ひ》かれて交際を始めると、若手実業家は本性を徐々に露にした。経理にカネを持ち逃げされたと苦境を訴え、玲緒奈に百五十万円の現金を用意してほしいと懇願したのだ。奨学金の返済を助けてくれたという義理や、彼に対する愛情もあり、玲緒奈はラウンジの常連客である曽根から借金してカネを作った。店では〝面倒見のいい金融業者〟という評判だったからだ。

曽根もまた男気のある金貸しを演じ、無担保で玲緒奈にカネを融資した。

玲緒奈からカネを受け取った若手実業家は行方をくらまし、失踪の事実を耳にした曽根は大いに嘆くと、突如暴力金融の正体を見せた。玲緒奈に利子を含め、耳を揃えて返済するように迫ったのだ。相模原《さがみはら》の母子家庭で育った玲緒奈に、頼れるような親族や友人がいないのは調査済みだったのだろう。曽根は和彫りをちらつかせ、彼女に身体で返済するように迫った。

曽根と若手実業家はグルだった。彼女の証言から、若手実業家の正体はただのスカウトマンで、かつて曽根も在籍していたスカウト会社の社員と判明した。玲緒奈を苦界《くがい》に沈めるための罠《わな》だったのだ。

我妻が見張っていた日、玲緒奈は二度目の性接待要員として集められた。一度はなんとか仕事をこなしたものの、その日の相手であるタイ人のなかにマニアックなＳＭ趣味を持った者がいたらしく、浣腸器《かんちょうき》を手にして、玲緒奈に排便をするよう迫った。

身の毛もよだつ要求に耐えきれず、パーティの主催者である曽根の制止を振り切って、外へ転がり出たのだという。

車田が玲緒奈に語りかけた。

「しかし、被害届が出せないとなると、あの悪党どものほうが大手を振って生きることになる。曽根たちを詐欺や売春強要で刑務所に送らないかぎり、君が背負った借金は残り続けるし、それこそ連中は借用書を盾に取って、大きなツラをして君に迫ってくるだろう。うちも警察も守りきれなくなる」

「はい……」

玲緒奈は思いつめた表情でうつむいた。涙をこぼす。

このままではまずいと理解していながらも、恐怖に縛られて前に進めないようだった。

我妻が手を振った。

「やめっぺ。今日は追いつめるために来たんでねえ。君がこれから先、まっとうに生きてゆくことを最優先に考えっだと言ったべ」

「どうするつもりだ」

車田が眉をひそめた。我妻は鼻で笑ってみせる。

「卑怯《ひきょう》な女衒どもと話《ナシ》をつけるだけだず。やり方はいろいろあっぺや。きちんと令状《フダ》取って、牢屋《ろうや》に押しこむだけがマル暴の仕事じゃねえ」

我妻は席を立った。

書棚のうえにあったティッシュの箱を手に取り、玲緒奈の前に置く。彼女は礼を述べて、ティッシュペーパーで涙を拭った。

我妻は声をやわらげて言った。

「今日来たのは、安心して暮らせる日は遠くねえと伝えるためだべ。次に会うときは、もっといい知らせを持ってくっず」

「……なぜですか？」

玲緒奈が赤い目で見上げてきた。

胸が小さく痛む。涙で濡れた彼女の顔は、崖《がけ》っぷちに追い込まれた七美とダブって見える。

「なにが」

「なぜ、そんなに優しく――」

「おまわりさんだからだず。犯罪組織に苦しめられている市民を放っとけねえ。神奈川県警は今も相模原の実家周辺のパトロールを強化しっだ。大船に乗ったつもりでいろ」

玲緒奈は顔を押さえて泣きじゃくった。ありがとうございますと何度も口にしながら。

車田にうなずいてみせた。彼は別の部屋で待機していた女性職員を呼び、玲緒奈をミーティングルームから連れ出した。

車田にしげしげと見つめられた。

「どういうつもりだ。イケイケの武闘派から、優しいアンパンマンにでも宗旨替えしたのか。被害届を出すように持っていかなきゃ、あの娘《こ》のためにならないぞ」

「三神組に手が出せねぐなった。上からストップがかかりやがったんだ」

「なぜだ。東鞘会壊滅は警察の悲願だろう。内部分裂が表面化した今、これ以上のチャンスはないはずだ。昨日も、氏家勝一がダンプで潰されそうになったばかりだ。曽根みたいな三下なんか早いとこパクって、資金源を断つのが常道だろう」

「言われるまでもねえよ」

コーヒーを口にした。苦みが急に増したような気がする。

今や外部の人間である車田に、内部事情を話すわけにはいかない。だが、玲緒奈を守ってくれている以上、情報を共有しておくべきだと判断した。

「本来なら、あのお嬢さんを宥《なだ》めすかして、無理やりにでも被害届を出させてやるところだず。曽根の逮捕を口火に、稼ぎ頭の三神組をガタガタにしてやる気だった。あそこは神津組の魚住という古株も消してやがる」

性接待から逃げた玲緒奈は、東鞘会を締め上げるのに打ってつけの材料だった。本来であれば、四の五の言わせず被害届を出させるのが、我妻のやり方だった。

ヤクザに怖気《おじけ》づくようなら、警察はもっと怖い存在だとわからせる。まっとうな暮らしはできないと脅し、その事実を理解させてペンと被害届を用意する。それができなかったのは、課長の町本から待ったをかけられたからだ。

——曽根を引っ張るのはよせ。今はダメだ。

組対四課がある警視庁本部六階の小会議室に呼び出され、命じられた。

町本の横っ面を引っ叩《ぱた》きそうになった。それを堪えて尋ねた。

——なんでですか。またとねえチャンスだべした。

——まずは上司を見下ろさず、おとなしく座って耳を貸せ。

町本もひどく立腹した様子だった。血糖値が高いと医者から警告されているにもかかわらず、ペットボトルのコーラをがぶ飲みしていた。甘い物に目がなく、怒りを抱えたときはヤケ食いする癖がある。

——どうしたってんです。

膝をつめると、改めて質問した。

——木羽《きば》だ。組織犯罪対策特別捜査隊《ソトク》が横槍《よこやり》を入れてきた。

——組特隊《ソトク》が？

思わずオウム返しに訊いた。

組織犯罪対策特別捜査隊は本来、いわゆる半グレといった暴走族OBグループなど、暴力団の枠組みに収まらない犯罪集団を追跡するセクションだった。

二年前、組特隊《ソトク》の隊長に木羽保明《やすあき》が就くと、同隊は捜査対象を広げ、東鞘会をもターゲットにしたとの噂が立った。東鞘会は氏家必勝による一大改革により、すでに既存の暴力団とは異なる新型の犯罪組織に生まれ変わったというのが、彼らの理由だった。

木羽は公安部の元エースであり、秘密主義者として知られていたため、組特隊《ソトク》が東鞘会を狙っているという話も、どこまで本当かはわからなかった。今回、曽根の逮捕を邪魔されたことで、組特隊《ソトク》が東鞘会に目をつけていると初めて明らかになった。

——組対四課《うち》の邪魔をするくれえだ。一体、どこの誰を釣り上げる気でいやがんです。

——わからん。鼻持ちならんエリートきどりの小僧が、極秘だとぬかしやがった。新参の組特隊《ソトク》ごときが調子に乗りやがって。話す気がないのなら、組対四課としても、捜査の手を止めるつもりはないと突っぱねようとした。

町本はペットボトルを握りしめた。バキバキと潰れる音がした。

突っぱねろ、この野郎。喉元までこみ上げたが、町本は我妻と同じく血の気が多い。

町本はヤクザか警官になるかのどちらかしかないと噂される悪名高い三流大学の柔道部出身で、刑事になってからはマル暴畑を歩んできた叩き上げだ。組対四課は暴力団絡みの犯罪を扱う部署であり、同課の課長となってからは、この手で東鞘会をひねり潰すと意気込んでいた。そのため、組特隊《ソトク》が自分たちの捜査対象である東鞘会に首を突っこんでいること自体、ずっと快く思ってはいない。木羽にも相当噛みついたはずだ。

町本は悔しさを滲ませた。

――マルセイ案件だ。今は従うしかねえ。

町本とのやり取りを車田に教えると、彼は深々とため息をついた。

「マルセイ……政治家絡みだと」

「神津組を刺激すんでねえという天の声だず。曽根の性接待の件だけでなく、魚住失踪の件もしばらく塩漬けにせざるを得ねえ」

東鞘会が政治家を狙ったとしても、なんらおかしくはない。むしろ、積極的に誑《たら》しこもうと目論んでいると見るべきかもしれなかった。

車田がうなった。

「組対の部長はまだ美濃部《みのべ》さんか」

我妻は口を歪めた。

「ああ。国木田《くにきだ》の腰ぎんちゃくだず。声の主はあのあたりだべ」

組対部のトップである美濃部尚志《ひさし》は、警視庁と大規模警察本部を渡り歩いているエリートで、上の顔色をチェックするのが自分の仕事だと疑わぬキャリアの申し子というべき男だ。

美濃部は外務省に出向し、大臣秘書官を務めた経験があった。当時の大臣は、与党の大物で知られる国木田義成《よしなり》である。

国木田は与党の政調会長や幹事長といった要職を歴任し、地元の山梨では〝帝王〟と呼ばれ、派閥の領袖《りょうしゅう》でもあった。関西の準大手ゼネコンからの収賄疑惑や、マルチ商法で知られる悪徳企業からの政治献金など、カネにまつわるスキャンダルの絶えない曰《いわ》くつきの政治家でもある。東鞘会に金玉を握られていてもおかしくはない。

東鞘会を弱体化させる絶好のチャンスに、待ったの声がかかるのは、東鞘会が政権の中枢にまで食いこんでいる証拠といえた。

車田が首を傾げた。

「木羽の噂なら耳にしている。過激派から右翼団体まで、狙った組織を丸裸にしてきた諜報《ちょうほう》のエキスパートだろう。組特隊《ソトク》の目的はなんだ」

「捜査さえしてんのがも怪しいべ。たんに出世が目的で、組対四課の動きを止めたかっただけかもしんね。こだな調子じゃ東鞘会を潰すどころか、連中に警視庁《カイシャ》を乗っ取られっかもしんねえな」

腕時計を見やり、ポケットからアイマスクを取り出した。

「んなわけで、あの娘《こ》が被害届を出そうが出すまいが、スケコマシどもを今すぐにはしょっ引けねぐなった。アンパンマンになったわけでねえよ」

「それじゃ、あの娘《こ》はどうなる」

「もう少しだけ置いてでやってくんねえが？」

「それは構わんが」

「近日中に話《ナシ》をつけっず。捜査を止められたからといって、外道どもをつけ上がらせておくのも癪《しゃく》だがらよ」

車田が顔を曇らせた。

「気をつけろよ。連中は相手がサクラだろうと、簡単に引き下がろうとしない」

車田が懐に手を入れ、薄いピンク色の封筒を取り出した。我妻の前に置く。

「あの娘《こ》からだ。お礼の手紙だな」

「検閲済みか」

「当然だ。相手が警察官でも例外はない」

「まったく、頼もしいかぎりだなや」

我妻はスーツの内ポケットにしまった。

車田のシェルターでは、入所者の携帯電話の使用は禁じられている。暴力夫やブローカーからの追跡を防ぐため、手紙やメールの内容も運営スタッフのチェックが入る。プライバシーの侵害に違いないが、親族や友人にうっかり連絡したため、暴力夫などに居場所を知られてしまった例がある。やはり、この友人を頼ってよかった。組対部のトップが政治家のほうを向いて仕事をし、別の部署が捜査に口出しをしてくる。車田だけはブレが見られなかった。

アイマスクを着用した。視界が闇に包まれ、再び車田に案内されて部屋を後にした。

車田のコンパクトカーに乗せられ、約二十分のドライブの間、暗闇に身を任せた。彼は大江戸《おおえど》線の都庁前駅で降ろしてくれた。

近くのカフェに寄り、アイスコーヒーとサンドウィッチをオーダーした。店内は学生やサラリーマンがちらほらいるだけだった。隅の席に陣取り、サンドウィッチをコーヒーで胃に流しこみながら、玲緒奈の手紙を読んだ。水性ペンの美しい文字で、修正液を使った跡もない。

車田の言うとおり、我妻に対する感謝が綴《つづ》られてあった。あの場で我妻に出会っていなければ、ヤクザたちにとことん食い物にされていたと振り返り、車田らの指示にきちんと従って人生をやり直したいと決意が記されてあった。暴力団と向き合うには、もう少しだけ時間をくれと訴えていた。

刑務所の受刑者が書きそうな堅い内容で、玲緒奈の性格がにじみ出ており、行間から激しい葛藤《かっとう》が読み取れた。

手紙を読み終えると、封筒に再びしまい、彼女を再起させるためのプランを練った。

※

我妻は焼肉店に入った。牛肉とキムチの匂いがした。

店員に頭を下げられた。

「申し訳ありません。本日のこの時間は貸し切りとなっておりまして」

「見りゃわがっぺ。社長のツレだず」

店員に手を振って、店の奥へと向かった。

いい肉を出すと評判の店だったが、午後七時という書き入れ時でもガランとしている。客は奥に陣取っている三國とその子分たちだけだった。

三國は四人掛けのテーブルをひとり占めにしていた。前掛けをきちんとつけ、赤ワインを口にしている。テーブルにあるのは、サラダやサンチュといった野菜が中心で、脂の少ない赤身肉がひと皿あるだけだった。お高く止まったビジネスマンみたいな食い方だ。

隣の子分たちのテーブルには、ミイラ男みたいに包帯だらけのヤクザがいた。玲緒奈に逃げられた曽根だ。頭に包帯を幾重にも巻き、鼻にはガーゼを貼っている。前歯も折れており、せっかくの二枚目が台無しだ。そうしたのは我妻だったが。

「刑事《デカ》か？」

子分が我妻に気づき、慌てて立ち上がった。彼の行く手を阻む。

「てめえ、なんの用だ」

「社長と話がしてえ」

「アポも取らずになんなんだ。こっちは刑事《デカ》の相手するほど暇じゃねえぞ」

子分は敵意のこもった目で睨んでくる。

彼は親分にならって、スーツにメガネという恰好だ。三神組では、極道臭のするジャージや戦闘服を避け、末端の若者までビジネスマンの姿に化けるよう教育を受ける。だが、目をひん剝いて威嚇してくるところはヤクザそのものだ。

我妻は声を張り上げた。

「組長と話がしてえんだず」

〝組長〟のところを強調した。ビジネスマンの三國は外で〝組長〟だの〝オヤジ〟だのと呼ばれるのをひどく嫌う。

子分の顔が引きつった。

「我妻さん、座ってくださいよ」

三國が前掛けで口を拭った。根負けしたようにため息をつく。我妻が子分を押しのけ、三國の前に腰かける。

「さすが神津組の出世頭だなや。東鞘会が割れちまったのに、悠然とメシを喰ってらっしゃる」

「警察の皆さんが、しっかり見張ってくれてますからね」

氏家必勝の葬儀から三週間が経っていた。

忌明けもしないうちに、東鞘会は直系組長会議を行い、六代目の会長に神津太一を選んだ。

そのさい、直系組長五十一名のうち、神津と対立していた氏家勝一を含めた十九名が欠席した。

同時に銀座の数寄屋橋一家の本部事務所において、勝一を初代会長とした和鞘《わしょう》連合が結成された。

東鞘会と完全に袂《たもと》を分かったのだ。

当初は、勝一に賛同する親分衆が多く、神津派を上回るものとの情報が流れた。しかし、フタを開けてみれば、勝一についた直系組長は中立派の四名を除く十五名のみだった。六代目東鞘会の構成員五千名に対し、和鞘連合は二千名に留まっている。

流れを変えたのは、二週間前に敢行された勝一へのベトナム人によるダンプでの特攻だ。神津派による攻撃なのは誰の目にも明らかであり、恭順の意を示さない者には、容赦なく命を狙うというメッセージでもあった。

ヤクザほど変わり身の早い人種はいない。神津の強権的な姿勢に震え上がった親分たちは、東鞘会に残ることを選んだ。

警視庁は、東鞘会の分裂に合わせて緊急会議を開き、ふたつの組織の実態解明や市民の安全確保の対策を協議した。大量の警官を動員し、東鞘会と和鞘連合の組事務所や関連施設に張りつかせている。三國の三神組も例外ではなく、蒲田署が監視を続けている。

三國にメニューブックを差し出された。

「よかったら、どうですか。腹すいてるでしょう」

「遠慮すっず」

恐々とやって来た店員にウーロン茶を頼んだ。

三國が子分に顎で指図する。子分は胸ポケットから長財布を抜くと、まっさらな一万円札を店員に渡した。

「騒がせたな」

三國が店員に微笑みかけた。店員は何度もお辞儀してキッチンに戻ると、すぐにウーロン茶を持ってきた。

店員の後ろ姿を見やった。

「この店がお気に入りだと蒲田署の連中から聞いたず。いちいち貸し切っちまうとは、相変わらず羽振りがいいなや」

「こっちも我妻さんの活躍をいろいろと聞いてますよ。最近だと、数寄屋橋一家の杉谷を投げ飛ばしたとか。くすぶりの面汚しを退治してくださって、うちとしては感謝しなきゃならない」

「くすぶりの面汚しなら、神津組にもいたべ。シノギでヘタ打って、身内のことをペラペラ喋ってた野郎がよ」

「へえ、誰のことですかね」

因縁をふっかける警官を前にしても、三國は涼しい顔で肉を口に放るだけだった。

ヤクザのわりに、三國は演技がうまいほうではない。商才に長《た》けたインテリだが、一方で短気な性格として知られている。

神津組は武道経験者がひしめき、武を重んじる気風がある。腕っぷしのない三國にとって、それが根深いコンプレックスとなっている。魚住を消すという危険な汚れ仕事に出たのも、いざとなれば殺しもできると、身内にアピールする目的があったものと、組対四課は睨んでいた。

神津太一が東鞘会の六代目を襲名したため、自身が起こした神津組からは引退している。神津組の二代目には、改革の最前線で活躍した若頭の十朱義孝が選ばれ、後任の若頭には武闘派で知られる土岐勉が就いた。

神津が東鞘会を牛耳ったことで、神津組の幹部たちが東鞘会の直系組長に選ばれるものと思われた。二代目の十朱は東鞘会の最高幹部に出世し、若頭の土岐はもちろん、若頭補佐の新開徹郎、それに銭儲けがうまい三國も将来の幹部候補と目されている。

身内で固めた側近政治で、神津の改革路線はこれからも維持される。〝神津組にあらずんば人にあらず〟と、早くも神津による強権的な組織運営に慄《おのの》いている者も少なくない。しかも、彼に表立って逆らう実力者は自ら東鞘会を去っている。盤石の出世コースを歩んでいるという自負でもあるのか、三國は冷静さを失わなかった。

我妻はなおも煽った。

「決まってっぺや。魚住のことだず。お前《め》が自慢のムエタイで退治したんでねえのが」

子分たちの顔が強張った。ムエタイも三國の前では禁句だからだ。

三國は頭でっかちのイメージを払拭《ふっしょく》するため、タイ人のトレーナーを雇って、ムエタイを習得しようと頑張った時期がある。運動神経が絶望的になく、すぐに音を上げて挫折したため、神津組のなかでは〝黒歴史〟と化した。

酒の席で三國のひ弱さをからかった弟分が、その後に何者かに拉致され、足の指を切断された挙句、口のなかにその指を押しこまれたという噂さえあった。

三國の頬が紅潮した。癇癪《かんしゃく》を起して殴りかかってくるのを期待したが、彼は苦笑いをするだけだった。

「イジメないでください。我妻さんの仰るとおり、おれは腕も度胸もない弱虫ですよ。今だって、トラックや銃弾が飛んでくるんじゃないかと、びくびくしながらメシを喰ってるんです。そういう臆病者はめそめそ泣きながら、強いやつにすがるしかないでしょう」

「強いやつな」

三國が匂わせているのは国木田義成だった。

三神組に対する捜査に、組対部長を通じて待ったをかけた大物政治家だ。組対四課が圧力に屈したのを、三國はよく知っている。だからこそ、余裕をかましていられるのだ。

三國がワインを口に含んだ。

「おれもね、悪者に襲われてる下着姿の女なんか見つけたら、マスクをつけて悪者を瞬時にＫＯできるような筋肉ムキムキのタフガイになりたかった。どうやらその手の才能はないらしいが」

「どうやって、そだな強いやつとやらを動かしたんだ。相手はそこいらの陣笠《じんがさ》でねえのに」

三國は笑みを浮かべたままサラダを食べた。

玲緒奈を救ったのが我妻だと、三國はとっくに見抜いているようだった。我妻が警官でなければ、魚住のように地獄へ突き落とされていただろう。

隣のテーブルに目をやった。グリルの肉が焼け焦げ、もうもうと煙を上げている。誰も手をつけずに、我妻を睨みつけている。とくにツラを壊された曽根は、金属製の箸を握りしめ、殺気のこもった視線を向けている。

三國が箸を置いた。

「それにしても、ちょうどいいところに来てくれました。電話でもよかったんだが、我妻さんには直接会って、アドバイスをしたかった」

「なにや」

「うちらのような日陰者が、警察《サツ》の旦那《だんな》衆にアドバイスなんておこがましいでしょうが、うちらのことなんかより、てめえの身を案じたほうがいいってことですよ。だいぶ周りが見えてねえようなんでね。ここらで故郷《クニ》に帰って、土にまみれて田んぼでも耕してたほうが身のためだ」

「アドバイスというより脅しだなや」

「商品はどこに。横流しでもしましたか」

三國がまっすぐに我妻を見すえた。空気が張りつめていく。

連中は警察組織にすら牙を剝くという凶暴な組織だ。相手が警官であろうと、ヤンチャが過ぎるようであれば、家族を狙ってカタに嵌めるなり、食いつめた外国人だのを雇ってダンプ特攻なりをしかけてくるだろう。

とはいえ、喜ばしい展開ではあった。ようやく本題に入れる。

「おれもアドバイスがしたかったんだ。商品とやらを解放しろってよ」

我妻が切り出した。三國が噴き出す。

「なんですって？」

「放っておけと言ってんだず」

「それこそ脅しだ」

「好きに解釈すればいいべ」

「シャブでもやってるのか。訛《なま》りのひでえカッペ野郎の刑事《デコスケ》が、脅しなんてしたところで様になりませんよ。これまでも勘違いをして、おイタが過ぎるおまわりには何人も会った。日本でもタイでもカンボジアでも。たいていは悲惨な末路を迎えていたもんです。バッジがあれば、なんでもやりたい放題だと思いこんでる。ここらで頭を冷やさねえと、明日にでも奥多摩《おくたま》の駐在所に飛ばされますよ」

三國は落ち着いていた。大物議員というカードを持っており、我妻らがうかつに手を出せないのを知っている。

三國のほうは脅しではない。これ以上、連中にしつこくつきまとえば、我妻は組対四課から外されかねない。組対部長の美濃部は国木田の忠犬だ。

三國がメニューブックを再び渡してきた。

「たかが女一匹とはいえ、こいつはメンツの問題でしてね。変な前例を作っちまうと、あいつの店からはいくらでも盗めると思いこむバカが必ず出てくる。上等なカルビでも食いながら話し合いましょう」

「いらねえよ。ヨゴレのお前《め》らと肉なんぞ食ったら、食中毒になっちまうべ」

隣のテーブルで物音がした。

曽根が立ち上がろうとするのを、周りの子分たちが押し留めていた。三國が冷たい目を向け、メニューブックを引っこめる。

「あんたはなにがしたいんだ。警官《ポリ》のわりには、頭の回るほうだと思っていたが、指折りのバカと評価を変える必要がありそうだ」

「今ごろ知ったのが」

「あんたはどっかの田舎に飛ばされ、こちらはきっちり商品を取り戻す。以上だ」

三國がトングを摑み、赤身肉をグリルで焼いた。

子分たちが立ち上がり、我妻を囲みながら見下ろした。早く失せろと無言で圧力をかけてくる。

我妻はウーロン茶をゆっくりと飲んだ。苛立った若い子分に肩を小突かれる。

「勝手に終わらせんでねえ」

三國の額に血管が浮いた。

「終わりさ。ここは喫茶店じゃない。ウーロン茶一杯で粘られたら店にも迷惑がかかる」

「確かにおれはお預けを喰らった犬っころだ。お前《め》らに嚙みつけねえで、今はキャンキャン吠《ほ》えることしかできねえ」

三國は我妻を無視して、トングで肉をひっくり返す。

我妻は居座ったまま続けた。

「ただし、吠える声だけはむやみにでけえんだ。こんだけネットが発達してっと、東南アジアだろうと中東だろうと一瞬で声は届くがらよ。便利な時代だべ」

三國が肉を焼く手を止めた。子分たちに手で座るよう指示する。

子分たちが椅子に座り直し、三國が暗い目を向けてきた。

「なにをする気だ」

「さっきから言ってんべ。吠えんだよ。お前《め》らとつきあいのあるタイのお役人様や社長さんたぢに。無害なビジネスマンを装ってへこへこしてっけんど、相手は油断ならねえジャパニーズマフィアどもだってことをよ。べっぴんな姉ちゃんをあてがわれて、ムチや浣腸で無邪気に遊びまくってたげんど、その姿はバッチリ録画されてっがら、いずれカタに嵌められるぞってな」

「てめえ……」

三國のトングが震えた。

力をこめて握りしめているため、金属が擦れる音がする。気どった態度はナリを潜め、顔つきも口調もすっかりヤクザらしくなる。

「英語とタイ語の二か国語で、お前《め》らの正体がよく伝わるように吠えてやっず。たとえ今日、奥多摩の駐在さんになっても、そんぐれえのことは明日にだってできる」

「あんた、死にてえのか」

「お前《め》らヤー公が嫌いなだけだ。吐気を催すほどよ。おれは他のおまわりと違ってひねくれでっがら、邪魔が入っど余計にイジメたくなんだず」

我妻はグリルを指さした。

「肉が焦げったぞ」

値の張りそうな赤身肉が、すっかり火が通り過ぎて縮み、表面が焦げていた。それまでマメに肉をひっくり返していた三國だが、いまや目もくれない。

三國が隣のテーブルに声をかけた。

「あの女の借金、いくらになってる」

「利子が雪だるま式に増えて、ざっと九百二十万円ってところです」

曽根が我妻を睨みながら答えた。三國が言った。

「だそうだ。警察官《ポリ》は案外、カネを貯めこんでるっていうが、あんたが代わりに返してくれるのか」

「眠いこと言うんでねえよ。元金はたったの百五十万だべ。スジワルの高利貸しに返済する義務なんかあるわけねえべした。お前《め》らがあの女をスカウト野郎と組んで嵌めたのはわがってんだ」

三國は白煙を上げる焦げ肉を、トングでつまんで放った。我妻のグラスに当たる。

「……ここがうちの店なら、あんたの肥臭《こえくせ》え舌でタン焼きをこしらえるところだ」

「たかが女ひとりのために、大切なビジネスを台無しにされたくねえべや。今後、女は変態社長の性接待なんかしねえで、ヤー公もいねえきれいな土地でまっとうな暮らしを営む。女の周りを嗅ぎずにゴロツキがちょろちょろしっだんなら、おれはタイに向かって吠えまくっぞ。タイだけでねえ。ベトナムだろうと香港《ホンコン》だろうと、お前《め》らが出入りする場所を狙いすましてキャンキャンわめくがらよ」

財布を抜き出すと、ウーロン茶代として千円札をテーブルに置いた。

「そんで話は終わりだ」

席から立ち上がると、子分らが通路をふさいだ。三國が前掛けをむしり取った。忌々しそうに床に投げ捨て、我妻を指さす。

「クソ警察官《ポリ》が。この代償は高くつくぞ」

鼻で笑ってみせた。

「迫力に欠けっず。ムエタイを習い直せ」

子分を突き飛ばして包囲網を破る。

通路をゆったりと歩いて出入口へと向かった。手錠をメリケンサックのように握り、襲いかかられたときは加減せずに殴るつもりでいた。しかし、追いかけてくる者はいない。

店員が凍りついたように直立していた。彼に手を振って店を後にする。

玲緒奈の無事が、これで保障されるかはまだ不明だ。ただ、いくら三國が短気で残忍とはいえ、やつは計算高い商売人だ。取引先に内幕を暴露されれば、年間数十億とも言われるシノギに支障が出かねない。

はっきりしているのは、我妻の首が危うくなったということだ。三國の言うとおり、どこかへ飛ばされるかもしれないし、どこかの食い詰め者がダンプでひき殺そうとするかもしれない。

「これでいい」

自分に言い聞かせながら商店街を歩いた。

6

織内は部屋の窓から外を覗いた。

夜中のお台場《だいば》は静かだった。お台場レインボー公園の近くで、いくつものタワーマンションと東京湾の暗い海が目に入る。梅雨は明けたと天気予報は発表していたはずだが、今日は午後から雨がずっと降り続けていた。窓ガラス越しに見える風景が雨滴によって歪んで見える。

織内は電話をかけて相手に尋ねた。

「どうだ」

〈だ、大福《いか》が羽田に届いた！　長旅でだいぶ疲れてるようだ。今夜は銀座に寄らねえで、そっちに向かうかもしれねえぞ〉

野太い男の声が耳に届いた。息遣いが荒く、声も震えている。興奮しているのは明らかだ。

「車両の数は？」

〈そいつがまだ摑めてねえ。わかったら改めて連絡する。クソ、なんだか緊張してきたぜ〉

「焦りは禁物だ。簡単に隙を見せる相手でもない。落ち着いていこう」

〈そ、そうだな〉

相手は喜納組の藤原光徳《ふじわらみつのり》だ。荒くれ者が多い喜納軍団のなかで、とくに根性の入った猛者として知られている。喜納組がケツモチをしている船橋市のデリヘルで、本番行為に及んだミドル級の元ボクサーを路上で捕まえ、足腰が立たなくなるまで叩きのめし、きっちりケジメをつけさせたという逸話がある。

そんな猛者ですら、電話ではひどく落ち着かない様子だった。無理もなかった。藤原が監視しているのは、敵方の大将である神津太一なのだ。でっぷりと腹が突き出ているため、大福などと隠語で呼び合っている。

神津が東鞘会六代目に襲名してから一ヶ月が経った。彼は全国の組織に挨拶《あいさつ》回りに出ており、今日も広島最大の暴力団である鯉《り》厳会《げんかい》のトップと会談し、日帰りで羽田空港に戻ってきたところだった。

袂を分かった勝一派については言及せず、子分たちには軽挙妄動を厳しく戒めている。関東最大の暴力団の分裂で、メディアや世間は大いに暴力沙汰を期待していたようだが、繁華街で怒鳴り合いや小競り合いがある程度で、事務所への車両特攻や発砲事件などは起きていない。

子分たちは新たな体制下でシノギに精を出し、神津は地盤固めに勤しんでいる。和鞘連合なる新組織など相手にしている場合ではない。東鞘会は表向き、そんな態度を取っている。

しかし、どちらの組織も水面下では、熾烈《しれつ》な闘争を繰り広げていた。独裁者の神津は、裏切り者を放置しておくほど寛容ではない。それは先代の実子の命を、ダンプ特攻で奪おうとしたことでも明らかだ。

警察も法律もお構いなしに、裏切り者には必ず鉄槌を下すのだというメッセージだった。

一方で、和鞘連合の結成式は盛り上がりに欠けた。幹事長になるはずだった河原塚近《かわらづかちかし》が、結成式に姿を現さず、神津の継承式に現れて盃をもらっていたのだ。

河原塚は成田《なりた》市周辺の顔役で、船橋の沖縄料理店での会合にも参加していた。事故で搬送される勝一をその目で見ており、神津派の脅しとカネに屈したものと思われた。

河原塚を筆頭に、顧問や特別相談役に就任するはずだった長老たちが、結成式直前になって、やはり態度を翻している。神津と舎弟盃を交わしたり、あるいは引退を表明して、東鞘会に恭順の意を示した。

――あのヘタレどもが！　あれだけ神津を罵《のの》りまくっていたくせに。

和鞘連合の結成式を終えた際、数寄屋橋一家の事務所の大広間で宴会が催されたものの、明るい酒とはならなかった。頭に血を上らせた喜納が、泡盛のボトルを抱えて吠えまくっていたものだ。

――会長、河原塚の芋引き野郎を殺《や》らせてください！　あの臆病者だけじゃねえ。風見鶏《どり》の年寄りどもにもケジメつけさせねえと。

和鞘連合は起《た》ち上げと同時に結束のもろさが露になった。にもかかわらず、勝一はいたって冷静だった。

――あんな日和見は放っておけばいい。

――しかし、なにか手を打たねえと、おれらは世間の笑いものだ。組織もじり貧になっていくだけだろう。

――風下に立つ気はないさ。

勝一は荒れる喜納と会長室に籠《こも》り、ふたりきりで話し合った。会長室から出てきた喜納は、満足そうな顔で大広間に戻り、うまそうに泡盛のコーヒー割りを口にしていたものだ。

勝一は変わった。沓沢の死をきっかけに腹をくくり、なりふり構わず東鞘会を斃《たお》すことを選んだ。暴れん坊の喜納には、真意を伝えたのだ。神津の首を獲る暗殺チームを結成したと……。

「どないでっか。大福の様子は」

生駒《いこま》が尋ねてきた。暇があれば銃器の手入れをしている男だ。今もソファに座って拳銃をいじくっている。

テーブルのうえには、銃身を短くカットした二連式のショットガンと、シカ撃ち用のダブルオーバック弾が置かれてあった。今は大型リボルバーをウエスで磨いていた。マグナム弾を発射できるコルトパイソンだ。六インチの長い銃身が、丹念に磨かれて黒光りしている。

生駒はくたびれた作業服を身に着け、胸ポケットにボールペンを入れている。五十を過ぎているようで、灰色になった頭を角刈りにし、ヒゲこそ毎日剃っているものの、鼻の穴も耳も毛が伸びっ放しだ。見た目はドヤ街あたりにいそうなおっさんだ。

「大福が羽田に着いた。しかし、まだこっちに向かうかは不明だ。人数も」

織内が知らせると、生駒はあくびをしながら言った。

「ボチボチ動きがあるとええんでっけど。待ちくたびれてきましたわ。なあ、豊中《とよなか》くん」

生駒は隣の若者の背中を叩いた。豊中と呼ばれた若者はうざったそうに舌打ちするだけだ。

豊中はずっとスマホゲームに興じていた。生駒とは対照的に、金髪に染めた頭髪を肩まで伸ばしている。ただし、長いこと放置していたらしく、根本がすっかり黒くなって、〝プリン〟と化している。

豊中は地方のマンガ喫茶あたりにたむろしていそうなタイプだ。シミのついたジャージを着て、暗い目を液晶画面に落としている姿は、毎日をテキトウに生きている怠惰なガキに映る。

ふたりは勝一の要請によって、関西から派遣された。二週間以上、織内とは行動をともにしているが、ふたりの素性は未だに不明のままだった。わかっているのは関西在住というくらいで、名前も偽名だった。

海老名《えびな》サービスエリアで、ふたりと初めて会ったとき、織内は戸惑いを隠せなかった。とても日本最大の暴力団の華岡組が抱える〝仕事人〟には見えなかったからだ。

神津に先制攻撃を喰らっただけでなく、華岡組からもとんだババを摑まされた――。織内は暗殺チームのリーダー役となったものの、見通しは暗いと、当初は嘆いたものだ。

しかし、勝一や喜納が用意したアジトを転々としているうちに、ふたりが只者《ただもの》ではないとわかった。生駒は重度の銃器マニアで、射撃の腕は確かだった。

喜納が所有している船橋の元鉄工所で、腕試しをさせたところ、生駒はリボルバーで十五メートル離れた位置に置かれたグレープフルーツや缶ジュースをやすやすと撃ち抜いた。

一方の豊中は、喜納組が誇る藤原と素手で戦い、彼からギブアップを奪っている。藤原が元ボクサーをもKOしたパンチで襲いかかっても、豊中は俊敏に頭を振ってかわし、彼の腕を摑んでひねり上げたのだ。おかげで藤原は肘にケガを負い、暗殺チームでも監視役に回らざるを得なくなった。

豊中はほとんど口を利かず、相棒の生駒に対しても不遜《ふそん》な態度を取っており、コミュニケーション能力には疑問符がつく。とはいえ、毎日スクワットを千回以上こなし、倒立腕立て伏せやブリッジなど、全身の筋肉を黙々といじめ抜いている。汚らしい恰好は、鋼鉄の肉体を隠すためなのだ。もっとも驚くべきはふたりの胆力だ。ターゲットは裏社会の首領《ドン》だというのに、怯えや緊張が感じられない。頼もしさを通り越して不気味にすら思えた。

携帯端末が震えた。藤原からメッセージが送られてきた。

〈二台だ。黒のレクサスが二台。護衛は七、八人。空港から首都高に乗った〉

織内が生駒らにそれを伝える。

「二台だ」

「ほう。ボチボチ準備しときますわ」

生駒が磨いていたリボルバーに弾をこめた。豊中はゲームの手を止めて雨合羽《あまガッパ》を着こむ。

神津は移動時に多数の護衛で守られている。彼の愛車はメルセデス・マイバッハだ。二トンを超える頑丈な高級車で、おまけに窓は防弾仕様と、動く要塞《ようさい》だった。

しかし、マイバッハではあまりにも目立つという理由から、今はもっぱらレクサスやアルファードといった国産車で動いている。種類と色が同じ車を二台用意し、神津が乗りこむ際、護衛たちが防弾カバンを一斉に広げ、神津の姿を見えないようにする。どちらに乗ったのかを悟らせないようにするなど、襲撃に対して備えていた。

しかし、神津はよくも悪くも精力と行動力が旺盛《おうせい》な男でもあり、下半身にまつわる逸話がいくつもある。急に一発やりたくなったと言いだし、夜中の三時や早朝に目を覚ましては、供も連れずにスクーターで愛人宅へ向かったこともあった。海外に行けば、必ずその土地の美女を子分に用意させ、乱交パーティに興じるという。

ヤクザ社会には「強いやつほど早く死ぬ」という格言がある。神津の守りにもいつか綻びがでる。そう信じて辛抱強く待ち続けている。

生駒がリボルバーをベルトホルスターにしまった。

「二台でも、やってもうてええんちゃいますか。十人以内やったら豊中くんとまとめて殺《や》れますわ」

「あんたらの実力はもう知ってる。もう少し待て」

首を横に振った。神津を襲うのは、車両が一台のみのときと決めていた。

現在は、狙われる者より狙う者のほうが圧倒的に有利だ。暴対法のおかげで子分は拳銃一丁さえ持っていない。生駒たちならば、丸腰の護衛もろとも神津を簡単に葬れるだろう。

ただし、織内たちも油断はできない。打ち損じは絶対に許されないのだ。一度でも失敗すれば、神津を殺すチャンスは巡ってこない。この襲撃に和鞘連合の運命がかかっていた。

雨合羽を着ながら再び外を覗いた。織内がいるのは古い低層マンションの三階の部屋で、窓から隣の高層マンションの正面玄関や地下駐車場の出入口を見下ろせた。

夏ともなれば、夜でも若者やカップルでごった返すらしいが、歩道や公園の敷地には人気がない。神津の愛人が暮らす隣の高層マンションも同じだ。共用灯は煌々とついているが、ひっそりと静まり返っている。うっとうしい天気のおかげで、襲撃にはもってこいの状況となった。

神津の愛人宅を割り出したのは、やはり勝一だった。神津は報復を警戒し、赤坂の若い愛人を引っ越させていたが、勝一は住処をあっさりと割り出してみせた。

お台場のマンションを見張れ。と、勝一から命じられ、織内は目を瞠《みは》った。

——一体、どうやって。

勝一とはトバシの携帯電話を使って連絡を取り合った。彼は手の内を披露してくれた。

——警察《ポリ》だ。そこいらの木っ端じゃねえ。警視庁の偉い野郎さ。

——おれたちに神津を殺《や》らせるって腹ですか。

——必勝《オヤジ》を死なせたときのように、テキトウに罪をでっちあげて引っ張ればいいだろうと言ったよ。連中にはそれだけの力がある。だが、神津にはそれができないんだとさ。

——警察《ポリ》が手を出せない……どういうことです？

——神津に金玉を握られて、うかつに手が出せないようだ。

——一体、どうやって。

神津が警察に対しても一定の影響力を持っていると聞かされ、敵である東鞘会の大きさを改めて思い知らされた。

それに対抗すべく、警察は勝一に情報を流して神津を襲わせようとしている。一方、勝一も私情を捨てて警察とも手を組み、東京進出を狙う華岡組とも手を握った。

以前の勝一なら、父の敵である警察や、こちらの庭をあの手この手で荒らす関西と協力するなどありえなかった。沓沢の死が、彼の意識を大きく変えたのだ。己の甘さを恥じて、神津の首をもぎとることに、今はただ執念を燃やしている。

携帯端末が震えて我に返った。藤原がメッセージではなく電話をかけてきた。

「どうした」

〈大福が湾岸線を走って、そっちに向かってる〉

「二台のままか」

しばらく間があった。藤原が声を張り上げる。

〈一台が臨海副都心で降りた！　もう一台は首都高を走ってる〉

臨海副都心出口はお台場にあるテレビ局の目の前だ。織内らがいるマンションから一キロと離れていない。

「どっちに大福が乗ってる」

〈……それがわからねえ。護衛の傘とカバンで見えなかった〉

「あんたは首都高を走れ」

通話を終えると、生駒らに状況を告げた。声が上ずった。

「一台がこちらに向かってる。ただし、ターゲットが乗ってるかは不明だ」

ふたりは準備を整えていた。

新たな情報を聞かされても、とくに表情を変えずに平静だ。ともに丈の長い作業用の雨合羽姿だ。腰やポケットが武器で膨らんでいる。

「そうですか。ほんなら、乗っとったら殺《や》るっちゅうことで、ええですか？」

「ああ」

「ほな、織内さんにはターゲットの確認を頼みます」

生駒から赤外線双眼鏡とワルサーＰ22を渡された。

マガジンには弾薬が装填《そうてん》されている。小型の自動拳銃とはいえ、ずしりと重く感じられた。

「わかった。行こう」

織内は生駒らとともに部屋を出た。雨と潮が混じった生臭さが鼻をつく。

ヒビの入った階段を駆け下りた。築三十年以上は経っている古臭い物件だったが、防犯カメラの類いは設置されていないため、正体を隠すにはもってこいではあった。

織内らは目出し帽をかぶり、そのうえから雨合羽のフードで頭を覆った。雨合羽に雨粒が当たり、ポツポツと音を立てる。

歩道を三十メートルほど走り、お台場レインボー公園に向かった。トイレの建物の物陰に隠れる。公園の隣は、愛人がいるマンションの敷地だ。物陰からは地下駐車場の出入口が見渡せた。

公道に目をやった。何台かの車がやって来たが、コンパクトカーやトラックだった。運転手に見られないように身を潜めつつ、ターゲットがやって来るのを待った。

「待て」

豊中が女子トイレを覗いた。織内も建物内に目をやって、思わず息を呑んだ。

個室が四つあり、ひとつだけドアが閉まっていた。なかに人がいるのだ。

豊中が動いていた。個室にすばやく移動しながら、ベルトホルスターから長いナイフを抜き出し、それを口にくわえる。

「もうすぐ大福が来る」

織内が声をかけたが、豊中は無視してドアに飛びついた。ガタンと派手な音を立てる。個室のなかから、男女の短い悲鳴が聞こえた。思わず生駒と顔を見合わせる。

二メートル以上もあるドアをやすやすと乗り越え、個室内へと消えた。豊中の動きは忍者を思わせた。鈍い音が何度かしたかと思うと、ドアの鍵を外して何事もなく出てくる。

豊中が手招きした。織内は公道を確かめてから、個室へと移動した。

パーカーを着た少女と学生服姿の少年が、下半身を丸出しにしたまま、洋式トイレのうえで崩れ落ちていた。高校生くらいのガキどもで、お楽しみの最中だったらしい。

豊中はナイフを口にくわえたままだ。首を横に振り、生かしていると無言で語った。

織内は状況を把握し、胸ポケットからワイヤーを取り出した。ふたりの手足を縛り、彼らのポケットから携帯端末を取り上げた。

「二十分だけじっとしていろ。声も出すな。下手に騒げば親兄弟もまとめて殺す。わかったか」

少年と少女は顔面蒼白《そうはく》の状態で何度もうなずいた。幽霊でも見てしまったかのように、身体をガタガタと震わせる。少年の陰茎はシメジのように縮まっている。豊中が内側から鍵をかけて、再びドアを乗り越えた。

織内たちは女子トイレを離れた。個室のなかのふたりは死んだように息を潜めている。一方の豊中は息ひとつ乱していない。

「すごいもんだな」

織内は豊中に声をかけた。

「ただの散歩や」

生駒が気味の悪い笑い声をあげた。

「あのガキども、当分、おめこはできんやろな」

赤外線双眼鏡で公道を覗く。

約百五十メートル離れた交差点に、一台の大型セダンが入ってくる。乗っている人間の顔まではわからない。しかし、車のフォルムやロゴで、車種はレクサスLSだとわかった。

「来よったか」

生駒は雨合羽のジッパーを下ろし、銃器を取り出した。ピカピカのコルトパイソンを握ると、左手でレッグホルスターからソードオフのショットガンを抜いた。

豊中も拳銃を抜いた。スミス&ウェッソンの38口径リボルバーだ。

生駒も豊中も弾は、ホローポイントを用いている。人体に命中すると、弾頭がマッシュルーム状に潰れ、体内を引っ掻き回しては、血管や内臓に大きなダメージを与えられる。織内のワルサーP22の弾もそうだ。

ガンマニアの生駒によれば、人を射殺するには必ずしも、大口径の銃である必要はないという。

――当てるとこ当てたら、22口径やろが、44口径のマグナム弾やろが一緒ですわ。ロバート・ケネディを殺したんも、22口径の安物のリボルバーや。急所にきっちり当てれば、人間あっけなくコロッと逝《い》くもんやし、逆に当たるとこ当たらんかったらしぶといもんですわ。

神津や護衛たちは銃刀法違反を怖れ、武器こそ所持してはいないだろうが、防弾ガラスで守られた車に乗り、防弾ベストでしっかり防御している。車からマンションまで移動する時間も、ほんのわずかだ。

確実に殺《や》るには頭などの急所を撃ち抜かなければならない。ワルサーを握ってスライドを引く。

信号が青に変わり、レクサスが近づいてきた。公園の隣にある地下駐車場の出入口に入り、レクサスは緩やかなスロープを下っていく。

「行きましょ」

生駒の合図とともに、建物の陰から飛び出した。レクサスの後を追ってスロープを駆け下りる。地下駐車場は打ちっぱなしのコンクリートで囲まれていた。いくつかの蛍光灯が青白い光で空間を照らしている。柱の陰に隠れて様子をうかがう。

駐車スペースには隙間なく車が駐《と》まっていた。人影は見当たらない。

レクサスはマンションの通用口の前で停まった。赤いブレーキランプが光り、後部座席から屈強な身体つきの男がふたり降り立った。流れるような動作で防弾カバンを掲げる。

防弾カバンは蛇腹式になっていた。折りたたまれていた三枚のプレートが広がり、顔から足までカバーできるような仕組みになっている。

掲げている男たちに見覚えがあった。ひとりは神津組系に属する組員で空手家の顔を持つ。もうひとりは大前田の組織のボクサー崩れだ。どちらも暴力のプロだった。

ふたりの護衛が防弾プレートを掲げるなか、大男の神津太一が姿を現した。本人に間違いない。降車と同時にレクサスが揺れた。特注サイズの高そうなスーツを身に着けている。

沓沢を死に追いやり、勝一暗殺に打って出た憎き相手だ。しかし、この男が大親分であるのは認めざるを得ない。堂々とした貫禄を備え、怯えなどは露ほども見られない。

生駒と目で合図を交わした。本物の神津だと。レクサスに乗車していたのは、神津と護衛ふたり、それに運転手の四名だ。

生駒と豊中がためらいなく柱の陰から飛び出した。

空手家が襲撃者に気づいて目を見開いた。

「なんだ――」

生駒のショットガンが火を噴いた。

銃身を短くカットされているため、発射直後に散弾の拡散が始まり、有効射程は短くなるものの、至近距離での殺傷力は増大する。空手家の防弾カバンと右腕に、ダブルオーバック弾が食いこんだ。天井と壁に血と肉片が飛び散り、空手家は右腕から血を噴き出させながら、コンクリートの床に尻《しり》餅《もち》をつく。

「会長、先に部屋へ！」

ボクサー崩れが叫び、神津が巨体を揺らして通用口へと駆けた。

生駒がさらにボクサー崩れを撃った。散弾は防弾カバンのプレートに当たったが、彼は衝撃でよろけて片膝を地面につける。

その隙を生駒と豊中は見逃さなかった。豊中がトリガーを引き、ボクサー崩れの右肩に弾丸をめりこませた。血煙があがる。

防弾カバンがだらりと下がったところで、生駒のマグナム弾がボクサー崩れの顔面を砕いた。下顎を吹き飛ばし、脳みそと頭蓋骨《ずがいこつ》の欠片が飛散する。

豊中がリボルバーで、床に倒れた空手家にトドメを刺した。空手家は弾丸を鼻に叩きこまれ、うつ伏せに倒れた。火薬の臭いが鼻を刺し、地下駐車場は硝煙に包まれる。

神津は通用口の自動ドアの前で立ち止まっていた。自動ドアはオートロック式で、神津は必死にスーツのポケットを探り、カードキーを取りだそうとしていた。その隙を見逃さず、織内は銃口を神津に向け、ワルサーを連射した。

仕留めたと思った瞬間、同時にレクサスの運転席のドアが開いた。ドアが遮蔽物《しゃへいぶつ》となって弾丸を防いだ。防弾仕様の窓ガラスに弾が当たって窓にヒビが入る。

運転手が外に飛び出した。手には防弾カバンがあり、すばやく広げる。

「なんだと」

織内はトリガーを引く手を止めた。運転手は精悍な顔立ちで、肌はまっ黒に焼けている。義兄の新開だった。

「会長、早くお逃げください！」

新開が吠えた。

「うお！」

神津が咆哮《ほうこう》をあげて自動ドアめがけて突進した。

力士の立ち合いのごとく、頭から突っこんでいく。分厚いガラスの自動ドアが、神津の頭突きにより、派手な音を立てて砕けた。マンション内へと逃げこむ。

「や、やるやんか」

生駒が口走る。

形勢が一転して不利になった。護衛ふたりをすばやく排除できたが、討ち逃がすおそれが出てきた。

織内は生駒らに命じた。

「ここはなんとかする。あんたらは大福を追え」

織内は生駒らに命じ、新開に向かって駆けた。

ワルサーP22を連射しながら突っこんだ。織内は肩からタックルを仕かけた。車にはねられたかのように、新開の身体が吹き飛び、背中をレクサスのボディにぶつけて、コンクリートの床を転がった。手から防弾カバンが離れる。

新開のうえに馬乗りになった。タックルの威力により、目の焦点が合っていない。必死にもがき、歯をむき出しにして、織内を振り落とそうとする。これほど感情をむき出しにする新開を見るのは初めてだ。タックルの際、唇を派手に噛み切ったらしく、口から大量の血をしたたらせている。

新開は下から指を使って目潰しを繰り出してくる。織内は振り払って言った。

「おれだよ。義兄《にい》さん」

「鉄――」

新開の目が飛び出さんばかりに見開かれた。隙が生まれる。それが狙いだった。

織内は新開の胸に肘打ちを繰り出した。あばら骨がへし折れる感触が伝わる。新開が顔を苦しげに歪める。

「……なぜだ。なぜ、お前がここに」

新開が絞り出すように言う。

「こっちのセリフだ」

神津暗殺の部隊を率いている以上、新開とぶつかるのは必然だと腹はくくっていた。しかし、こんな形で刃《やいば》を交えるとは思っていなかった。

新開の襟首を摑んで叫んだ。

「足を洗うんじゃなかったのか。おれに吐いた言葉は嘘だったのか」

「嘘なものか。今はそれどころじゃない。どいてくれ。頼む。おれにはやらなきゃならんことがある」

「おれもやらなきゃならないんだ」

新開がなおもまくしたてた。

「バカな。おれたちは争っている場合じゃないんだ。おれたちもお前たちも踊らされているだけだ」

「なにを言ってる――」

マンション内から三度発砲音がした。生駒や豊中のリボルバーの音だ。発砲音を耳にした新開が、歯をきつく嚙みしめる。

織内は自動拳銃を新開の頰に突きつけた。

「車の下にでも隠れてろ。欲しいのは、あんたの命《タマ》じゃない」

「バカ野郎。バカ野郎！　お前はなんてことを」

新開の目から涙がこぼれていた。「おれだけが……おめおめと生き残れると思うか」

義兄の涙に気を取られているうちに、視界がまっ赤に染まった。新開に血を噴きかけられたのだ。まともに目に浴びてしまった。

胸倉を摑まれ、強い力で下へ引き寄せられた。顎に激烈な痛みが走る。まるで固い岩で殴りつけられたようだ。新開が頭突きを見舞ってきたのだ。

脳みそを揺さぶられて平衡感覚を失った。意識が吹き飛びそうな強烈な一撃だった。気がついたときは、仰《あお》向《む》けに倒れていた。新開が上に乗っかっている。

意識を断ち切られそうになりながらも、自動拳銃をかろうじて握り続けていた。トリガーを引く。織内の顔に血が飛び散った。飛び出た弾丸が、新開の左手を弾き飛ばした。千切れた親指と人差し指が地面を転がる。

織内は忠告した。哀願だった。

「もうよせ。隠れてろ」

新開の右手が伸び、織内は首を摑まれた。

断固拒否するといわんばかりに絞められ、頸動脈や喉仏を押し潰されそうになる。彼の手を通じて殺意が伝わってきた。

ワルサーP22で新開の脇腹を撃った。防弾ベストを着用しているとはいえ、至近距離から撃たれれば激痛に苛《さいな》まれる。

だが、新開の力は弱まるどころか、より強さを増すばかりだった。肺が酸素を求め、脳が酸欠を起こし、意識が薄らいでいく。

右腕に力を集中してトリガーを引いた。何度目かの発砲音が鼓膜をつんざく。硝煙が目にしみる。新開の右手が首から離れた。織内は空気を求めて大きく息を吸い、そして激しく咳《せ》きこんだ。

織内の作業服が血に濡れそぼつ。新開が自分の首に手をやっていた。

「義兄《にい》さん」

新開の顔色が紙のように白くなっていく。

必死に首を押さえるが、血が噴水のように噴き出している。銃弾が頸動脈を貫いていた。新開は口からも血を吐きだす。

「義兄《にい》さん」

彼は仰向けに倒れて身体をくねらせた。ワルサーP22にはまだ弾が残っていた。

上半身を起こし、ワルサーP22を新開の頭に向けた。義兄を苦しめたくはない。

――本当ですね。えらく眩しくなってる。

京橋のオフィスに新開が訪れたときのことを思い出した。彼の禿げた前頭部を茶化し、姉といっしょになって笑い合った。遠い昔のように思える。

生駒と豊中がマンション内から引き返してきた。生駒が新開を足で踏みつけ、コルトパイソンでトドメを刺そうとする。

織内は手を振った。

「よせ」

「助からんわ」

「わかってる」

生駒が足をどかした。

織内がトリガーを引くと、新開の眉間《みけん》に穴が開き、まったく動かなくなった。湧き上がる感情を、奥歯を噛んで押し殺す。

「知った仲でっか？」

生駒に訊かれ、軽くうなずいた。豊中に促される。

「用は済んだ。ずらかるで」

「大福は」

豊中の手袋は血にまみれていた。彼が手を開くと、肉片が現れた。人間の耳だ。

「頭に三発」

生駒の手を借りて立ち上がった。

頭突きを喰らったダメージが尾を引き、航海中の船に乗っているかのようだった。地面がグラグラと揺れる。

織内は新開の顔に触れようとした。彼の両目は開きっぱなしで、開いた瞳孔が天井を睨んでいる。せめて、目を閉じてやりたかった。

生駒に手を摑まれて制止された。

「あかん。こいつと仲ええ者《もん》の犯行やとバレるで」

その言葉は正しかった。憐憫《れんびん》や悔恨は足をすくわれる原因となるだけだ。後には退かない。退けない。沓沢の遺体の前で、勝一と誓い合った。濡れそぼった作業服から新開の血がきつく臭う。おれを忘れるなといわんばかりに主張してくる。

織内は生駒の肩を叩いた。弾んだ声を無理やり出した。

「戻って一杯やろう。おれたちは最高の仕事をした」

## 7

我妻はチャイムを鳴らした。反応がない。

周囲に目をやってから、スチール製のドアに蹴りを入れた。予想以上に大きな音が出て、隣の浅見が嫌な顔をする。

ふたりがいるのは、お台場の古いマンションの廊下だった。広大な公園が広がる静かな場所だったが、現在はものものしい雰囲気に包まれ、警官やマスコミでごった返している。

今度は加減してドアを蹴った。

「大村《おおむら》さん、いだんだべ。逮捕状《フダ》持ってきたんでねえんだ。顔だけでも見せてけろや」

ややあってからドアが開いた。思わずたじろぐ。

姿を見せたのは二メートル近い大男だ。身体のサイズにたじろいだのではない。片頬が熟れたリンゴみたいに腫れあがり、丸刈りにした頭にはコブをいくつもこさえ、唇にはいくつもの裂け目ができている。タンクトップ一枚という恰好で、身体中に包帯を巻いていた。親分にきついヤキを入れられたらしい。

「ツラは見せた。これで満足か。おまわりさん」

大村はそっけなくドアを閉めようとした。

「待てよ」

我妻はドアの隙間に足を突っこんだ。大村は不快そうに足に目を落とす。

「どかせ。足潰すぞ」

「やってみろや。傷害の現行犯で署に引っ張れっぺ。まだ弁当も残ってだよな」

履いているのは出動靴ではない。ただの革靴だ。かりに大村が本気になれば、我妻の足の骨は粉々に砕け、二度と使い物にならないかもしれない。

大村は毘沙門《びしゃもん》TSUYOSHIのリングネームで、それなりに有名な元プロレスラーだった。怪力の巨漢レスラーでありながら、並外れた運動神経を持ち、華麗な飛び技も駆使していたという。熱狂的なファンを持つ人気レスラーだったが、路上でチンピラを絞め殺し、傷害致死で四年間を刑務所で過ごした。

仮釈放でシャバに出てからは、インディー団体を渡り歩きながら自分の団体を興そうとして、方々で借金を重ねてはトラブルを起こし、マット界から干された。プロレスラー時代のタニマチだった東鞘会系の熊沢に目をかけられ、ヤクザの世界に片足を突っこんでいる。今は熊沢組の準構成員といったところだ。

室内からは女性用の香水の匂いがした。部屋では大村だけでなく、数人の娼婦たちが暮らしていた。部屋は大村の住処であると同時に、派遣型の裏風俗の待機所でもあった。

我妻は足を踏み鳴らした。

「弁当持ちのくせしてヤクザのもとで管理売春、おまけに警察官への暴行傷害ともなりゃ、今度は相当長い旅になっぺ。仮釈放だってねえべや」

大村は舌打ちしてドアを開け放った。

「301号室のことだろう」

「なんか知らねえが？」

「知っていたら……乗りこんでって全員ぶち殺していた」

大村は拳を握りしめた。太い二の腕に血管が浮かびあがり、全身を小刻みに震わせた。刑事を相手に物騒な告白をしてしまうほど、怒りに満ちあふれている。

３０１号室とは、暗殺グループが潜んでいた部屋だ。このマンションは神津の愛人が暮らす高層マンションの隣に位置し、そこで神津を殺すタイミングを狙っていたらしい。

築三十年以上が経つガタのきた建物で、防犯カメラの類《たぐ》いはなかった。住戸の半分は民泊として活用されており、住民は長期滞在の外国人ばかりだった。あとは警察に協力的とは言えない裏社会の臭いをさせた人間たちだ。

「あそこに会長の愛人が暮らしっだことは？」

親指でお台場レインボー公園を指した。

我妻らがいるのはマンションの五階だった。犯行現場となった地下駐車場の出入口が見える。盾を持った機動隊員が立ち、パイロンがいくつも置かれ、住民以外は出入りできないようにしている。隣の公園は、本来ならカップルや親子連れで賑わうが、今はひと組も見当たらない。

大村は唇を歪めた。

「知るわけねえ」

「んだよな」

神津の愛人の住処は、東鞘会のなかでも極秘扱いだった。枝の準構成員である大村が知る由もなかった。なにも知らなかったからこそ、大村はこの程度の仕置きで済んだのだ。

神津が殺害されて四日が経過した。地下のエレベーターホールまで逃げる神津に、暗殺者たちが後ろから銃弾を浴びせ、頭部を破壊した。

死亡したのは神津だけではない。ふたりの護衛と運転手の三人もまとめて葬られている。暗殺グループは銃器の扱いに慣れており、的確に銃弾を頭に浴びせていた。

ヤクザ社会はもちろん、警察組織にも激震が走った。警視庁は湾岸署に特別捜査本部を設置。百五十人という大規模な体制で捜査を始めている。暴力団同士の抗争と見て、組対部も捜査チームを派遣している。我妻班もそのひとつで、現場周辺で聞き込みを行っていた。

事件を追えば追うほど、犯人たちの腕の冴えが見て取れた。鉄壁の防御態勢で臨んでいた護衛たちを圧倒的な火力で排除し、自動ドアを突き破って逃げる神津を討ち取っている。神津組の武闘派で知られる新開徹郎は犯行グループと揉み合ったらしく、あばら骨を折られ、左手を吹き飛ばされ、喉と頭に弾丸を喰らうなど、凄絶《せいぜつ》な死を遂げた。

湾岸署の対応はすばやかった。管内を巡回中だったパトカーは通報を受けてから、五分以内に現場に到着している。惨状を目の当たりにした署員からの報告を受け、同署と警視庁は即座に緊急配備を敷き、湾岸エリアの主要道路を封鎖し、鉄道各駅にも警官を配備した。

水も漏らさぬ包囲網を形成したものの、犯行グループが一枚上手だった。連中はアジトに戻って嵐が過ぎ去るのを静かに待ち、包囲網が解けるのを見計らってから逃亡したものと思われた。

機動捜査隊や鑑識が現場一帯の防犯カメラの映像データを集め、犯行グループのアジトが隣のマンションにあると割り出したときには、もぬけの殻だった。家宅捜索が行われたが、銃器や弾といった物的証拠はもちろん、部屋からは指紋や毛髪一本も採取できなかったらしい。当局には決して尻尾を摑ませないという強い意志を感じさせた。

大村が口を開いた。

「根も葉もない噂でもいいのか？」

「大歓迎だ」

大村の太い両腕が伸びて、我妻は襟首を摑まれた。宙吊《ちゅうづ》りにされ、首を絞めつけられる。

「なにをする！」

浅見が大村の腕に組みついた。しかし、大村はビクともしない。

「お前ら警察《ポリ》が、会長を売り飛ばしたんだろうが！　先代を殺《や》ったときみてえに」

「おい――」

言葉を発することはおろか、呼吸もできない。足をバタつかせ、つま先で大村の脛《すね》を蹴った。大木の幹のようで揺らぎもしない。

「その人を放せ」

浅見がリボルバーを抜き、大村のこめかみに向けた。撃鉄を起こす。

大村はリボルバーを一瞥《いちべつ》すると、我妻を軽々と放り捨てた。

通路の外壁に背中を打ちつける。激しく咳きこみながら、目の前の大男をナメたことを後悔した。大村が本気を出せば、五階の通路から外へと投げ飛ばせたはずだ。冷汗がどっと噴き出す。

大村が両手を差し出した。

「そら、とっとと逮捕《パク》れ。木っ端」

浅見がリボルバーを突きつけたまま、ベルトホルスターから手錠を取り出す。我妻は彼を制した。

「とんでもねえ馬鹿力だべ。戻ったら動画サイトで、あんたの試合を見っず」

「逮捕《パク》らんのなら、とっとと帰れ」

ワイシャツとスーツの襟を正した。

「それにしても不思議なこと言うでねえが。なして、警察《うち》が神津を売らなきゃなんねえのや」

大村は眉間にシワを寄せた。

「今度こそスカイダイビングしてみるか」

「目障りな神津を排除したくて、警察《うち》が愛人の住処《ヤサ》を和鞘連合に密告《チンコロ》したってわけが」

「それ以外になにがあるってんだ。誰だってそう思う」

「くだらない与太話だ」

浅見が吐き捨てるように言った。

首都東京は特別な土地だ。つねに国際的なイベントが控え、世界のＶＩＰが訪れている。トップレベルに治安のいいメトロポリタンというブランドを維持しなければならない。

抗争で四人ものヤクザがまとめて射殺されるなどという事態は、警視庁にとっては汚点以外の何物でもない。海外のメディアからも注目を浴びてしまった。

せめて犯行グループを早期検挙し、捜査能力の優秀さをアピールしなければならず、和鞘連合系の事務所や関連施設を家宅捜索しているが、有力な手がかりは未だに見つかっていない。組対四課は、神津の愛人の住処がお台場にある事実さえ摑んでいなかった。和鞘連合に密告できるほどの情報さえ持っていなかったのだ。

ただ、東鞘会を見張っていたのは組対四課だけではない――。組特隊《ソトク》も狙っていた。

――マルセイ案件だ。今は従うしかねえ。

課長の町本の声を思い出した。

我妻は性接待の部屋から逃げた玲緒奈を救助し、それをきっかけに神津組の稼ぎ頭である三神組の資金源を潰そうと目論んだ。

警視庁はジレンマに陥っていた。東鞘会の壊滅を目標として掲げておきながら、捜査には急に及び腰になった。東鞘会が大物政治家を動かし、警視庁に圧力をかけてきたためだ。

昨今のお偉方は、政治家の顔色をうかがいながら仕事をしており、神津組を刺激するなと厳命が下った。三次団体の幹部にすら手が出せないのだから、トップの神津はアンタッチャブルな存在と化していた。

一方、特命を帯びた組特隊《ソトク》ならば、その圧力の埒外《らちがい》で行動できる。とくに公安部のエースだった木羽ならば、非合法な手段を用いて、愛人の住処をつき止めていた可能性がある……。

にわかに犯行現場付近が騒がしくなった。上から見下ろすと、二台のアルファードが現れ、多くの警官たちが集まっていた。記者たちも近づこうとするが、制服警官たちに制される。人ごみが公道にまであふれ、ちょっとした渋滞が発生した。誘導棒を持った警官が車を促す。

腕時計に目を落とすと、針は午後三時を指していた。ヤクザどもが現れる時間だ。

アルファードから降り立ったのは、東鞘会の中枢にいる男たちだった。

十朱義孝を筆頭に、神津派の三羽ガラスが姿を現した。巨漢で元力士の熊沢、ライオンの鬣《たてがみ》のように長い髪を伸ばした土岐、坊主のように頭を丸めた大前田。錚々《そうそう》たる顔ぶれだった。

三羽ガラスに身体を支えられながら、車を降りたのは最高顧問の二瓶克正《にへいかつまさ》だ。七十過ぎの老人で、氏家必勝や神津とともに、昭和と平成の時代を生き抜いた長老だ。遠目からでも泣いているのがわかった。涙や鼻水で濡れた顔をハンカチで拭っている。

連中は警視庁に前もって話を通し、死んだ神津や兄弟分たちを弔うために訪れたのだ。幹部らが連れている護衛は三人のみで、彼らは花束や日本酒の瓶を携えていた。十朱たちはスロープを下って、地下駐車場へと姿を消した。

アルファードから五十メートルほど離れた位置に、窓にスモークを貼ったミニバンが停まっていた。

「ありがとな。おもしれえ話を聞かせてもらったべ」

大村の胸を軽く叩いて、その場を離れた。早足でエレベーターへと向かう。

浅見が慌てて追いかける。

「班長、いいんですか」

「いい判断だ。助かったべ。これからはどんどん銃を使え」

「違いますよ。あいつをしょっ引かなくていいんですか。危うく突き落とされるところだった」

エレベーターのボタンを押した。

「逮捕《パク》って小突き回しても、埃すら出やしねえず。盃もらってもねえ半端者捕まえたところで、点数稼ぎにもなりゃしねえべ」

エレベーターに乗りこみ、一階のボタンを押した。浅見が不思議そうに見やる。

「なにをするんです」

「聞き込み」

我妻らの任務は、マンションの住民に片っ端からあたることだ。半分以上は民泊を利用した外国人で、ろくな情報を引き出せなかった。残りは銀座の飲食店や高級クラブで働いている者たちだ。銀座を裏で仕切る東鞘会についてペラペラ喋る人間はいない。

マンションを出て、アルファードへと向かった。運転手のヤクザと警官たちが睨み合っている。マスコミは十朱ら幹部の写真や動画を撮れたらしく、満足した様子でカメラの液晶ディスプレイを覗きこんでいた。

浅見が顔を曇らせる。

「よしてくださいよ」

「勘違いすんでねえ。相手は暴力団員《マルB》じゃねえよ」

ミニバンに近づいて、黒色のサイドウィンドウをノックした。

「ご苦労さんです。少しいいがっす」

運転手には見覚えがあった。組特隊《ソトク》に所属している若手刑事で、あからさまに顔をしかめられた。無視してノックをすると、ドアロックが外れる音がした。

スライドドアを開けた。阿内将《あないまさる》が後部座席に座っていた。今は組特隊《ソトク》の副隊長として、隊長の木羽を補佐する立場にある。

阿内は不機嫌そうな表情をしながらも手招きしてくれた。浅見に外で待つように命じ、ミニバンに乗りこんだ。阿内の横に陣取ると、彼に頭を下げる。

「お久しぶりです。ご活躍は常々耳にしてました」

「昔話をしたいわけじゃないだろう。なんの用だ」

阿内はタバコに火をつけた。禁煙の警察車両だろうと、お構いなしに煙をふかす。

昔から崩れた雰囲気を漂わせていたが、その傾向はいっそう進んでいるようだった。三白眼と腫れぼったい瞼《まぶた》という不気味な目つきに加え、無精ひげが顎を覆っている。

年齢は四十を超えたばかりのはずだが、実年齢よりも老けて見える。着古したジャンパーとよれたワイシャツという恰好で、警官というよりも羽振りの悪いヤクザのようだ。

彼は爪を隠すのがうまい鷹《たか》だ。七年前、八王子《はちおうじ》署公安係で上司と部下の関係にあった我妻は、そう思った。

「先日、神津組系のポン引きを挙げようとしたんだけんど、政治家の腰ぎんちゃくに邪魔されで、捜査潰されぢまいましたよ。ヤクザ叩くのが組対の仕事だってのに」

運転手がバックミラー越しに睨みつけてきた。

組特隊《ソトク》は裏でなにをやっているのか。我妻は遠回しに訊いたのだ。

阿内が運転席のヘッドレストを拳で小突いた。運転手の若手刑事がミニバンを降りる。

車内でふたりきりになると、阿内はアルファードを見つめたまま口を開いた。

「お前の噂は耳にしてる。今じゃ組対四課《ヨンカ》の切り込み隊長と呼ばれてるらしいな」

「あんたがそう仕込んでくれたんだ。八王子の時は世話んなりました」

「女々しくぼやきを言いに来たのか。それとも、昔話に花を咲かせたいのか。どっちだ」

阿内はタバコの煙にむせて咳きこんだ。顔は土気色をし、目の下には隈《くま》ができていた。昔からくたびれた中年男のようなナリをしているが、巨大な獲物を仕留めてきた腕利きのハンターだ。右も左もわからなかった我妻に、刑事の仕事のイロハを叩きこんでくれたのは阿内だ。

八王子署公安係で、阿内と我妻は大きな手柄を立てた。八王子市内の政治団体の構成員が、収賄スキャンダルの渦中にある与党の国会議員を襲撃するとの情報を摑んだのだ。

ダイナマイトと拳銃で武装し、国会議員の自宅周辺をうろついていた構成員を我妻が逮捕した。未然にテロを防いだとして、公安係は警察庁長官賞を受賞している。

政治団体はいわゆる仁俠右翼で、広域暴力団の下部組織だった。拳銃とダイナマイトを構成員に提供したとして、トップと幹部を軒並み逮捕。政治団体ごと崩壊に追いこむだけでなく、上部団体の暴力団員をも捕まえることに成功している。

公安係全員が褒め称えられたが、そのほとんどは阿内の手柄だった。政治団体から漂う危険な臭いを察知し、内通者を仕立てあげると、情報を集めて構成員の襲撃計画を正確に把握していたのだ。我妻は彼のもとで、訳のわからぬまま、指示に従って動いただけだった。しかし、おそろしいテロ計画を阻止したひとりとして表彰された。机に向かって勉強するのが苦手で、大学もスポーツ推薦で入った柔道バカが、三十代前半で警部補に出世したのも、この八王子時代の功績が大きい。

我妻は首を振った。

「組特隊《ソトク》がなにをしったのがを知りてえんですよ」

「見てのとおりだ」

「ヤクザのお守りですか」

「お守り？」

阿内はシートに身を預けた。

彼はけだるそうな表情を見せるだけだった。我妻はその横顔を見つめる。

「うちゃ所轄が、勝手に手ぇ出せねえように見張ってるってことです。なにしろ、神津組は国木田義成の急所握ってるそうでねえですか。いたずらに神津組を刺激して、国木田の金玉が破けるような事態にでもなりゃ、あの政治家の顔色見ながら仕事しっだ美濃部部長が立場なくしちまう」

「そんなところだ。大物の政治家《マルセイ》やキャリアどもに恩を売っておくのは悪くない。お前の捜査に横槍入れたのも、それが理由だ」

「ご意見をうかがえて、いがったっす」

「いがったか。相変わらずひでえ訛りだ」

「訛りを直すなと言ったのも、あんただべ」

「とにかく、納得できたのなら降りるんだ。こう見えても忙しい」

阿内が窓をノックした。外にいた若手刑事がスライドドアを手荒に開け放つ。元プロレスラーの大村ほどではないにしろ、身長は百八十センチをゆうに超えている。身体に厚みもあり、マル暴刑事らしい圧力を感じさせた。仕事を邪魔されたのが癇にさわったらしく、年長の警部補である我妻を一丁前に睨みつけてくる。

若手刑事が顎を動かして、降りるように無言で命じてきた。無視して居座っていると、我妻に手を伸ばしてくる。

「わかったっず。悪《わり》がった」

我妻は根負けしたように笑いかけ、ミニバンのステップに足をかけた。

同時に若手刑事の胸倉を左手で摑んだ。左腕に力をこめて引き寄せると、若手刑事の鼻に頭突きを放った。

「あっ」

若手刑事が顔を両手で押さえた。

我妻がさらに下腹を蹴りつけると、若手刑事はたまらず地べたに尻餅をついた。我妻はスライドドアを閉じ、すばやくドアロックをかける。

「生意気なガキだなや。上司がやたらデキる人だと、つい自分も偉くなったように錯覚しちまうもんだべ。ちゃんと教育し直しといたほうがいいっすよ」

阿内は摑みどころのない目で、我妻を冷たく見やるだけだった。

「なにを苛立ってる」

「おれも三十過ぎて、少しは知恵が回るようになりました。捜査潰された上に、人を喰ったような理由で煙に巻こうとされりゃ、苛立ちもすっぺず」

「皮も剝けてない童貞野郎だと思ったら、しばらく見ないうちに、チンコの毛ぐらいは立派に生えそろったってわけか」

阿内の下品な言葉を聞き流した。

「政治家《マルセイ》やキャリアにへつらって、ヤクザのお守りをする程度なら、そこいらの有象無象でもできっず。そっちの木羽隊長も腕利きの捜査官として知られでる。警視庁《カイシャ》自慢の二枚看板が、こそこそと裏で動いて、暴力団《マルB》と向き合ってんだ。よほど大きな絵図を描いっだ。んねがっす？」

阿内は黙ってタバコの煙を吐くだけだった。

彼は東東京の荒っぽい土地の出身で、札つきのワルが集まる学校で番を張っていた。空手でケンカ三昧《ざんまい》の日々を送り、暴力団員か半グレ組織に取りこまれそうになったとき、同じ空手道場の先輩だった木羽にシメられたのだという。

木羽と道場主が一緒になって、悪ガキだった阿内を説得し、警視庁に入庁させた——八王子署にいたころ、上司だった警備課長から聞かされた。

阿内は高卒で警察学校の成績も悪かった。当初こそ期待されていなかったが、不良として過ごした経験が活き、次々と薬物やナイフを持った不審者を捕まえ、手柄を立てた。アウトローや犯罪者の気配をいち早く察知する能力に長けていたのだ。

キレ者で知られるエリートの木羽と、数えきれないほどの手柄を立ててきた叩き上げの阿内。このふたりが組特隊《ソトク》に属してタッグを組んだのだ。反警察を標榜する東鞘会を、黙って放置しておくとは思えない。

阿内が再び咳きこみ、タバコに目を落とした。高タールのわかばだった。

「いくら安くても、味がきつすぎるな。ヤニが少ねえやつにしておかないと、そろそろ身体が持たねえ」

「阿内さん――」

「買いかぶりすぎだ。神津組は大将の命《タマ》獲られて、相当カリカリ来ている。お前の耳にも入っているだろうが、警視庁《うち》が大将の隠れ家を、和鞘連合に密告《チンコロ》したと思っている。根も葉もない陰謀論に振り回されて、連中がヤケを起こさないように見張らなきゃならない。有象無象にはできないデリケートな仕事だ」

地下駐車場の出入口が慌ただしくなった。

弔いの時間が終わったらしく、東鞘会の幹部たちが車に戻ってくるようだった。制服警官たちが警戒にあたり、マスコミが再びカメラを構える。

「時間だ」

阿内がタバコを我妻の顔に近づけてきた。

「お前のガッツを買って、車に乗りこんできたことは不問にしておく。だが、こんな真似は二度とするな」

「ありがとうございます」

頰に熱を感じたが、逃げずに向き合う。タバコは頰と接触する寸前で止まった。

地下駐車場の出入口では、東鞘会の護衛たちが、蛇腹式の防弾カバンを広げていた。最高幹部たちを守るため、壁を作っているが、背の高い十朱や熊沢の横顔は見えた。ヤクザたちの周りを制服警官が取り囲み、マスコミが加わってさらに大きな輪になる。

ドアロックを外し、ミニバンのスライドドアを開けた。外に出てから、車内を振り返る。

阿内はすでに我妻を見てはいなかった。タバコを灰皿でもみ消すと、それまでの気だるげな顔つきから一転して、険しい表情で最高幹部たちを注視している。眼光はひどく鋭い。

その姿を確かめられただけで充分だった。かつての部下だからといって、この男がやすやすと情報を与えてくれるとは思っていなかった。

若手刑事が鼻を押さえながら、スライドドアを荒っぽく閉じた。恨みがましく我妻を睨みつけてきた。目を合わせて睨み返すと、若手刑事は視線をそらす。

「班長」

浅見に後ろから声をかけられた。彼の肩を叩く。

「聞き込みに戻っぺ」

「元プロレスラーに投げ飛ばされそうになったかと思えば、今度は組特隊《ソトク》相手に頭突《チョーパン》きですか」

「昔の上司に挨拶しただけだず」

誘導棒を持った制服警官がけたたましく笛を鳴らした。人ごみで再び公道が渋滞する。東鞘会の最高幹部たちがアルファードに乗りこむと、神津の殺害現場から離れた。アルファードの後を追い、阿内を乗せたミニバンも走り去る。

マンションの玄関に戻ったところで、ポケットの携帯端末が震えた。車田からだった。電話に出る。

〈今、いいか？〉

車田が緊迫した調子で尋ねてきた。

携帯端末を握り直した。あたりに人がいないのを確かめ、玄関ホールの隅に寄る。

「なにや」

車田が小さく笑った。

〈あの娘《こ》の再就職先が決まったぞ。できるだけ早く伝えておきたかった〉

我妻は息を吐いた。

「んだが」

〈もっと気の利いた感想はないのか。気にかけていると思って、まっ先に連絡してやったんだぞ〉

「感謝してっず。待遇のいい会社なのが？」

〈空前の人手不足が幸いした。彼女がパソコンができて、マイクロソフト・オフィス・スペシャリストのエキスパート資格を持っていたのも大きい。今はまだ関東某所にある卸売業としか言えないが、昇り調子の会社で給料も悪くない。なにしろ福利厚生が充実していて、法人契約で借り上げた賃貸住宅を寮として提供しているし、引っ越しの費用も出すと言ってる。３６《サブロク》協定も遵守していて、残業代もきっちり支払われている。おれが就職したいくらいだよ〉

「借金は返せっが？」

〈充分だ。一千万近くまで膨れ上がったのを、お前が話《ナシ》をつけてくれたおかげで百五十万にまで減ったんだ。うちの顧問弁護士を通じて毎月返済させる〉

「ひとりで行動すんのは、しばらく控えたほうがいいべ。会社が関東にあんのなら、連中に居場所を嗅《か》ぎつけられてもおかしくねえ。夜道歩く時は、催涙スプレーと防犯ブザーをいつも持ち歩くよう伝えてけろや」

〈うちの団体にも警察ＯＢが天下ってる。いくら神津組系の組織といっても、無茶はやらかさないはずだ〉

三國の暗い目が脳裏をよぎった。

――ここがうちの店なら、あんたの肥臭《こえくせ》え舌でタン焼きをこしらえるところだ。

「どうだがな……東鞘会はそこいらの暴力団《マルB》とは違うがらよ。おかしなことがあったら、すぐに警察署に通報するように言ってけろ。おれの名前を出しゃ、少なくとも門前払いを喰らうことはねえ」

〈だから、あの娘《こ》にお前の電話番号を教えた〉

「そだなことしていいのが？」

〈いいに決まってる。たしかに、新たな勤め先も住処も外部の人間には教えられない。ただし、彼女のほうから連絡を取るのなら止める気はない。お前は警察官で、あの娘《こ》を誑《たぶら》かした自称実業家でもないんだからな。それとも、教えたらなにか都合が悪いのか〉

「そうでねえけどよ……」

車田が息を吐いた。

〈鬼で知られる組対四課《ヨンカ》の刑事さんも、いざプライベートとなると、田舎の純朴な高校生みたいだな〉

「切っぞ」

〈野暮なやつだ。彼女のほうが会いたがってるんだよ。変態セックスの性奴隷となっていたのを救い出してくれただけじゃなく、借金の件まで話《ナシ》をつけてくれたんだ。きちんと会って礼を言いたいらしい。お前だってそうだろう〉

否定しようとしたものの、かえって余計なボロが出そうな気がした。車田が取り調べの名人だったのを思い出した。

「ああ。認めっず」

〈しっかり感謝してもらえ。それにコワモテの刑事が近くにいたほうがいい〉

「なに？」

我妻は思わず聞き返した。

自宅は赤羽《あかばね》にある。職場に泊まりこんでばかりで、たまに眠りに戻るだけの場だ。

〈じゃあな。そのうち彼女から連絡が入ると思う。あとは、お前が守ってやれ〉

車田のペースで電話が切られた。

顔が火照っていた。恋のキューピッドのつもりかと、心のなかで毒づく。

とはいえ、見透かされていたのも事実だ。玲緒奈のことが気になっていた。車田にからかわれるのは面白くないが、彼女が会いたがっていると知らされ、心が昂《たか》ぶっているのを自覚した。

「大丈夫ですか？」

浅見に尋ねられた。

「なんでもねえ。聞き込みに戻っぞ」

部下の背中を叩いて階段を上った。

8

「そっちの様子はどうだ」

織内は電話で訊いた。

〈今のところは問題ありません。不気味なくらいです〉

コウタがひそひそと答えた。

神津太一を殺してから四日が経った。東鞘会側は未だに報復には乗り出さず、沈黙を保っていた。事務所へのカチコミや車両特攻すらもない。

今夜もバー〝スティーラー〟は営業していた。バーの事実上の経営者が、世間から注目を浴びている暴力団の関係者であるのは、それなりに知られているはずだ。

にもかかわらず、のんきにはしゃぐ客の声が複数聞こえた。今の自分とはまったく異なる時間が流れている。

〈むしろ、いつもより客が押し寄せてます。射殺事件が起きてから、情報を買ってほしいって、ホステスやら記者やらが押しかけてます。店の前に覆面パトカーが張ってるんで、ヤカラみたいなのは来てないんですが〉

店の雰囲気とは対照的に、コウタの声は強張っていた。

織内が射殺事件の張本人であると知っているのは、勝一と和鞘連合のごく限られたメンバーのみだった。しかしコウタは、織内がなんらかの形で事件に関わっていると気づいている。

「片っ端から買い占めるんだ。ただし、この機に乗じてガセネタを摑ませようとするバカもいるだろう。ナメてかかるやつには思い知らせてやれ」

〈わかりました〉

いつものコウタはお調子者のマスターに徹している。だが、ギャング時代は〝マッドK〟と呼ばれ、誰彼かまわず刺しまくった。あのころを思い出させるような冷ややかな声だ。抗争に乗じてカモろうとする不届き者には、ナイフできつい仕置きを加えるだろう。

女性客に「コウちゃーん」と呼びかけられ、コウタは一転して明るい声で返事をした。

「警官《サツ》が張りついているからといって、東鞘会を甘く見ないほうがいい。頼んだぞ」

〈池袋モブス時代の連中にもヘルプに入ってもらって、カメラで出入りをチェックしてもらってます〉

「それならいい」

守りには細心の注意を払っているが、それでも油断はできない。東鞘会は、メンツを保つための示威行為は控え、凶悪な戦法で勝負を一発で決めるのが常だった。暴対法が及ばない海外では、そうして勢力を伸ばしてきたのだ。

敵の地元マフィアの情報を徹底して集め、親玉や実力者を拉致すると、シノギである賭場《とば》や麻薬精製所にガソリンをまき散らして灰にした。カタギの家族や子供も平気でマトにかけたこともある。

勝一らはそれを熟知しており、だからこそ先手を打ったのだ。

〈おれも……いつでも飛べるように刃研いでますんで、言ってください〉

「ヤクザ映画みたいなこと言うなよ」

コウタとの連絡を終えると、携帯端末を枕の横に放った。安物のシングルベッドに身体を横たえる。

織内がいるのは、埼玉県三郷《みさと》市のマンスリーマンションだった。最低限の家具と家電製品があるだけの、そっけないワンルームだ。お台場で仕事をこなしてから、この部屋に移るように指示を受けた。

つけっぱなしのテレビでは、夜のニュース番組が流れていた。音を消していたものの、テロップだけで内容はおおよそ把握できた。

名の知られたお笑いタレントが覚せい剤に手を出していたらしく、警察車両で連行される姿が繰り返し放送されていた。まるで世紀の大ニュースのように延々と伝えられている。

その後に、神津殺しの続報が取り上げられた。お台場の殺害現場に、東鞘会の最高幹部らが姿を現したと報じている。

神津派の十朱と三羽ガラス、それに最高顧問の二瓶がアルファードを降り、計四名の命が散ったマンションの地下駐車場へと降りていった。画面が切り替わり、射殺された神津と護衛たちの写真が映し出される。

思わずテレビから目をそらした。新開の顔を見られなかった。

自分はもう死んだも同然の人間だ。首領《ドン》を殺《や》ったからには、報復は避けられない。暗殺の際、証拠を残さぬように最大限の注意を払った。関西から派遣されたヒットマンふたりも、翌日になって警察の緊急配備が解かれたのを確かめると、さっさとどこかへと姿を消した。

だが、ヤクザに証拠はいらないのだ。親分を殺された東鞘会が、和鞘連合に対して苛烈《かれつ》な報復を行うのは間違いなく、自分もその対象になっているのは明らかだった。

枕の下に自動拳銃のグロック17をしまっている。いざ敵がやってきたときのためでもあるが、自決用でもあった。生駒が置き土産としてくれたものだ。捕獲されてむごたらしいリンチを受けるぐらいなら、頭に弾丸をぶちこんで、さっさとあの世にトンズラする。

——おれだけが……おめおめと生き残れると思うか。

新開の声が蘇《よみがえ》った。枕に顔を押しつけて吠える。

車の下にでも隠れてろと言ったじゃないか。くだらない意地を張りやがって。

今も顎がずきずきと痛んだ。新開に強烈な頭突きを喰らわされ、前歯が一本ぐらついている。

銃弾によって穿《うが》たれた新開の眉間と、瞳孔の開いた両目が脳裏に焼きついていた。目を必死につむっても、大量の血に塗《まみ》れて倒れた姿を思い出してしまう。頸動脈から噴き出た返り血の臭いも、鼻にこびりついて離れない。

眞理子のクラブで働いているホステスに、それとなく電話で姉の様子を聞いていた。その娘はカタギで極道事情には疎く、織内が義兄と対立していることも知らなかった。

彼女によれば、眞理子は通夜や葬式では気丈に振る舞っていたが、火葬場で骨上げの段になって、堰《せき》を切ったように泣き崩れ、焼けたばかりの新開の遺骨を握りしめ、掌にひどい火傷を負ったという。いかにも眞理子らしいエピソードだった。クラブのキャストもスタッフも、眞理子が新開の後を追うのではないかと不安視しているという。織内もそれを懸念していた。

夫の新開はこれからの男だった。東南アジアで地盤を築き、ベトナムの大きな事業にも食いこんでいた。織内や和鞘連合と争うのを嫌って、カタギになる道を模索している最中だった。

眞理子もそんな夫に惚れぬいて、相手が極道とわかったうえで支え続けた。織内はようやく開けた姉夫婦の未来を奪い取っていた。

携帯端末の電話帳に、姉の連絡先はあえて入れていなかった。新開に何発もの銃弾を浴びせ、死に至らしめた自分に、話しかける資格などあるはずもない。嘆き悲しむ眞理子の声を聞いてしまえば、殺したのは自分だと告白しそうな気さえした……。

部屋のチャイムが鳴った。織内は反射的に枕の下に手を伸ばした。グロックを握り、スライドを引いて薬室に弾を送ると、ベッドから起き上がった。

インターフォンのモニターは玄関前を映し出していた。ふたりの男が立っている。

グレーのベースボールキャップに、整備員のようなツナギを着た男だ。もうひとりはゴルフ用のキャップを目深にかぶり、ポロシャツと紺色のチノパンという恰好だった。手にはパンパンに膨らんだ紙バッグがある。

「どちらさんですか?」

インターフォンのスピーカーに向かってとぼけた声で尋ねた。一方でグロックの銃口を玄関に向ける。

〈おれだよ。撃たないでくれ〉

ツナギの男がキャップを取った。

太いフレームのメガネをかけていて、一瞬誰かわからなかった。思わず声をあげる。

「勝一《オヤジ》――」

日焼けした肌と短く刈った頭髪でわかった。

もうひとりもゴルフ用キャップを取った。灰色の頭髪と義眼の右目が特徴的な初老の男だった。和鞘連合の幹事長補佐である重光禎二《しげみつていじ》だ。

「ちょっと待ってください」

織内は玄関に駆け寄ると、鍵とドアガードを外して、すばやくドアを開けた。外にいるふたりを室内に入れる。

織内は外を見渡した。マンションは住宅街にあり、深夜の今はひっそりと静まり返っていた。

近くには巨大ショッピングセンターや大型量販店のビルがそびえ立ち、夕方などは激しい渋滞を起こすほど混み合う。深夜の今は広大な駐車場に車はなく、建物や看板の灯りもすべて消えており、濃厚な闇に包まれていた。

マンションの前も同じだ。とくにあやしい人影は見当たらない。だが、護衛の姿も見当たらなかった。織内はドアを閉めると、再び鍵とドアガードをかけた。

「護衛も連れずに、なにを考えてるんです」

勝一に文句を言うと、ベランダへと走った。カーテンをめくり、掃き出し窓からベランダをチェックし、マンションの裏側の様子を確かめた。

部屋は最上階の七階にある。とはいえ、油断はできない。世の中には、生駒や豊中のようなプロが存在すると知った今では。

あの連中ならターゲットがビルのてっぺんにいようとも、ロープなどを使って這いあがってくるかもしれない。華岡組がそうした殺し屋を抱えている以上、東鞘会側にいてもなんらおかしくはなかった。

勝一は首を横に振った。

「心配いらねえ。警察《サツ》もヒットマンもいやしねえよ。それに」

彼は傍らの重光を指さした。

「護衛ならここにいる。伝説の用心棒だ」

「堪忍してください」

重光は謙遜するように首をすくめた。

彼が伝説の用心棒だというのは、大袈裟《おおげさ》な表現でもなんでもない。もともとは大阪を地盤とする華岡組系矢久保《やくぼ》会にいた。矢久保会の組長だった矢久保次郎《じろう》は、先代の華岡組の若頭補佐として君臨した武闘派の幹部だった。

約二十年前、矢久保次郎が、堺《さかい》市の自宅周辺で愛犬を連れて散歩していた際、トラブルになっていた京都の暴力団員から襲撃された。

車から降り立った五人のヒットマンを、矢久保の護衛だった重光が22口径の拳銃で返り討ちにした。海外のプロシューター並みの腕を持つ彼は、その場でふたりを射殺し、矢久保は傷ひとつ負わずに済んだ。

事件から一週間後に重光は警察署に自首。十五年間を刑務所で過ごしている。

本来ならば、重光は極道の鑑《かがみ》として大出世するはずだった。しかし、短気で知られる矢久保は、襲撃の裏には不仲だった華岡組の若頭――裏切り者がいると判断した。

新大阪のホテルのラウンジで談笑していた若頭に、矢久保は複数のヒットマンを放ち、問答無用で討ち取ってしまった。彼は身内を殺害したとして、華岡組から絶縁処分となった。矢久保会は独立組織としてしばらく生き残りを図ったが、重光が岐阜刑務所にいる間に解散を余儀なくされた。

帰る場所を失くした重光を拾ったのは、同じ刑務所で過ごしていた喜納だった。喜納のツテを頼って、東鞘会に客分として迎え入れられ、やがて氏家必勝の盃をもらい、五代目東鞘会の直系若衆となった。東鞘会が分裂してからは、喜納とともに和鞘連合に加わっている。

「こいつもある」

勝一は重光のポロシャツの裾《すそ》をめくった。

重光はチノパンにベレッタM950を挿していた。掌サイズの護身用の小型拳銃で、まるでおもちゃの銀玉鉄砲みたいだったが、重光は同型の拳銃でふたりを射殺していた。

「鬼に金棒とはこのことだ。それに隠れ家を出るときだって、囮《おとり》をいくつも使ってる。関東の大ボスであるこのおれ様が、チンケな軽《ケー》自動車《ヨン》の後部座席に身を隠して外出するとは思わねえだろう」

勝一は悪戯小僧のようにニヤリと笑った。織内は深々とため息をついた。

「どうしてそんなバカげたことを。もう、そこいらのギャングの頭目じゃないのに」

勝一は笑みを消して真顔になった。

「お前の様子を見に来た。そのグロックで自分の頭を弾いちまうと思ったからだ」

織内は思わず言葉に窮した。勝一はソファに腰かける。

「……図星なのかよ。やっぱり埼玉くんだりまで来た甲斐《かい》があった」

「実の兄みたいなもんでしたから。姉貴も後を追いかねないぐらい悲しんでるようで」

「後悔してるのか？」

「まさか」

織内は即座に否定した。

かりに自分が飛ばなかったとしても、誰かが殺していたはずだ。互いに足を洗わなかったのだから、起こるべくして起きたのだ。自身に何度も言い聞かせた。しかし、血に濡れた新開の姿が消えてくれない。血の臭いも取れない。

「ただ、気になることがあるんです」

グロックをキャビネットの引き出しにしまった。勝一にソファを勧められた。

「言ってみろ」

織内はソファに腰かけた。

「前にも言ったとおり、義兄《あに》は足を洗う気だと、おれに打ち明けました。にもかかわらず、なぜ義兄《あに》はおれの前に立ちはだかったのだろうと。なぜ足を洗わず、神津の盃を呑んだりしたのだろうと」

勝一と重光は顔を見合わせた。こいつはなにを言ってるのだろうと、顔に書いてある。織内は軽く手をあげて続けた。

「妙な言い草なのはわかっています。神津組の実力者だった義兄《あに》が、簡単に足を洗えるはずはなかった。ベトナム絡みの事業だってある。姉や子分のことを考えて、考えを保留したのかもしれません」

勝一は腕組みをして首をひねった。

「けっきょく新開は足を洗わず、組織に殉じて生きたってことだろう。お前だってそっちの道を選んだ」

重光がうなった。

「新開がええ男だったことは、わしもよう知っとる。だからこそ、義弟《おとうと》のワレと事を構えるような真似をしとうなくて、女房といっしょに一芝居打っただけなんとちゃうか」

「神津を襲ったとき、義兄《あに》は襲撃者の正体がおれなのに気づきました。気づいたうえでまくしたてたんです。争ってる場合じゃない。おれたちは踊らされてるだけだと。その言葉がずっと引っかかってるんです」

織内の告白を、勝一はじっと聞いていた。彼は独り言のように呟いた。

「『踊らされてる』か……」

「義兄《あに》は、おれたちを争わせたがっている者《もん》がいると知り、その正体を突き止めようとして――」

「ちょっと待て」

勝一が話をさえぎって立ち上がった。キッチンの冷蔵庫のドアを開ける。

「勝一《オヤジ》」

「なんだこりゃ。ヤクザ者の冷蔵庫のくせに、ビールも日本酒もねえのか」

勝一が冷蔵庫から緑茶のペットボトルを三つ取り出した。織内と重光に渡す。

「真面目に聞いてるよ。んなもん、踊らされてるに決まってるじゃねえか。ともかく、お前はでかい仕事をやってのけたんだ。ひとまず乾杯しようぜ」

「誰が踊らせたっていうんです」

勝一はキッチンの収納扉を次々に開けた。

「それより、マジでアルコールが一本もないのか？　お茶で乾杯ってのも締まらねえ。禎二さん、ピザ屋に電話してくれるか？　とりあえずビールを二ダースだ」

重光が携帯端末を操作し、ピザ店に電話をかけた。エビやイカの海鮮系、サラミにチキンを載せたミート系まで大量に注文する。

「会長、ワインとチューハイもあるようですわ」

「そりゃいい。一ダースくらいいっとくか」

織内が眉をひそめると、勝一がペットボトルを掲げた。

「ふて腐れんなよ。あんまり深刻なツラしてるから、盛り上げたかっただけだ」

「ふて腐れちゃいませんが――」

ペットボトルをぶつけあった。勝一は喉を鳴らして緑茶を飲むと、大きく息をついた。

「決まってるだろう。星の数ほどいるんだよ」

「え？」

「踊らせたがってるやつの話さ。必勝《オヤジ》と神津が、お上の顔色もうかがわねえで、よその団体とも揉めながら、好き放題にシノギを拡大させてきたんだ。おれたちのケンカを望んでる連中なんて山ほどいる。手打ちなんかしねえで、血で血を洗う総力戦にでもなれば、おいしい思いができるやつはいっぱいいるだろうからな」

「警察《サツ》や華岡組《かんさい》ですか」

「華岡組《かんさい》だって和鞘連合《うち》をバックアップしてくれてるが、本音をいえば、おれたちにはとことんやりあってもらって、自力じゃ息を吹き返せないくらいに消耗してほしいと願ってるだろう。おれらを使って、東京を丸呑みする気だ」

ふいに生駒と豊中の顔を思い出した。味方についている分には頼もしいが、敵に回せば厄介な人殺しだった。

勝一にじっと見下ろされた。

「納得いかねえって顔だな」

「警察《サツ》がよこす情報や、華岡組《かんさい》からの援助が、おれたちにとって毒まんじゅうなのは百も承知です。

新開《あに》が言いたかったのは、果たしてそんなことだったのか……」

「だったら、お前は誰だと思うんだ」

「わかりません。だから、ずっと引っかかってるんです」

勝一がペットボトルを荒々しくテーブルに置いた。緑茶がこぼれてテーブルを濡らす。

「新開はお前の義兄《あに》だし、仏さんをけなしたくはねえ。だけどよ、この期に及んで『争ってる場合じゃねえ』ってのは、なんのジョークなんだ。拳銃《チャカ》突きつけておきながら、戦争反対とぬかすようなもんだろうが。そんなふざけた屁理屈《へりくつ》、まともに耳を傾けてられるか。現にこっちは命《タマ》を狙われて、沓沢がダンプに押し潰された。危うくおれもお前もああなるところだったんだ。なにを今さら眠たいことを言いやがる。ああ？」

勝一に胸倉を摑まれ、無理やり立たされた。織内に顔を近づけてくる。

「おれと新開、どっちが正しい」

「勝一《オヤジ》です」

即答してみせた。

勝一はため息をつくと、織内の胸倉から手を離して微笑んだ。

「辛気臭い話はもうよそうぜ。それとも、まだディベートを続けたいか？」

「いえ」

「お前はどでかい仕事をやってのけた。世が世なら、極道史に名を残すほどの偉業だ」

「仇《かたき》を取ってやりました」

「それでいい」

勝一とハグを交わした。背中を叩き合う。

軽自動車に身を潜めて乗ってきたためか、男性用香水に混じって、勝一の身体からは排ガスや汗の臭いがした。

「こうして見ると、けっこうそっくりですわ。ほんまもんの兄弟みたいでんな」

重光が目を丸くした。勝一に頭をなで回される。

「姿形だけじゃねえよ。腕も胆力もおれ譲りさ。おっと、こいつを忘れてた」

勝一が思い出したように紙バッグを手に取った。重量があるのか、底がたわんでいる。

「このシケたマンションでの暮らしも明日までだ。しばらくは暖かいリゾートで、女とでも遊んで暮らせ」

勝一に紙バッグを押しつけられた。

なかには帯封のついた一万円札の束が入っていた。ざっと一億近くありそうだった。

現金のうえにはパスポートと、航空会社のロゴが入った封筒があった。紙バッグをベッドに置き、パスポートをめくってみた。織内の顔写真が貼られているが、名前はまったくの別人――精巧な偽造パスポートだ。封筒のなかには、クアラルンプール行きの片道チケットが入っていた。

「ほとぼりが冷めたら呼び戻す。帰国した時には、和鞘連合の幹部だ。そのころは神津組もあらかた呑みこんで、関東一の大組織に成長してるだろうよ」

織内は偽造パスポートと封筒を紙バッグに戻すと、首を横に振ってみせた。

「こいつは受け取れません」

勝一の顔から笑みが消えた。

「なんでだ」

「戻った時には、自分の組織がなくなっていた。そんなオチはまっぴらですから」

「なんやと？」

言うや否や鉄拳が飛んできた。重光の重たいパンチを頬に喰らい、衝撃で首がねじれた。

「おう、ワレ。でかい仕事したからっちゅうて、なにをえらそうな口きいとんのや！　わしらが負けると言いたいんか」

重光がさらにパンチを叩きこもうとする。勝一が腕を伸ばし、重光を制止した。

勝一が冷ややかな目で見つめてきた。

「やっぱり、ディベートを続けてえんじゃねえか。それとも、新開《あにき》を殺《や》ったのがショックで、足でも洗いたくなったか」

「遊んでなんかいられませんよ。このシケたマンションに閉じこもっていたとしても、ある程度の戦局ぐらいは耳に入ります。こんな大金をたかが鉄砲玉にくれてやる状況じゃないでしょう」

「たかが鉄砲玉やったら、身の程わきまえて、親の好意を黙って受け取らんかい！」

重光の怒気は凄まじく、今にも拳銃を抜きかねないほどだ。勝一が諫めるように彼の肩を叩いた。

「禎二さん、ここは壁がえらく薄い」

勝一はソファに座り直した。

「我の強さまで、おれ譲りかよ。鉄砲玉さんの言う戦局とやらを聞かせてくれ。ピザ屋が来るまでに」

「おれたちは、帝王の神津さえ殺《や》れば、戦局は大いに有利になると考えていた。神津を消すことで、東鞘会は深刻な跡目問題を抱えこむと睨んでいた。神津の顔色をうかがっていた親分衆が、これで和鞘連合《うち》に流れてくるはずだとも。しかし、現実はそうなっていない」

「まるで週刊誌に出てくる事情通だな」

「おれのシノギは情報です。神津の死をきっかけに、大量の情報屋が売りこみに来てました。古株の三羽ガラスが中心となって、新興勢力の十朱や三國を盛り立てようと、結束強化に努めていると聞いています。神津の首だけで満足することなく、すかさず二の矢、三の矢を放つべきではないでしょうか。このカネはそれに注ぎこむべきです」

紙バッグを勝一の足元に置いた。

コウタから聞いた情報によれば、東鞘会は神津の死後、三羽ガラスが一歩引き、新参の十朱を理事長に据える気でいるという。

東鞘会において理事長職は、他の組織では若頭に該当する。最高顧問の二瓶が会長代行の座に就くものの、事実上は若い十朱が組織を仕切ることになる。この人事は、神津が息絶えたとしても、神津組が東鞘会の中核組織であり続けるというメッセージでもある。

十朱は暴力にも商売にも長けた天才といわれる。タイでの臓器ビジネスを手始めに、東南アジアの他国に手を伸ばし、遂には政府開発援助《ODA》のブローカーとなって、表のビジネスでも多額の援助資金の分け前にありつき成功した。

十朱が神津組に加入したことで、神津組は改革前の五倍の資金力を誇るようになったという。また、ただのビジネスマンではなく、地元の凶暴なマフィアを一掃するなど、腕も胆力も充分あり、あの新開も実力を認めていた。

いくら氏家必勝や神津が実力主義の方針を取ったとはいえ、野心あふれる先輩の実力者がひしめいていた。十朱はあまりにも若く、〝海外組〟の彼は渡世で顔が売れているわけではない。三羽ガラスのように、長い懲役を喰らった経験もない。

ヤクザ組織は、親分が絶対的な支配権を持つ。織内たちは神津という帝王を消せば、継承問題が必ず勃発《ぼっぱつ》するものと睨んだ。ひと回りもふた回りも年齢が下で、極道歴が極端に短い十朱の盃など呑めないと、反発する構成員が大勢出ると予想していた。

重光が鼻を鳴らした。

「神津が仏になって、まだたったの四日やぞ。デカい動きがあるんはこれからや」

「ヤクザほど機を見るに敏な生き物はいません。もう四日も経ったと見るべきです。それは重光《オジキ》が一番おわかりじゃないですか？」

重光は苦々しい顔をして押し黙った。

即断即決で動くのがヤクザの性質だ。神津暗殺という報に接した東鞘会側からは、その日のうちに統制に乱れが生じ、少なからず和鞘連合にコンタクトを取る者が現れると思われた。じっさい、枝の三下やチンピラの間では動揺が走ったが、直系組長たちはむしろ神津の死により、さらに団結を強めているとの情報を耳にしていた。

帝王亡き東鞘会を事実上仕切っているのは、三羽ガラスと十朱だ。彼らがすばやく組織の引き締めに当たったものと思われた。新参で〝海外組〟のトップである十朱と、古くから神津らに仕えてきた三羽ガラスが政争に持ちこまず、難局を乗り越えるために協力体制を築き上げた。

織内は口内に溜まった血を飲みこんだ。重光からもらった一撃で、口のなかを切っていた。

「テレビのニュースで、連中が揃って事件現場を訪れている姿を見ました。マスコミを通じて、結束を幅広くアピールする目的があったのでしょう」

勝一は拍手をした。

「頭空っぽにして、遊んで暮らしてればいいのによ。おれがお前の立場ならそうしてる」

「おれの読みは、あながち間違ってはいなかったということですね」

勝一が口を歪めながらもうなずいた。

「神津が弾かれたと同時に、おれは二十四時間ケータイを握りしめていたよ。ボスを殺《や》られて、おたついた東鞘会の幹部や直参が、こっちに尻尾振ってくるのをじっと待ってた。暴君がくたばって、内部崩壊が起きるのを今か今かと期待していたのさ」

「……しかし、ケータイは鳴らなかった」

「ちょっとは鳴ったぜ。かろうじて東鞘会にへばりついてる窓際みたいな神津の舎弟、それにこっちに加わるからカネを貸してくれとのたまうくすぶりが何匹か。とても戦力になりそうもねえ。あとは引退を表明していたのに、神津が死んだと知って急に現役復帰をほのめかす年寄りが何人か。こいつらも、おれか神津かを最後まで選べなかった日和見どもだ。役には立たねえ」

勝一がおどけたように天を仰いだ。

「まったく。少しは戦勝気分に浸りたかったってのによ」

織内は床に正座すると、ふたりに頭を下げた。額を床に押しつける。

「無礼な口を叩いてすみませんでした。おれが願うのは勝一《オヤジ》の勝利です。新開《あに》をこの手で殺《や》った以上、なにがなんでも和鞘連合には勝ってもらわなきゃなりません。神津の首だけでなく、最高幹部まで潰す必要があります。このカネはそのために使ってください」

しばらく沈黙があった。チャイムが鳴り、重光が応対した。ピザ屋が配達に来ていた。

勝一に命じられた。

「顔を上げてソファに座れ。ピザ屋に怪しまれる」

織内はソファに腰かけた。重光が玄関先で精算を済ませると、ピザと大量の酒を抱えて戻ってきた。トマトソースとチーズの匂いが部屋に充満する。缶ビールを手渡された。

勝一が缶ビールを開けながら言った。

「十朱と三羽ガラスを殺《や》る。今度は禎二さんのところが動く」

「会長――」

勝一は重光に掌を向けてさえぎった。織内にビールを飲むように勧める。

「お前のお願いってのは、カネだけじゃねえだろう」

織内は缶を開けると、ビールを一気にあおった。中身を空にし、缶を握りつぶす。

「お願いします。おれにも殺《や》らせてください」

## 9

我妻はおしぼりで手を拭いた。

冷房が効いているにもかかわらず、緊張で掌がじっとり汗ばんでいる。

高級な中華料理を食わせるチェーン店にいた。赤羽には安くてうまい酒場が腐るほどあるが、デートや接待に向いていそうなところといえば、このチェーン店ぐらいしか知らなかった。

テーブルにはバンバンジーなどの前菜が上品に盛りつけられ、点心や炒《いた》め物が次々に運ばれてきていた。それなりの値段を取るだけあって、我妻がふだん利用する出前の中華より格段にうまい。しかし、存分に味わう余裕まではなかった。

「とても、おいしいです」

玲緒奈は料理を口にして微笑んだ。

「そんなら、いがった」

タンブラーのビールを飲んだ。彼女が笑顔を見せると、思わず目をそらしてしまう。

今の玲緒奈は健康的に見え、華やかなオーラすらまとっている。昼の生活を送っているためか、肌はわずかに焼けていた。ヤクザどもに囲われているときよりも、ウェイトも増したようだった。以前は不健康な痩せ方をしていた。

ケガも完治しただけでなく、心のほうもだいぶ癒《い》えたように見える。我妻と会う前に美容院へ行ったらしく、ショートボブにした黒髪はきれいに整っていた。

「会社のほうは慣れたのが？」

「はい。覚えなきゃいけない仕事はたくさんあるし、人手不足なんで未処理の伝票とか山積みですけど、社員さんも親切な人ばかりでよくしてもらってます」

玲緒奈の勤務先は、荒川《あらかわ》沿いの工業地帯にあった。新しい住居のアパートも荒川に近い岩淵町《いわぶちまち》にあり、土地を覚えたら自転車で通勤するつもりでいるという。我妻の自宅からそう離れてはいない。

彼女は上目遣いになって尋ねた。

「あの、お電話したりして、ご迷惑じゃなかったですか？　刑事さんって忙しい仕事だと聞いてます」

「食事する時間ぐらいはあっず」

タンブラーを掲げてみせた。

我妻は嘘をついた。神津暗殺から一週間が経った。殺人事件の捜査本部に組み込まれれば、十日間は家に帰れぬほどの激務が続く。事件が起きてからは、ずっと湾岸署の道場に泊まりこんでおり、赤羽の自宅には一度も帰っていない。蒸し暑いこの時期に、生ゴミや酒の空瓶を部屋に溜めこんだままだ。腐敗臭やカビに覆われた部屋のことを、今は考えないようにした。

情報提供者に会って情報を集めてくる。捜査を仕切る管理官に告げて、無理に時間を作った。仕事の虫である我妻を疑う者はいなかった。

「そうですか……」

玲緒奈には嘘を見抜かれているようだった。

厳しい暑さが続くなかで連日連夜、神津殺しの捜査に明け暮れていた。人一倍、頑健な身体はしているものの、睡眠時間も満足には取れていない。疲労と睡眠不足で顔がやつれ、目が落ち窪《くぼ》んでいるのを鏡で確かめていた。

彼女は頭を下げた。

「今の会社の社長さんや車田さんたちにはとても感謝しています。とくに我妻さんには、なんとお礼したらいいのか。言葉ではいい表せないくらいで」

「おれは刑事として、やることをやっただけだべ。こうして新しい門出をスタートできたのは、君自身が思い切って脱出を試みたからであって、その勇気を大切にして……」

我妻は首を横に振った。

「ダメだ。まるで朝礼の挨拶をする校長先生みてえでねえが。そんな説教をしたかったんでねえ」

玲緒奈が噴き出した。身体をよじらせて、おかしそうに笑った。こんな明るい笑い方をするのかと驚く。

「車田さんがよく言ってました。シャイで真面目なやつだって」

「獣みてえな顔してるわりに、とも言ってたんでねえが？」

「野武士だとは言ってました。もっと美容意識が高ければ、モデルにだってなれただろうにって嘆いてました」

「あの野郎《やろ》」

ふたりで笑い合った。

心の底から笑えたのは久しぶりだった。神津殺しの捜査は早くも行き詰まりを見せており、捜査本部の空気はひどく悪い。

組特隊《ソトク》にはその後も探りをいれた。同期が組特隊《ソトク》にひとり所属しており、警察学校時代には間抜けなミスの尻ぬぐいをしてやった。昔の貸しを思い出させ、木羽や阿内がなにを企んでいるのかを聞きだそうとした。

東鞘会は大物政治家のどんな金玉を握っているのか。神津の隠れ家を和鞘連合に密告したのは組《ソ》特《トク》隊じゃないのか——いくら問い質《ただ》しても答えは出なかった。木羽ら上層部が、東鞘会に対してなんらかの絵図を描いているようだが、彼にはなんの情報も降りてはこないという。

逆に阿内のミニバンに乗りこんだことが、木羽に知られたらしく、課長の町本から激しい雷を落とされた。阿内はあの場で不問にすると言ってはくれたものの、若手刑事の顔に頭突きも入れた。若手刑事あたりから漏れたものと思われた。

組特《ソトク》隊を突くことは、組対部長の美濃部や大物政治家の国木田にケンカを売るのと同じだと、町本からこってり絞られている。

玲緒奈がウーロン茶を飲んだ。酒は嫌いではないらしいが、身を持ち崩したきっかけが、夜のバイトだったため、未だに酒に対する恐怖感が拭えないらしい。

「我妻さんは悪いやつには容赦しないけれど、女性や子供にはとても優しいんだって」

我妻は顔をうつむかせた。

「どうだべな。君を罠に嵌めた悪党どもを、塀の中にぶちこんでやりたかったんだけんど、実現できてねえし」

「そんなことありません！」

玲緒奈が声を張り上げた。

周りの客たちから注目され、彼女は恥ずかしそうに身を縮めた。声の音量を下げて続ける。

「そんなことありません。未だに……これは夢なんじゃないかと思うときがあるんです。だって、もう自分の人生は終わったのだと諦めていましたから。もう一度やり直せるなんて、思ってもいませんでした。これも車田さんからですけど、私を陥れたのは警官にも刃向かうような、とりわけ危ない暴力団だと聞きました。そんなのを相手に、我妻さんはたったひとりで、私を解放するように条件を呑ませたって」

「危ない暴力団なのは確かだなや」

「どうしてですか？」

玲緒奈が思いつめたような表情で訊いてきた。我妻は問い返した。

「なにが？」

「じつは……警察にはいい感情を持っていませんでした。おカネを持ち逃げされたとき、地元の警察署に相談しても、民事だからと取りあってもらえなくて。夜の仕事をしていれば、そういうのは自己責任じゃないかとも言われたし」

「たしかに、ふつうの警察官はヤクザと直談判《じかだんぱん》して、借金の棒引きを迫ったりはしねえべな。それは弁護士の仕事だべ」

玲緒奈は箸を止めて、じっと我妻の言葉に耳を傾けていた。我妻のことをひどく知りたがっている様子だった。

「車田から聞いてんでねえのが。一瀬《いちのせ》七美のことを」

「少しだけ。昔の恋人だったと」

「あれほどルールに厳しいくせして、変なところでお喋りな男だべ」

「す、すみません」

「気にすんでねえ」

「昔ということは……今、その人は」

彼女がおそるおそる尋ねてきた。

「死に別れた。大学の貴重な柔道仲間で、強豪校の女子柔道部じゃ主将を務めてたんだが、三回生の時に自死しちまった」

玲緒奈が息を呑むのがわかった。

「自死……」

「父親は警察官で柔道家だった。七美は幼《おさな》えころから、父に柔道を叩きこまれたアスリートで、インターハイの出場経験も二度あったべ。スポーツ特待生として、学費を免除されて大学に入るほどのエリートだった」

我妻はなるべく淡々と語った。七美のことになると、今でも冷静でいられなくなるからだ。

七美は天才的なセンスや怪力の持ち主だったわけではない。努力の虫で、強くなるための研鑽《けんさん》を怠らなかった。百七十センチを超える身長と長い脚の持ち主で、目鼻立ちがくっきりとした美人だった。男子だけでなく、女子からもひどくモテていた。

一方の我妻は、根っからのスポーツマンではなかった。山形県の有名な温泉町で育ち、歓楽街をうろつくチンピラや悪ガキから身を守るために柔道を習い始めた。

高校の新人戦で準優勝をしたのをきっかけに、柔道を本格的に学びつつ、夜は空手道場にも出入りした。当時は空前の格闘技ブームで、突きや蹴りを習得すると、コンビニや大型量販店の駐車場に溜まっているヤンキーに覚えたての技をよく試した。格闘家になるのを夢見たこともある。

スポーツ推薦で大学に入って上京した。大学柔道部は強豪といわれるだけあって、全国から選《え》りすぐりの猛者が集まった。田舎の郊外に溜まっているゴロツキを小突いては、お山の大将として大きな顔をしていた我妻だったが、大学では実力がまるで通じず、格闘技を少し齧《かじ》っただけの半端者として痛めつけられた。

古臭い体育会系の空気もあり、理不尽なシゴキや制裁が日常的に繰り返されていた。威張る上級生が気に食わず、パンチやタックルを仕掛ければ、倍返しで叩きのめされ、危うく三途《さんず》の川を渡りかけたことがある。

勝利にこだわるスポーツエリートの七美と、チンピラ狩りに明け暮れていた悪ガキの我妻。まるで対照的ではあったが、ふたりには負けず嫌いという共通点があった。

七美の目標が五輪という大きなものだったのに対し、我妻は嫌な先輩に泡を吹かせるといった低レベルなものだった。だが、誰よりも早く道場に来て、打ちこみや受け身の練習をしながら、気に食わない先輩部員の弱点や癖などを教え合っているうちに仲がよくなった。

誰もいない道場で、七美と練習ができるわずかな時間が幸せだった。ふたりで打ちこみをしたとき、彼女から漂ったシャンプーや石鹸《せっけん》の香りを今でも覚えている。上級生からはコケにされていた方言も、彼女は言葉に温かみがあっていいと褒めてくれた。

七美には二回生のときに告白した。彼女にプライベートな時間などないのはわかっていた。女子柔道界を牽引《けんいん》する一員として、遠征や強化合宿のメンバーに選出されてもいる。大学の道場に姿を現さない日も多くなり、簡単に会える存在でなくなりつつあった。とはいえ、彼女とはふたりきりの練習を通じて、ソリの合わない選手との人間関係の悩みを聞き、大会前にナーバスになっていたときには励ましたりと、自分こそが七美の唯一の理解者なのだと、無邪気に喜んでいた。彼女が柔道部の監督から、日常的に性的暴行を受けていたことにはまるで気づかずに。

我妻が告白してから約半年後、彼女は自宅アパートの風呂場《ふろば》で手首を切り、出血性ショックでこの世を去った。

五輪に出場した経験を持つ監督は、全柔連の理事であり、大学の理事長の右腕でもあったため、柔道界や大学内に大きな政治力を持っていた。それらの立場を利用し、彼女に肉体関係を迫っていたのだ。拒むようなら、五輪どころか柔道界から追放すると。すべてを知ったのは、彼女が死んでからだ。

七美は遺書を残さなかった。女子柔道部を中心に、監督のセクハラこそが彼女の死因だと声があがり、大学は渦中の監督を中心に、極秘の聞き取り調査を行った。

結果はシロに終わった。女子部員の何人かは、夜中に七美が監督の家に呼び出されていたと言った。合宿ともなれば毎夜のように部屋に呼び出されていたという証言すらあったのに。

監督本人はセクハラを全面否定し、コーチたちも全員が監督擁護に回り、女子部員の訴えは黙殺された。監督はしばらく七美の死を悼み、疑惑をかけられたのは不徳の致すところなどとしおらしい態度を取った。四十九日も過ぎないうちに、竹刀を振りかざしては、何食わぬ顔で指導に戻ったが。コーチらは、セクハラ証言をした女子部員に対し、ことさら辛《つら》く当たって追い出しを図った。

七美の死を知らされてからの一週間、我妻は自分がなにをしていたのかを覚えていない。記憶が欠落していたらしく、気づいたときは群馬の病院のベッドで寝かされ、尿道にカテーテルを挿入されていた。額をひどく傷つけ、数針縫われてもいる。

医者や看護師の話では、七美の遺骨が眠る群馬の墓で倒れていたという。額のケガは、自分で墓石に頭を叩きつけたためにできたという話だった……。

我妻は額の傷痕《きずあと》を指さし、自嘲《じちょう》の笑みを浮かべた。

「そんなときの傷だ」

「そんなことが……」

玲緒奈の箸が完全に止まっていた。我妻は料理を食べながら続けた。

「監督はクロだったと思う。彼女が生きてだ時は、そだなことを考えもしねがった。練習をしてると、監督がやたらと熱心に女子部員に対して寝技を教えてんのは知ってだ。合宿の打ち上げでも、酒を喰らって女子部員に酌をさせっだ。あんとき、彼女が浮かべてた泣き笑いみでえな表情をよく覚えっだ。みんな、あの男がスケベオヤジなのは知ってだ。そんでも、事の重大さには気づけねがった」

我妻は話しながら不思議に思った。事実を知っているのは、同じ柔道部にいた車田ぐらいだ。社会人になってからは、誰かに話したりもしなかった。なぜ知り合ったばかりの女に、こんな過去を打ち明けているのか。自分でもわからなかった。

「そんな過去があったからなんですね。女性や子供の痛みに気づいてあげられるのは」

喉元まで声がこみあげた——そだなきれいごとなんかでねえ。しかし、うなずいてみせた。

「気づいてやれてたかどうかはわかんねえが、そうありたいとは思ってだ」

「我妻さんに気づいてもらえてよかった」

顔が火照るのを感じた。咳払いをして料理を勧めた。

「聞いてくれてありがとう。んだけんど、せっかくの料理が冷めっぺ。食べてけろや」

玲緒奈も顔を赤らめながら、焼売《シューマイ》に箸を伸ばした。

我妻は話題を変え、赤羽の話をした。安くてうまい惣菜《そうざい》を売る店や、女性でも安心して入れる定食屋、コーヒーがとびきりうまい喫茶店などを。彼女はどれも興味深そうに聞いていた。この土地で人生をやり直そうとしているのがわかった。七美の話はもうしなかった。

七美にまつわる物語には続きがある。我妻は大学を休学し、しばらく自暴自棄な生活をしていた。だが、一ヶ月後に復学して、柔道部にも復帰した。

七美の恋人だったのは、部員に広く知られていただけに、浮いた存在と化したものの、監督批判など一切せずに恭順の意を示した。黙々と練習をこなして、体力と筋量を取り戻すと、覆面と黒いジャージの上下を身に着けて、監督室にいる監督を襲撃した。

四十代半ばの監督は、学生にナメられないように日ごろから鍛錬を怠らず、学生を手玉に取れるほどの実力を持っていた。しかし、怒り狂った我妻にダンベルのシャフトで全身を殴打されると、床に這いつくばって白旗を上げた。

——お前《めや》が七美を犯ったんだべ。

――お、お前、我妻だな……。

シャフトは重さ二・五キロにもなる鉄棒だった。監督の口を殴りつけると、彼は折れた前歯と血を吐きだしながら認めた。

――何度犯《や》った。

――わ、わからない！　覚えていない！

監督は顔を両腕でかばった。そのうえからシャフトを振り下ろした。手首の骨をへし折り、監督は悲鳴をあげた。

――数はわからん。ここでもしたし、合宿所でもした。え、遠征先でも。

女子部員による告発は正しかったのだ。シャフトで小突き回した結果、監督は一年にもわたって七美に性的暴行を加えていたと吐いた。七美以外にも、何人かの女子部員を食い物にしていたことも。

――なして死ななきゃなんねがったんだ。なして、あいつはおれに言ってくれなかったんだず！

監督の折れた手首にリストロックをかけた。監督が激痛によって失神し、彼の頬を張って目を覚まさせた。すべてを自白させるには、かなり痛めつけなければならなかった。

監督は殴打された末に吐いた。

――あ、あるとき、あいつがここへ来て言った。生理が来ないと。

――なんだと……。

――おれは言ったんだ。医者に診てもらえと。もしデキたのなら……。

監督の股間《こかん》にシャフトを全力で振った。何度も。

彼の陰茎と陰嚢《いんのう》を押し潰し、穿いていたジャージズボンが小便と体液でびしょ濡れになった。二度と女を抱けない身体にした。

自分でも意外だったのは、監督を痛めつけている間は悲しみを忘れ、つかの間の恍惚《こうこつ》感があったことだ。それは、これまでのケンカや試合では得られなかった不思議な昂揚だった。

監督を半殺しに追いやってからも、我妻は何食わぬ顔で柔道を続けた。監督の自白を録音機で録《と》っていたからだ。コーチや部員を使って、報復を企むようならネットに音声をアップすると脅した。監督は入院したのち、職を辞して故郷に引っこんだ。

女子供に優しいというよりも、女子供に暴力を振るう輩を締め上げたかった。警官になれば、合法的に叩き潰せる。七美の死が、我妻を刑事の道に向かわせた。

玲緒奈とひとしきり食事を愉《たの》しんだ。

愉しませてくれたというべきだろう。ラウンジで働いた経験があるからか、彼女の聞き役に回る会話術は巧みだった。

赤羽のグルメやスーパーの話から、警官という職業や護身術にも及んだ。再び危険な男に目をつけられたら、どう抵抗すればいいのか。そんな野暮ったい話題にも真剣に相槌を打ち、ずっと直さずにいる我妻の訛りをチャーミングだと言ってくれた。

警官になってから、上司のつきあいでガールズ・バーやキャバクラによく連れていかれた。あるいは同僚から合コンに誘われたりもした。出会った女に興味が湧かず、電話番号やメールアドレスをひとまず教え合ってもそれっきりとなった。

この世にはその人にそっくりな人間が三人いるという。合コンや夜の店に顔を出し、多くの女に接すれば、七美に似た女に出会えるのではないかと期待を抱いたが、どこへ行っても彼女の面影すら見いだせずに失望していた。

警察社会はなにかと早婚を奨励するため、上司から見合いを勧められたこともあった。高級レストランで相手と会った。父親は大手証券会社の幹部で、オーストラリアへの留学経験のある才媛《さいえん》でもあった。いい女だった。

だが、そのときですらも見合い相手が持つ個性や長所をろくに見ず、どれだけ七美に似ているかにこだわった。そんな己の執着にあきれて、見合いもそれ以来断ってきた。

玲緒奈と七美の共通点は多くない。七美はスポーツエリートだった。それに対して、玲緒奈はとくにこれといった運動の経験はないという。二十代になってからダイエット目的で始めたジョギングにハマったぐらいだと語った。走ることで肉体を引き締め、髪型をショートボブにしているため、七美に似ていると思いこんだのかもしれない。レストランで彼女と話していると、ひどく懐かしい気分になった。

レストランでは勘定の支払いで揉めた。玲緒奈は礼をしたかったのだから自分が払うべきだと、なかなか譲ろうとはしなかった。会社に勤め出して日が浅い彼女が、経済的に安定しているはずもなく、新しい門出を祝わせてくれと、説得しなければならなかった。

しばらく伝票の奪い合いになったが、彼女は根負けしたように息を吐いた。思い出したように、バッグから掌サイズの包みを取り出した。ピンクの包装紙に赤いリボンがかかっている。

彼女は包みを差し出した。

「それなら、これだけでも受け取ってもらえませんか？」

「わかった」

リボンと包装紙を丁寧に外した。中身を確かめる。

ベルベット素材のブラックの小物入れだった。フタを開けてみると、オルゴールが鳴った。贈り物を用意してくれた彼女の真心が嬉《うれ》しかった。

「ありがたく使わせてもらうべ」

「ごちそうさまでした。あの……お給料が出たら、改めてお礼をさせてください」

「君も頑固な人だなや」

我妻は軽く笑った。

店を出ても、彼女とは別れがたかった。時計の針は午後九時を回ったばかりだ。とはいえ、彼女の身の安全が保障されたわけではない。夜遅くまで、つきあわせるわけにはいかない。酒を飲んだときこそ、理性を働かせなければならないと、自分に言い聞かせた。

「次に会うときは少しくだけたところにすっぺ。うまくて落ち着ける酒場があるがらよ」

赤羽一番街のアーケード看板を見やった。

夜の一番街は賑わっていた。屋台に毛の生えたような居酒屋や、焼き鳥店などが軒を連ね、換気扇からもうもうと煙を吐き出している。玲緒奈は手を叩いた。

「いいですね。ぜひ」

「ご近所さん同士だ。気軽に連絡してけろや」

彼女に手を振って別れた。

後ろ髪を引かれるような想いで歩いた。こんな感情に駆られるのはいつ以来だと思いながら。あえて一度も振り返らなかった。

一番街を北に向かった。焼き鳥やウナギの香ばしい匂いがし、仕事を終えたサラリーマンや学生がうまそうにチューハイをあおっていた。ガールズバーや中国人マッサージの店員が、酔っ払い相手に客引きをしていた。

携帯端末に目をやった。電話やメッセージはなかった。しかし、自宅で二時間ほど仮眠を取ったら、捜査本部の湾岸署に戻って仕事をするつもりだった。いつまでも玲緒奈のことばかり考えず、事件に頭を切り替えるべきだと自分を叱咤する。

――会うたびに思うんだが、どんどん野獣みたいな顔つきになっていくな。お前には色気ってもんがない。

先日も車田に指摘された。ヤクザや犯罪者を相手にしているうちに、顔も雰囲気もコワモテになる一方だと。

我妻は鼻で笑ったものだった。

——そだなもん、いらねえべや。

——いるよ。玲緒奈嬢と会うんだろう。もともとガタイはいいし、ツラだって悪くないんだ。訛りを直す必要はないが、身だしなみのほうはもう少し気をつかえ。髪も千円の床屋で済ませずに、もっと洒落《しゃれ》たところに行って、ボサボサに伸びた眉毛もしっかりカットしてもらうんだ。この機を逃したら、結婚どころか恋人だってロクにできなくなる。

——余計なお世話だず。

口うるさく言われたが、耳を傾けなかった。じっさい、神津殺害の捜査で、頭髪やファッションに凝る暇などなかった。

それでも、玲緒奈は自分を憎からず思ってくれたようだった。ただ彼女は救ってくれた警官に礼がしたかっただけなのだと、過剰な期待を抱かぬようにブレーキをかけた。楽しいひと時が過ごせた。それだけで充分ではないかと。

七美を失って以来、女には臆病になっていた。彼女は我妻になにも告げず、この世から突然去ってしまった。あんな想いは一度で充分だった。

一番街を通り抜けると、飲食店や風俗店は消えて住宅街へと変わる。マンションや駐車場が占め、酒場の喧騒から一転して静まり返る。街灯やマンションの灯りがついているものの、急に闇が濃くなったように感じられる。

今ごろ彼女もひとりで住宅街を歩いているだろうか。せめて家まで送るべきだったかと後悔する。

彼女の岩淵町にあるアパートも、狭い路地の静まり返った場所にあるという。

レストランでの会話で、彼女はことさら明るく振る舞ってはいた。まだヤクザたちの影に怯えているのがわかった。わかっていながら、変な下心があるのではないかと、彼女に疑われるのを恐れて、あなたを守ると言い出せなかった。

今からでも間に合うだろうか。元来た道を戻ろうとしたとき、横の月極《つきぎめ》駐車場から車のスライドドアが閉まる音がした。金網で囲まれた駐車スペースには何台かの車が駐まっていた。音がしたのは、そのうちの国産のワンボックスカーからだった。

我妻は息を呑んだ。ワンボックスカーから降りたのはふたりの男だ。彼らはあからさまに怪しかった。無地の黒いキャップとマスクで顔を隠している。濃紺のブルゾンと黒いスラックスという恰好だ。待ち伏せしていたのをアピールするような姿だった。

ふたりの身長は百八十センチを超えており、がっしりとした体格をしていた。ひとりは金属バットを持ち、もうひとりは特殊警棒を握っていた。

連中は歩道にいる我妻に鋭い視線を向けていた。何者かと問いただしかけたが、こうした状況でまともに答えを返された例はない。

あたりにすばやく目をやった。月極駐車場の出入口には自動販売機とゴミ箱がある。ゴミ箱は満杯で、周囲には空き缶やペットボトルが落ちている。

我妻はゴミ箱へ向かうと、コーヒーのスチール缶を拾い上げた。スチール缶を縦に握り、全速力で金属バットの男へと突進した。まっしぐらに向かってくるとは思っていなかったらしく、男は後じさりをした。我妻は頭を低く下げてタックルを仕かける。

金属バットなどの長さがある武器は強力だ。しかし、懐に飛びこまれれば無用の長物と化す。虚をつかれた男は、慌てて金属バットを振り上げたが、その前に我妻は右脚を両腕で抱えこんでいた。アマレスの片足タックルのようにキャッチすると、相手は倒れまいと左足でケンケン立ちになった。

我妻は右脚を引っ張って、男の体勢を崩すと、再び押した。体重を乗せて、男にのしかかって倒す。

地面は固いアスファルトだった。男は背中をしたたかに打ちつけ、痛みに顔をしかめた。ただし、顎をしっかりと引いて、左手で受け身を取っている。

格闘技経験が乏しい人間相手であれば、たいていタックルのみで決着がつく。受け身をまともに取れず、後頭部を強く打って戦意を失うからだ。泡を吹いて失神する者もいる。

男のキャップが外れて頭部が露になった。短くカットされた頭髪と、特徴のある耳が目に飛びこんでくる。カリフラワーのような形状で、柔道やアマレス経験者に見られる〝ギョーザ耳〟というやつだ。

少なくともヤクザではない。男たちの正体を考えながら、男の股間にスチール缶を振り下ろした。ぐにゃりと押し潰れる感触が手に伝わり、男は目玉が飛び出さんばかりに目を見開いた。

同時に肩に衝撃が走った。もうひとりの男が、特殊警棒で打ちかかってきたのだ。奥歯を嚙みしめて痛みをこらえ、地面の上を転がって距離を取る。

肩が燃えるように痛んだ。骨までイカレてはいないだろうが、二週間は寝るのに往生しそうだ。すばやく立ち上がって、もうひとりの男と向き合う。金属バットの男は股間を打たれてもがき苦しんだままだ。

もうひとりの男は特殊警棒を肩に担ぐようにして構えた。使い方を熟知している者の構えだ。特殊警棒をもっとも速く、最短距離で振り下ろせる。タックルを仕かけようものなら、頭を叩き砕いてやるという殺気を感じさせた。

出し抜けにスチール缶を男の顔面に投げつけた。男は特殊警棒を持つ右手でスチール缶を払いのけようとする。我妻は隙を逃さず、男の脛を蹴飛ばした。

我妻は、痛みに固まる男の襟首を摑んだ。身体をひねって払い腰をかけた。技を放ったさいに、この男も柔道経験者だとわかった。体幹の強さと下半身に粘りを感じさせる。

腕に力をこめて、引っこ抜くように投げ飛ばした。特殊警棒の男は、背中から太腿を地面に打ちつけた。払い腰は身体がバウンドするほどの威力だった。投げ飛ばされはしたものの、金属バットの男と同じく、地面を掌で叩いて受け身を取り、ダメージを巧みに逃そうとした。

我妻は攻撃の手を緩めず、倒れた男のわき腹を踏みつけた。男が苦痛のうめき声をあげる。

「どこの者《もん》だ」

特殊警棒を奪い取って、月極駐車場の隅へと放り捨てた。男の右手の人差し指を摑んでへし折りにかかる。

相手の正体は予想がついた。耳や体技が雄弁に物語っている。とはいえ、自分の口でしっかり言わせる必要がある。

背後に気配を感じ、特殊警棒の男から手を離した。後ろを振り返りながらパンチを放った。三人目の男がいたのだ。だが、拳はどこにも当たらない。

三人目の男は四つ足の動物のごとく、這うようなタックルを仕かけてきた。今度は我妻が脚を持ちあげられ、背中から地面に叩きつけられた。顎を引いて後頭部を打たないように受け身を取るものの、特殊警棒で打たれた肩がさらに痛む。激痛のあまり、視界に火花が散る。

視力が回復したときは、三人目の男が拳を振り下ろしていた。硬い拳で顎を打たれ、下顎骨《かがくこつ》に鈍い痛みが走り、口内に血があふれだす。

三人目の男も他と同じく、マスクとキャップで顔を隠し、濃紺と黒の衣服で闇にまぎれている。

ただし、他のふたりと異なって目を血走らせ、瞳には怒りの光が見てとれた。

下から手を伸ばして襟首を摑もうとした。我妻の得意技は三角締めで、脚で締め上げようと試みる。

だが、三人目の男は冷静だった。寝技勝負につきあわず、パンチもそれ以上は繰り出さなかった。すぐに立ち上がると、地面に落ちた金属バットを拾い上げ、鍬《くわ》を持った農夫のように振り下ろしてきた。

「クソッ」

我妻は地面を横に転がった。石油臭い小石が頬に張りつく。

金属バットが顔の横を通り過ぎた。アスファルトに当たり、かん高い音が鼓膜を震わした。

まずい状況だった。三人目の男は金属バットを担ぎ、今度こそは打ち据えてやると意気込んでいる。払い腰で地面に叩きつけられた特殊警棒の男もわき腹を押さえつつ立ち上がった。眉間にシワを寄せ、お返しをしてやると目が語っていた。

三人目の男が金属バットを振ろうとした。その瞬間、月極駐車場の出入口で、耳を聾《ろう》するような電子音が鳴り響いた。我妻を含めた全員が、出入口のほうを見やった。

防犯ブザーを手にした玲緒奈が立っていた。遠目にも、彼女の足が震えているのがわかった。

「逃げろ！」

我妻が叫んだ。

しかし、玲緒奈は防犯ブザーを手にしたまま立ち尽くしていた。恐怖で動けないようだった。

男たちが動いて、ワンボックスカーに乗りこんだ。車はエンジンを唸《うな》らせて、月極駐車場を出て行こうとする。

我妻は立ち上がると、ワンボックスカーに追いすがった。スモークが貼られた窓を殴る。ガラスをぶち破れるだけの力はなく、車を停められはしなかった。

ワンボックスカーが走り去った。玲緒奈はテールランプを見つめていたが、力が抜けたようにへたりこんだ。防犯ブザーが鳴りっぱなしだった。彼女のもとへ駆け寄ると、防犯ブザーを受け取り、スイッチをオフにした。

耳障りな電子音は止んだものの、住宅街の静寂は打ち破られた。いくつもの視線が我妻らに集まっていた。通行人が足を止め、マンションの住民は窓を開けている。

「大丈夫だが？」

我妻が尋ねた。

彼女は震えながら何度もうなずいた。

「行ぐべ」

我妻は彼女の手を取って、月極駐車場から歩き去った。

※

自宅の洗面所の鏡で背中をチェックした。

擦り傷で血がにじみ、ワイシャツの背中のあたりには赤いシミがいくつもついていた。特殊警棒で打たれた肩は赤く腫れ上がっていた。

うがいをして水を吐きだすと、白い陶器製の洗面台がワイン色に染まる。三人目の男はかなりのパンチ力を持っていた。噛み合わせがおかしくなりそうだった。何度か口をゆすいで、口内の血を洗い流す。

シャツを脱いで半裸になった。救急箱の消毒液やガーゼを使って傷口を手当した。

「あの……病院に行かなくても大丈夫ですか？」

居間にいる玲緒奈が、おそるおそる訊いてきた。

洗面所のスライドドアを半分ほど閉め、裸が見えないように気をつかった。

「君が防犯ブザーを鳴らしてねがったら、嫌でも病院に担ぎこまれてたべな」

軽口を叩いたつもりだったが、居間の空気が沈んでいくのがわかった。我妻は言いつくろった。

「やせ我慢でねえ。大丈夫だず」

沈黙ののち、彼女は再び口を開いた。

「あの人たち、酔っ払いには見えませんでした」

彼女とともに自宅へと逃げこんだ。その間に、とっさに嘘をついた。酔っ払いに絡まれて、つまらないケンカになったと。

入念に顔を隠して、特殊警棒や金属バットで武装する酔っ払いなどいるはずもない。どこまで話すべきか迷った。

「もしかして、あの暴力団じゃ」

「その線は薄いなや」

抗生物質と鎮痛剤を呑み下した。ひとまず応急手当を済ませると、新しいシャツを着た。

洗面所を出ると、キッチンの冷蔵庫を開けた。なかに食品はない。酒とペットボトルのウーロン茶ばかりで、あとは賞味期限が切れた調味料しかなかった。

キッチンの食器はうっすらと埃をかぶっていた。自宅に帰ったのも久しぶりだった。食事も外食やコンビニで済ませている。ガスの元栓は一年以上も閉めたままで、鍋《なべ》やフライパンは食器棚で長い眠りについている。

ふたつのグラスを入念に洗ってから、ウーロン茶を注いだ。彼女にグラスを手渡しながら言った。

「あいつらは確かに酔っ払いなんかでねえ。ただし、ヤクザでもねえ」

「だとしたら――」

「身内だず」

玲緒奈は目を丸くした。

「身内……警察官だというんですか」

我妻はうなずいてみせた。

本来なら部外者に語れるような話ではなく、酔っ払いかチンピラと言ってごまかしただろう。だが、彼女がいなければ、骨の二、三本はへし折られ、病院送りは免れなかった。彼女にだけは事情を話しておくべきだろう。

あの三人組が現役警官かどうかはわからない。顔をキャップとマスクで隠していた。ただし、彼らは柔道やアマレス経験者であり、それを裏づけるようなギョーザ耳をしていた。特殊警棒の扱い方も逮捕術に裏打ちされたものだ。

彼女が怪訝な顔で尋ねてきた。

「どうして警察官が我妻さんを……」

「わがんねえ。ただ、あの連中にしたって、パトロール中の警察官に見られたら、厄介なことになる」

それでも、阿内ならやりかねなかった。三人組は彼が放った刺客だ。八王子署で机を並べて働き、阿内の危険なやり口は熟知している。

阿内と我妻がテロを未然に防いだとして名をあげた、八王子市内の政治団体の構成員による国会議員襲撃事件のときもそうだった。

阿内はためらわずに非合法な手口を使った。政治団体内の情報を得るため、テロ計画に関与しているると見られる二十代の下っ端構成員に目をつけた。

下っ端が車で移動している最中に、後ろからあおり運転をして激昂させたのだ。この若者がつねにフォールディングナイフを所持していたのも知っていた。

下っ端は愛車を路肩に停めるとナイフを抜き出し、あおったドライバーを引きずり下ろそうとした。

我妻は助手席に乗っていた。下っ端を挑発して火に油を注ぎ、ナイフを振り回させると、我妻はその場で取り押さえて逮捕した。

八王子市内に設けた拠点に連行すると、三日間にわたって公務執行妨害や傷害等で長期刑を喰らわせてやると脅した。母親が経営しているスナックを潰し、子供ができたばかりの兄一家を路頭に迷わせるとつめ寄り、政治団体の情報を売る犬に仕立てた。暴力と恫喝《どうかつ》、でっちあげ。なんでもありだ。

下っ端を嵌めたドライバーは、我妻も知らない男だった。のちに知ったが、あやしげな探偵業をやっている警察OBで、ときおり阿内からこの手の業務委託を受けていた。

月極駐車場で襲ってきたのも、その手の男と思われた。我妻には襲われる理由がある。阿内にアポなしで問いただした挙句、追い払われてからも組特《ソトク》隊の極秘任務を探ろうとした。それを鬱陶しく思った阿内が、警察OBだのを使って警告を与えにきたものと思われた。

我妻にタックルを決め、拳で殴りつけてきた男。その怒りに満ちた目は見覚えがあった。

神津太一の射殺現場で、阿内の車の運転手をしていた奥堀泰博《おくぼりやすひろ》という若手刑事だ。百八十センチをゆうに超える身長と、厚みのある体格は一致していた。我妻から頭突きを喰らい、あのときから敵意を露にしていた。

玲緒奈はじっと言葉を待っていた。どうして警察官が警察官を襲うのか。思いがけない事実を知らされて混乱している。

「極秘で動いてるよその部署に、情報欲しさにちょっかい出したんだ。ちょろちょろ動くんでねえと、腕ずくで教えに来たんだべ。簡単にいえば、内輪揉めだ」

「そんな……」

彼女は顔を凍《い》てつかせた。我妻は頭を下げる。

「えらいところを見られちまった。とにかく、君のおかげで大ケガをせずに済んだず。本当にありがとう」

「役に立てたのは嬉しいんですけど」

彼女は防犯ブザーをテーブルに置いた。現場で鳴らして以来、ずっと握りしめていた。

「こんな形で恩返しすることになるなんて」

「でも、なして君はあの場に？」

「え、それは――」

玲緒奈は恥ずかしそうに目を伏せた。

我妻はウーロン茶を飲んだ。心臓の鼓動が速まる。酒を飲んで緊張を緩めたかった。しかし、打撲傷を負っている以上、アルコールを摂取するわけにはいかない。応急手当をしたとはいえ、相変わらず頬と背中は燃えるように痛む。

我妻は自分のほうから切り出した。

「別れがたくって、道を引き返そうとした」

「私もです。一番街のお店を見てたら……もう一軒、ご一緒できないかと思って」

玲緒奈に顔を覗きこまれた。

彼女はバッグからハンカチを取り出し、我妻の口の周りを拭ってくれた。ハンカチに血がついた。見つめ合った。彼女を見るたびに、七美の姿が脳裏をよぎった。その理由が少しわかった気がした。瞳がよく似ている。

顔を近づけた。月極駐車場で暴れたせいもあって、まだ頭髪に砂や小石がこびりつき、汗も洗い流していない。汚れや体臭が気になった。

だが、そのまま彼女と口づけを交わした。

## 10

織内はハンドルを握りながら、粒ガムをいくつか口に放った。

刺激的なミントの香りが鼻を通り抜けた。とくに眠気はないものの、大阪から車を走らせ続けている間に、気がつけば二パック分のガムを食べつくしていた。舌がヒリヒリと痛む。

中央道をひたすら東に走った。平日の深夜とあって、見かけるのは大型トラックが多かった。カーブやトンネルだらけの道が続くものの、とくに苦痛ではなかった。

操っているのはBMWの高級セダンだ。エンジンがパワフルで車高も低く、まるでレーサーの気分だった。これが仕事でなければ、アクセル全開で駆け抜けていただろう。運転しながら、沓沢の顔がよぎった。街道レーサーのあの男が喜びそうな車だ。

九月に入ってから、台風が何度も上陸しており、今も新たな台風が西日本に近づいているという。道路脇の木々が風で大きく揺れ、あたりのトラックやSUVがハンドルを取られそうになっていた。

助手席の柏木稜真《かしわぎりょうま》が、ドリンクホルダーのミネラルウォーターを口にした。大阪から約四時間走り続けていたが、彼はこれまで身じろぎひとつしなかった。頻繁にガムを口に放りこんでいた織内とは対照的に、じっと前を見つめたまま動かず、無駄口も叩かなかった。

織内は声をかけた。

「落ち着いてるな」

「とんでもない。今だって心臓がバクバク鳴ってます」

柏木は微笑んだ。

彼はまだ二十代半ばの若僧だ。アイドルのような甘いマスクをしており、一見すると女に食わせてもらっているヒモにしか見えない。しかし、重光の秘蔵っ子と言われるだけあって、大した落ち着きぶりだった。

伝説の用心棒と呼ばれた重光のもとには、才能のある人間がぞろぞろと集まる。拉致や殺しといった荒仕事を得意とする熟年のプロが、重光のもとには何人もいる。和鞘連合の未来を左右する重大な任務に選ばれたのは、この童顔の物静かな若者だった。

ハワイの日系四世である柏木は、極道には珍しく裕福な家庭で育った。父親はレストランチェーンを抱える実業家で、重度のガンマニアでもあった。

趣味と実益を兼ねて、野外射撃場を経営し、息子にサブマシンガンやアサルトライフルを好き放題に撃たせ、休日には山へハンティングに連れていった。柏木本人はプロサーファーになるのが夢で、動物を撃ち殺す父の趣味にはついていけなかったという。

しかし、その父の教えが、彼を生粋の極道へと変えた。順風満帆な時代は長く続かず、十四歳のときに両親が離婚。不倫がバレた父は、なじる母に逆上し、激しいケンカの末に軍用拳銃を持ちだして銃口を突きつけたのだ。

今にもトリガーを引きそうな父を止めるため、柏木は父の太腿を撃った。十二歳の誕生日にもらった22口径のライフルで。父親は出血性ショックで危うく三途の川を渡るところだったという。両親の離婚が決まると、母の生まれ故郷である埼玉で暮らし始めた。

父が養育費を出し渋ったため、生活はたちまち困窮し、悪い仲間と銅線泥棒に手を染めてからは悪の道をひた走った。重光の組織に拾われてから、柏木は水を得た魚のように裏社会で活躍した。

重光組は六本木《ろっぽんぎ》をテリトリーとしていた。荒っぽい米軍関係者や不良外国人を黙らせるには、圧倒的な暴力を見せつける必要があった。

重光組に話を通さず、薬物を勝手に売りさばいていたナイジェリア系マフィア。企業舎弟の実業家の自宅に押しこみ強盗を働いた半グレ集団。いずれもボスと幹部が一瞬のうちに消された。六本木で重光組のメンツを汚す跳ねっ返りが消えると、必ずといっていいほど名前が取り沙汰されるのは、〝ベビーフェイス・アサシン〟などといわれる柏木だった。

今まで噂レベルでしか知らなかったが、この作戦に抜擢されただけあって、実力は折り紙つきだとわかった。重光組が所有する中古車解体施設で、極秘の射撃訓練が行われ、柏木の腕を見る機会もあった。

空中に放り投げられたリンゴを遠くから撃ち抜くなど、驚異的な動体視力と経験を、織内らに披露していた。能力の高さはもちろんだが、返り討ちに遭うかもしれない危険な任務にも、まるで動じない神経の太さに目を見張った。

それなりに裏社会で経験を積み、たいていのことは知った気でいたが、今度の分裂抗争で己の無知を思い知らされた。世の中には、生駒と豊中のような生粋の殺し屋がおり、身内にも大胆不敵なキラーがいるのだと。

後ろから声をかけられた。

「織内さん、眠気は大丈夫ですか」

後部座席には、喜納組が誇る猛者の藤原がいた。バックミラーに目をやる。柏木とは対照的に、藤原は鬼瓦《おにがわら》のような迫力のある顔をしていた。ベテランのプロボクサーのように瞼や鼻がひしゃげている。ボスの喜納から、しょっちゅう木刀やらゴルフクラブで教育されて、顔が変形していったのだ。

「今のところは」

「四時間もぶっ通しです。いつでも代わりますんで」

「助かる」

藤原が心配しているのは間違いないだろう。ただし、柏木のようにじっとしていられず、運転でもして気を紛らわせたいというのが本音と思われた。

織内が粒ガムをしきりに口に放りこむのと同じで、藤原もタバコを何本もふかし、落ち着きなく貧乏ゆすりを繰り返した。

神津太一襲撃の際は、関西からの助っ人である豊中に腕試しを挑み、ケガをしたために実行犯に加われずに涙を呑んだ。今度こそ東鞘会を潰してやるという意気込みが伝わってきていた。

バックミラーで藤原の隣にいる小男を見やった。浅黒い肌をしたベトナム人が目をつむっていた。眠っているのか、瞑想《めいそう》しているのかはわからない。血に飢えた人斬りみたいな妖気《ようき》を漂わせている。名をグェンという。

重光組は六本木という土地柄、外国人を積極的に登用している。盃を交わして正式な組員にするわけではないが、アフリカ系から東南アジア系、中東系など、国際ギャング団とでもいうべき不良グループを傘下に置いている。

重光にこの小男を紹介されたときは、織内も藤原も理解に苦しんだ。しかし、今では選ばれたのは当然だと考えるようになった。身体で実力を教えられたからだ。

グェンは技能実習生として来日し、福島県で建設作業員として働くはずだった。しかし、じっさいに建設会社からやらされたのは除染作業で、安上がりな原発被ばく労働者としてこき使われた。約束が違うと訴えると、建設会社から解雇を通告された。

——貧乏な外人がガタガタ言うんじゃねえ。嫌ならベトナムの田舎に帰すぞ。

グェンは伝統武術、ボビナムの達人だった。

経営者親子に飛び蹴りを喰らわせると、スコップやレンチを手にした社員たちを、手刀と回し蹴りで叩きのめしてずらかった。その揉め事を耳にした重光は、経営者親子と話をつけると、グェンを客分として招いて仕事を与えた。六本木でおイタが過ぎた半グレや不良外国人を痛めつけさせたが、グェンはとりわけ標的が日本人だと、腕によりをかけて〝いい仕事〟をするのだという。彼は兵役についていたこともあり、銃の扱いにも慣れていた。ＢＭＷには暴力のエキスパートが揃っていた。

藤原が苛立った口調で言った。

「まさか、標的はこのままノンストップで東京に帰る気じゃ」

「寄るさ。車に便所があるわけじゃない」

織内たちから一キロ先を、東鞘会の最高幹部らを乗せた高級ミニバンが走っていた。

車のスピーカーフォンを通じて声が届いた。

〈蜘蛛の車が、速度を落としてます。双葉《ふたば》サービスエリアに寄るかもしれません〉

監視グループからの連絡だった。

高級ミニバンを追跡している連中だ。蜘蛛とは、東鞘会の理事長に就いた十朱を指す。手足がやたら長いことからその名をつけた。

高級ミニバンには、三羽ガラスの熊沢や土岐も乗っている。ふたりとも東鞘会の執行委員となり、十朱の側近として動き、同じく三羽ガラスの大前田が本部長として留守を預かっていた。

現在の東鞘会のトップは会長代行の二瓶克正だ。しかし、自力で歩くこともままならない老人で、今はただの神輿《みこし》に過ぎない。組織の実権を握っているのは十朱だ。

神津の死から約二ヶ月が経ち、十朱たちは西日本に挨拶回りに出ていた。神津の葬式に参列してくれた全国の親分衆に礼を述べ、神津の後継者として顔を売るためだ。

九州《きゅうしゅう》や広島をめぐり、最後に神戸《こうべ》を訪れ、日本最大の暴力団である華岡組にも挨拶をしている。むろん、華岡組が和鞘連合を通じて暗躍しているのは、十朱たちも知っているはずだ。神津殺しに華岡組が関与していたことも。

十朱は東鞘会の内部分裂で、極道社会を騒がせている現状を詫《わ》びた。華岡組組長は、氏家と神津という大侠客が次々と世を去ったことを抜け抜けと悲しんでみせたらしい。

十朱たちは挨拶回りを終えると、東鞘会の友誼《ゆうぎ》団体である大阪の独立系組織の親分宅を訪れて休息を取った。

織内らはその大阪で待ち受けていた。華岡組から十朱来訪の情報が、和鞘連合側にも伝わっていたからだ。独立系組織の親分宅を訪問するのも事前に察知できた。

もっとも、十朱たちも無策ではなかった。夜中になって親分宅を出たが、そのさいに独立系組織の若衆らが、公務執行妨害で逮捕されている。

十朱を監視していた警察車両に向けて、防犯用のカラーボールを投げつけたのだ。フロントガラスに命中し、特殊塗料が付着して車は走行不能に陥った。

その隙をついて、十朱らは大阪を出発している。十朱たち幹部を乗せた高級ミニバンと、護衛らが乗ったSUVの二台だ。

再び監視グループから報告があった。

〈蜘蛛がサービスエリアに入りました〉

車内に緊張が走った。

織内を除く全員が、黒の目出し帽をかぶった。山梨県甲斐《かい》市の双葉サービスエリアまではあと一キロだ。スピーカーフォンを通じて、監視グループに指示を出す。監視グループは、トラックとワンボックスカーの二台と六名で構成されていた。

「あんたらの一台、サービスエリアに寄ってくれ」

〈応援に回りますか？〉

全員が重光組の構成員だ。

「おれたちがしくじったら、あんたらが第二波となってくれ。なにがなんでも連中の息の根を止める」

〈わかりました〉

今日は和鞘連合の定例会が、銀座の数寄屋橋一家の本部事務所で行われている。夜からは勝一の誕生パーティが開かれ、直系組長のほぼ全員が祝宴に参加している。そろそろ、お開きの時間を迎えているはずだ。今ごろは、それぞれクラブや雀荘《ジャンそう》にでも向かっているころだろう。

むろん、パーティはこれからの襲撃のカモフラージュに過ぎなかった。和鞘連合側の親分衆はアリバイ作りのため、銀座に留まり続けていた。幹事長補佐の重光も同席しており、襲撃の結果をじっと待ち続けている。

やがて、サービスエリアを示す緑色の看板が見えてきた。車の速度を落とす。

柏木は自動拳銃のベレッタのスライドを引いた。金属の部品同士がかみ合う音がした。

バックミラーに目をやると、藤原が肩で息をしながら、ポンプ式ショットガンの先台をスライドさせ、薬室に弾薬を送りこんでいた。グェンは長ドスを掴んだ。

片手でハンドルを握り、織内も目出し帽をかぶった。

「何度も言ったが、連中も銃を持っていると見るべきだ。心してかかってほしい」

全員がうなずいた。

作戦は神津暗殺を踏襲したものだった。豊中と生駒のやり方から学んだ。盾となる護衛をまずはショットガンでなぎ払い、ターゲットの十朱に集中砲火を浴びせる。十朱たちは腕に覚えがあり、身のこなしも軽い。万が一逃げられた際は、俊足のグェンが追いかける。

神津を殺《や》ったときとは状況が異なる。十朱たちは、わざわざ警察の監視を振り切って帰京している。襲撃を警戒し、銃器で武装している可能性が高い。防弾カバンや護衛の肉体のみでは、ボスを守りきれないと、長期刑を覚悟で反撃してくるだろう。

返り討ちに遭うかもしれない。とはいえ、警察の邪魔が入らない数少ないチャンスだ。ホームの東京に戻られれば、十朱を狙える機会はぐっと減り、警察の監視もあって容易に手を出せなくなる。

「ためらうな」

側道をゆっくり進みつつ、後ろの藤原に念を押した。藤原はショットガンを掲げていたが、手がわずかに震えていた。

「わかってます。む、武者震いってやつですよ」

十朱らの護衛についているのは、土岐や熊沢といった直系組長だけではない。熊沢の子分である元プロレスラーの大村がいる。ケンカ屋だった藤原とはウマが合い、東鞘会がふたつに割れる前は仲がよかったらしい。

もっとも、人に意見できる立場ではない。織内にしても、神津暗殺のときは、義兄の新開に立ちはだかられ、思わず発砲をためらった。

ふいに姉の眞理子のことが頭に浮かんだ。彼女は夫の四十九日法要を済ませると、そのまま行方をくらましていた。所有していたクラブの経営権を店長や友人に譲ると、東京から忽然《こつぜん》と姿を消したのだ。

織内は再び暗殺チームに加わる一方で、バーのコウタに命じ、眞理子に関する情報を集めさせた。彼女は誰かにさらわれたわけではないようだった。友人らに別れの手紙を出している。一身上の都合で田舎に戻るといった内容だった。両親は行方知れずで、唯一の親戚は織内が刺し殺した。帰るべき故郷などありはしないのに……。

我に返ってハンドルを握り直した。今はそれを考えるときではない。

真夜中の双葉サービスエリアは静かだった。施設の前には〝風林火山〟と記された幟《のぼり》がいくつも立っており、武田《たけだ》信玄《しんげん》ゆかりの地であるのをアピールしている。建物の横にはドッグランまであり、芝生の敷地が広がっている。

夜三時を過ぎているが、ガソリンスタンドやフードコートなどが二十四時間営業をしており、ライトが敷地内を煌々と照らしている。

真夜中の中央道とあって、入口近くの小型車用の駐車スペースは空《す》いていた。奥にある大型車用はトラックや長距離バスがそれなりに停まっていたが、東名道や新東名に比べれば多くはない。まだまだ残暑が厳しく、停まっている車の多くがエンジンをかけたままにし、クーラーを効かせていた。大型車のエンジン音が耳に届く。

柏木が呟いた。

「十時の方向です」

高級ミニバンとＳＵＶが建物の手前に停まっていた。トイレに近い位置だ。

ＳＵＶに乗っていた大村が、高級ミニバンのもとへと駆けた。高級ミニバンのスライドドアから熊沢が降り立つ。巨漢のふたりは防弾カバンを手にし、険しい目であたりを確かめている。

次にスライドドアから、小柄な土岐と長身の十朱がゆっくりと出てきた。

織内は車を徐行させながら高級ミニバンに近づいた。サイドウィンドウをすべて開け放つ。

手を前方に振った。それが合図だった。

藤原が窓から身を乗り出して、ショットガンを構え、熊沢らに狙いをつけた。

熊沢らが目ざとく気づいた。セダンに乗った織内らを睨みつけ、すばやく蛇腹式の防弾カバンを掲げた。折りたたまれていたプレートが広がり、頭から膝までをカバーする。

少し遅れて藤原が発砲した。銃声が腹にまで響き、ひどい耳鳴りに聴覚が支配される。熊沢と大村はどちらも力自慢で知られる男たちだ。防弾カバンで防いでいるとはいえ、シカ撃ち用の散弾を正面から喰らったというのに、巨岩のごとくビクともしない。

SUVの運転席と助手席の窓から、ふたりの男たちが姿を現した。どちらも銃器を構えている。拳銃よりもでかいブツだ。

「伏せろ」

織内は背中を丸めて頭を低くした。

ふたりの銃器が火を噴いた。サブマシンガンだった。いくつもの弾丸がフロントガラスに命中し、セダンの車体がボコボコと鈍い音を立てた。フロントガラスはヒビでまっ白になり、視界がほとんど利かなくなる。

応射されるのは想定内だったが、サブマシンガンとまでは思っていなかった。

「柏木!」

耳鳴りがひどく、自分の声もくぐもって聞こえた。

助手席の柏木はすでにアクションを起こしていた。ダッシュボードの下に隠れながら、手榴弾《しゅりゅうだん》のピンを抜いた。窓からSUVへと放り投げる。

サブマシンガンの銃声がぴたりと止んだ。織内は頭を起こした。ヒビだらけのフロントガラス越しに、男たちがSUVのドアから転げ出るのがかろうじて見える。

手榴弾の爆風によって、重さ一トンを超えるであろう七人乗りのSUVが、宙を舞った。手榴弾はSUVの下で炸裂《さくれつ》し、ガソリンタンクを爆発させた。オレンジ色の炎に包まれながら、SUVは横に一回転して屋根から地面に叩きつけられる。

爆発の衝撃は凄まじく、周囲の車の窓ガラスが砕け散り、逃げ出そうとした男たちがアスファルトの上を転がる。

SUVの前に停まっていた高級ミニバンも無事では済まなかった。リアウィンドウにヒビが入り、傍にいた十朱たちも身体をよろめかせていた。

ショットガンに続き、手榴弾による爆発と、波状攻撃を受け、熊沢と大村が膝をつく。

「今だ！」

織内はセダンを停止させた。全員が外へと飛び出す。

サブマシンガンの男たちが、地面に倒れながらも、しぶとく銃口を向けてきた。

柏木がベレッタを二発撃った。ひとりが顔面と喉に銃弾を浴び、血を噴きださせた。

織内がワルサーでもうひとりを撃った。相手の男もトリガーに指をかけており、サブマシンガンが火を噴いた。

一方で織内が放った銃弾は、男の腕に当たった。さらにトリガーを二回引くと、男のこめかみが弾けて、ぐったりとその場で大の字になった。

殺《や》れるか――。織内はわずかに勝機を見出《みいだ》した。藤原がショットガンをぶっ放し続け、熊沢たちは防御を崩されている。

熊沢らに致命傷は与えられていないものの、防弾カバンのプレートは大きくへこみ、ダークスーツがボロボロに破け、身にまとっていた防弾ベストの生地が露になっている。彼らは防御一辺倒だった。銃器を持っていたのは、SUVにいた連中のみのようだ。

ボスの警護とはいえ、幹部たちが銃器を所持していれば、いざ襲撃から守り切ったとしても、十朱までが銃刀法違反の共謀共同正犯で数年は刑務所行きだ。サブマシンガンを持っていたのは、盃を与えていない外部の人間だろう。

このまま圧倒的な火力で、十朱の首を討ち取る。

大男たちが盾になっている間に、土岐がボスの十朱を高級ミニバンに押し戻し、外からスライドドアを閉めた。

しかし、俊足で命知らずのグェンが、熊沢らの間をすり抜け、高級ミニバンの傍にたどり着いた。長ドスで土岐に襲いかかる。

土岐がグェンに向かって直突きを放った。土岐は元自衛官で日本拳法三段の腕を持つ。グェンは土岐の拳を胸に浴びて吹き飛んだ。四十半ばのロートルだというのに、現役格闘家のような速さだった。土岐は鬼の形相で足を上げた。倒れたグェンの頭を踏み砕こうとする。

織内がグェンの後を追ってワルサーを連射した。土岐の太腿と膝に当たって血煙があがった。土岐は崩れ落ちて、グェンと揉み合いになる。

思わぬ混戦状態になった。東鞘会の幹部たちは、それぞれ暴力でのし上がった腕自慢だった。年を取ったとはいえ、腕利きの刺客を相手にしぶとい抵抗を見せる。

藤原はショットガンを撃ちつくし、武器を長大なナイフに持ちかえ、大村と白兵戦を展開していた。

柏木はベレッタのマガジンをすばやく替え、熊沢の頭に向けて撃つが、彼はひん曲がった防弾カバンで銃弾を防いでいた。防弾ベストに散弾や銃弾をいくつも食いこませながら、その場で必死に踏みとどまっている。

殺《や》れるのは自分しかいない。織内は高級ミニバンのスライドドアへと距離をつめた。ドアを開ける。車内には十朱しかいないはずだ。

和鞘連合側は十朱の動向をずっと見張っていた。スケジュールから護衛の人数まで、大阪で待機していた織内たちに細かく情報が寄せられていた。元プロレスラーの大村といった手強いメンツが、ボディガードとして加わっているのも。

ワルサーを車内へと向ける。

「十朱！」

十朱が向かってきた。

ふだんは首領《ドン》らしい余裕を感じさせるが、今はびっしょりと汗にまみれている。

織内は十朱を狙った。十朱の左手には光るものがあった。細身のナイフだ。左手を素早く振り下ろしてくる。

トリガーを引くよりも前に、右手に鋭い痛みが走った。ワルサーを取り落としてしまう。ナイフの刃は鋭く研がれており、右手の甲から掌まで刺し貫かれていた。

「こいつ——」

狭い車内にいながら、十朱の動きは豹のように敏捷《びんしょう》だ。ここまでとは——。古武道や柔術をマスターしていると言われていたが、その噂を裏づけるようなキレのある動きだ。

左拳を振り上げ、十朱の股間を打とうとした。だが、動きを読んでいたかのように、右腕でがっちりと防がれた。ひどくケンカ慣れしている。

ナイフの銀刃が煌《きら》めき、わき腹が激痛を訴える。右手に続いてわき腹を刺され、身体から力が抜けていく。スライドドアから外へと転がり落ちた。後頭部をアスファルトに打ちつける。

視界がぐにゃりと歪んだ。すぐに立ち上がろうとするが、足に力が入らない。温かい液体で下腹部から足までずぶ濡れだ。鼻をつくような火薬の臭いに混じり、生々しい血の臭いもする。

十朱が外へと跳躍した。倒れた織内をジャンプして飛び越えると、まっすぐに熊沢のもとへと駆けた。

熊沢に銃弾を浴びせていた柏木が、十朱へと狙いを変えて、トリガーを引いた。しかし、十朱のスピードに追いつけず、弾丸は当たらなかった。

十朱のナイフが、柏木の胸を刺し貫くのが見えた。遠くからでも、心臓まで達したとわかった。柏木は口から大量の血を吐き出して、膝から崩れ落ちる。ナイフは柄までまっ赤に染まり、十朱の手からは血が滴り落ちていた。

十朱は柏木に一撃を加えると、さらに藤原のほうへ駆ける。藤原は大村と壮絶な格闘を繰り広げている最中だった。

十朱は藤原の胸を刺そうとした。藤原はかろうじて太い腕で防御した。ナイフで腕を刺され、藤原は痛みに顔を歪める。

大村が大木のような腕を振り、藤原の下顎にラリアットを見舞った。藤原のヘビー級の巨体がアスファルトの上を転がる。

「なんだと……」

一転して最悪な状況に陥った。

ここまでなのか。呆気《あっけ》に取られそうになる。しかし、そんな暇はない。

ずしりと身体が重かった。わき腹と右手から血が流れ出て、地面には血溜まりができている。出血で体重はむしろ軽くなっているはずなのに。

高級ミニバンのステップに手をつき、重みに逆らって身体を起こした。地面には織内のワルサーが落ちていた。左手を伸ばして拾い上げようとする。

十朱が駆け戻ってきた。ワルサーに触れる寸前、十朱の革靴が視界に入った。頬に凄まじい衝撃が走り、目の前で火花が散る。気がつくとアスファルトにキスをしており、十朱から強烈な蹴りを喰らったと気づく。

「ここで殺《や》られるわけにはいかねえんだ！」

十朱の声が耳に届いた。

それは感情を露にした叫びだった。こんなに必死になることもあるのか、この男でも。土壇場の状況にもかかわらず、奇妙な感想が頭をよぎった。

神津の首を獲ってから、この新しい首領《ドン》を見張り続けた。十朱はつねに自信と余裕に満ちあふれた態度を取っていた。織内の顔に水滴が飛んできた。十朱の汗と思われた。

視界が徐々に正常に戻ってきた。汗まみれの十朱が、織内のワルサーを握っていた。土岐がいる方向にワルサーを向け、トリガーを複数回引いた。グェンが背を仰《の》け反らせて倒れる。

待ちやがれ……。十朱に向かって腕を伸ばそうとした。しかし、身体に触れられるどころか、腕はぴくりとも持ちあがらない。

十朱にワルサーを向けられた。ここでくたばるのか——覚悟を決める。だが、十朱は忌々しそうに歯を剝き、ワルサーを織内へと放った。薬室が露出しており、弾が切れたことを知らせていた。

「ずらかるぞ」

十朱が声を張り上げて手下に命じた。

東鞘会の幹部たちはしぶとく生き残っていた。土岐がグェンの目に指を深々と突っこみ、トドメを刺しているのが見えた。彼は長ドスで顔面を切り裂かれたらしく、顔を血まみれにしながら戻ってきた。

熊沢と大村も傷だらけだ。スーツもシャツも破け、防弾ベストのケブラー繊維が飛び出している。大村はナイフによる裂傷を負いつつ、熊沢に肩を貸して高級ミニバンへと戻っていく。

十朱自らが運転席に乗った。幹部たちが乗りこむと、十朱がハンドルを握って、高級ミニバンを走らせた。エンジンを派手に唸らせて駐車場を走り去り、スマートICのゲートを潜り抜けた。重光組のトラックが逃すまいと後を追う。

「待て」

織内は十朱に叫ぼうとした。逃げるんじゃねえ。どうせなら、きっちりトドメを刺していきやがれ。

だが、声にはならない。頬を蹴られたさい、奥歯をへし折られたらしい。歯の欠片や口内にあふれた血で呼吸もままならなくなる。

駐車場は人だかりができていた。トラックの運転手や長距離バスの客が立ちつくしている。

「い、生きてますか」

重光組の構成員が駆け寄ってきた。

彼は顔を運送会社のキャップとマスクで隠していた。見届け役のメンバーだった。彼に肩を担がれる。

ライトで照らされていた駐車場が、急に暗くなったように感じられる。熱帯夜のはずだったのに、身体が勝手に震えだす。ひどく寒い。

駐車場の隅にまで担がれ、見届け役のワンボックスカーに乗せられた。シートに身体を預け、浅い呼吸を繰り返した。車内は血と火薬の臭いでいっぱいになる。

隣に藤原が運ばれてきた。容態は織内と同じく悪そうだった。腕から血を流し、大村との格闘によって、別人のように顔を腫れ上がらせている。痛烈なラリアットのせいで下顎がズレ、奇妙な歪みが生じていた。

見届け役のひとりがスライドドアを閉めた。グェンや柏木は息絶えたのを意味していた。

ふたりの見届け役は、ワンボックスカーに乗りこむと、高級ミニバンに続いて、その場から離れようとした。アクセルをベタ踏みしたのか、エンジンが猛獣の咆哮のように激しくうなる。

通路にまでやじ馬がはみ出していた。スマホを睨んでいた若い男を、危うくワンボックスカーは撥《は》ね飛ばすところだった。運転手が帽子を深々とかぶり直すと、スマートＩＣを猛スピードで突っ切る。

織内は口内の血と歯の欠片を吐き出した。声を絞り出す。

「見ての通りだ。重光《ホサ》に失敗したと伝えてくれ」

助手席の構成員はベソを掻いていた。

「それが……」

「どうした」

「重光《オヤジ》と連絡が取れないんです。秘書やボディガードとも」

藤原がうなった。

「さらわれたってのか……」

いずれ東鞘会が反転攻勢に打ってでる。誰もが覚悟した事態ではあった。しかし、まさか今だとは。

甲斐市内の一般道はひどく暗かった。ワンボックスカーのエアコンから冷たい風が吹きつける。見届け役らは滝のような汗を掻いていた。一方で織内は凍えそうだった。

暖房を入れてくれ。おそろしく寒い。分厚い毛布をくれ。そう要求したかったが、黙っていることにした。生き長らえたところで意味はない。

勝一の姿が脳裏に浮かんだ。池袋モブス時代のころだ。ダブついたシャツとズボンを身にまとい、アメリカ製のでかいオープンカーを走らせていた。ハンドルを握っているのは沓沢だ。

「すまない……」

呟きが漏れた。そのうちにすべてが闇に包まれた。

## 11

コンビニは混雑していた。

ひっきりなしに外国人観光客が訪れ、日本製の菓子やツマミを珍しそうに手に取っている。レジを打っている店員もアジア系の外国人で、英語や中国語など複数の言語が飛び交っている。日本人は我妻《あづま》以外にほとんど見当たらない。

西新宿《にししんじゅく》の巨大シティホテルの地下一階。コンビニといっても、ちょっとした大きさの売店程度で、もっぱら宿泊客のためにあるようなものだった。おみやげコーナーも設けられ、漢字が大きく書かれた手ぬぐいや湯呑《ゆの》み、アニメキャラクターのキーホルダーが並んでいる。

さすが高級ホテルだけあって、輸入食品店でしか見られないような、かなり値の張るヨーロッパ製の菓子もあった。ポケットに入りそうな小さな箱のものでも、千円以上するチョコレートがある。

玲緒奈《れおな》は甘い物に目がなかった。とくに上等なチョコレートには。腕時計に目をやると九時を過ぎていた。上の階には本格的な菓子店があり、やはり高級なスイーツが売られているが、すでに店は閉まっている。

携帯端末を取り出して、玲緒奈に電話をかけた。彼女はすでに仕事を終えたころだ。

〈もしもし。我妻さん？〉

「今、電話いいが？」

〈私は大丈夫。だって、邦彦《くにひこ》さんの部屋でテレビ見てたから〉

玲緒奈は弾んだ声で答えてくれた。

彼女とつきあうようになってから、二ヶ月近くが経とうとしている。交際期間はまだ短く、ふたりで過ごす時間自体もまだ多くはない。そのためか、我妻を呼ぶ際は苗字《みょうじ》だったり、下の名前だったりと、その時々で違っていた。

〈どうしたの？〉

「ちょっと声が聴きたくなってよ。店でチョコレートを見てんだ。カカオ含有量が44パーセントのやつと、56パーセントのやつ、どっちが好きや？」

玲緒奈が噴き出した。

〈どっちも好きだけど、あえて選ぶならほろ苦いほうかな。56パーセントのほう〉

「だったら、両方買っとぐ」

棚からチョコレートをふたつ取った。

〈帰り、遅くなるみたいね〉

「よぐわかったなや」

〈声が聴きたいっていうから、たぶんそうなるんじゃないかと思った〉

「いつもすまねえ」

彼女には部屋の鍵《かぎ》を渡していた。交際するようになってから、ちょくちょく訪れてきては、そのたびに手料理を作ってくれた。徹夜で捜査に明け暮れ、寝るために戻ってくると、冷蔵庫には野菜を中心とした煮物やおひたしがあった。おかげで、我妻の食生活は劇的に改善している。

手料理だけではない。彼女は部屋の掃除もしてくれている。雑然としていた部屋が、さっぱりと片づき、居心地のいい空間へと生まれ変わった。

〈いいの。好きでしてることだし。かえって、うざったく思ってない？〉

「まさか」

電話で会話をしているにもかかわらず、我妻は大きく首を横に振った。チョコの箱を持って、レジで精算してもらう。

約二ヶ月前、我妻が何者かに襲撃された夜、彼女と口づけを交わし、交際を申し出た。彼女は快く承諾してくれた。

仕事は相変わらず激務が続いており、どこかでゆっくりデートを愉《たの》しむ時間はなかった。しかし、同じ赤羽《あかばね》に住んでいるおかげで、可能な限り夕飯を共にした。赤羽の肩の凝らない焼き鳥屋や居酒屋などで。

三回目の夕食のとき、玲緒奈と初めて一夜を共にした。ベッドで身体を寄せ合いながら、彼女は不安げに尋ねてきたものだった。

――私なんかでいいの？

玲緒奈は三神《みかみ》組系の詐欺師に騙《だま》され、多額の借金を背負わされ、ヤクザどもの性接待要員にされた。

地獄から解き放たれはしたものの、悪夢をすっぱり忘れられたわけではない。自分の身体は汚れているという呪いに縛られていた。問われた我妻は、黙って彼女を抱きしめたものだ。

彼女に胸を張って生きてもらいたかった。時間はかかるだろうが、それも覚悟の上だ。

コンビニと同じフロアにホテルのバーがあった。コンビニとは対照的に、レンガ造りの豪奢《ごうしゃ》なインテリアで、ピアノの生演奏とリッチな空間を売りにした正統派だ。

〈七美《ななみ》さんもチョコは好きだった？〉

ふいに玲緒奈が尋ねてきた。我妻は突然の質問に慌てた。

「いや、あいつは……どうだったべな」

〈ご、ごめんなさい。変なこと訊《き》いて〉

「いいんだ。あいつは甘《あめ》え物《もん》をあまり食わなかったな。目刺しとかサラミとか、酒のツマミみてえなもんが好きだった」

〈そうだったんだ〉

玲緒奈はちょくちょく七美のことを訊《き》いてきた。

好奇心を抑えられないのか、我妻の顔色を窺《うかが》いつつも、しきりに知りたがった。七美に対する嫉《しっ》妬《と》心なのか、我妻の好みのタイプを把握したいのか、彼女は七美と自分を比べたがった。彼女のひたむきな性格がいじらしく思えた。

気まずい沈黙が生まれた間に、バーのほうで動きがあった。我妻は咳払《せきばら》いをした。

「おっと。案外、早く帰れっがもしれねえ。また連絡すっがら」

〈うん、気をつけて〉

電話を終えると、我妻はコンビニの棚に身を隠し、バーに注意を払う。

店のスタッフに見送られて出てきたのは、監視を続けてきたふたりの男だった。二次会での酒とあって、男たちの顔は赤らんでいる。彼らはバーを訪れる前に、西新宿の高級寿司《すし》店を訪れている。このバーにしても、たったウイスキー一杯でサービス料も入れれば二千円はする。下っ端の刑事にはどちらも敷居が高い。

男のひとりは、阿内《あない》のもとで働いている小僧の奥堀《おくぼり》だった。約二ヶ月前、お台場《だいば》で阿内を問いつめた際に運転手を務めていた。赤羽で我妻を襲ってきた男でもある。

この二ヶ月ほどの間、警視庁は東鞘会《とうしょうかい》の内部抗争に手を焼いている。東鞘会六代目の神津太一《こうづたいち》と直系組長二名がお台場で、和鞘連合《わしょう》が放ったヒットマンに惨殺された。

大規模な捜査本部が組まれ、警視庁は捜査に乗り出したものの、和鞘連合による犯行の形跡は一向に摑《つか》めなかった。

捜査本部は次第に縮小され、捜査員として加わっていた我妻も再び組対《そたい》四課のメンバーに戻った。ふたつの組織の情報収集と資金源潰《つぶ》しに追われた。

連日のように双方の事務所や関連施設を家宅捜索し、構成員や企業舎弟の身の回りを徹底して洗った。だが、上層部が神津組に切り込むのを許さないため、捜査は遅々として進まなかった。

奥堀はバーを出たところでもうひとりの男と別れた。奥堀は刑事らしく、地声が大きい。

「任せておけって。大丈夫だ。あの人に任せておけば間違いないんだ」

奥堀は楽しそうに笑いながら、男の背中を親しげに叩《たた》いていた。

男のほうは高そうなスーツと、高級ブランドのカバンを手にしており、バーの勘定など気にしない人種に思えた。奥堀と同じく笑みを浮かべてはいたが、あまり愉快そうではなく、無理やり口角を上げている。正体もわかっている。枡慎作《ますしんさく》といい、大物議員の国木田義成《くにきだよしなり》の第二秘書だった。

神津組への捜査にストップがかかっているのは、国木田の存在があったからだ。神津組が国木田の金玉を握っており、そのために待ったの声がかかっている。

現在、神津組への捜査を手がけられるのは組特隊《ソトク》だけだ。その命令を無視しようものなら、相手が同じ警官であっても容赦はしない。金属バットまで担いで、警告を与えにやってくる。

奥堀と枡はバーの出入口で別れた。奥堀がひとりになるのを見届けると、我妻は彼の後を追った。奥堀とは充分に距離を取っている。刑事を尾行するのは簡単ではない。おまけに、我妻の顔は相手に知られている。慎重になる必要があった。

奥堀はバーの近くのトイレに入った。洗面所で顔でも洗ったのか、ワイシャツの襟まで濡《ぬ》れているのが見えた。枡といっしょにバーを出たときは、かなり酒が入っているように見えたが、今は表情を引き締めている。

我妻は目を凝らした。奥堀はひとりで地下二階へと続く階段へと向かった。地下二階から下は駐車場になっている。彼が警察車両のセダンで、このホテルを訪れていたのは知っていた。

奥堀には人を呼んで運転させるといった考えはないようだった。さすがに覆面をかぶって、我妻に襲いかかる男だけあって、行動がなかなか大胆だ。組特隊《ソトク》の木羽《きば》や阿内につけ入る隙はないが、下の人間までそうとは限らないのだ。

我妻も後に続いて階段を下りた。屋内駐車場へと続いている自動ドアを潜ると、排ガスの臭いがした。遠くの一角でライトが点滅するのが見え、奥堀がセダンの運転席に乗りこむ姿が目に入る。この男に約二週間も張りついた甲斐《かい》があった。この好機を見逃すわけにはいかない。

我妻は地下駐車場の出入口へと向かった。セダンのエンジンのかかる音が耳に届いた。ゆるい上り坂のスロープを一気に上って公道に出る。

建物の陰に隠れ、呼吸を整えてセダンが来るのを待った。セダンがスロープを上り、奥堀は運転席の窓から精算機にカードを差しこんだ。

ゲートのバーが上がった。出庫注意灯のランプが光り、車が出るのを知らせるブザーが鳴る。セダンが駐車場から公道に出たところを見計らい、建物の陰からセダンの前へと飛び出した。バンパーが足に当たった。セダンの車体が急ブレーキで揺れる。軽く接触しただけだが、我妻はスタントマンのようにボンネットの上を転がり、フロントガラスに背中をぶつけてから、アスファルトの地面に落下した。

運転席のドアが開き、奥堀の怒鳴り声がした。

「なにやってんだ、てめえ！　当たり屋か、この野郎。急に飛び出しやがって」

奥堀に胸倉を摑まれた。我妻が笑みを浮かべてみせると、奥堀の顔が凍りついた。

「お前は——」

我妻は右手で奥堀の股間《こかん》を摑んだ。奥堀は目を飛び出させんばかりに見開き、苦痛のうめきを漏らす。

「酒酔い運転の現行犯だなや。アルコールの臭いがぷんぷんすっぞ」

「は、放しやがれ」

奥堀が頭突きを繰り出そうと背をのけぞらせた。

我妻はさらに手に力をこめると、奥堀は短い悲鳴をあげ、膝《ひざ》から崩れ落ちそうになる。

奥堀の股間から手を離し、拳《こぶし》を握って股間を打った。手加減はしなかった。陰嚢《いんのう》の柔らかな感触が伝わる。

奥堀は内股《うちまた》になって尻餅《しりもち》をついた。つま先で鳩尾《みぞおち》に蹴《け》りを入れると、奥堀は胃液を盛大に吐き出した。大量の胃液と未消化の米や刺身をまき散らす。

奥堀がスーツを嘔吐《おうと》物で汚しながらも、歯を剝《む》いて睨《にら》みつけてくる。

「組特隊《ソトク》に手出して、無事でいられると思ってんのか……田舎の交番《ハコ》に飛ばしてやる」

「偉そうな口叩くでねえか。おれが交番《ハコ》なら、お前《め》はクビだ」

携帯端末を取り出し、液晶画面を操作する。

「ひとりじゃ手に余っから、新宿署に応援に来てもらわねえど」

「てめえ……」

「警察《サツ》回りの記者にもメールしとくぞ。ヤクザどもが派手にドンパチやってだ時に、警視庁《ホンチョウ》のマル暴刑事が酒酔い運転してんだ。お前《め》の名前は一夜にして日本中に轟《とどろ》くことになる」

奥堀にスラックスの裾《すそ》を摑まれた。

「あ、阿内さんが黙ってねえぞ」

「んだべな。政治家のカネで酒をたらふくかっ食らった上に、警察車両を乗り回すバカなんぞ、まっ先に切り捨てっぺや」

奥堀の顔色が変わった。

「乗れや！」

奥堀のベルトを摑み、セダンの助手席まで引っ張った。

股間と鳩尾へのダメージだけでなく、自分が大きなヘマをやらかしたことに気づいたのか、だいぶ威勢を失っていた。ヨタヨタと引きずられる。

奥堀を助手席に押しこむと、奥堀の左手に手錠をかけ、もう片方を窓上の取っ手に嵌《は》め、逃げられないように動きを封じた。

我妻はすばやく運転席に乗り、アクセルペダルを踏んでセダンを走らせた。

「……どこに連れていく気だ」

我妻は新宿駅西口駐車場へと向かった。

タクシーの行列の脇をすり抜け、再び地下駐車場へとつながるスロープを下る。都心の巨大な地下空間は、夜中になっても繁盛していた。入口に近いスペースはぎっしりと埋まっている。ただし、ゆっくりと駐車場内を一周すると、ガランと空いた一角があった。人気もない。

セダンをバックで停めた。エンジンを切る。

「ここならゆっくり話ができっぺ」

奥堀は咳《せ》きこみながら笑った。睨んだとおり頑丈な男で、移動する間にスタミナを回復したらしい。

「自分のしたことがわかってんのか。酒酔い運転の証拠をわざわざ消してくれてありがとうよ。おれを現行犯逮捕《ゲンタイ》できなくなったな。新宿署でもなんでも好きに呼べばいい」

「もともと逮捕《パク》る気なんかねえ。ふたりっきりになりたかっただけだず」

「おれはなにも話さねえぞ。好きなだけ痛めつけりゃいいだろう」

「んだが」

ベルトホルスターからリボルバーを取り出した。

五発入りのスミス&ウェッソンM360Jで、通称〝サクラ〟と呼ばれる官給品だ。ラッチを押して、シリンダーを横に振り出した。

レンコンと呼ばれるシリンダーには、五発の弾薬が入っていた。銃口を上に向け、弾薬をシリンダーから取り出した。一発分だけ詰めてシリンダーを回転させる。

奥堀の目がリボルバーに釘《くぎ》づけになっていた。

「……頭どうかしてんじゃねえのか」

「お互い様だべよ。覆面して襲いかかってくるようなやつに言われる筋合いはねえな」

シリンダーを嵌め直すと、リボルバーの撃鉄を起こした。銃口を奥堀に向けながら尋ねる。

「神津組はどうやって国木田のタマを摑んだのや?」

「知るか！　どうせ空砲だろうが。そんなものでビビると思ったら――」

トリガーを引いた。

発砲音が車内に響きわたり、我妻の鼓膜が刺すように痛んだ。発砲による衝撃で手がはね上がり、助手席のドアに弾丸がめりこんだ。硝煙の臭いが鼻をつき、銃口から白煙が立ちのぼる。

五分の一の確率だったが、一度目で〝当たり〟を引いたことになる。

「う、撃ちやがった」

奥堀が顎《あご》を震わせながら、リボルバーとドアの弾痕《だんこん》を交互に見やった。額から滝のように汗が流れ出す。

「なに考えてんだ。官給品だろうが。このドアの穴だって――」

「自分の身だけ心配してろ。当てっぞ」

我妻は再びシリンダーを振りだした。ひどい耳鳴りがして、自分の声がくぐもって聞こえた。

銃口を上に向けても、熱によって空薬莢《やっきょう》が膨張し、シリンダーに貼りついていた。エジェクターロッドを押して、空薬莢を排出させると、ポケットにしまう。

弾薬をひとつだけこめた。シリンダーを再びルーレットのように回転させて嵌めた。撃鉄を起こすと、奥堀の顔面に狙いを定める。

奥堀が浅い呼吸を繰り返した。

「あ、あんた、なんだって、こんなことまでやる。クビが飛ぶどころじゃ済まねえぞ」

「刑事もヤクザも似たようなもんだべした。芋引いたと思われたらやってらんねえ。バット握って襲いかかりゃ、おとなしく引っこむと思ったのが間違いだったんだず」

我妻はトリガーに指をかけた。

「続きをやっぞ」

「待て、待て！」

奥堀が手足をバタつかせた。取っ手につながれた手錠がガチャガチャと鳴る。

トリガーを引いた。撃鉄が下りたものの、今度は弾が出なかった。奥堀が深々と息を吐く。火薬と嘔吐物の混ざり合った悪臭が立ちこめる。

我妻が三度《みたび》撃鉄を起こすと、奥堀が目に涙を溜《た》めながら叫んだ。

「息子だ、息子がやらかしたんだ！」

「なんだと？」

息子なる意味について考え、国木田謙太《けんた》のことだと理解した。

大物議員の国木田義成は、長男の謙太に座を譲る準備を進めている。謙太はボンボンの典型だ。根っからの遊び好きで、アメリカに留学している最中、急性アルコール中毒に陥って病院に担ぎこまれたこともある。

大学を出た後は父の公設秘書を務め、現在は地元山梨で県会議員を務めている。近いうちに父の後を継ぎ、衆院選に打って出る気でいるが、父以上に叩けば埃《ほこり》が出るとの噂だった。まだ三十代にもかかわらず、放蕩《ほうとう》生活が祟《たた》って健康上の不安も抱えているという。

「国木田謙太がなにしたって？」

我妻は先を促した。

「西麻布《にしあざぶ》の『コンスタンティン』だ。三年前にやつはバカをやらかした。連れてた女とコレをやって……」

奥堀は早口でまくしたて、右手の指で鼻を押さえ、ドラッグを吸う真似をした。

西麻布の『コンスタンティン』。とっさには思い出せなかったが、脳の記憶のファイルを漁《あさ》ると、奥堀が口にした意味がわかった。

コンスタンティンはタレントやモデル、実業家が集まる会員制のクラブだ。経営者の名義こそカタギではあったが、神津組の息がかかっているとの噂があった。

同店は三年前に閉店した。名の知れたモデルが、VIPルームでコカインの過剰摂取によって心不全で死亡したのがきっかけだ。警視庁はモデルと一緒に来店していた半グレふたりを、麻薬取締法違反と保護責任者遺棄致死罪で逮捕している。

三年前といえば、我妻は所轄の平刑事に過ぎなかった。事件に関する情報を、新聞や雑誌で見聞きした程度にしか掴んでいない。

一部のゴシップ誌が、半グレ以外に芸能人やミュージシャンも同席していたと書き立てたものの、逮捕された半グレやコンスタンティンの店員たちが揃って、他には誰もいなかったと証言した。半グレたちには二、三年の懲役刑が科せられたはずだ。

興奮で頭が熱くなった。

「国木田謙太がその場にいたのが。心停止したモデルを放って、その場からトンズラした」

奥堀が何度もうなずいた。

「もともと、VIPルームには国木田とモデルしかいなかった。あのバカ息子が、ウブなモデルに高純度のコカインを勧めたんだ。店側としちゃピンチでもあるが、またとないチャンスでもあった。あの店は下っ端の半グレに罪を背負わせて、国木田に大きな貸しを作ったんだ」

「んでも、警察はそのころ東鞘会壊滅作戦に動いて、トップの氏家必勝《うじいえまさかつ》を逮捕してたべや」

四年前、東鞘会は氏家必勝のもとで改革が実行され、当時の警察庁長官は、警察組織に対して対決姿勢を露《あらわ》にした東鞘会を危険視。全国の警察組織に対して、東鞘会を壊滅に追いこむように檄《げき》を飛ばした。

「神津太一は野心家だ。てめえが六代目に就くために、必勝が逮捕されるのを見計らって、国木田を動かしやがったんだよ」

「警察《カイシャ》が神津組にだけ手を出さねえのは、そのためか……」

国木田という最強のカードを切り、神津は出身母体の神津組を守ると、氏家必勝に替わって東鞘会のトップに立った。ライバルであった氏家勝一《しょういち》や反神津派を追い出し、我が世の春を謳歌《おうか》する予定だったのだろう。

神津が和鞘連合の手によって暗殺された後も、神津組は国木田を使って警察の動きを封じたものと思われた。

先日も東鞘会と和鞘連合は激しい戦闘を繰り広げた。中央道のサービスエリアでは、和鞘連合側のヒットマンと思《おぼ》しき武装集団の襲撃によって、理事長の十朱《とあけ》や最高幹部たちが負傷し、護衛二名が撃たれて死亡している。和鞘連合側もサービスエリアで二名の死者を出し、甲斐市内の国道で、トカレフを持った重光組の構成員二名が、返り討ちに遭って重傷を負った。

山梨県警と警視庁は合同で、東鞘会と和鞘連合の事務所と関連施設を一斉に家宅捜索した。事件の全容の解明にはまだいたっていないが、警察組織の捜査によって、襲撃は和鞘連合系重光《しげみつ》組の犯行として、重光組幹部を軒並み逮捕し、組長の重光禎二《ていじ》を指名手配犯として追っている。

山梨県警は、襲撃された東鞘会の十朱、最高幹部の土岐《とき》や熊沢《くまざわ》らの行動を過剰防衛と見なし、暴行罪、傷害罪や銃刀法違反で逮捕したものの、奇妙なことに釈放している。

事件のおおよその状況は、我妻の耳にまで届いている。手榴弾《しゅりゅうだん》やショットガンまで用いる襲撃犯に対し、十朱側も護衛がサブマシンガンで反撃したという話だった。

十朱自身がナイフや拳銃《けんじゅう》を使い、襲撃者を返り討ちにするのを見たという目撃証言もあるという。サービスエリアの防犯カメラの映像にも映っているだろう。本来であれば、十朱に長期刑を背負わせるチャンスだった。

重病人だった氏家必勝を無慈悲に刑務所に送り、ついには病死に追いやったときとは異なり、警察の対応は及び腰を通り越して、不自然ですらあった。十朱らはサービスエリア近くの病院で治療を受けた後に、山梨県警に身柄を勾留《こうりゅう》されているが、翌日には全員が釈放されている。

「山梨は国木田の縄張りだ。やつの鶴のひと声で十朱らは釈放された」

奥堀は口を懸命に動かしていた。我妻としても、口を止めるようなら、トリガーを引くつもりでいた。

警察組織のトップが公然と〝敵〟と言い放った反社会勢力の頭目をむざむざ解放することなど、本来ならばありえないはずだ。だが、霞《かすみ》が関《せき》の幹部職員が政治主導で選ばれるようになってからは、露骨に政権におもねって、政治家の顔色をうかがいながら仕事をする官僚がより増えた。

とくに内閣人事局ができてからは、幹部人事は審議官や部長級を含め、対象者を六百名にまで広げ、政治判断で決定されるようになった。

警察庁や検察庁、人事院、会計検査院は自立性を保たせるため、対象外となっているはずだが、官僚は他の省庁や内閣官房に出向するうちに当然影響を受ける。官邸や大物政治家の横槍《よこやり》や要求を呑み、ありえないこともありにしてしまう。クロいものもシロと言ってのけるヤクザじみた連中ほど出世しているのが現状だ。

警視庁組対部長の美濃部《みのべ》がいい例だった。与党に対する忠誠心が買われ、いずれ警視総監にまで出世するとの噂も流れている。じっさい、国木田の息子の問題にうまく対処すれば、現実となるだろう。

奥堀は唇をしきりに舐《な》めた。大量の発汗によって、喉《のど》がひどく渇いている様子だった。ドリンクホルダーにはミネラルウォーターのペットボトルがあった。顎で指し示すと、奥堀はペットボトルに飛びつき、喉を鳴らして水を飲み干した。

奥堀は空になったペットボトルを握りつぶした。

「おれたち組特隊《ソトク》の役割は、他の部署や県警が神津組を突《つつ》いて、国木田のバカ息子の一件が露見しないように目を光らせることだ。あんたを赤羽で襲ったのも、神津組系の捜査から手を引かせるためだった。これが全てだ！」

「なるほどな」

「もういいだろう。平刑事《ヒラデカ》のおれが知っているのは、せいぜいこの程度だ。あとは阿内さんでもさらって聞きだすんだな。クソッ、このドアを修理するのに、どれだけカネと手間がかかることか」

奥堀はヤケクソ気味に吠《ほ》え、手錠をガチャガチャ鳴らした。

「うるせえぞ」

奥堀の股間を再び殴りつけて黙らせる。「いいわけねえべした。芝居が大根すぎて反吐《へど》が出っぞ。本題はこっからだず」

「痛えな……もうなにもねえよ」

奥堀は苦しげにうめいた。目に涙を溜めている。彼は背中を丸めてうずくまり、右手で股間を押さえた。

我妻は彼の耳を引っ張った。

「大物議員の威光を借りて、他の部署だのに圧力かけるだけなら、そこらのボンクラでも務まっぺ。公安きってのエースだった木羽と阿内に組特隊《ソトク》を仕切らせてんだ。お前《め》の酒酔い運転やおれのロシアンルーレットなんかとは、比べもんになんねえほどの危うい裏工作を手がけてる。んだべや？」

耳を引っ張って、奥堀の顔を無理やり振り向かせた。彼の目が泳ぐ。なにも知らないどころか、自分も関わっていると目が語っている。

警官は極道と違ってわかりやすい。責めるのには慣れているが、自分はサクラの代紋の人間なのだからと、責められる事態を想定すらしていない。

我妻は耳を放した。

「国木田義成にしたって、いつまでもヤクザ者《もん》の風下に立つほどお人よしでねえ。バカ息子の件で延々とタマ握り続けられるわけにはいかねえべした。木羽も阿内も諜報《ちょうほう》の専門家だべ。国木田謙太の罪を闇に葬りながら、神津組を瓦解《がかい》させるプランを進めてるんでねえのが」

「いや、それは……」

「おれをナメるんでねえ。国木田の秘書となに喋《しゃべ》ってだのや。一貫千円も二千円もするような高い寿司パクついたんだ。よっぽど実のある報告したんだべ？」

奥堀は口ごもった末に黙りこくった。

この男の持ち味である獰猛《どうもう》さは消え失《う》せ、目を合わせようともしない。頭は汗でずぶ濡れだ。飲み干したペットボトルの水が、すべて汗と化したかのようだ。銃弾を喰《く》らいそうになったというのに、またダンマリを決めるところを見ると、よほど話せない秘密を抱えているらしい。

我妻は拳銃のシリンダーを横に振り出して弾をこめた。一発は発射したため、合計四発分を装塡《そうてん》する。

「今度はヒリヒリすっぞ。五分の四の確率だ」

奥堀の声が震えた。

「よ、よせよ……マジで知らねえんだって。ただの下っ端に過ぎねえんだ」

「謙遜《けんそん》すんでねえ。お前《め》が調子よく背中叩いていたのは第二秘書の枡慎作だべ。そこいらの新人議員なんかよりも偉いっていうでねえが。新人候補の選挙運動を手取り足取り指導する、〝国木田軍団〟の注目株だべ。そだな男にも気安い口を叩いてたんだ。お前《め》は立派な大物だ」

シリンダーを嵌めると、奥堀のこめかみに銃口を押しつけた。

「祈れ」

トリガーに指をかけると、奥堀が耐えきれなくなったように絶叫した。

「是安《これやす》だ！　是安なんだ」

聞き覚えのない名前だった。すかさず問いかける。

「誰だと？」

奥堀がミスったといわんばかりに顔を凍りつかせた。ひどく慌てたように口を掌《てのひら》で覆う。

我妻は拳銃をベルトホルスターにしまい、運転席のドアを開けて降りようとした。

「いいず。もう充分だべ。是安　某《なにがし》だな。お前《め》の言うとおり、続きは阿内さんに訊いてみっぺ。脇の甘《あめ》え部下から聞いた話だって、前置きした上で質問させてもらうがらよ」

「待て！」

阿内の名前を出すと、奥堀のほうから引き留められた。我妻は運転席のドアを閉めた。

奥堀が声を絞り出した。

「知ったら……お前も無事じゃ済まないぞ」

左手をすばやく動かし、奥堀の頬を強く張った。彼の首がねじれて汗が飛び散る。

「能書きはいいず。是安ってのはなにや」

「十朱義孝《よしたか》のことだ」

「どういう意味だず。十朱義孝って名前は渡世名でねえべ。あいつの本名だべした」

「そうじゃねえ！　組特隊《ソトク》が是安って警察官を東鞘会に潜らせたんだ。警察《カイシャ》の人間を、極道に仕立て上げたんだよ」

我妻は思わず鼻で笑った。

それから猛烈な怒りが湧き、右手で拳を固めた。張り手ではなく、鉄拳を見舞おうとしたが、拳を引っこめてうなった。

「〝投入〟だと？　バカこくでねえ。そだなことがありえんのが？」

奥堀に尋ねたのではない。自問自答していた。

〝投入〟とは、警官を組織に潜らせることだ。アメリカのＦＢＩを始めとして、海外では捜査手法のひとつとして確立されている。

日本においても、警官が身分を秘匿したうえで、特定の組織に潜入した例がなかったわけではない。公安刑事が活動家に化け、左翼団体や過激派に入りこんだ例はある。

しかし、それらは昭和の遠い昔の話であって、日本の警察組織が暴力団員になりすまし、長期にわたって潜るなど聞いたことがない。敵の構成員をスパイに仕立てあげるのとは次元が違い、警官自身が潜るとなれば、チーム全員が大きなリスクを背負う。かりにスパイであるとバレれば、送りこんだ人間はもちろんだが、上層部まで責任を問われかねない。

ましてや、暴力団に潜るとなれば、手を汚すのは必至だ。傷害や恐喝、ドラッグ密売や管理売春。場合によっては殺人にも手を染めざるを得ないだろう。潜った警官が犯罪に関与したとなれば、警察組織を揺るがしかねない大不祥事として責められる。

だが、木羽や阿内ならやりかねない。東鞘会のなかでも、神津に忠誠を誓う構成員で占められる神津組を攻略するには、組員をスパイに仕立てるよりも、警察官を潜らせるほうが成功すると踏んだのだろう。

現に十朱は彗星《すいせい》のように現れると、神津組の客分として迎え入れられ、瞬く間に出世を果たした。神津組の組長の座だけではなく、上部団体の東鞘会の最高幹部となり、神津が暗殺された現在では、同会の後継者と目されている。警視庁のバックアップもあるだろうが、十朱自身の実力や精神力も化物じみている。

「十朱とは……是安とはなんなのや」

「是安総《そう》。警備部畑にいた元特殊急襲部隊《SAT》隊員だ。公安にもいたらしい。詳しい経歴は知らん。詮《せん》索《さく》して、ボスたちを怒らせたくないからな。ただ言えるのは、木羽隊長と阿内さんが、警視庁四万六千人の中から選んだだけあって、極道の才能も充分すぎるほどあったってことだ」

奥堀は肩を落としながらも、一転して能弁になった。まるで〝完落ち〟した被疑者のように。

彼の証言の真偽はまだ不明だ。事情を知らない者が聞いたら、マンガのようだと一笑に付しただろう。しかし、我妻は与太話を受け入れられた。つじつまは合う。

国木田親子としても、警察組織としても、ヤクザにいつまでも首根っこを摑まれたままでいるわけにはいかない。そこで警視庁は組特隊《ソトク》のトップに木羽と阿内を据え、是安総なる男を敵の本拠地である神津組に潜りこませた。

奥堀は問われる前に、自分から喋りだした。

「十朱義孝というのは実在の人物だ。インド好きのバックパッカーで、逮捕歴のあるヤク中だ。親兄弟から見捨てられても、クスリの味が忘れられずに、インドへ旅立って消息不明になった」

是安は顔の整形もして、十朱になりすましたという。

現在の組特隊《ソトク》の狙いは、国木田謙太の件などではなく、十朱を使って東鞘会を丸ごと乗っ取ることなのだろう。和鞘連合を叩き潰してしまえば、東鞘会をこの世から消すのは容易だ。なにしろ、潜入捜査官がトップに君臨したのだから。

東鞘会がいくら機密保持に努めようとも、内部情報は好きなだけ得られる。いつでも幹部は逮捕でき、あるいは情報を操作して同士討ちに持っていける。

我妻は唇を舐めた。口のなかがカラカラだった。ひどく喉が渇き、奥堀のように水を一気飲みしたかった。額から汗が噴き出し、目に汗が入りこむ。奥堀に悟られぬよう、さりげなく袖《そで》で汗を拭《ぬぐ》う。奥堀の言うとおり、知ってはならない核爆弾級の情報だった。

十朱の潜入捜査官説は納得のいく話ではある。ただし、疑問点がないわけではない。喉の渇きをこらえながら尋ねた。

「おかしな点がひとつあっず」

「なんだよ」

奥堀が深々とため息をつく。すっかりまな板の鯉と化しており、我妻の緊張には気づいていない様子だ。

「国木田の秘書の枡だ。お前《め》と違って浮かねえ顔してやがった。警察官の十朱が東鞘会のトップに立ったんだ。とっくにバカ息子の件はカタがついたんだべ。バカ息子がやらかした証拠をきれいに回収して、憂いはもう絶ったんでねえのが？」

「それが……まだだ」

「なぜ」

「それこそ、下っ端のおれにはわからねえことだ。ここまで面白《ゲロ》ったんだ。今さらとぼける気はねえ。阿内さんが言うには、バカ息子がモデルとラリってる映像はもちろん、神津太一はやつの体毛や使用済みのコンドーム、指紋がついたグラスやタバコの吸い殻まで徹底的に集めさせて、側近の土岐勉《つとむ》に管理させていたらしい。その土岐をも追い抜き、十朱は神津の後継者になった。今の十朱の立場なら、それらのお宝を土岐から奪い取れるだろうが、まだそこまでは進んでいない。慎重になっているのか、国木田に恩をたっぷり着せるためなのか、それは上の連中しかわからねえ」

「お宝の奪還にまでは到ってねえけんど、東鞘会を支配下に置いた。だから、大船に乗ったつもりでいろとでも言って、今夜は枡にねちょねちょとタカった。そだなところが？」

我妻は、奥堀のスーツの内ポケットに手を伸ばした。

内ポケットのなかには茶封筒があった。茶封筒に息を吹きかけて、中身を確かめると一万円札が五枚入っていた。奥堀は恥ずかしそうに顔をそむけた。

「もう充分だろう。おれたちを嗅《か》ぎ回るような真似は止めろ。阿内さんはあれでも情に厚い一面がある。あんたを金属バット程度の警告で済ませたのは、昔の部下だったからだ。あの人がその気になれば、警察官なんぞ務まらない身体にしてるか、包丁を持ったジャンキーでも放って二階級特進《ニトクシン》させてる」

「んだべな」

「わかっているのなら、おれたちの邪魔はするな。あんたら組対四課からすれば、組特隊《ソトク》は国木田の犬で、神津組のお守りまでする腐った連中に見えたかもしれねえ。しかし、事実はそうじゃねえ。東鞘会壊滅のために動いて、いよいよ実現ってところにまでこぎつけようとしている。ただし、人の命がかかってるんだ。いくら十朱が東鞘会ごと掌握しようとしても、些細《ささい》な情報漏れが命取りになる」

「今さら優等生ぶるんでねえよ。こんな〝お車代〟をタカっておきながらよ。笑わせんでねえ」

我妻は茶封筒を奥堀に投げて続けた。

「邪魔をする気はねえ。おれの目的は、東鞘会みてえな調子に乗るヤクザ者を叩き潰すことだ。そっちがやってくれるのなら、おれは喜んで口にチャックすっず」

セダンを降りた。

助手席側に回るとドアを開け、取っ手につないだ手錠を外した。奥堀の手首は手錠で擦り切れ、皮膚が破れて出血していた。スーツの袖が赤黒く汚れている。

拘束が解かれたことで、反撃してくるかと警戒していたものの、奥堀はKOされたボクサーのように、ぐったりとシートに身を預けた。

「あんたも……イカレてる。阿内さんや十朱と同じくらい」

スーツの内ポケットから携帯端末を取り出した。奥堀に液晶画面を見せ、会話がすべて録音済みであることを示した。

「お前《め》も口をしっかりと閉じとけ。ボスに告げ口しようなんて考えんでねえぞ」

奥堀は力なくうなずくだけだった。

我妻はセダンから離れ、地下駐車場の階段を上った。新宿駅西口からタクシーに乗る。新宿中央公園に向かうように頼んだ。

目的地に近づいてから、公園をぐるりと一周するように指示した。運転手は従ったものの、バックミラーで薄気味悪そうに我妻を見やった。

運転手の視線を無視して、我妻は背後をチェックし、尾行の有無を入念に確かめた。奥堀を解放してからも、心臓の鼓動が異様に速い。

怪しい車や人影がないのを確かめてから、新宿中央公園でタクシーを降りて、巨大シティホテルまで歩いた。

手が小刻みに震えていた。秘密を知って慄《おのの》いているのか、それとも昂揚《こうよう》しているのか。自分でもわからなかった。奥堀の自白を聞いてしまってから、世界がガラリと違って見える。

巨大シティホテル近くのコインパーキングまで歩いた。

精算機で支払いを済ませ、警察車両のセダンに乗りこむ。この車で奥堀を追跡したが、彼の告白を聞いてしまった後では、自分が追われているような気がしてならない。

シートに腰かけると、グラブコンパートメントを開けた。なかには食品保存用のプラスチックバッグがあり、38口径の弾薬がいくつか入っている。

プラスチックバッグを開け、弾薬をひとつ取り出し、リボルバーに装填した。銃弾を一発でもなくせば、厳罰に処せられる。補充をしておく必要があった。

プラスチックの弾薬は、かつて暴力団の武器庫となっていたマンションにガサ入れをしたさい、ひそかに懐に入れていた。今夜のように、脅しに使える時が来ると信じて、クビを覚悟で隠し持っていたものだ。

セダンを走らせて、西新宿から桜田門《さくらだもん》の警視庁本部へと戻った。六階にある組対四課の自分のデスクには、未処理のままの書類が溜まっているはずだった。

とはいえ、デスクワークをこなす気にはなれない。未《いま》だに手の震えは収まらず、まともに文字さえ書けそうにない。セダンを地下駐車場に停めると、デスクには戻らずに帰途についた。地下鉄の桜田門駅まで早足で歩く。

朝や夕方は役人たちの通勤ラッシュでひどく混雑するが、夜遅くはひっそりと静まり返る。駅のホームに人気は少なかった。

いるのは遅くまで残業に勤《いそ》しんだと思しきクールビズ姿の役人ばかりで、ひどく疲れ切った顔をしていた。危険な香りをさせている者は見当たらない。

今夜はやけにホームドアの存在がありがたく思えた。自分が怯《おび》えているのだとわかる。

携帯端末を取り出すと、SNSのアプリを起動させ、玲緒奈にメッセージを打った。今夜は帰宅できると。

一分もしないうちに、彼女から返信があった。

〈よかった。待ってる〉

メッセージは短かったが、レスポンスの速さから愛情や期待が感じられた。時刻はすでに夜十一時を過ぎており、お互いに明日も仕事がある。ゆっくり過ごせる時間は短い。にもかかわらず、玲緒奈は待っていてくれるという。

電車がホームへと入ってきた。本庁から早足で移動した甲斐があり、思ったよりも早く乗りこむことができた。

有楽町《ゆうらくちょう》線で池袋《いけぶくろ》駅まで行き、混みあう夜の埼京《さいきょう》線に乗り換え自宅がある赤羽駅で降りた。駅近くのコンビニに入って、コーヒーゼリーとシャーベットを買う。

買い物を手早く済ませると、タクシーに乗りこんだ。家路を急ぎたかったが、自宅周辺を一周させる。

タクシーの深夜料金が余計にかかり、時間も浪費してはいた。とはいえ、奥堀らに襲われてからは、ことさら身の安全に気をつけるようにしている。

「このあたりじゃないんですか？」

運転手に訝《いぶか》られた。

先にキャッシュトレイに現金を置き、もう一周してくれと頼んだ。運転手は不可解そうに生返事をし、ゆっくりとタクシーを走らせた。自宅の周りに怪しい人間が見張っていないかを入念に確かめる。

手の震えは収まり、頭も冷静になりつつあった。電車に揺られている間、恋人といちゃついている場合なのかと自問自答した。

せめて家に来させるべきではない。なにがあるかわからない。彼女の安全に気を遣えと、冷えた頭が忠告する。東鞘会から逃げてきた女と、同会から恨みを買っている刑事。いっしょにいれば、なにが起きてもおかしくはない。

とくに警視庁組特隊《ソトク》と東鞘会の関係を知ってしまった以上、自分の身さえ守れるかも怪しいものだった。阿内は暴力団以上に恐ろしい。

彼が描いた絵図は、予想以上に危険かつ大胆なものだった。現役警官を暴力団に潜らせるだけでなく、ありとあらゆる犯罪に手を染めることさえ黙認し、関東《かんとう》最大の暴力団のトップにまで担ごうとしている。

その事実が外部に漏れたとなれば、彼は機密保持のためにあらゆる手を講じるだろう。同じサクラの代紋の人間であろうと、口を封じるためなら罠《わな》を仕掛け、危害をも加えようとするはずだ。自分が奥堀に発砲したように。

自分は阿内の血を濃く受け継いでいる。それだけに彼の流儀はよくわかっているつもりだった。

自分への意趣返しのために、玲緒奈をターゲットにすることもあるだろう。

彼女を想うのなら距離を置け。それも早急に。今夜にでも。自分に言い聞かせてから、運転手に停めるように命じた。自宅マンションから約五十メートル離れた位置で降りる。

不審者の有無を確かめてマンションに入った。昭和末期に造られた古い物件で、玄関はオートロックではなかった。

部外者でも入れるような構造になっており、おかげで郵便受けは一日で満杯になる。今日も郵便受けの床には、こぼれ落ちたチラシやハガキが散乱していた。宗教団体のパンフレットから違法風俗のチラシに至るまで様々だ。

年に一度はマンション内で空き巣被害などのトラブルが発生しており、セキュリティに問題を抱えているが、我妻自身はさほど気にせず住み続けた。奪われて困るような高価なモノはなにひとつなく、捜査情報を家に持ち帰ったりもしない。むしろ、空き巣や不審者が現れれば、現行犯逮捕して点数を稼がせてもらう気でさえいた。だが、守るべき人間ができると、景色がまるで違って見える。

玄関のドアに鍵を挿してロックを外した。部屋に入ると、玲緒奈の明るい声がした。

「おかえりなさい」

リビングにいた彼女が、玄関まで小走りに駆けてきた。我妻は笑顔を作った。

「遅くなってすまねえ。つまらねえものだけんど」

スイーツの入ったレジ袋を渡しつつ、サムターン錠を回してドアガードもかけた。

「嬉《うれ》しい。食べたいなって思ってた。もう夜中だけどね」

ポケットからチョコレートの袋を取り出した。

奥堀を追っているとき、西新宿のホテル内にあったコンビニで買ったやつだ。こちらは暑さのせいで溶けてしまったらしい。ぐにゃぐにゃと柔らかくなっている。それも彼女に手渡した。

「これも。冷凍庫で冷やしてけろや」

「ありがとう」

彼女と抱擁を交わした。

うっかりミスを犯したと気づき、慌てて彼女の両肩を押し戻した。衣服の臭いを忘れていたからだった。火薬と嘔吐物が混ざり合った悪臭がしみついているはずだ。

「ど、どうしたの?」

玲緒奈が驚いたように目を丸くした。

「ひでえ臭いがしたべ?」

「確かに……なにか薬品というか、銀杏《ぎんなん》みたいな臭いがするけど」

「急いで風呂《ふろ》に入っがら」

彼女が腹を抱えて笑いだした。

「なんだか、おかしい」

「なしてや?」

「だって、たくさんお土産をくれたり、抱きしめられるのを嫌がったり。てっきり夜のお店にでも行って、お酒とか香水の匂いでもさせてるのかと思った」

「そだな色っぽい話でねえよ。この恰好《かっこう》のままで現場に臨場したがらよ。ひでえ現場だった。新米はゲーゲー吐いちまうべし。帰りの電車でも臭いがきつくて、周りの乗客が顔をしかめてたべ」

とっさに嘘をついた。官給品の拳銃をぶっ放して、同じ警官にゲロを吐かせたとは言えない。

「よっぽど……きつかったみたいね」

「詳しく言ったら、きっと食欲失くしちまう。聞きてえが?」

彼女は耳をふさいで、逃げるようにしてリビングに戻った。洗面所で衣服を脱いだ。シャワーで入念に身体を洗いながら思った。うまく嘘をつけただろうか と。ただ、きつい現場だったのは間違いなく、警官がゲーゲー吐いたのも事実だ。

玲緒奈は勘の鋭い女だった。心配をかけたくなくて、疲労が溜まっている時でも空元気を出してみせるが、たいていは見抜かれてしまう。

彼女は東鞘会系の組織に売り飛ばされ、地獄のどん底に叩き落とされている。彼女がいる前で、ヤクザの話題は極力しないようにしていた。

しかし、東鞘会の内部抗争は激しさを増している。とくに山梨のサービスエリアで発生した激しい抗争に時を合わせ、警察は和鞘連合系の組員をいじめ抜いていた。連日のように事務所にガサ入れをし、組員をしょっ引いては激しい取り調べを行っている。

一日の仕事を終え、頑張って笑顔を作り、何事もなかったように振る舞っているつもりだが、彼女は我妻がまとう危険な気配を感じ取り、不安そうな目を向けてくることがあった。

シャワーで銃撃の痕跡を入念に洗い落とし、部屋着に着替えてリビングに向かった。

そこはやはり他人の部屋のようだった。かつては床に下着や週刊誌が散乱し、キッチンテーブルには埃がかぶっていた。生ゴミや酒の空瓶を溜めこみ、腐敗臭が充満していて、帰宅するたびに気持ちが沈んだものだった。

今は生まれ変わったかのように、きっちり整頓《せいとん》されている。申し訳なさを覚えるくらいにぴかぴかだ。玲緒奈はコンビニのシャーベットを美味《おい》しそうに食べていた。

彼女も決して暇ではない。昼間は卸売会社で奮闘しており、経理担当として仕事を任される量も増えた。週に二回は残業しなければならず、眼精疲労と戦いながら、パソコンと格闘しなければならないらしい。

貴重なプライベートの時間を、我妻の部屋の掃除や料理に使わせてしまっている。それが彼女流の恩返しなのかもしれなかった。とはいえ、我妻としても、菓子程度では返しきれないほどの恩義を感じていた。

彼女はシャーベットを食べる手を止め、冷蔵庫のドアを開けた。なかにはラップに包まれた料理の皿がいくつもあった。

「食欲ある？　酷な現場だったみたいだけど」

「ある」

即答してみせた。玲緒奈はおそるおそる見つめ返してきた。

「無理してない？」

「まさか。君がいてくれっがら――」

急に恥ずかしさが湧き、語尾を濁してしまった。彼女は嬉しそうにうなずいてくれた。

「ありがとう」

彼女が電子レンジで温め直してくれた料理を食べた。

ナスの煮びたしや秋鮭とレンコンの炒《いた》め物などの秋の野菜が中心だ。彼女は生まれこそ関東ではあったが、母親が京都育ちだったらしく、味つけは薄めでありながら、ダシをしっかりと効かせていた。塩分が強めの店屋物やコンビニ弁当ばかりの食事が続いていたため、昆布ダシの旨味《うまみ》をたっぷり含んだ野菜がありがたかった。

料理を肴《さかな》に一杯やりたかった。しかし、明日も朝が早く、予定は流動的だ。また車を使う必要が出てくるかもしれず、アルコールを口にはできそうにない。おそろしく空腹だったため、三杯の飯を平らげた。彼女は我妻の食べっぷりのよさを、微笑ましそうに見つめていた。

この家に来るべきではない。タクシーの車内であれほど練習をしたのに言い出せなかった。この幸福と比べれば、ヤクザと警察の陰謀など、いっそどうでもよくなってくる。奥堀から聞きだしたときは、組特隊《ソトク》が仕組んだ大がかりな陰謀に、震えが止まらなくなったのだが。

東鞘会が握る大物政治家の弱点にしろ、その東鞘会を牛耳ろうと策動する十朱や阿内にしろ、彼女とともに過ごす時間に比べれば、ひどくどうでもいいように思えてならない。

警察にまんまと乗っ取られた暴力団など、長く持つはずがなかった。組特隊《ソトク》が中心となって、東鞘会をおもちゃにするだろう。いや、すでにおもちゃ同然だ。

東鞘会はこの一年で大きく力を失った。カリスマ的な指導者の神津太一は射殺され、東鞘会と和鞘連合は多数の逮捕者と死傷者を出した。中核組織の神津組が抱えている国木田謙太の秘密に関しても、いずれ組特隊《ソトク》が闇に葬るだろう。そうなれば、警察も今のように黙っていないはずだ。

我妻ら組対四課は爪《つま》はじきにされるだろうが、もはやどうでもよかった。玲緒奈に性接待をさせていた三神組が潰れてくれれば、彼女としても枕を高くして眠れるだろう……。

食べ終えた料理の皿を洗いながら思った。陰謀の核心に触れて、満足している自分がいることに。非力な人間を食い物にする悪党が許せなくて警官になった。女を商品としか見ないヒモ野郎や、子供の裸を撮影して売る変態どもの尻を蹴飛ばしているうち、それらをメシの種とする暴力団潰しにのめりこんだ。

引き際かもしれなかった。弱者を食い物にする悪党を叩くよりも、目の前にいる女性を幸せにしたいという気持ちが強くなっている。

食事を摂《と》ってから寝室に移動し、彼女の手を握りながら床についた。

彼女が顔を我妻の胸に押し当ててきた。

「さっきはごめんなさい」

「なんのごどや」

「七美さんのことをあれこれ訊いたりして。危険な仕事に携わってる最中だったんでしょう？」

「……なして、そう思う」

「雰囲気かな。ドアガードまでしっかりかけてたし。また同僚に襲われたのかと」

玲緒奈の肩に手を回した。温《ぬく》もりが伝わってくる。

彼女は心配そうに見上げてきた。おそらく、〝ひどい現場〟の話が嘘なのも見抜いているだろう。

「襲われたんでねえ。襲ってやった。詳しく言えねえけんど……」

「私、ここに来ないほうがいい？」

彼女の額にキスをした。彼女を強く抱きしめる。

「来てけろ。ぜひこれからも。つまらねえ内輪揉《も》めはもうおしまいにした。危ねえ橋を渡る気はねえし、君を危険な目に遭わせたりはしねえ」

思わず早口になった。仕事は相変わらず激務で、泊まりこみも頻繁にあった。だが、彼女のいない生活はやはり考えられなかった。

「いてもいいのね」

「もちろんだ。それに七美は七美で、君は君だ。比べるもんでねえ」

本心だった。七美の二の舞は避けなければならない。警察と暴力団の謀略に首を突っこむより、この愛する女性と安らかに生きる道を歩もうと決めた。

## 12

テレビは東鞘会の分裂抗争を取り上げ続けていた。

昼間のワイドショーはもちろん、お堅い夜のニュース番組までが、政治経済そっちのけで長々と伝えている。国民的な人気を誇るという知的な雰囲気の美人アナウンサーが、自分たちのようなヤクザ者の戦いについて、真面目くさった顔で語っているのが、ひどく奇妙に思えた。

隣で寝ている藤原《ふじわら》も、死んだような目でテレビを見つめていた。

彼は下顎を骨折し、金属のワイヤーで固定しているため、口が利けずにいる。流動食しか口にできないため、襲撃から一週間経った今は体重を十キロ以上も減らした。丸太のような腕が、ひと回り細くなっている。

痩《や》せたのは織内《おりうち》も同じだった。サービスエリアの襲撃に失敗し、二日間も意識を失っていた。わき腹と顔面の痛みがひどく、それで意識を取り戻した。十朱から頬に強烈なキックまで喰らわされただけでなく、ナイフでわき腹と右手を刺された。

織内らが運ばれたのは、設備がしっかり整った大病院ではなく、ヤクザ金融から借金をしている小さな診療所だった。人手不足で治療が思うように進まず、輸血用血液製剤も足らず、危うく失血死で二人ともお陀仏《だぶつ》になるところだったという。

診療所の医者や看護師、それに重光組の構成員たちが奔走してくれたため、こうして生き延びられた。

その後、山梨県内の診療所から、警察の監視の目を逃れ、重光組系の企業舎弟が経営しているラブホテルに潜伏した。中央道の甲府昭和《こうふしょうわ》インター近くにあり、トラックが行き交う音が引っ切りなしに窓から聞こえる。

重光組の男たちは、織内らを丁重に扱ってくれた。失敗に終わったとはいえ、十朱たち東鞘会の最高幹部の首を、自らの命を賭《と》して奪いに行った豪傑なのだと。身体が痛めば、医師の処方箋《せん》を要する強力な鎮痛剤を大量に用意してくれ、医師も定期的に派遣してくれた。奥歯を二本砕かれたため、ダシの効いた粥《かゆ》や軟らかく煮込んだうどんなど、三度のメシにも気を遣ってくれている。

暇を持て余しているとわかると、男たちは雑誌やゲームなども用意し、若い女まで派遣してくれた。とても抱ける気分ではなく、女たちには帰ってもらったが。

下にも置かぬもてなしぶりだったが、刃物や拳銃だけはよこしてくれなかった。

部屋に常備されているスプーン等の食器類はプラスチック製で、箸《はし》も先の尖《とが》っていない割り箸だった。コップはガラス製ではなく、花を飾る花瓶も陶器製ではない。勝一からの指示と思われた。

それらを使って、自分の首や腹を裂けないよう、拘置所のような配慮がなされていた。

たしかにガラス製品が置いてあれば、まっ先に叩き割っていただろう。破片を使って頸《けい》動脈を切り裂いていたはずだ。

温かな供応はかえって苦痛でしかなかった。医者になど診せずに、どこかのゴミ捨て場にでも投げ捨てるか、リンチでもして息の根を止めてほしかった。失敗した鉄砲玉など生かしておくべきではないのだ。

藤原も同じ考えのようだった。おめおめと生き残ってしまったのが我慢ならないらしく、死なせてくれと筆談でしきりに訴えていた。

刃物やガラス片がなくとも、死ぬ方法はいくらでもある。シーツや衣服を引き裂いて、ロープ代わりにして首を吊《つ》れる。首を絞めるには充分すぎるほどの量の包帯もあった。負傷しているとはいえ、怪力の藤原であれば、カラオケ用のマイクで頭蓋骨《ずがいこつ》を叩き割れるだろう。しかし、室内にはカメラがセットされているらしく、不審と思われる行動を取ると、織内らの面倒を見ている若者が飛んできた。

藤原がメモ帳に鉛筆を走らせた。

〈チャンネル、変えてもいいすか〉

リモコンを藤原の手に握らせた。彼は急《せ》いた調子でボタンを押し、ニュース番組から昔の時代劇へと変えた。

ニュース番組が与える情報に価値はほとんどなかった。東鞘会が割れた経緯を、元マル暴刑事を名乗るコメンテーターが、和鞘連合の攻勢に東鞘会側は押され気味だと、でたらめな寝言を語っていた。

事態はまったくの正反対だ。和鞘連合側は神津太一を殺し、さらに次代のトップである十朱と最高幹部まで狙ってはいる。しかし、手ひどい返り討ちに遭ったばかりか、十朱暗殺計画の責任者である重光がさらわれた。勝一は右腕を奪われたようなものだ。数寄屋橋《すきやばし》一家を始めとして、各組織に警察の手が入り、車庫飛ばしや携帯電話の不正利用といった微罪で組員たちが次々に逮捕されている。

重光組の若者から聞いた話では、東鞘会側の最高幹部は全員が生き残ったという。別の車に乗っていた護衛は死亡したものの、しょせん無名の連中でしかなかった。

サブマシンガンで抵抗してきたのは、予想どおり東鞘会の人間ですらなく、組織に雇われたと思しきタイ人だった。織内が狙い定めたのは、あくまで十朱たちの首だった。

しかし、結果はひどいものだった。三羽ガラスのひとりである土岐が足に銃弾を喰らって重体に陥り、熊沢も散弾を浴びて肩に重傷を負ってはいるが、命拾いをしている。重光組の構成員がなおも追跡し、甲斐市内の国道で第二波の攻撃を仕掛けた。だが、十朱らに叩きのめされた。

暗殺チームのグェンや柏木《かしわぎ》は最善の仕事をした。藤原もだ。捨て身で護《まも》る連中を怯《ひる》ませ、十朱を奪《と》る絶好のチャンスをもたらしてくれた。

――ここで殺《や》られるわけにはいかねえんだ！

十朱の鬼神のような戦いぶりが脳裏をよぎる。

東鞘会の名うての極道たちが、なぜ新参者の十朱を首領《ドン》として担ぐのか。その理由がわかった気がした。己の身の安全だけでなく、仲間である土岐や熊沢を助けるため、あの修羅場を縦横無尽に駆け回っていた……。

ドアがノックされた。織内は我に返って、入るように声をかけた。

「失礼します」

入室したのは重光組のジャージを着た若者だった。別室に泊まりこんで召使いのように働いている。

「どうした」

織内が問うと、若者は携帯端末を差し出した。

「お電話が入ってます。氏家会長からです」

「勝一《オヤジ》から？」

ベッドからはねあがった。死んだような目でテレビを見ていた藤原も、急に表情を引き締める。

携帯端末を若者からひったくるようにして受け取った。しかし、いざ話しかけようとすると、なかなか言葉が浮かばない。受話口から勝一の声がした。

〈もしもし？　おい、聞こえてんのか。さっさと電話に出ろ〉

「……申し訳ありません」

ひどく暗い声が出た。

〈湿っぽい声出してもダメだ。ヘタ打ちやがって、バカ野郎。とりあえず指詰めろ〉

「はい」

〈『はい』じゃねえよ……冗談通じねえな。言っておくが、死んで詫《わ》びようなんて、つまらねえ考え起こすんじゃねえぞ。江戸《えど》時代じゃねえんだ〉

「ダメですか」

〈許さねえ。お前の生殺与奪の権はおれが握ってる。勝手にハラキリなんぞやらかしたら、地獄までぶん殴りに行くぞ。横に藤原もいるんだろう。あいつにも言って聞かせろ。喜納《きな》のおっさんも考えは同じだと。つまんねえ真似したら、頭蓋骨を灰皿に使ってやるとな〉

目に熱いものがこみ上げてきた。藤原にそう伝えると、彼は早くも涙や洟《はな》をこぼし、包帯やシーツを濡らした。

「すみません」

〈お前らはよくやった。襲撃の結果は時の運だ。土岐の野郎は、お前らのおかげで、一生杖《つえ》なしじゃ歩けなくなったらしい。ざまあみやがれだ〉

「その言葉で充分です。おれたちが生きていたら、勝一《オヤジ》たちに迷惑がかかります」

勝一があからさまに舌打ちした。

〈なんて落ち込みっぷりだ。しばらく海外で休んでこい。今度こそは言うこと聞けよ。リゾートで英気を養えば、その自殺願望も消え失せるだろう〉

織内は背筋を伸ばして言った。

「もう一度だけ、狙わせてくれませんでしょうか。会に迷惑はかけません」

〈ダメだ〉

勝一はにべもなかった。不機嫌そうに続けた。

〈ケガ人のお前らにできることなんかなにもねえ。つけあがるんじゃねえよ〉

「しかし――」

〈死んだところでケジメつけたことにはならねえ。罪悪感だの屈辱だのにまみれて首くくりたくなっても、とことん生き延びて、おれの役に立ってもらう〉

「わかりました」

手に巻かれた包帯で涙を拭った。

勝一は極道の頭目のくせに、やはり慈愛に満ちた男だった。千載一遇のチャンスを逃したドジな子分を見限ろうとしない。彼の温情に胸を打たれながらも、その甘さが命取りになるような気がしてならなかった。

〈とりあえずだな。勝手にくたばるなと釘を刺しておきたかった。それから、もうひとつある。『踊らされてる』って言葉だ。覚えてるか？〉

とっさに問われて答えに窮した。すぐに思い出す。

「新開《あに》の」

〈ああ〉

神津太一を襲撃した際、義兄の新開《しんかい》が立ちはだかって言っていた。東鞘会も和鞘連合も争っている場合ではないのだと。

以前、それを勝一に打ち明けたが、彼はまともに取りあおうとしなかった。それだけに、ここに来て新開の遺言を取り上げられることに戸惑いを覚えた。

〈今になって、あいつの言葉を噛《か》みしめてる〉

「なにがあったんです」

〈警察《サツ》だ。連中が後ろで絵を描いていたのさ。あいつらは東鞘会をひそかにバックアップしてやがる。十朱たちがいい証拠だ。極道が携帯電話買っただけで逮捕《パク》られるような時代に、十朱はあの場でふたりも殺《や》っている。度を越した過剰防衛だろうが。本来なら、警察《サツ》が舌舐めずりして逮捕《パク》りにやって来るだろうにな〉

サービスエリアでの襲撃事件後、十朱たちは最寄りの救急病院に運ばれて治療を受けている。その後は傷害罪などで山梨県警に引っ張られたが、すぐに釈放された。

今は東京の月島《つきしま》にある自宅に戻っているという。

〈知ってるマル暴の刑事《デカ》に、片っ端から電話かけて話を聞きだした。神津組が強烈なネタを握っているために、警察《サツ》は東鞘会には及び腰なんだとよ〉

「強烈なネタとは?」

〈政治家だ。国木田謙太絡みらしい〉

「あのバカ息子ですか」

織内は相槌《あいづち》を打った。

国木田謙太は山梨の県議会議員だ。大物国会議員である父親の義成の地盤を受け継ぐといわれている。謙太は裏社会でも有名人で、無類のパーティ好きとして知られ、酒や女に目がない。数寄屋橋一家がケツを持っている密売人も、彼にマリファナを売りさばいていた。だいぶ脇の甘い男で、酒を喰らったまま高級スポーツカーを走らせ、ファミレスに突っこんだ過去があった。

警察組織には国木田の息がかかった高級官僚が少なくないようで、ただの交通事故として処理されている。天敵であるはずの東鞘会に弱腰になるほどだ。義成の政治生命が絶たれるほどの爆弾なのだろう。

確かにニュースを見ていて、何度か違和感を覚えてはいた。警察に叩かれるのは、もっぱら和鞘連合系の事務所や施設ばかりだったからだ。

襲いかかったのは織内たちだったが、サブマシンガンで応戦し、ふたりも返り討ちにした東鞘会側も、警察につけ入る隙を作った。サービスエリアの駐車場には、何台もの防犯カメラがあり、十朱が暴れ回ったところも捉《とら》えていたはずだ。目撃者もいた。それでも釈放された理由がわかった気がした。

勝一が言った。

〈コウタと大柿《おおがき》を貸してくれ。警察《サツ》まで手なずけているとなると、このケンカには勝てない〉

「情報収集力の強化が必要ですね」

〈神津組だけ美味しい思いをさせることはねえよな。まずは謙太がなにをやらかしたのか、こっちも把握しておかないとな〉

織内らを励ますためか、勝一は終始朗らかな調子で語りかけていた。だが、彼の腸《はらわた》は煮えくり返っており、戦意は少しも衰えていないようだった。

織内は胸をなで下ろした。軟禁状態のなかで憂慮していたのは、勝一の戦意が損なわれていないかという点だった。

もともと、彼は東鞘会との抗争を望んでいなかった。東鞘会からは離脱するものの、戦火を極力交えたりはしない。冷戦のような睨みあいに持ちこみ、警察には容易に介入させない。それを理想としていた。袂《たもと》を分かったとはいえ、敵方の東鞘会のほとんどは古くからの顔なじみだ。

しかし、もはや後戻りはできない。織内も義兄の新開をこの手で殺した。十朱には命を預けてくれた仲間を殺《や》られた。十朱の首を奪《と》らないかぎり、あの世で沓沢らに合わせる顔がない。

〈政官とヤクザの癒着を週刊誌にリークしてもいい。神津組と警察《サツ》の間に楔《くさび》を打たねえとな。世間は大騒ぎするだろうが、なんだってやってやるさ。でなきゃ、禎二さんに申し訳が立たねえ〉

勝一の声が低くなった。携帯端末を通じて、彼の怒りが伝わってくる。

「お貸しします。連中も喜んでやりたがるでしょう。カネに糸目はつけさせません」

死ぬことばかり考えていたが、生きる目的を見出《みいだ》した。十朱にはきっちり借りを返さなければならない。そのためには勝一の言うとおり、警察組織と東鞘会の癒着関係を壊す必要がある。

東鞘会が一枚岩でなかったように、どこの組織も弱点を突けば、あっけなくクーデターが起こり、権力者は奈落《ならく》へと転がり落ちるものだ。その力が大きければ大きいほど、恨みを抱えている人間も多い。覇道を突き進んだ神津太一がいい例だ。

筋書きどおりに行くとは限らないが、警察には東鞘会への態度を改めさせなければならなかった。

〈もう遊んで過ごせとは言わねえ。クアラルンプールにまで逃げたら、ケガを治して腕を磨け。十朱を片手でひねり殺せるくらいにな。マレーシア陸軍特殊部隊《GGK》の元軍人に、お前の教官になってくれと連絡を取ってる〉

「ありがとうございます」

電話にもかかわらず、織内は深々と頭を下げた。

〈死にたがりのあんちゃんに、生きる希望を与えられてよかった。さっそくだが、生き延びてもらうために、アジトを変えてもらう必要がある。そのあたりで怪しい連中がうろうろしているのを見たという情報が耳に入ったんだ。東鞘会の暗殺部隊かもしれねえ〉

「わかりました。そちらは大丈夫なんですか？」

〈おれは銀座《ぎんざ》にいねえよ〉

「え？」

〈今週中に、おれの逮捕状《フダ》が出るらしい。罪状はヤー公のくせにゴルフ場を使ったとか、他人名義のケータイを使ったとかだ。こんなときに逮捕《パク》られるわけにはいかねえ。とっくに身柄《ガラ》をかわしてるさ。案外お前の近くにいて、のんびり湯にでも浸《つ》かってるかもしれねえぞ〉

「近く……」

携帯端末を通じてちゃぷちゃぷという水音が聞こえた。勝一が暗にどこにいるのかを知らせた。

彼の隠れ家のひとつに、石和《いさわ》温泉の小さな旅館がある。ギャング時代から、都内から身をかわさなければならない時に、しばしば使っていた。

織内も一度だけ連れていってもらったことがあった。小さな露天風呂と、家庭料理を売りにしている地味な温泉宿で、身を潜めるには恰好の場所とは言えた。しかし、部屋も布団も安っぽく、あまり楽しい思い出はない。

「大丈夫なんですか？」

〈大丈夫な場所なんてありゃしねえよ。警察《サツ》と東鞘会がグルになってんだ。おとなしくお縄についた挙句、留置場《ブタバコ》でトイレットペーパーを口に押しこめられて、自殺ってなことにされるかもしれねえ。今の東鞘会ならそれぐらいやる〉

織内らを元気づけるために、勝一がことさら明るく振る舞っているのが痛いほど伝わってきた。トップの彼こそが、一番つらい立場にあるというのに。

父親の意に背いて、組織をふたつに割った反逆者。危険なカラーギャングを率いていた凶暴な東京の顔役。家族のように親交があった神津太一や、かつての身内も容赦なく殺害した。

ひどく我の強い危険な関東ヤクザ――メディアは勝一を誇張して伝え、今では幻想がひとり歩きしている。ヤクザは世間に怖がられる必要があり、勝一自身も凶悪なイメージが形成されているのを歓迎している。しかし、勝一ほど器の大きな親分はいないだろう。

勝一は咳払いをした。

〈おれの心配はいい。まずはなんなくずらかってみせろ。藤原も連れてだ〉

「どうかご無事で」

電話を切ると、さっそく身支度に取りかかった。

藤原が苦しげに唸《うな》りつつも、スウェットの上下を身につけた。織内もわき腹の痛みに耐えてジャージを着た。重光組の若者を呼ぶ。

若者の顔は打って変わって強張《こわば》っていた。どうやら彼にも暗殺部隊の情報がもたらされたらしい。

織内は尋ねた。

「聞いてるか？」

「おふたりを関西《かんさい》にお連れするようにと」

織内は窓の外を親指で指した。

「外に異変は？」

「ホテルの連中に防犯カメラを確認させてます。だけど、今のところは」

「持ってるか？」

若者はジャージのジッパーを下ろした。腹に差したリボルバーを見せる。

「持ってます。おふたりの分も」

若者は部屋を出ると、小さなダンボールをふたつ持ってきた。

なかには油紙に包まれたリボルバーと弾薬があった。スナブノーズと呼ばれる銃身が短い拳銃だ。シリンダーに六発の弾薬をこめ、若者と同じく腹に差す。

床がドスンと音を立てた。藤原がベッドから転げ落ちていた。襲撃事件で負傷してから、毎日のほとんどを寝たきりの状態で過ごしていた。体調不良も相まって、歩行にも苦労しているようだった。織内が助け起こす。

「兄弟、行けるか」

藤原は何度もうなずいた。顔を涙と鼻水で濡らしながらも、目には生気が宿っていた。

藤原にもリボルバーを渡そうとした。しかし、彼はメモ帳に鉛筆を走らせた。

〈持っててもらっていいですか。今のおれじゃ、味方ハジいちまいそうで〉

「わかった」

スナブノーズは小型で、織内がこれまで手にしてきた拳銃と比べると、ずいぶんと頼りなく感じられる。しかし、私服警官やＧメンに愛用されるだけあって携帯には便利だ。もう一丁の拳銃を靴下にねじこむ。

若者と織内は部屋を後にした。藤原も松葉杖をついて、自力で歩行する。

エレベーターを降りながら若者に言った。

「すまない。重光さんがいなくて大変な時期だってのに」

「とんでもないです。むしろ、重光《オヤジ》なら『敵《や》を殺れるチャンスじゃねえか』って檄飛ばしてくれたはずです」

ずいぶんと世話になっていながら、若者の名前を知らずにいた。名を伊藤《いとう》と言った。彼によれば、トップを失ったとはいえ、重光組は冷静さを保っているという。重光の日ごろの教えの賜物《たまもの》だとも。

伊藤はふいに涙声になった。

「重光《オヤジ》は神津組を強く警戒してました。今度の戦争で、おそらく自分は死ぬか、よくて一生刑務所《ムショ》暮らしになるかのどちらかだと。もう腹くくってたんです。どこかで生きてると思いたいですけど、変な希望はかえって重光《オヤジ》のためにならないと」

「仇《かたき》を取るぞ」

織内は檄を飛ばした。

この一週間は自殺を考えるほど落ちこんでいた。しかし、今は違う。手とわき腹の刺し傷がうずき、歩くのがやっととはいえ、気力がみなぎりつつあるのがわかった。

重光はすでに世を去ったと見るべきだろう。ただし、伊藤を見るかぎり、重光の教えは子分の一人ひとりにまで行き届いているらしい。

勝一の剣となって戦う。ダンプに押し潰された沓沢の前で誓った。剣は多少刃こぼれが生じたかもしれないが、まだ折れてはいない。

ホテルを出るさい、伊藤の肩をそっと叩いた。

「怪しいのがいたら、迷わずぶち殺すぞ」

「はい」

ロードサイドのラブホテルとあって、駐車場はフットサルができそうなほど広かった。

出入口には暖簾《のれん》のようなカーテンがあり、敷地内は、目隠しのために高いフェンスで囲まれている。夜中の書き入れ時とあって、多くの車が停まっている。

一台の高級セダンに乗りこんだ。座席は革製らしく、新品のグローブのような匂いがした。後部座席に藤原を寝かせ、助手席に座った。ハンドルを握る伊藤に声をかける。

「頼む」

高級セダンのエンジンがかかったそのときだった。一台のワンボックスカーが、カーテンをくぐって駐車場に入ってきた。

織内はリボルバーを抜き出した。ワンボックスカーを運転しているのは、豹《ひょう》柄のジャンパーを着たヤンキー風の若者だった。

伊藤が腕を伸ばして止めた。

「大丈夫っす。うちがやってるデリヘルです」

ワンボックスカーの両サイドの窓から、黒の覆面をかぶった人間が飛び出した。拳銃よりも大きな武器を手にしている――。

「伏せろ!」

わき腹の痛みを無視し、頭を抱えて太腿《ふともも》に顔を押し当てた。

同時にフロントガラスが砕け散り、ガラス片が頭に降りかかる。伊藤の頭や胸が破裂する。覆面たちが持っているのは、マシンガンの類いだ。革製のシートが弾《はじ》けてウレタンを飛び散らせた。高級セダンのボディに弾丸が当たり、ボコボコと不気味な音を立てる。

覆面たちの銃器の発砲音は独特だった。低音だけが鳴り響き、銃声らしくなかった。マシンガンに減音器《サプレッサー》をつけているらしい。

「クソが」

藤原も頭を抱えて身を縮めていた。後部座席で寝ていたおかげで、被弾せずに済んだらしい。とはいえ、もはや死んだも同然というべき状況だ。

運転席に目をやった。伊藤は明らかに絶命していた。顔面にいくつもの弾丸を叩きこまれ、鼻や額が陥没し、シートに血と脳みそをぶちまけていた。首や胸にも穴が開いている。

頭をあげられず、敵の数すら把握できない。ひとりが弾を撃ち尽くしても、別の人間が反撃をさせじとフルオートで発砲してくる。左手でリボルバーを握ったものの、圧倒的な火力を前に動けずにいる。

助手席の窓に覆面野郎が見えた。濃紺の戦闘服のうえに、黒いタクティカルベストを着用している。中に防弾ベストも着こんでいるようで、戦闘服が分厚く膨らんでいる。両手には黒の手袋をつけていた。まるで軍隊や警察の特殊部隊のような姿だ。

覆面野郎がオレンジ色の短い棒を手にしており、それを窓に叩きつけた。

窓が派手に割れて、粒状のガラス片が頭に降ってきた。短い棒は脱出用ハンマーだ。蜂の巣にされるのを覚悟しつつ、リボルバーを覆面野郎に向ける。どうせくたばるのなら、ひとりでも地獄に引きずりこまなければ。

覆面野郎はマシンガンではなく、自身の覆面を摑んだ。覆面をはぎ取る。

織内は息を吞んだ。リボルバーの引き金に指をかけていたが、指をまっすぐに伸ばして発砲を止める。

「姉さん……」

覆面や防弾ベストなどの装備品のおかげで、男女の区別すらつかなかった。覆面の下から現れたのは、まっ黒に肌を焼いた眞理子《まりこ》だった。

「なんだって――」

姉さんがこんなところに。疑問が出かかったものの口を閉じた。

少しもおかしくはない。新開を殺された彼女なら、銃を取って復讐《ふくしゅう》の鬼と化すのは当然とすらいえた。新開を殺したのは、他ならぬ織内だった。

漲《みなぎ》っていた殺意が急速にしぼんでいく。伊藤の仇を討ちたいところだが――。

彼女は助手席の割れた窓から左手を伸ばし、車の内側からロックを外してドアを開け放った。右手に持っているのはサブマシンガンで、やはり減音器《サプレッサー》がついている。銃口を油断なく弟に向けていた。

眞理子は左手をすばやく伸ばすと、織内のリボルバーを摑んだ。レンコンといわれるシリンダーのところだ。その部位を握られると、トリガーが引けなくなる。織内は左手をねじられ、リボルバーを奪い取られる。

眞理子の動きは、訓練を積んだ兵士のようだった。彼女は新開の法要を済ませると、経営していたクラブを売り、東京から姿を消していた。今日に至るまで、どんな日々を過ごしていたのかを理解した。

敵への容赦ない射撃と、ハンマーを駆使したガラスの破壊。織内から拳銃を奪い取る動作など、数日で会得できるものではない。高級クラブの経営者として、美容にはことさら気を遣い、つねにキメの細かい白い肌を維持し続けていた。今は肉体労働者のように日焼けしている。

眞理子はリボルバーをポケットにしまうと、織内のジャージの左腕を摑んだ。

「降りて」

強い力で引っ張られ、織内は高級セダンから転げ落ちた。

重傷を負っているとはいえ、女の力で引きずり出されるとは。彼女は銃の扱いに慣れているだけでなく、激しいウェイトトレーニングも積んでいたらしい。

もうひとりの覆面が、後部座席の窓をハンマーで破り、ドアを開けていた。藤原が松葉杖で抵抗するものの、すぐに奪い取られ、顔面を殴打された。顎の骨が砕けている藤原が、顔を押さえて苦しげにうめいた。覆面に頭髪と腕を摑まれ、ワンボックスカーへと連行される。

「あんたもよ」

眞理子にサブマシンガンを突きつけられた。

織内は奥歯を嚙みしめた。彼女でなければ、蜂の巣にされるのを承知で殴りかかっていただろう。この世でもっとも会いたくない相手だった。

眞理子からは強烈な殺気を感じた。サブマシンガンを構えるフォームも様になっている。

織内は吠えた。

「さっさと殺《や》れ」

眞理子が左脚で回し蹴りを放ってきた。思ったよりもキレがある。右腕でブロックしたが、傷を負ったわき腹にまで衝撃が伝わり、目がくらむような激痛が走った。身体から力が抜け、足のふんばりが利かなくなる。声も出ない。

眞理子に胸倉を摑まれ、藤原と同じくワンボックスカーへと引っ張られた。

運転席の傍の地面に、ヤンキー風の若者が頭から血を流して倒れていた。眞理子たちは、このデリヘル業者の車をジャックし、若者にラブホテルへ向かうよう命じたのだろう。目的が済むと、あっさり処刑していた。

ワンボックスカーの二列目のシートに押しこめられる。大柄な藤原は後ろの荷室に放りこまれた。車内は火薬の臭いが充満していた。硝煙が鼻の奥に届き、涙がこみあげてくる。

眞理子にジャージのポケットや腰回りをチェックされる。携帯端末を取り上げられた。彼女はそれを窓から放り捨てると、ベルトホルスターから手錠を取り出し、織内の両手首に嵌めた。

荷室の藤原も同様だった。両手をワイヤーでグルグル巻きにされた。藤原を荷室に押しこんだ男が、二列目のシートに乗りこんだ。眞理子と覆面に挟まれる。

敵の数が三人だと捕えられてから理解した。デリヘル業者に化け、全員がサブマシンガンをフルオートで撃ち、織内たちを一気に制圧したのだ。

眞理子が運転手の覆面に命じた。

「行って」

「はっ」

運転手の覆面がキビキビと返事をし、ワンボックスカーのアクセルを踏んだ。ラブホテルの敷地を出て、国道20号線を東へと走らせる。

わき腹の激痛を堪《こら》えて言った。

「お前ら、雄新会《ゆうしんかい》だな」

ふたりの覆面は黙ったままだった。

隣の眞理子がポケットからリボルバーを抜き出した。弟から奪ったスナブノーズだ。腹に突きつけてくる。

「私と話をしましょう。鉄《てつ》ちゃん」

「姉さんらしいよ」

「なかなかのもんでしょう」

彼女は太腿を指した。まるで別人のような太さだ。ミドルキックの威力も、キックボクサーのような硬さがあった。木製バットで殴られたように、右腕がまだしびれている。

織内はため息をついた。

「雄新会も堕《お》ちたもんだ。死んだ親分の姐《あね》を鉄砲玉に仕立てるとはな。女《スケ》にやらせた前代未聞の恥知らずとして、極道界に名を残すことだろう」

車内の雰囲気がみるみる険悪になった。運転手がバックミラーを通じて織内を睨み、隣の覆面も獣のように低くうめく。

「私が姐の威光をちらつかせて、若いのからチャンスを奪っただけ。わかるでしょう？」

わかっていた。織内が外道の大叔父《おおおじ》を刺したときも、眞理子が弟の手から包丁を奪い取り、大叔父の胸を貫いてトドメを刺し、自分ひとりで罪をかぶった。

「そんな理屈が通じるか。情けないタマナシどもが。女をヒットマンにしなきゃならねえほど人材不足なのか。お前らのところは」

織内は運転席を蹴飛ばした。

隣の覆面が左手で裏拳を放った。織内は鼻を殴られ、火薬が破裂したような衝撃と痛みに襲われた。生温《なまぬる》い鼻血が流れだし、口にまで入りこんでくる。血を吐き出しながら言った。

「ぬるいことやってねえで、とっとと殺《や》れ。新開がまき散らした血はこんなもんじゃなかった。首に弾喰らって、噴水みたいに噴き出させてた」

「鉄ちゃん……あんた」

眞理子が全身を震わせた。

「おれが新開を殺《や》った。頸動脈に一発、眉間《みけん》に一発だよ」

覆面がわめきながら両手を伸ばしてきた。首を絞められる。

喉仏を親指で押され、呼吸ができなくなる。覆面は怒りに任せて、全力で絞めてきた。ありがたいことに。

勝一に励まされて気合を入れ直したが、ミスを犯した鉄砲玉に幸運の女神は微笑んだりはしない。もっとも会いたくない人物に引き合わせ、きつい罰を与えようとしている。覇気に満ちた敵三人に比べると、織内たちは搾りかすも同然だ。姉に刃《やいば》を向ける気にはなれない。彼女に撃ってもらうために挑発したが、隣の覆面に絞め殺される運命のようだった……。

「止めなさい！」

眞理子がリボルバーを覆面に向けた。

覆面は我に返ったように両手を放した。織内は激しく咳きこみながら息を吸った。

「止めんな！　仇も満足に取れねえのか」

「挑発しても無駄よ。勝手にあの世には行かせない」

彼女は平静を保とうとしていた。だが、声は怒りで震えている。挑発はしっかり効いていた。

「実の弟を拷問にでもかける気か」

「そう」

眞理子は真剣な顔でうなずいた。

彼女たちの狙いがわかった。ワンボックスカーは国道20号線を外れて北上していた。その先にあるのは石和温泉だ。

彼女はリボルバーの撃鉄を起こした。

「仇ならしっかり討たせてもらう。ただし、鉄砲玉を消したところで、ケジメを取ったことにはならない」

織内はとっさにうつむいて血を吐き出した。表情を見られたくなかった。心臓が大きく鳴る。

彼女は勝一の潜伏場所に当たりをつけていた。織内らを生きたまま捕獲した理由がわかった。温泉街に入った。日本家屋風の大きな建物や、巨大な塔屋看板を掲げたビルが目に入った。ネオンサインやライトがあたり一帯をひっそりと照らしていた。夜遅くとあって人気は少なく、浴衣《ゆかた》を着た温泉客をぽつぽつと見かけるのみだ。

眞理子が顎でビルを指した。

「どこにいるの？」

「なんのことだよ」

シラを切るしかなかった。

「鉄ちゃん」

眞理子は泣き笑いのような表情を見せ、織内の耳を軽く引っ張った。弟が悪戯《いたずら》をしたさい、彼女はよくそうして注意をした。嫌な予感がした。

眞理子はリボルバーを荷室に向けた。

「よせっ」

織内はとっさに呼びかけたが、眞理子はトリガーを引いた。

耳をつんざくような発砲音がし、荷室に横たわっていた藤原の二の腕が弾けた。藤原がうめき声をあげて転がる。

眞理子は織内を見つめた。ひどく冷たい目をしていた。なにかを覚悟した者の目だ。

「ボスはどこ？」

「知るわけねえだろ！　おれらはただの鉄砲玉だぞ」

眞理子は再び撃鉄を起こした。

「ただの鉄砲玉じゃない。氏家勝一の親友でしょ」

「ふざけるなよ……」

硝煙が目にしみて涙が出た。硝煙のせいだけとは言えなかった。織内の身体が勝手に震えだす。

「あんたらが悪いんだろうが。おれだって、好きで義兄《にい》さんを殺《や》ったわけじゃない。神津の護衛なんかしやがって。一緒に引退するって約束はどこ行った」

「約束を破る人じゃないのは、あんただって知ってたでしょう。足を洗うために、最後の仕事をしていた」

「なにが最後だ。足を洗う気なんか端《はな》からなかったんだろう」

「あんたは国木田の件を知ってるの？」

「なに？」

思わぬ名前を耳にして当惑したが、織内はうなずいてみせた。

「そっちは国木田親子のキンタマを握っているんだってな。その効果は抜群で、警察《サツ》は神津組に手出しできない。サービスエリアの襲撃でも、どういうわけか十朱たちは釈放された」

「……新開は国木田をひどく警戒していた。老獪《ろうかい》な大物政治家でいつまでも極道なんかの言いなりにはならない。必ずなんらかの手を打ってくるはずだと、神津会長にも進言していた。国木田の魔の手から組織を守るのが、新開の最後の仕事となるはずだった。だけど、会長もあの人も殺されてしまった」

織内は新開の言葉を思い出した。

──おれたちは争っている場合じゃないんだ。おれたちもお前たちも踊らされているだけだ。

「神津殺害は、おれたちの意志によるものだ。誰かにそそのかされたわけじゃねえ」

「会長の愛人の住処《すみか》を教えたのは警察《サツ》でしょう。私たちは何者かの掌の上で踊らされている。東鞘会も和鞘連合もね」

眞理子は再びリボルバーを藤原に向けた。

「話を勝一に戻しましょう。あいつにも訊きたいことがある。確かこのあたりに潜伏していて、あんたはどこにいるのかを知っている」

藤原が荷室の床を叩いた。腕から出た血が床を濡らしている。指を動かして血文字を描いていた
――しゃべるな。

眞理子がリボルバーを撃った。車内に轟音《ごうおん》が響き渡る。今度は藤原の太腿の裏に当たる。

「教えて。じゃないと、次は頭をぶち抜く」

眞理子の腕は不気味なほど正確だった。キックの威力といい、銃の腕前といい、新開の霊が乗り移ったかのようだ。

彼女の人差し指がトリガーを引こうとした。織内は両腕をあげた。手錠がガチャガチャと鳴る。奥の手を使うしかない。

「待て、待ってくれ……この近くだ」

「どこ？」

「銘山荘《めいざんそう》だ」

運転手の覆面が携帯端末を取り出した。場所を検索すると、眞理子に伝えた。

「目と鼻の先ですが、ボロい温泉宿ですね」

運転手の覆面が疑わしい目を織内に向けてきた。和鞘連合のボスともあろう者が、こんなボロい宿屋にいるのかと言いたげだ。

「行って」

眞理子が命じた。

荷室の床が重い音を立てた。藤原が抗議するように、頭を床に叩きつけている。血にまみれた顔

を上げ、織内を恨めしげに見つめる。その視線を黙って受け止めた。

多くのホテルや旅館が並ぶさくら温泉通りから外れ、ワンボックスカーは笛吹川《ふえふきがわ》沿いを走った。

銘山荘は堤防沿いの住宅地のなかにひっそりと存在していた。一軒家に毛の生えた大きさの温泉宿だった。

前に訪れたのは果たして何年前だっただろうか。とっさには思い出せない。当時でもだいぶ古めかしかったが、改装した様子は見られず、周囲の住宅よりも劣化しているように見える。屋根の看板は色が落ちており、文字が読み取りにくかった。運転手の覆面が疑うのも無理はなかった。

建物の隣には未舗装の駐車場があった。送迎用のミニバンと客のものと思しき車があった。国産のセダンだ。隣の覆面が携帯端末でどこかに電話をかけ、セダンのナンバーを読み上げた。

ややあってから、隣の覆面が眞理子に言った。

「車の所有者は久保山《くぼやま》興産です」

どこぞの不良警官にナンバーを照会させたらしい。

織内は目まいを覚えた。久保山興産は、数寄屋橋一家が抱える企業舎弟のひとつだ。カタギを社長や役員に担ぎ、不動産取引や金融業を手がけている。間違いない。勝一はやはりここに潜伏している。

「いるようね」

眞理子は建物に鋭い目を向けた。隣の覆面が彼女に尋ねた。

「応援を呼びますか?」

彼女は掌を向けて制した。

「あたりに監視カメラくらい設置してるでしょう。勝一のほうも応援を呼ぶかもしれない」

眞理子は肩に提げていたサブマシンガンを手に取った。

「私たちでケリをつける」

タクティカルベストから新たなマガジンを取り出し、サブマシンガンに装塡した。流れるような作業だった。いつも高い和服を身に着け、グラスや酒瓶を手にしていた姉が、血と硝煙の臭いを漂わせながら銃器を扱っている。悪い夢を見ている気がした。だが、わき腹の激痛が現実なのだと教えている。

「鉄ちゃん、和鞘連合はこれから崩壊が進んでいく。こうしてあんたたちの潜伏場所を突き止められたのも、裏切り者が続出してるから。かりに私たちが勝一を討てなかったとしても、誰かが必ず首を獲《と》るはず」

「能書きはいい。おれらを殺《や》っていけ」

彼女は首を横に振った。

「名誉ある死を与える気はない。あんたは神津太一や新開徹郎を討ったヒットマンではなく、ボスを売った外道として極道史に名を残すの。自分の告白のせいで、親が無残に死ぬのを見届けるのね」

隣の覆面がダクトテープを持ちだした。

織内の口がグルグル巻きにされる。鼻血で鼻から息ができないため、口をふさがれて呼吸困難に陥る。

ダクトテープを剝《は》がそうと顔を掻《か》きむしった。粘着力が強く、容易に取れない。苦境に陥っている織内を残し、眞理子たちはサブマシンガンを構え、外に目をやった。

「行きましょう」

眞理子が号令をかけ、覆面たちがドアノブに触れたときだった。

織内は腰を曲げて足首に手を伸ばした。包帯が巻かれた右手で靴下に入れていたスナブノーズを抜き出す。

隣の覆面の後頭部に向けてトリガーを引いた。衝撃で右手の刺し傷に激痛が走る。

銃口から火花が迸《ほとばし》り、隣の覆面の後頭部が弾け、覆面に開いた穴から血と脳漿《のうしょう》が降り注いだ。覆面は顔面を窓ガラスに打ちつけ、糸の切れた操り人形のように、ぐったりと動かなくなる。

眞理子は顔を凍《い》てつかせた。サブマシンガンを織内に向けた。左手で銃口の先についた減音器《サプレッサー》を摑んだ。銃口の方角を運転席へと無理やり変える。

同時に眞理子のサブマシンガンが弾を吐き出した。低音の銃声と耳障りな作動音がし、運転手の下顎のあたりを穿《うが》った。窓ガラスやシートに血が飛散し、運転手はドアに背中を預けたまま動かなくなる。

眞理子は一瞬、顔をひきつらせた。だが、手下を誤射しても隙を見せずに動き続ける。サブマシンガンから手を放し、ポケットからリボルバーを抜いた。織内に銃口を向ける。

織内のほうが先にトリガーを引いた。右手のスナブノーズが弾丸を発射し、彼女のタクティカルベストと戦闘服に穴を開けた。

祈るような気持ちで、さらに胸と腹を二発撃った。弾丸を喰らうたびに、彼女の身体がはね上がる。破れた戦闘服から防弾ベストのケブラー繊維がはみ出す。

眞理子まで手にかけたくはない。防弾ベストを狙って撃った。ゼロに近い距離から38口径の弾丸を喰らったのだ。肋骨《ろっこつ》や内臓へのダメージは大きいが、ひとまず生き長らえてほしかった。

彼女は口から血を吐いた。折れた肋骨が肺に刺さったのかもしれなかった。しかし、彼女は左手にリボルバーを握ったままだった。怒りとも悲しみとも取れる表情で、リボルバーの銃口を改めて織内に向ける。

「止めろ！」

彼女はトリガーに指をかけていた。震える指を曲げ、トリガーを引こうとする。

織内と眞理子の拳銃が同時に火を噴いた。彼女のリボルバーの銃口から炎が噴き出すのが見え、こめかみに熱い痛みを感じた。

思わず息を呑む。眞理子の眉間に穴が開いていた。穴から血が流れ、日焼けした顔を赤く染める。瞳《ひとみ》に宿っていた強い光が消え失せる。

「なんで」

眞理子はドアにもたれたまま、ぐったりと動かなくなった。左手からリボルバーが滑り落ちる。

視界の右半分が赤く染まり、右目に痛みが走った。こめかみから流れ出た血が右目に入ったようだった。眞理子が撃った弾はわずかに逸《そ》れたらしい。

「なんで……」

新開でもう充分だった。それなのに、なんで撃ったのか。殺される覚悟はできていたはずなのに。

眞理子を抱きかかえた。手錠がひどく邪魔くさい。肩を揺さぶって声をかけたが、彼女はなんの反応も示さない。無言のまま血を流し続けるだけだった。

織内が放った弾は、しっかりと急所を撃ち抜いていた。ひどい寒気を覚えて、歯がカチカチと鳴る。なんで姉さんが死んでいるのか。自分がどこでなにをしているのか、まるでわからなくなる。

運転席のほうでうめき声がした。運転手がサブマシンガンの弾を喰らいながらも、まだ生きているようだった。

織内はリボルバーを拾い上げた。姉が取り落とした拳銃だ。こみ上げてくる怒りを、死にぞこないの覆面にぶつける。

姉を撃ったときとは異なり、迷わずにトリガーを引いた。残り二発の銃弾を覆面の後頭部に叩きこんだ。頭に穴が開き、血の霧が車内を包む。

覆面はハンドルに顔を打って動かなくなった。弾が切れているとわかっていても、トリガーを引き続けた。撃鉄が空薬莢の底をガチガチと叩く。

外で物音がした。銘山荘の玄関から、懐中電灯を持った男たちが飛び出してくる。そのなかには勝一の姿もあった。あたりは夜の闇が濃かったものの、男たちを全員判別できた。数寄屋橋一家の護衛たちだ。

勝一はTシャツのうえに防弾ベストを着ていた。懐中電灯を照らしながら、ワンボックスカーへと近づいてくる。

男たちがドアを開けると同時に、車内へと拳銃を突きつけた。だが、酸鼻を極めた状況に驚きの声を漏らす。

「鉄《てつ》!」

勝一は車内を見回した。

死んだ眞理子の姿に息を呑み、血にまみれた子分に目を剝く。事態をすばやく悟ったらしく、苦しげに顔を歪《ゆが》めながらも、護衛に医者を連れてくるように指示した。荷室で血の池に沈んでいる藤原を見つけ、早く救出するように命じる。

「これはお前が……」

勝一は織内の拳銃に目を落とした。織内はうなずいた。

「勝一《オヤジ》、お願いがあります」

「なんだ」

こめかみの出血を止めようと、勝一にハンカチを押し当てられた。

「姉を飛ばした連中を、ぶっ殺させてください」

織内は微笑みながら懇願した。

# 13

我妻は頬を叩いた。眠気を少しでも吹き飛ばしたかった。

今朝の空気はやけに冷たい。十月下旬に入って気温がぐっと低くなった。つい最近まで、クールビズですら厳しい猛暑の日々が続いていたというのに。

足もやけに重たかった。連日の張り込みや家宅捜索で、疲労が積み重なっていた。未決処理に追われてパソコンと睨みあい、目がひどくヒリヒリした。

本庁も所轄もマル暴捜査官は総出で、東鞘会と和鞘連合を叩くための材料を探している。しかし、当局の目をかわしながら抗争を繰り広げるヤクザたちに翻弄《ほんろう》され、体力自慢の猛者《もさ》たちはくたびれきっていた。

夏に東鞘会側のボスである神津太一と直系組長が射殺され、秋に入ると和鞘連合はさらに攻勢を強めた。神津の後継者と目される十朱も襲撃され、多数の死傷者が出ている。

コンビニに入ってカフェイン入りのドリンクを買い、イートインで飲み干した。雑誌コーナーには、氏家勝一が表紙のゴシップ誌がいくつかあった。

メディアは和鞘連合の好戦的な姿勢に目が行っており、実話誌などは同組織が流す宣伝をそのまま書き飛ばしている。トップの氏家勝一がいかに戦いを好み、カラーギャング時代から血に飢えた狼であり続けたのかと。

見栄えのする男で、五代目東鞘会時代はダンスやサーフィンに熱中し、ダンスグループのメンバーのような、しなやかな身体つきをしていた。

ラッパーのように頭髪をコーンロウにしたり、短髪にしてからもサイドにバリカンで模様を描くなど、芸能人のような華やかさを持ち合わせているため、ふだん極道マニアしか買わない実話誌ですら、彼を大きく取り上げた途端、若い女性の読者がつきだした。この手の雑誌はちょっとした特需にありついているという。

しかし、我妻は知っていた。勝一はただのピエロに過ぎないことを。

すべては十朱義孝こと是安総を中心に動いている。警視庁組特隊《ソトク》が放った警察官が、東鞘会を牛耳ろうとしていた。神津を殺したのも、十朱を首領《ドン》の座に据えるための策略で、勝一率いる和鞘連合は噛ませ犬に過ぎないと、我妻は考えている。

組特隊《ソトク》にしぶとくつきまとっていた時期と異なり、身体に力が入らないのは、阿内たち組特隊《ソトク》が役者として一枚も二枚も上手だったという事実を思い知らされたからだ。

警察の目を巧みにかいくぐる半グレや詐欺グループがのさばる時代だ。十朱を裏社会側からの見張り役として使えば、悪党どもをコントロールしやすくなるのは間違いない。

山梨での襲撃事件で、十朱自らが敵の暗殺部隊を返り討ちにし、幹部たちの信頼をいっそう集めているとの情報が耳に入った。ヤクザどもは警察官を首領《ドン》に据えるのだ。奥堀から聞きだしたときこそ激しく動揺したが、弱者を食い物にしてきたクズどもが騙されて生きていくのかと思うと、痛快に思えてならない。その一方で、どこか張り合いを失ってもいた。

東鞘会は当局をも敵に回す危険な反社会的勢力として、海外にも広く顔を売ったが、今後は組特《ソト》隊《ク》が巧みに骨抜きにし、やがては警視庁お抱えの秘密組織と化していくだろう。

我妻は組特隊《ソトク》を探るのは一切止め、組対四課の一捜査員に徹している。十朱が潜入捜査官となったのは、大物政治家の息子にまつわるスキャンダルをもみ消すためだという。きっかけはじつにくだらなく、秘密を知ってから興味を失っていた。今は玲緒奈と自分の身を守ることだけに専念している。

コンビニを出て駅に向かう。その途中で携帯端末が震えた。玲緒奈からメッセージが届いていた。

〈ごめんなさい。ずっと寝てた〉

我妻は液晶画面をタッチして返信した。

〈気にしなくていい。鍋焼《なべや》きうどん、うまかった〉

昨夜は終電で帰宅していた。

以前なら自宅になど帰らず、警視庁の仮眠室で夜を過ごしていた。だが、今はどれほど遅くなっても、玲緒奈に会うため赤羽まで戻るようにしている。

彼女は我妻の部屋にいてくれた。ただし、自宅に到着したときは、夜一時を過ぎており、彼女は先に眠っていた。

彼女が作ってくれていた夜食を平らげ、起こさないように隣で寝た。まだ夜が明けきらないうちに目を覚ましたが、そのときも彼女の睡眠を邪魔しないようベッドから抜け出し、何度もあくびをしながら出かける支度をした。

最近は異動願を出すことを考えている。以前はダニ野郎を一匹でも多く潰すのを生き甲斐とし、ヤクザどもをどう叩きのめすかを日々考えてきた。

今は違う。東鞘会の分裂や政治家の醜聞より、玲緒奈の存在のほうが格段に大きくなっている。つまり、刑事としての牙《きば》を失いつつあった。

職場に向かう足がやけに重いのも、彼女と離れがたかったからだ。東鞘会が組特隊《ソトク》の支配下に置かれつつあるといっても、激しい抗争を繰り広げている真っ最中であるのは変わらない。女とマイホームが恋しくなるような刑事がいては、仲間たちの足を引っ張るだけだった。

早朝の赤羽一番街は駅に向かう人の波ができていた。夜は酔っ払いや客引きでごった返すが、朝は素面《しらふ》のサラリーマンや学生が殺到する。嘔吐物を避けながら、人々は駅へと早足で歩いている。

気がついたときは、三人のスーツの男たちに囲まれていた。全員が髪をきっちりと七三に分け、地味な紺色のジャケットを着ており、メタルフレームのメガネをかけている。

ヤクザ者ではないようだが、全員が柔道などの武道経験者とわかる身体つきをしていた。首回りの筋肉が発達しており、身体に厚みがある。

「ご同行願います」

右隣のスーツの男が口を開いた。四十代くらいの中年で、有無を言わさぬ口調だった。

「なんだず、あんた」

スーツの男たちは答えなかった。

訊くまでもなかった。我妻に忍び寄れる武道経験者となれば同業者くらいしかいない。

我妻はため息をついてみせた。

「知らねえおじさんにはついていぐなって教わってんだ」

「だったら、暴れてみますか」

「なんだと？」

「我妻邦彦。柔道四段で空手も黒帯の猛者だ。我々三人くらいは叩きのめせるかもしれない。やってみますか」

人の波のなかに、三人と同じく体格のいい男たちの姿がちらほら見えた。スーツの男は逃げられないぞと遠回しに告げていた。

「同業をぶん殴る趣味はねえず」

三人に導かれて脇道に入った。

JRの高架下にグレーのミニバンが停車している。手錠や腰縄こそないが、我妻をぴったりと囲み、逃がさないように注意を払っている。

ミニバンには運転手が控えており、座席に押し込まれると、三人もすばやく乗りこんだ。ミニバンは警察車両で、警察無線やサイレンアンプが積まれている。

我妻は再びため息をついた。

「課長になんていやいいんだず。朝イチに出さなきゃなんねえ書類があんだよ」

「我々はただのコマでしてね。話をするだけ無駄ですよ。それと、スマホの電源を切ってもらえますか。位置情報を知られると、いろいろとまずいもので」

「ああ、んだが」

身体を背もたれに預け、携帯端末の電源を切った。煮るなり焼くなり好きにしろと、虚勢を張って目をつむる。

つねに注意は払っていた。もっとも、どんなに気を張っていたところで、この手の連中の監視から逃れられるとは思えなかったが。

刑事にはそれぞれ臭いがにじみ出るものだ。悪徳経営者や詐欺師と向き合う捜査二課などは、相手にナメられないようハイブランドのスーツや腕時計を身につけ、エリート臭をにじませる。

ヤクザを相手にするマル暴なら、ヒゲを伸ばして、頭髪をオールバックやスキンヘッドにするなど、いかつさや貫禄《かんろく》を身につける。我妻がマル暴畑に引っ張られたのも、柔道と格闘技で鍛えた鎧《よろい》のような筋肉と、物怖《ものお》じしない気迫を買われたからだ。

男たちからは刑事の体臭がまるでしなかった。目に鋭さはなく、真面目が取り柄のサラリーマンに見える。無味無臭で監視が得意となれば、公安出身者と見るべきだ。公安二課のエースだった木羽が組特隊《ソトク》のボスとなった際、彼は信頼できる部下を引っ張ってきている。

ミニバンは首都高の5号池袋線を走り、環状線外回りを経て、都心へと向かった。夜が明けきらない早朝とあって、道は比較的空《す》いていた。

車は新富町《しんとみちょう》で降りた。すぐ近くは銀座で、東鞘会のテリトリーだ。和鞘連合の中核組織の数寄屋橋一家もあり、両組織の事務所には機動隊が二十四時間体制で張りついている。キナ臭いエリアに近づき、心臓の鼓動が速まりつつあった。車内で袋叩きに遭うのも想定していたが、男たちは我妻に指一本触れようとしない。とはいえ、ひどい息苦しさを覚えた。

ミニバンは銀座には向かわなかった。築地《つきじ》の場外市場の狭苦しい路地で停まる。古い雑居ビルの前で、隣には乾物屋と二十四時間営業の寿司屋があった。ガイドブックを手にした外国人観光客が行き交っている。車を降りると魚の臭いがした。

「こちらへ」

スーツの男に促されて雑居ビルのなかへ入った。

案内板には海産物問屋や輸入食品商社と思しき会社名が記されてあった。階段で三階まで上がり、ある一室の前で足を止めた。

両手を上げるように指示され、襟から足首までボディチェックを受けた。武器の有無を確かめられてから部屋に入った。

部屋はガランとしていた。デスクが四つ並び、コピー機などのオフィス機器がある。来客を想定していないらしく、タバコのニコチン臭がし、天井は茶色くヤニで汚れていた。

奥にはホワイトボードがあり、十朱を始めとして、東鞘会と和鞘連合の幹部たちの顔写真が貼られてあった。隙間なく文字がびっしりと書き込まれている。

組特隊《ソトク》の秘密基地というべき場所だった。警察官を暴力団に潜らせるとなれば、機密を守るために本庁以外にもアジトを設ける必要があったのだろう。

タバコ臭に混じって、血の臭いがした。強烈な怒気が部屋を支配している。

オフィスの隅に簡素なキッチンテーブルがあった。その横に長身の中年男がいる。我妻は目を見張った。組特隊《ソトク》隊長の木羽保明《やすあき》で、あの阿内をしつけた男だ。空手家の顔を持っているだけに、引き締まった肉体の持ち主だった。

木羽はエリートらしい仕立てのよさそうなスーツと、ノリの効いたワイシャツを着ていた。しかし、その生地には赤黒い血が付着していた。手には棍棒《こんぼう》のようなものがある。

彫りの深い二枚目で、会議などで何度か顔を合わせている。つねに自信に満ちた顔つきと物腰が特徴的だったが、今の彼は顔色が悪く、目には焦りと怒りをはっきりと湛《たた》えている。ロボットのような部下たちとは対照的だった。

木羽の足元には奥堀が倒れていた。棍棒で滅多打ちにされたらしく、顔が原形を留《とど》めていなかった。頬や唇が赤く腫《は》れ上がり、前頭部にはタンコブをこさえていた。瞼《まぶた》がざっくりと切れ、顔は血みどろだ。ワイシャツの袖は裂け、肩の肌が露になっている。ヤクザ顔負けのヤキ入れが行われたらしい。

木羽が手にしているのは椅子の脚だとわかった。奥堀の傍には壊れた椅子が転がっている。椅子が壊れるほど奥堀を叩きのめし、さらに椅子の脚で殴打したようだった。

「すみません、すみません……」

奥堀は胎児のように身体を丸め、うわ言のように詫びを何度も口にしていた。

木羽は椅子の脚を我妻に向けた。眉間にシワを寄せ、白い歯をむき出しにして敵意を示す様は、攻撃態勢に入る軍用犬を思わせた。次はお前だと無言で伝えてくる。

木羽が奥堀の腹をつま先で蹴った。

「このバカを連れていけ!」

部下たちは無表情のまま、奥堀の両腕を摑んだ。肩の骨がいかれているのか、彼はしきりに痛みを訴えたが、部屋から引きずられていった。

奥堀らと入れ替わるようにして、阿内が部屋に入ってきた。ハンカチで手を拭いながら。

「ストレスで痔《じ》がひでえことになってる。クソをひりだすのにも四苦八苦だ」

阿内に背中を押された。仁王立ちで待ち構える木羽のもとへと歩かされる。

「察しはついてるな」

「おれは組特隊《ソトク》の人間でねえ。ヤキ入れなんざ――」

「たとえお前が警視総監でもどうとでもなる。おれたちには特権が与えられてるんでな。それに、警告を無視してちょっかい出してきたのはお前のほうだ。責任を取ってもらうぞ」

「小指《エンコ》でも詰めがっす」

「まずは座れ」

キッチンテーブルには、四つの椅子が備わっていたが、ひとつは木羽がお釈迦《しゃか》にしていた。木羽や阿内と向かい合わせで腰かけた。木羽は椅子の脚を手にしており、憤怒《ふんぬ》の表情を崩さなかった。言葉ひとつ間違えば、殴り殺してきそうな殺気を放ち続けている。

木羽がこれほどまで危うい男だとは思っていなかった。知的なエリートの仮面が剝がれ落ち、ヤクザ顔負けの粗野な一面を見せている。

阿内がタバコをくわえて煙を吐いた。

「奥堀の野郎、最近やけに羽振りがよさそうなんでな。ちょいと洗ってみた。平刑事《ヒラデカ》のくせに、新宿《ジュク》でねえちゃんとアフターで高級焼肉と豪勢にやってやがった。生意気にヘネシーなんざボトルキープしてよ。先月、こっそり病院に駆けこんでいたこともわかった。頑丈なのが唯一の取り柄だってのにな。問い質《ただ》してみりゃ、国会議員の先生にタカるだけじゃなく、お前に詰められて、とっておきの秘密まで喋りやがった」

「教育がなってねえなや。上司のツラが見てえず」

木羽が腕を振った。椅子の脚が飛んでくる。

頭を振って直撃をまぬがれた。耳をかすめて後方へとすっ飛んでいき、キャビネットのガラスにぶつかった。ガラスが砕ける耳障りな音がする。

阿内が警告するように掌を向け、我妻の訛《なま》りを真似た。

「くだらん茶々入れんでねえよ。とにかくだ。おれたちは面倒な局面を迎えている。お前にとってもだ」

「んだみてえだなや」

我妻は木羽に目をやった。

岩のような拳を握りしめ、怒りで身体を震わせていた。空手で鍛えているだけに、大きな拳ダコができている。殴られれば、ハンマーに匹敵する威力だろう。

ヤクザにしろ、警察にしろ、相手にナメられたら商売にならない。ガツンと釘を刺すため、暴力性を前面に押し出して、相手を萎縮《いしゅく》させたりするものだ。子分を徹底して痛めつけるパフォーマンスはヤクザの常套《じょうとう》手段だが、木羽の度を越した暴力と憤怒は演技とは思えなかった。

我妻は彼らを怒らせるだけのことをしてはいた。組特隊《ソトク》を挑発するだけでなく機密情報をも聞きだした。彼らが殺したいほど憎む理由はわかる。

ただし、木羽からは尋常ではない焦燥を感じた。狂気といってもいい。睡眠を充分に取れていないのか、顔はひどくやつれ、喉のあたりにはヒゲの剃《そ》り残しもある。組特隊《ソトク》はもっと深刻な問題を抱えているのかもしれなかった。

我妻は息を吐いた。

「おれは誰かに命じられて動いたわけでねえ。そっちの作戦に介入する気もねえし、機密を部外者に漏らすつもりもねえ。メモひとつ残してもいねえしよ」

木羽がうなり声をあげた。

「当たり前だ。この作戦にどれほどの手間とカネがかかってると思ってる」

阿内が煙を吐き出した。焦りを抱えているのは、阿内も同じようだ。急いた調子でタバコを吹かしている。

「誤解するなよ。おれたちはお前を評価してるのさ。とびきりの不良嫌いで口も堅い。ここしばらくお前を張っていたが謹厳実直。誰かにペラ回す様子もない。安心したよ」

背筋を冷たい汗が流れた。

奥堀の口を割ってからも気を引き締めていた。情報の重要度を考え、上司にも同僚にも打ち明けてもいなければ、告白したとおり、メモも残していない。

阿内のことだ。もし誰かに情報を売るようなそぶりを見せていれば、事故を装って車で轢《ひ》かせるか、身柄をさらってダムにでも叩きこんでいただろう。

阿内はタバコを瞬く間に灰にした。吸い殻でいっぱいになった灰皿でもみ消す。

「ガッツもあるうえに鼻も利く。お前に探り当てられるとは思いもよらなかった」

「気味が悪《わり》い。昔は一度も褒めてくんねがった」

「それだけ腕を上げたってことだ」

阿内はパッケージから再びタバコを取り出した。今はかなりヘビースモーカーであるらしく、前歯にはヤニがべっとりとついて黄色く変色している。

「呼びつけたのは他でもない。たった今見たとおり、我が組特隊《ソトク》に一名欠員が出た。その穴をお前で埋めたい」

「なっ」

我妻は返答に窮した。

奥堀と同じように袋叩きにされる覚悟はしていた。半殺しの目に遭わされたうえに、警察社会から追い出されるのも。

「町本《まちもと》課長には話を通してある。今週中に内示が出るだろう」

「サンドバッグ代わりに呼ばれるのはごめんだず。飼い殺しにされんのも」

木羽がポツリと言った。

「お前も抜け出せやしない」

「はい？」

我妻は問い返したが、木羽は椅子から立ち上がるだけだった。彼は阿内の肩を叩いた。

「あとは任せる」

木羽から殺気が消え失せた。一転して肩を落としながら部屋を出て行く。

我妻は眉《まゆ》をひそめてみせた。阿内に小声で話しかける。

「おたくのボスは大丈夫だがっす。情緒不安定に見えるけんど」

阿内は咳払いをした。

「なんのことだ。とにかく、飼い殺しにしておくほど、人員に余裕はない。お前がカネに目がくらんだり、拳銃《チャカ》突きつけられた程度で口を割らないかぎりパワハラもリンチもない。身内のように親身になってやる」

よく言うぜ。我妻は言葉を呑みこんだ。

キッチンテーブルの横には、血痕と椅子の破片が落ちていた。背後のキャビネットもガラスが砕けたままで、まだ誰も掃除をしていない。

阿内が頬を歪めて笑った。

「信頼できないか」

「あんたは刃向ってきた者《もん》を部下にするほど寛大な人間でねえ。仲間入りした途端、隊長の正拳突きを後ろから喰らわされんのはごめんだず」

「おいおい、どうした。おれたちとお近づきになりたかったんじゃないのか？　せっかく願いを叶《かな》えてやろうってのに、ここで芋引くのか」

阿内が両腕を広げ、失望したように切なげな表情を見せた。

「あんたらの目的はもう知ったず。十朱を使って悪党どもを巧みにコントロールする気なんだべ。見上げたやり口だが、おれの性には合わねえ」

「女か」

「おい――」

我妻は反射的に手を伸ばした。阿内がくわえていたタバコを奪い取ると、掌でもみ消して怒気を放った。

「あいつに手出してみろ。お前《め》らが描いた絵を全部ぶちまけてやっぞ」

阿内は涼しい顔のままだった。

「お前に関する報告書を読んでたまげたよ。シャブの売人だの、女を騙すヒモ野郎だのを捕まえるためなら、一ヶ月も二ヶ月も職場に泊まりこむような男が、この前代未聞のヤクザ抗争の真っ最中でも、いそいそと家に帰りたがるんだからな。確かに帰宅したくなるのもうなずける。いい女だ」

「あんた、ろくに鍛錬はしてねえべ。一対一になったのは間違いだったなや。奥堀よりも男前に変えてやる」

我妻は室内に目を走らせた。

ここで暴れようものなら、さっきの部下どもが大挙して部屋に飛びこんでくるだろう。しかし、三秒もあれば阿内を血祭りにあげられる。

阿内は首を横に振った。

「誤解するな。そこいらのチンピラじゃあるまいし、女を人質にしようとは思っていない。さっきも言ったように、身内にはとことん親身になってやる。それがおれの流儀だ」

テーブルの下には大きな革製のカバンがあった。阿内は無造作に手を突っこむと、一冊のファイルを取り出した。

「なんのつもりや」

うなじのあたりがヒリヒリした。ここにいてはならない。自身の声が聞こえた。危険ななにかが迫っていると本能が告げている。

阿内はファイルに目を落とした。

「知ってのとおり、東鞘会のボスがボスだけに、こっちには有力な情報《ネタ》が日々集まってくる。ローティーンの小娘にしかおっ勃《た》たないお医者様だの、おクスリなしじゃ正気が保てない芸能人だの、ヤクザと揉めて大物右翼にトラブルを片づけてもらった政治家だの」

椅子から立ち上がろうとした。

この場から一刻も早く去りたかった。阿内の話に耳を傾けてはならないと、脳が警告を与えてくる。しかし、身体が動かない。

「十朱を東鞘会に潜らせて、初めてわかった事実がぞろぞろ出てきた。お上にすら牙を向く連中だけあって、政官財のあらゆる方面に食いこんでいた。カネで懐柔された警察官《サツカン》や海保職員。企業舎弟《フロント》を通じて支援を受けている政治家や役人が、思いのほかゴロゴロいることがな」

「……あんたらで潰してけばいいべ。手柄の立て放題でねえか。帰らせてけろや。あんたらとつるむ気はねえ」

阿内は話を止めなかった。

「東鞘会はおれたちと同じく、スパイ工作に熱を入れていた。警視庁《ちょう》や神奈川県警、千葉県警に行政職員として潜らせてやがった。警察官《サツカン》にもいろんな形で接触を図っている。たとえば、幸薄そうな女を近づけたりな」

阿内がファイルに挟んでいた写真をテーブルに撒《ま》いた。

写真に写っているのは若い女だ。どこかの繁華街をバックに、真っ赤なパーティドレスを着て、シャンパンアッシュの長い髪を背中まで伸ばしている。スーツ姿の太った白人の腕を抱きながら、媚びるような笑顔を見せている。

我妻は息をつまらせた。髪型も表情もすべてが違う。しかし、写真の女は玲緒奈にひどく似ていた。

それ以上は見るな。警告の声を我妻自身が命じてくるが、手は別の写真を拾い上げていた。

広々とした敷地に大きな建物。本やパソコンを抱えた若い外国人がひしめいている。

そこは外国の大学のキャンパスと思しき場所だった。インド系や中東系の学生に交じって、艶《つや》のある黒髪を伸ばしたカーディガン姿の玲緒奈が、本や書類を抱えて歩いている。さっきのパーティドレスを着ているときよりも、身体はいくらかふっくらして見え、ますます今の玲緒奈に似て見える。

「これは」

「カリフォルニア大学アーバイン校ってところだ。なんでも、そこにはアジア語学科なんてのがあってな。日本語も教えている。女はここで日本語を完璧《かんぺき》に習得したらしい。お前と違って訛りもねえ」

「なにを、なにを言ってんだず」

玲緒奈はそんな経歴じゃない。奨学金を借りて、地方の国立大学を卒業している。バイトと学業に明け暮れて遊ぶ暇さえ満足になかった。

その奨学金の返済のために、食品メーカーに勤務しながらラウンジで働き、神津組傘下のスケコマシに目をつけられたのだ。海外など一度も行ったこともなければ、英語も満足に話せないと語っていた。

さらに別の写真に目をやった。カリフォルニア州の免許証をプリントアウトしたものだ。目に冷たい光をたたえた彼女の顔写真とともに、名前の欄にはＮｏｒａ・Ｚｈｏｕと刻字されてある。

「ノーラ……」

名前を読み上げてみた。

しかし、まったく手応《てごた》えが感じられない。水をザルですくうかのように、頭からすり抜けてしまう。

「神津組に雇われたスパイだ。組対四課のお前に助けを求めるフリをして、まんまと懐に潜りこんだのさ。三國《みくに》にしてやられたんだ」

我妻はストレートを放っていた。突き出した拳が阿内の顔面を捉える。

阿内は椅子ごと後方に倒れた。椅子と床がぶつかり、派手な音を立てる。

我妻は立ち上がった。

「くだらね真似しやがって！　でたらめだべ。よりによって、おれの女を！」

阿内は顔の下半分を血で汚していた。

おびただしい量の鼻血を出しながらも、我妻を観察するような冷静な目で見返してくる。

阿内の顔面を踏みつけようとした。しかし、スーツの男たちに部屋に飛びこまれ、彼らに両腕をひねり上げられた。テーブルに胸を押しつけられる。

「真夜中に帰ってくる男を、うまいメシ作ってけなげに待ち続ける通い妻。たしかに、こんな女と一緒になれるんだったら、ヤー公との戦いなんぞに見切りをつけて、幸せになる方法を選びたくなるだろうな」

「黙れ！」

阿内はティッシュを鼻につめながら起き上がった。

「お前が買った土産を素直に喜んで、かわいいネグリジェも着て、三つ指ついて旦那《だんな》の帰りを待っててくれる。最高だな。ただし、部屋のありとあらゆるところに盗撮器や盗聴器が仕かけられているぞ。家に帰ったら確かめてみるんだな」

「その手には乗んねえぞ。全部お前《め》らのでっちあげだ！」

阿内がテーブル上の写真を摑んだ。我妻の顔に写真を突きつける。

異国のホテルのラウンジと思しき場所だ。コロニアルな内装で天井にはシーリングファンがついている。従業員も客も外国人ばかりだった。

玲緒奈らしき女が上座のソファに腰掛けて、男ふたりを相手に茶を飲んでいる。髪型は今と同じく黒のショートボブにしていたが、刺繡《ししゅう》の入った値の張りそうなワンピースを着ており、派手なネックレスやピアスをつけていた。彼女は学生時代からファストファッションばかり愛好していると言っていた。

男ふたりは高級スーツを身につけ、どちらも洒落《しゃれ》たメガネをかけている。神津組の土岐と、その手下の三國だった。玲緒奈にとって、連中は自分を陥れた恐怖の極道たちのはずだ。それなのに、彼女は臆《おく》する様子もなく、極道たちを冷たく見据えている。

我妻は写真から顔をそむけ、極《き》められた腕を振りほどこうとした。しかし、阿内の手下たちとあって、見た目こそ地味なサラリーマンのようだが、屈強な力と優れた技術を有していた。万力のごとくビクともしない。

我妻は吠えた。

「あんたらしいクソみてえな意趣返しだ。おれは騙さんねえぞ。そだなチンケな写真如きで誑《たぶら》かさっだりするもんか。盗撮も盗聴もあんたの十八番《おはこ》でねえが」

キッチンテーブルに血がしたたり落ちた。阿内は唇も切っており、派手に出血していた。ヤニで汚れた歯も赤く染まっている。彼は舌で己の血を舐め取りながら言った。

「お前はスマホを肌身離さず持っているだろう。職場で仮眠しているときも。今や警察手帳なみに手放せないアイテムだ。情報提供者《エス》や同僚の連絡先も登録して、捜査情報もメッセージでやりとりしている」

「なにが言いてえ」

「たしかに、おれたちは盗撮からでっちあげまでなんでもやる。本人そっくりの写真も作れれば、お前の安いマンションなんぞ自由に出入りできる。だが、そうは言ってもスマホの中身を覗《のぞ》くのは難しい。それこそ、お前が気を許して半同棲《はんどうせい》している相手でもないかぎり」

心臓が一瞬だけ止まったような感覚に襲われた。身体から力が抜け落ちる。

阿内は顎を動かし、部下に我妻から離れるように命じた。阿内を殴る気は失せていた。

「奥堀を痛めつけた日に、お前は新宿のホテルでカカオ含有量が56パーセントのチョコか、それとも44パーセントのにすべきかを女に訊いてるだろう。女を通じてお前の位置情報も音声記録も十朱に漏れていた。そのスマホにはスパイアプリがこっそりインストールされている」

我妻はその場にへたりこんだ。床に手をつくと、粘ついた血が付着した。奥堀が残した血だまりだ。

「玲緒奈は……彼女は何者《なにもん》なんだず」

訊くべきではない。阿内の話に耳を傾けてはならない。警告の声は遠ざかり、いつの間にか質問していた。

「ノーラ・チョウ。中国系アメリカ人で、日系企業をうろつく産業スパイだ」

14

織内はコルトガバメントに目を落とした。

テーブルに置かれたコルトのスライドは、ホールド・オープンの状態にあった。つまり薬室に弾薬はなく、安全であることを示している。コルトの横には、45ACP弾の詰まった紙箱とマガジンがあった。相模湖《さがみこ》畔の廃墟《はいきょ》の地下射撃場で、ひたすら訓練に励んでいた。

織内は脇にいる教官のティトに目で尋ねた。ともに今はイヤープロテクターをつけているため、やり取りはもっぱらジェスチャーとハンドサインだ。

ティトはミリタリーウォッチに目を落とし、マリア様とドクロのタトゥーを入れた右腕を振り上げた。「用意」の合図だ。

ヒスパニック系米国人のティトは、ヤクザも思わず怯むごつい身体をした大男で、和鞘連合で軍事指導を行っている元軍人だ。沖縄出身で米軍関係者とコネを持つ喜納が雇い入れた。

ティトが右腕を振り下ろしてゴーサインを出した。同時に織内はマガジンを握ると、素早く弾をこめた。マガジンをコルトに装塡し、スライドを引いて薬室に弾を送る。

テーブルの向こう側には射座があった。射座へと小走りで移動すると、両足を開いて射撃のフォームに入る。肩と顔を前方に突き出してから、軍用の大型拳銃を両手で握り、まっすぐに腕をターゲットへと伸ばす。

約十五メートル離れた紙のターゲットに狙いを定めた。ターゲットは人の形をしており、訓練当初は新開や眞理子の姿がちらついて、的《まと》をたびたび外したものだった。

約二週間の訓練を経た今では、彼らの幻影など見ない。むしろ、見えるのは東鞘会の十朱だった。高速道のサービスエリアの駐車場で、ナイフを振りかざしてきたときの、汗まみれで戦う必死の表情だ。

ターゲットが十朱とダブって見え、憤怒で頭が熱くなる。だからといって、力んではならない。冷静さを忘れた者に勝利は決してやっては来ない。

織内の右手には、十朱のナイフで刺し貫かれた傷痕がある。寒さで古傷が痛み出すことはあるが、今はすでに完治しており、射撃の妨げにもならない。

スピードを維持しつつ、安定したフォームを保ち、そして力をこめずにトリガーを引き絞る。コルトが轟音を発し、空薬莢が薬室から飛び出す。弾丸はターゲットの顔面に穴を空けた。日本人の手には大きすぎるというが、織内にはしっくり来るサイズだった。あくまでトリガーを絞るよう心がけながらコルトを連射した。

45口径の反動が腕を通じて、腹にまで響いてくる。十朱に刺されたわき腹の傷も癒《い》えており、一時は胃が荒れるほど鎮痛剤を多用していたが、現在はアルコールも薬も断って、アスリートのように肉と野菜を摂って筋肉量を増やした。

ターゲットの頭部と心臓部に七発の弾丸を叩きこむと、紙が破れてふたつの大穴ができていた。

煙を吐くコルトを下に向けてティトを見やった。イヤープロテクターをともに外す。

「プロの殺し屋にも、それだけハンドガンを巧みに操れるやつはそういない。お前はもう立派なガンファイターだ」

ティトが英語で言った。

織内も簡単な英会話ぐらいはできる。ただし、盛り場にたむろする不良外国人から学んだため、汚い俗語がどうしても交じる。

「どうかな。相手はあのクソ紙切れみたいに、黙って突っ立っててくれるわけじゃない」

「それはそうだが」

ティトが無表情のまま、ゆっくりと近づいてきた。殺気を放つこともなく、ノーモーションで織内の顔面にストレートを放ってくる。体格はヘビー級のくせに、ハンドスピードは軽量級のファイターのように速い。

頭を振ってティトのパンチをかわした。彼の拳は砲丸のような重さがある。おまけに親指を立て、相手の眼球を破壊しようとする。一種の殺人術だ。

こめかみにパンチの風圧を感じながら、コルトの銃口をティトの心臓に向けた。トリガーにも指をかける。

幽鬼のような男ではあるが、喧嘩《けんか》師顔負けのえぐい攻撃を仕かけてくる。格闘には自信があったものの、最初はティトが放つパンチを避《よ》けられず、危うく目玉や睾丸《こうがん》を失うところだった。頸動脈に手刀を叩きこまれ、その場で失神したこともある。

ティトはさらに下段蹴りを放ってきた。足裏で膝関節を砕こうとする危険な技だ。織内は後ろに下がってキックをかわすと、今度はティトの眉間にコルトの狙いを定めた。

ティトが掌を向けた。

「よし。お前は動く相手も仕留められる。なにより、命を捨てている人間ほど強いものはない」

「命を捨ててるのはあんたもだろう。こんなやり方で教えていたら、近いうちに事故で命を落とす」

ティトは暗い目をしたまま、ひっそりと口角をあげた。

過去にカンボジアの軍直営の射撃場で、新開とともにあらゆる種類の銃をぶっ放した。カネさえ払えばロケットランチャーも撃たせてくれたが、どれほどでたらめな射撃場でも最低限のルールはあった——たとえ弾が入っていようがいまいが、銃を他人に向けてはならない。

ましてや射撃場で格闘訓練など論外だ。織内が射撃をしている最中、今のように前触れもなく殴りかかってくることさえある。静かな物腰で知的な男ではあるが、どこかのネジが外れているのか、平気で銃を自分に向けさせた。

——そんな教え方をしていたら、いつか事故でくたばるぞ。

織内が訓練当初にクレームを入れると、ティトは不思議そうな顔をしたものだった。

——お前は生きながらえたいのか？

彼からすれば、織内も同じ類いの人間に見えたらしい。生《せい》に対する執着がない男だと。

暗い死の臭いを漂わせているのは、織内も同じなのかもしれなかった。今は十朱抹殺しか頭にない。かりに目的を達成できたとしても、生きながらえる気はなかった。あの世にいる新開と眞理子に詫びを入れなければならない。

——姉を飛ばした連中を、ぶっ殺させてください。

織内は勝一に懇願した。眞理子を殺した直後に。

実姉まで手にかけた織内の想いが通じたのか、勝一は改めて彼を暗殺チームに組み入れてくれた。華岡《はなおか》組の息がかかった長野の温泉宿で、ケガの治療を受けると、再び関東に戻り、いかれたアメリカ人のインストラクターから、射撃と格闘訓練を受けた。

銃をぶっ放しているときも、ティトは平気で襲いかかってくる。おかげで嫌でも勘が研ぎ澄まされ、実力がついていくのがわかった。ただし、どれだけ腕を上げても、十朱を斃《たお》せるかはわからなかった。

出入口近くのインターフォンが鳴った。コルトをテーブルに置き、受話器を取った。

「どうした」

〈訓練中、すみません。急に喜納《オヤジ》が見えたもので〉

内線電話の相手は、喜納組の若者だった。

彼も新たに編成された暗殺チームの一員で、織内とともに汗を流している。今はこの訓練場に不審者がまぎれ込まないように見張りをしている。

「喜納《オジキ》が？　わかった」

電話を切って射撃場を出た。

スチール製の分厚い防音ドアを閉めて、絨毯《じゅうたん》が敷き詰められた階段をあがった。絨毯はシミだらけのうえ、ところどころ穴が空いており、コンクリートの地肌がむき出しになっている。長いこと風雨にさらされていたため、手すりはボロボロだ。壁は日に焼けて茶色に変色し、暴走族や近所の悪ガキによるスプレーで落書きまみれだった。ある程度の掃除がなされているため、ゴミはきれいに片づけられているが、廃墟であるのには変わりなかった。

もともとはバブル期に建てられたリゾート型のラブホテルで、経年劣化で白く濁ったガラス窓からはうっすらと相模湖の湖面を見ることができた。最上階の八階にシティホテル顔負けのレストランや大浴場を設けるなど、かなり野心的な経営を目論《もくろ》んでいたらしいが、バブル崩壊とともに経営破綻《はたん》を起こし、建物は長いこと放置されて廃墟と化した。

一階のロビーの中央は、石造りの泉と小便小僧に占められていた。水を湛えてはおらず、カビで黒く汚れている。喜納組系の企業舎弟が二束三文で買い叩いたが、二十年以上にわたって放置されていたため、訓練場兼秘密アジトに変えるのには、かなりの修繕費がかかったらしい。

フロントには若者が常駐し、複数のモニターで敷地内の映像をチェックしていた。二階は客室の壁を壊して改装し、マットを敷きつめた道場となっている。数寄屋橋一家や重光組から選ばれた若者が、格闘技の練習と筋トレに励んでおり、ときおりマットで受け身を取る音や、トレーニングマシーンの金属音などが耳に届いた。

表向きは廃墟のままであって、敷地の出入口には、関係者以外立入禁止を示すバリケードが築かれている。私道は車が通れるように粗大ゴミなどは処分しているが、カモフラージュのために木々の剪定《せんてい》はせず、雑草も生やしっぱなしだ。

夏などは肝試しで訪れる悪ガキや廃墟マニアが入りこむため、防犯センサーを設置し、見張りとして人を常駐させなければならなかった。

フロントの若者が、自動ドアを手動で開けて親分を出迎えた。玄関前の車寄せには、ナナハンのバイクが二台停まっている。レザーのツナギを着た喜納が、ヘルメットを脇に抱えて入ってきた。警察や東鞘会の監視をかわすためか、ここまでバイクを駆ってやって来たらしい。

喜納は若いころに沖縄で巨大暴走族の総長として君臨し、裏社会に名前を轟《とどろ》かせた。五十を過ぎたとはいえ、大型バイクの運転など屁《へ》でもないようだった。同じくツナギ姿のボディガードを従えて、廃墟ホテルの玄関を潜った。

「叔父さん、はるばるご苦労さんです」

フロントにいた若者とともに最敬礼で出迎えた。

「おう、織内」

喜納がダミ声をあげると、至近距離からヘルメットを投げつけてきた。

顔面に飛んでくるヘルメットを両手でキャッチした。掌がしびれるほどのスピードで、受け止めていなければ鼻骨が砕けていたかもしれない。

喜納が顔をぬっと近づけた。唇が触れそうな距離で睨みつけてくる。和鞘連合きっての武闘派だけあり、瞳には危うい光がある。暴力を振るうまでもなく、ひと睨みするだけで一般人はもちろん、ヤクザたちをも震え上がらせてきた男だ。

「てめえ、おめおめ生き残りやがって。ヘタ打ったチンピラが、また狙わせろとはどういう了見だ。会長が許可したとしても、おれは認めてねえぞ」

「申し訳ありません。次は必ず仕留めます」

喜納の視線を受け止めながら答えた。

喜納は極細に剃った眉を歪ませ、しばらく織内を睨みつけた。喜納組には、藤原をはじめとして男前が多い。血の気の多い組長に、しょっちゅう灰皿やゴルフクラブで活を入れられるからだ。殴られるのを覚悟した。

喜納は一転して笑みを浮かべ、労《いたわ》るように織内の肩を叩いた。

「嘘だ。お前の肝を試してみたかった。許せ」

「わかってます」

「修羅場をいくつも潜ったせいか、いい男になったじゃねえか。ツラに迷いってもんがねえ」

喜納を見据えて言った。

「お言葉ですが、叔父さんのほうには迷いがあるように見えます」

フロントの若者とボディガードが顔を凍りつかせた。

喜納に対してそんな気安い口を叩けるのは、勝一と一部の最高幹部ぐらいだからだ。

喜納は面食らったように目を見開いた。

「この野郎。侠客《きょうかく》っていうより、なんだか悟りを開いた坊さんみたいだな」

「監視の目をかわして、わざわざこんな山奥までいらっしゃったんです。まさか紅葉を楽しむためのツーリングってわけじゃないでしょう」

「まあな……」

喜納は表情を消し、値踏みするような目つきで彼を見つめた。どうやら織内に用があるらしい。しかも、電話やメールでは済ませられない重要な話だ。

別段、相手の心が読めるようになったわけではない。現在の和鞘連合の置かれた状況や、喜納の顔色の悪さを見て、カマをかけただけだった。迷いがないはずがなかった。

この訓練場にはテレビやラジオはもちろん、ネット環境もしっかり整っている。分裂から約七ヶ月が経ち、東鞘会の結束の固さに比べ、和鞘連合のまとまりのなさが浮き彫りとなりつつあった。

重光の失踪《しっそう》に続いて、石和温泉に身を隠していた勝一までもが、眞理子と雄新会の連中に命を狙われた。今度は自分が消される番ではと、幹部たちは浮き足立っているという。

今月は名誉顧問と常任相談役の肩書きを持つふたりの長老が引退を表明した。五代目の氏家必勝の時代から組織に仕えてきた功労者たちで、神津太一の改革路線とはソリが合わず、勝一側に身を寄せた守旧派だ。

ともに七十を過ぎて持病を抱えているなか、警視庁に微罪で逮捕され、マル暴刑事にきつく責めを喰らったらしかった。長老たちは、子供のような年齢の刑事たちから小突かれ、カタギの親族も密接交際者に認定して、商売をできなくしてやると脅されたという。警視庁を介して脱退届を和鞘連合に送ってきた。

長老たちに限らず、警視庁と各県警は抗争事件をきっかけに、両組織の下部組織を痛めつけている。

とくに当局は十朱襲撃を画策したのは、中核組織である数寄屋橋一家と重光組、喜納組と睨んでおり、この三つの団体を狙い撃ちにしていた。

喜納自身がいつ逮捕されてもおかしくはなく、ティトとは対照的にギラギラとした精気を漲らせてはいるものの、目は赤く充血しており、寝不足と心労が重なっているのか、顔のシワやたるみが増えたように見える。

「ちょっとツラ貸せ」

喜納とともに階段で三階まで上がった。

同階にはベッドルームと会議室がある。もとはバブル時代らしい下品な内装で、ヨーロッパ風の天蓋つきのベッドだの、ジャグジー付きの内風呂などがあったようだが、今は簡素なベッドやテーブル、パイプ椅子が置かれているのみだった。会議室も同様で警察署の取調室を思わせた。

若者が運んできた日本茶を、喜納はうまそうにすすった。

「久々にバイク転がしたら、すっかり身体が冷えちまった。昔は寒さなんかモノともしねえで、十《と》和田《わだ》湖あたりまで紅葉狩りに行ったもんだ」

織内はマッチを擦った。室内のだるまストーブに火をつけながら尋ねた。

「おれがちゃんと飛ぶ覚悟があるのかを、直《じか》に確かめにいらっしゃったんですか？」

喜納は短く刈った頭をなで回した。

「まったく。ついこの前までは勝一《ボス》の金魚の糞《ふん》でしかねえと思っていたが、今じゃすっかり態度は大幹部だな」

「すみません」

「構わねえ。そのほうが話は早《はえ》えし、お前の言うとおりだ。姉貴まで殺《や》って、ただヤケクソになってるだけじゃねえのかと、まずはこの目で確かめたかった。頭に血が上ったまんまで、十朱に襲いかかっても返り討ちに遭うのがオチだ」

「お眼鏡にかないましたか」

「もう少し見てみねえとわからねえな」

喜納はパイプ椅子を顎で指し示した。

織内は一礼してから腰かけると、テーブルを挟んで喜納と向き合った。

喜納はしばらく黙って茶を飲み続けていた。織内は言葉をじっと待った。

喜納は茶を飲み干すと、ふいに椅子から立ち上がり、会議室のドアを開けて周りを確かめた。

喜納の慎重な立ち居振る舞いに、織内は目を見張った。喜納は険しい目つきであたりをチェックすると、再びパイプ椅子に腰かけた。

「お前の本業は情報屋だったな」

「そうです」

「だったら、うちの状況はだいたいわかってるな」

「率直に言わせてもらって構いませんか」

「率直な口ならさっきから叩いてるじゃねえか。聞かせてみろ。安心しろよ。お前は大事な身体だ。灰皿でぶん殴ったりはしねえ」

「わかりました」

織内はひとつ息をついてから言った。

「このままでは和鞘連合は崩壊します。幹部連は重光補佐と喜納の叔父さんを除けば、頼りになるとは言いがたい。重光補佐が消されたのをきっかけに、東鞘会側の襲撃を恐れるあまり、月の定例会にさえあれこれ理由をつけて欠席していると聞きます。叔父さんまでが、身柄《ガラ》を警察に持っていかれるような事態になれば、組織はいよいよ機能不全に陥り、早々に崩壊の道へと進んでいくでしょう。勝一《オヤジ》ひとりでは、とても持ちこたえられない」

「マジで率直に言いやがったな」

喜納は息をひとつ吐いてから苦笑した。

和鞘連合を支えていたのは、重光と喜納のふたりの実力者だった。東鞘会の覇王だった神津太一や、子分の十朱たちにも匹敵する戦闘力を持ち、実力は拮抗《きっこう》していると読んで、和鞘連合側に傾いた親分たちは多い。

じっさい、喜納は神津の改革路線をひどく嫌悪し、ろくに下積み修業すらしていない十朱を、極道として認めていなかった。東鞘会側の三羽ガラスとは古いつき合いで、かつては彼らと一致協力して東鞘会を守《も》り立てたものの、ぽっと出の十朱の風下に立とうとする三羽ガラスに失望し、彼らとは関係を断っている。

喜納は東鞘会を潰すためなら、刑務所で一生を終えるのも覚悟している筋金入りだ。むろん、己の死も視野に入れている。たとえ和鞘連合が総崩れになったとしても、最後のひとりになるまで戦い続けるだろう。

本来であれば、喜納は和鞘連合の副会長や本部長といったポストがふさわしい大物だった。勝一からも要職に就くよう、強く要請されている。

しかし、彼は固辞して一介の理事に留まった。あえて低い座布団に座ることで、警察組織のマークをかわし、東鞘会を狙うためだった。この抗争において、銃器類を大量に入手し、ティトのようなインストラクターまで雇うなど、数寄屋橋一家以上にカネを注ぎこんでいた。

喜納は貧乏ゆすりをしながら答えた。

「じり貧なのは東鞘会のほうもいっしょだ。連日のように事務所や施設に家宅捜索《ガサ》かけられて、テキトウな容疑で幹部どもも逮捕《パク》られてる。あっちだって苦しい」

織内は首を横に振った。

「むろん、東鞘会もダメージを受けてます。組織があちらのほうが大きい分、警察《サツ》はうちよりも激しく痛めつけているように見える。しかし、どういうわけか中核の神津組には、ろくに手を出していない。警視庁のマル暴は長年、神津組を痛めつけることが、東鞘会壊滅につながると信じて動いてきたにもかかわらずです」

「……警察《サツ》が神津組に芋引いてるってのか？」

「勝一《オヤジ》から聞きました。どこまで真実かはわかりませんが、神津組が国木田親子のスキャンダルを握っているという噂です。政治生命を絶てるレベルの爆弾を持っているため、警視庁の上層部が捜査に待ったをかけていると」

「なるほどな」

喜納は興味深そうにうなずくと、ツナギのポケットを漁った。織内はテーブル上のライターを手に取った。

「タバコは止めてる。このドンパチで血圧がえらく高くなったんでな」

喜納が取り出したのはのど飴《あめ》だった。包み紙を取り去って、飴を口に放った。

喜納の冷静さが引っかかった。極道界きっての暴れん坊で、瞬間湯沸かし器といわれるほど短気な人間だ。

警察がいわば東鞘会をえこ贔屓《ひいき》している――かつての喜納なら、テーブルをひっくり返していてもおかしくない。

織内は尋ねた。

「ご存じなんですね」

「おれのほうがもう少し詳しい。国木田義成の倅《せがれ》が西麻布の『コンスタンティン』で、バカやらかしたらしい。連れの女にコカイン吸わせすぎて、あの世に逝《い》かせちまった。倅は店にケツを拭《ふ》かせて、その場からトンズラ。親の地盤を受け継いで、次の衆院選に出る」

「そういうことでしたか」

織内は息を吐いた。

喜納の話は合点がゆくものの、それが事実だとすれば、和鞘連合はさらに不利な戦いを強いられることとなる。

織内は喜納を見据えた。

「おれたちにやらせてください。一刻も早く」

織内は喜納に懇願した。

「もっと早く手を打つべきでした。殴られるのを覚悟し、椅子から立ち上がって迫る。

おれたちだけじゃありません。二の矢、三の矢と放ってください。もう組のメンツなどと言ってられない。また華岡組から助っ人を借りてでも、中国あたりから殺し屋を雇ってでも、十朱を消すべきです」

喜納はうなずこうとはしない。織内を値踏みするように見つめるだけだった。

「叔父さん……おれはヘタを打ったハンパ者だ。お眼鏡にかなわないのなら、囮《おとり》にでも使ってください。ダイナマイト抱えて、やつらのところに突っこめば、十朱まで吹き飛ばせなくとも、たいていの護衛は道連れにできる。あとは丸裸になった十朱を、腕利きの連中が蜂の巣にすればいい」

喜納は動かなかった。同意もしなければ、灰皿で黙らせようともしない。苛立《いらだ》った織内はテーブルを叩いた。

「叔父貴！」

喜納は飴を嚙み砕いた。ガリガリと音を立て、飴の欠片《かけら》を呑みこむ。

「かりに会長が反対してでもか？」

「なんですって？」

喜納の目を見つめた。疲労と寝不足で血走ってはいるものの、瞳には強い意志が感じられた。

「会長の命令にも逆らえるのかって訊いてんだ。答えてみろ」

「勝一《オヤジ》が芋引くとでもいうんですか……」

「訊いてんのはおれだ、小僧」

喜納の手が飛んできた。

グローブのように分厚い掌で頬を引っぱたかれた。首がねじれるほどの威力で、口のなかに血の味が広がったが、すぐに喜納と向き合った。

「飛びますよ。誰がなんと言おうと。飛ぶしかないんですよ」

口を開いた途端、口内の血が飛び散り、喜納の顔に付着した。さらにきつい一発を覚悟する。

喜納は殴りかかろうとはしなかった。顔面に血を浴びたまま、織内をじっと見つめてくる。

しばし睨み合いが続いた。かつてなら、とっくに視線をそらしていただろう。今の織内に恐怖はない。あるとすれば、十朱を殺《や》れないまま、あの世に行くことだ。

喜納が初めてうなずいた。掌で血を拭おうとする。

「まったく……汚《きたね》えな。この野郎」

「申し訳ありません」

ジャージのズボンからハンカチを取り出した。しかし、弾薬の黒色火薬や細かな金属片で真っ黒に汚れていた。

喜納は自分のハンカチで血を拭い取ると、用は済んだとばかりに椅子から立ち上がった。

「お前の腹んなかはわかった。もう少しここで堪えてろ。悪いようにはしねえ」

喜納は会議室の扉のドアノブに触れた。彼を引き留めようと織内は尋ねた。

「勝一《オヤジ》の考えを教えてください。まさか、手打ちでも考えているんじゃ――」

喜納が振り返って答えた。

「お前の覚悟を確かめるために、ちょっとばかりカマかけただけだ。今の質問は忘れろ。おたついてペラ回すんじゃねえぞ。いいな。お前には舞台を用意してやる。口をつぐんで待ってろ」

「叔父貴」

「それと、もっと腕を磨け。確実に十朱を殺《や》れるまでだ」

喜納は会議室を出て行った。

織内はその場に立ち尽くした。追いすがったところで、喜納はそれ以上答えないだろう。忘れろと言われても、忘れられるはずはない。動揺を隠しきれず、心に暗雲が垂れこめるのがわかった。和鞘連合の上層部も果たしてなにを考えているのか。

――姉を飛ばした連中を、ぶっ殺させてください。

織内は眞理子の血を浴びた姿で勝一に頼みこんだ。勝一は謝りながら答えてくれたものだ。

――わかった。お前の好きなようにさせる。すまなかった……許してくれ。

勝一は悲痛な声で絞り出すように言っていた。織内が義兄に続いて、実姉まで手にかけたのを知り、我が事のようにショックを受けていた。

ただ、あのときの勝一の表情までは覚えていない。わき腹の出血がひどかったためか、目の前がやけに暗くなっていた。勝一は約束を違《たが》えるような男ではないが……。

――かりに会長が反対してでもか?

喜納はなぜそんな質問をしたのか。本当にカマをかけるだけだったのか。

もし十朱暗殺に待ったがかかったら――考えたくもない話だ。しかし、その可能性もある。和鞘連合の幹部たち全員が、喜納のような主戦派ではないのだ。

殺しを邪魔する者が現れれば、そのときは味方であっても容赦はしない。織内は汚れたハンカチを握りしめた。

15

タクシーの料金メーターが五千円を超えた。我妻は力なくそれを見つめていた。

霞が関から自宅の赤羽まで、タクシーを利用したことなどなかった。いくらになるのか見当がつかない。しかし、地下鉄の駅の階段を上り下りし、電車で移動する気力が湧かなかった。

築地の組特隊《ソトク》のアジトを出てから、一縷《いちる》の望みを抱いて、新橋《しんばし》の探偵事務所に駆けこんだ。交番警察官時代の後輩が調査員として勤めていたからだ。

理系学部出身のその後輩はＩＴの知識を買われ、サイバー犯罪対策課や捜査支援分析センターなどで活躍したが、女性警察官との不倫がバレて職場を追われた。

後輩に携帯端末を預け、事情を伏せて中身を確かめさせた。祈るような気持ちで結果を待った。すべては阿内のでっち上げだと。我妻に捜査の邪魔をされ、意趣返しのために玲緒奈を陥れようとしただけなのだと。

しかし、結果は変わらなかった。後輩は、携帯端末を電波遮断ポーチに入れて渡し、確かにスパイアプリが入っていると指摘した。

医者から手遅れの難病を告げられたような気分になった。

——我妻さん、こいつはやばい。新型のスパイアプリで、ふつうに使っていたら、まず気づけないブツです。ターゲットの携帯端末に仕込めば、パソコン上から遠隔操作が可能になって、位置情報の取得から音声の録音、動画撮影やスクリーンショットの撮影までもが可能になるんです。

――……んだが。

――仕込んだ相手はわかってますか。早くそいつを黙らせないと、情報漏洩《ろうえい》で大事になる。退職金すらフイにしちまいます。我妻先輩には借りがある。なんだったら、犯人《ホシ》を捜し当てますよ。とにかく、まずはこのスパイアプリを駆除しないと。

――犯人《ホシ》はわかってだ。すまねがったな。

スパイアプリをあえてそのままにし、探偵事務所を後にした。

本庁には昼になってから顔を出した。連絡もなしに遅刻したというのに、よほどひどい顔色をしていたのか、上司の町本から雷を落とされるどころか、体調を心配された。

たしかに頭がふらつき、体温を測ってみると、三十八度を超える熱があった。職務より体調管理を優先させろと、半ばオフィスから追い出されるようにして早退した。

タクシーを自宅前まで走らせた。ヤクザや組特隊《ソトク》の尾行がついていてもおかしくはないが、確かめる気にはならなかった。それどころではない。

クレジットカードで精算を済ませ、タクシーから降りた。朝から空気が冷たいと感じていたが、昼には暗雲が垂れ込めて、大粒の雨が降り出していた。まだ午後一時を過ぎたばかりだというのに、タクシーを始めとして、行き交う車はヘッドライトをつけて走行していた。電柱の街灯も点《つ》いている。

晩秋の冷風が首筋をなで、雨粒が頭を濡らした。吐き気を催して、胃液が口まで逆流した。それを飲み下して階段を上る。体調悪化がより進んでいるらしく、手すりにすがりつかなければならなかった。

自宅に入ってからも靴を脱がずに洗面所へと向かった。再び胃袋が暴れ出し、洗面台に胃液を吐き出した。朝から摂ったものといえば、カフェイン入りドリンクぐらいだが、驚くべき量の胃液が噴き出して洗面台を盛大に汚した。

タオルで顔を拭った。腹の中がわずかに軽くなったような気がした。洗面台にはふたつの歯ブラシがあり、玲緒奈の化粧品がいくつか置かれてあった。彼女の甘い香りがして涙が出そうになる。ベッドに身体を横たえたかったが、やらなければならないことが多くあった。

バッグから盗聴発見器を取り出した。片手で持てるトランシーバーほどのサイズだが、探偵も使うプロ仕様で、後輩から借りてきたものだ。

スイッチを入れ、音量を上げた。一定間隔で低い電子音が鳴り出し、周囲の電波を探り始めた。

キッチンの戸棚やコンセントに近づけた。とくに反応はない。思わずため息を漏らし、電源を一《いっ》旦《たん》落とした。再び涙がこみあげてくる。

家宅捜索では誰よりも熱心に証拠探しを行った。ヤクザの事務所や関連施設に踏みこみ、邪魔立てする組員を投げ飛ばし、埃が溜まった天井裏に潜りこんだこともあれば、掛け軸の裏に設けられた隠し金庫から拳銃を見つけ出したこともある。

そのときのようなガッツはない。まるで幽霊を怖がる少女みたいにおそるおそる探っていた。むしろ、証拠品など見つからなければいいと祈っている。その滑稽《こっけい》な有様に、笑いと涙がいっしょにこみあげてくる。

洟をすすりながら、再び盗聴発見器のスイッチを入れた。テレビがあるリビングの角に近づけると、甲高い電子音が鳴り出した。テレビやラジオ、Ｗｉ－Ｆｉの電波などに反応した証拠だった。かりに盗聴器があれば、さらに警告音を発する。

テレビ台をずらし、テレビの裏にあるコンセントに盗聴発見器を向けた。警告音を発することはなく、大きく息を吐きながら膝をついた。

玲緒奈の笑顔が脳裏をよぎった。やはり阿内に一杯喰わされているだけなのではないかと思い返す。彼女にそっくりな人物の写真をいくつも見せられたが、CGが発達した現代では、あんなものはいくらでもでっちあげられる——。

そのときだった。盗聴発見器が目覚まし時計のアラームのようにけたたましく鳴りだした。我妻の心臓もひときわ大きく音を立て、思わず手から取り落としそうになる。

一体、どこから。盗聴発見器には、盗聴器との距離を示すメーターがついており、すぐ近くに設置されていることを告げていた。リビングのどこかだ。

盗聴発見器を天井に向けた。盗聴器の設置には、コンセント周辺か、あるいは会話を効率的に拾い上げるために、照明器具のうえやエアコンのうえなど、集音しやすい場所が選ばれやすい。

しかし、メーターはむしろ遠ざかっていると知らせてきた。どこだというのか。このやかましい機械こそが、そこらの電波にやたらと反応しているだけではないか。叩きつけてやりたい衝動に駆られた。

一旦、盗聴発見器をカラーボックスのうえに置き、洗面所でタオルを水に濡らした。冷やしたタオルを頭に巻き、寝室で下着を何枚も重ね着し、冬用の分厚いスウェットに着替え、冷静さを取り戻そうとした。

再び盗聴発見器を手にし、リビングの中央にあるキッチンテーブルに近づけた。再び警告音が激しく鳴る。

昨夜はここで彼女が作ってくれた鍋焼きうどんを食べた。食事のとき以外は、我妻の書斎机として使われ、玲緒奈の化粧台としても利用される。

テーブルのうえにはボールペンや鉛筆が入ったペン立て、それにブラックの小物入れがあった——玲緒奈が初めてのデートでくれたものだ。

まさか。我妻は口を掌で覆った。思わず声が漏れそうになる。

盗聴発見器を近づけてみると、スピーカーが耳障りな音を立てた。カラオケでスピーカーにマイクを近づけると、キーンと耳障りな音がするのと同じように、盗聴器のマイクと盗聴発見器のスピーカーの間でハウリングが起きたのだ。口紅に向かって咳払いをしてみると、スピーカーから我妻自身の声がした。

目まいを覚えると同時に、小物入れを叩き壊したい衝動に駆られた。阿内から彼女の正体を告げられても、携帯端末にスパイアプリがまぎれ込んでいても、それでもなお玲緒奈を信じたかった。最後の砦《とりで》が切り崩されたのを感じた。彼女はこの小物入れに模した盗聴器を、お礼として我妻にプレゼントしたのだ。その残酷な手口に慄然《りつぜん》とする。

部屋にはまだ盗聴器の類いがあるかもしれなかった。だが、もう充分だった。防寒対策をしたのに寒気が止まらず、身体の震えを抑えられない。

解熱剤を大量に嚙み砕いて、寝室のベッドに潜りこんだ。布団から玲緒奈の香りがして涙が出た。薬が効いてきたためか、意識が怪しくなった。疲労と悲しみで身体が押し潰されそうになる。止まない雨の音を聞きながら、さらに暗くなっていく外をただ眺め続けた。心がじくじくと爛《ただ》れたような痛みを訴えてくる。

意識があるだけで苦しかった。寝不足だったにもかかわらず、眠りに落ちてくれない。

刑事であるかぎり、気力を振り絞って、玲緒奈を追跡すべきだ。布団に包《くる》まってめそめそすべきではない。自分が動けないのなら、上司や同僚たちに打ち明けて、彼女を監視するよう伝えなければならない。自宅にはノートパソコンがあったが、それも彼女の手によって細工されているだろう。近所に公衆電話などあっただろうか……。

「そうでねえべ」

意識が朦朧《もうろう》とするなか、やけにはっきりと男の声が聞こえた。

慌てて布団から顔を出した。外は夕闇に包まれて、室内もすっかり暗くなっている。だが、寝室には誰もいない。

「あの女がお前《めい》を選んだのは、マル暴刑事だからだけでねえ。ウブでバカで女に弱《よえ》えからだ」

「誰だず……」

「七美の件をリサーチした上で近づいたんだべ。お前《め》はマル暴の中でもとりわけ脇が甘《あめ》え。あの女はお前《め》が好む手料理を作って、このベッドで乳吸わせながら、お前《め》から情報《ネタ》盗む絵図をしっかり描いったんだ」

誰かが部屋に侵入してきたのではない。我妻自身の声だとわかった。両手で耳を塞《ふさ》ぐ。

「このまま逃がすつもりでねえべな」

声がなおも訊いてきた。熱と精神的なダメージと薬の過剰摂取でフラフラだというのに、尋問してくるその声は力に満ちている。

「そうでねえべ。お前《め》はスパイアプリも盗聴器も駆除してねえ。リンチ好きなお前《め》は、あの女の鼻をへし折り、ガキが産めなくなるほど腹に蹴りを入れて、コケにしたツケ払わせ――」

わめき声をあげて、脳内に届く声をかき消した。

同時に玄関のほうで物音がした。玄関のサムターン錠が外され、ドアが開けられる。幻聴か本物なのか区別がつかない。

廊下の照明がつけられ、視界が明るくなった。

「あれ？　帰ってきてたの？」

玲緒奈の声がした。ナイトテーブルの目覚まし時計に目をやった――すでに夜六時過ぎを指し示している。我妻は反射的に頭から布団をかぶる。

会いたかった。だが、来てほしくなかった。矛盾した感情に心が引き裂かれそうになる。

「邦彦さん」

リビングの灯《あか》りをつけて彼女が寝室へと入ってきた。お願いだ。近寄らないでくれ。声にならない悲鳴をあげる。

玲緒奈が黙ってベッドへと歩んできた。我妻が眠っていると思ったのか、寝室のライトは灯《とも》さず、彼女はそっと我妻の布団をめくった。

ロングコート姿の玲緒奈と目があった。仕事帰りとあって、薄く化粧をしていた。

彼女は驚いたように息を呑み、顔を凍てつかせた。

「ど、どうしたの……すごく具合が悪そう」

「ちっと疲れが溜まってたみてえだ」

ひどく掠《かす》れた声が出た。

「ちょっとどころじゃ……熱だってありそう」

彼女は我妻の額に手を当てた。

寒い外から帰ったばかりとあって、玲緒奈の手はひんやりと冷たかった。熱くなった頭には心地よい。無骨な我妻の手とは対照的で、柔らかくたおやかだった。

「やっぱり熱がある。寒くはない？　布団一枚で足りる？」

彼女は不安げな顔で尋ねてきた。今にも泣きそうな顔だ。せっかく最近は笑顔が増えてきたというのに。

「お粥でも作ろうか？」

我妻は腕を伸ばした。額に当てられた手のうえに掌を重ねる。

「もう少し、乗せててけろや」

「いいけど……なにかあったの？」

我妻は目をつむった。

いっそ、このままなにも知らぬフリをしていようか。自分が刑事でいるかぎり、彼女も傍にいてくれるだろう。ヤクザのスパイだろうと、その献身的な態度が偽りだろうと構わない。

冷えていた彼女の手が温かくなった。この温もりを逃したくはない。

「お粥か……美味しそうだなや」

「お腹減ってるのね。今すぐ作るから」

玲緒奈がキッチンに向かおうとする。

我妻は玲緒奈の手首を摑んだ。行かせるな。彼女を永遠に失うぞ――自身の声が脳内に響く。

「邦彦さん？」

「茶番は終わりにすっぺや、ノーラ」

我妻は玲緒奈の顔を見つめた。彼女は当惑したように眉尻を下げ、口を半開きにした。

「……ど、どういうこと？」

なんでもないとシラを切りたかった。だが、もう後戻りはできない。

我妻はベッドから起き上がり、玲緒奈の手首を摑んだまま、彼女の右腕を背中へとねじりあげた。

玲緒奈が短い悲鳴をあげた。

「ねえ、どうしたっていうの？」

彼女は痛みにあえぎながら訊いてきた。

我妻の視界が涙でぼやける。いくら無視しようとしても、苦痛を訴える声が心に突き刺さる。

玲緒奈の右腕をねじったままで、背中を突き飛ばして、ベッドの上に這《は》わせた。体調はひどい状態にあったが、布団の中でじっとしていたおかげか、手足はなんとか動いてくれた。

「茶番は止めろと言ったんだず。お前《め》の正体は八島《やしま》玲緒奈ではなく、ノーラ・チョウっつう産業スパイだべ。全部ネタは上がってただ。東鞘会に雇われて、おれから情報を盗み取ってやがった。顔や態度に似合わず、大胆な仕事《ゴト》をするもんだなや。ナメた真似しやがって。おれをずっと騙しやがって！」

我妻は彼女の耳元で怒鳴った。

彼女の罪を並べ立て、悪し様に罵《ののし》っては自分を奮い立たせた。そうしなければ手を緩めてしまいそうだった。諜報の世界で生きているかぎり、彼女も武術を習得していてもおかしくはない。

彼女が涙声で訴えた。

「どうして……なんで。一体、どうしちゃっ――」

「黙れ！」

我妻は怒鳴って声をさえぎった。

玲緒奈は身体をガタガタと震わせ、顔を凍てつかせている。おまけに言葉まで聞いてしまえば、彼女を解放してしまいかねなかった。我妻自身の声がした――二度とスパイなどと名乗れないように痛めつけろ。

我妻は仕留めにかかった。必要以上に痛めつけたくなどない。彼女の右腕を放すと、両腕を首に回した。裸絞めで頸動脈を絞めて失神させようと試みる。右肘《みぎひじ》をVの字に曲げ、彼女の首に右腕を巻きつけると、左腕を首の後ろに当てる。

「止めて……助けて」

すんなりと技が入った。彼女は少なくとも柔術の心得はなさそうだった。顎を引きさえしない。彼女の頭髪からは、柑橘《かんきつ》系のフルーツを思わせる匂いがする。

気管を潰さぬように注意し、巻きつけた腕で頸動脈を絞める。技がここまで決まって逃げ出せた者はいない。

今まで何人ものヤクザや悪党をこの技で落としてきた。たいていは絞め技から逃れようとして、冷静さを忘れてジタバタもがくか、爪で顔や腕を掻きむしろうとした。柔術の心得がある人間もたまにはいて、頸動脈を守るため、巻きつけた腕と首の間に手を差しこもうとしてきた。

彼女はろくに足掻《あが》こうとさえしなかった。頸動脈の血流を遮られ、脳に血が行かなくなったため、ぐったりと動かなくなる。気絶したらしい。目を半開きにしたまま脱力していた。

額に巻いていたタオルを外し、彼女の両手を縛ろうとした。

だが、そのときだった。玲緒奈が右腕を鞭《むち》のようにしならせると、拳で我妻の股間を打った。正確に陰嚢を打たれ、睾丸と下腹に猛烈な痛みが走った。意思に反して身体が丸まる。

彼女は気絶したフリをし、反撃する隙を探っていたのだ。

「玲緒奈……」

彼女は二撃目を放っていた。いつの間にか目覚まし時計を手にし、右腕を大きく振っていた。

前頭部に衝撃が走った。目覚まし時計は四角い形をしており、木製のフレームの角で殴り払われ、鋭い痛みが頭に走った。視界が火花でチカチカした。我妻とは正反対で、彼女の攻撃にはためらいがない。

睾丸の痛みで身動きが取れず、前頭部で皮膚が裂け、顔を血が流れていく。目にも入りこんで視界が濁る。シーツのうえに血が滴り落ちた。

さらに目覚まし時計で脳天を打たれ、頭蓋骨に刺すような激痛が走った。フレームが砕けて、文字盤や針が飛び散る。脳天も傷を負ったのか、首の後ろを生温い血が流れていく。彼女の香りは消え、血液の生臭さが漂いだす。

玲緒奈は目を赤くしていた。ただし、涙を流してもいなければ、困惑したような泣きっ面も見せてはいない。歯を強く食い縛っているのか、顎に力がこもっている。獲物を狙うような鋭い目つきでベッドを降りた。

我妻は腰を叩いて股間の痛みを和らげた。血と涙で顔がぐしゃぐしゃに濡れたが、不思議と笑いがこみ上げてきた。

笑い声が漏れると、玲緒奈が眉間にシワを寄せて怪訝《けげん》な表情を見せた。派手に頭を打ち据えられて、流血までしているというのに、声をあげて笑っているのだ。さぞや不気味に見えることだろう。

これで白黒がはっきりとついた。もう迷う必要はない。

掌で顔の血や涙を拭い、枕カバーでその手を拭った。頭全体が燃えるように熱く、股間の痛みも治まってはいない。

「教えてけろや。お前《め》、おれと出会ったあのときから、ずっと演技しったたってのが？」

玲緒奈は無言だった。カラーボックスのうえにあったファッション誌を手に取った。きつく丸めると、ベッドのうえの我妻に襲いかかる。

彼女はフェンシングのように突いてくる。素早い攻撃だった。鳩尾を狙ってくるのを腕で防ぐ。骨にまで衝撃が走り、痺《しび》れるような痛みが走る。

ただの紙の束とはいえ、新聞や雑誌はきつく丸めることで強度が高まり、立派な鈍器と化す。今の一撃も男の重いパンチに匹敵する威力で、急所に喰らえばひとたまりもない。

玲緒奈が連打を繰り出してきた。喉と睾丸を突き、そして傷ついた前頭部に鈍器を振り下ろしてくる。我妻は両腕でガードし、頭を左右に振ってかろうじてかわす。

我妻はベッドを転がって寝室のドアに向かった。玲緒奈も同じだった。彼女が先にドアを開け、リビングへと逃れようとする。彼女が背中を見せる。

この女狐に思い知らせろ。我妻自身の声に従った。一瞬の隙を逃さず、彼女の後頭部にパンチを放った。

彼女の小さな頭に拳が当たった。手加減などせずに拳を振り抜いていた。頭蓋骨の硬さが拳に伝わる。

玲緒奈の身体は前方に吹き飛んでいた。キッチンテーブルの上へかぶさるように倒れた。テーブルごと彼女が床にひっくり返った。派手な音が轟き、化粧品やペン立てが床に散乱した。盗聴器の小物入れも転がる。

玲緒奈がテーブルをどかして立ち上がってきた。手には雑誌ではなくハサミがある。

我妻は息を呑んだ。彼女のコートが赤く汚れている。倒れたさいに額を切ったらしく、我妻と同じく血を流していた。我妻の拳は腕自慢の不良を眠らせるだけの威力がある。にもかかわらず、まだ彼女の目には力があった。

「頼む。教えてけろや」

我妻はリビングの出入口側へと回った。逃げ道を防ぎながら繰り返し尋ねた。

「これ以上、傷つけたぐはねえ。ミスを犯したと認めて、武器を捨ててけろ。今なら大した罪には問われねえ」

キッチンの水切りカゴには包丁があった。手に届く範囲にダンベルや、約百七十センチのポールハンガーもある。どれも強力な武器として使えそうだった。しかし、それらに手を伸ばさず、両腕を広げて丸腰で対峙《たいじ》した。

だから、教えてくれ。お前が何者なのかを。過ごした日々はすべて嘘っぱちに過ぎなかったのかを。どんな気持ちで自分に抱かれていたのかを。ともにテーブルを囲んで食事をし、他愛もない話で笑い合ったのも、ただただ情報を盗むための手段でしかなかったのかを。

一方で、玲緒奈が対話を望んでいないのは明らかだった。彼女は我妻と向き合いつつ、無言のまま部屋のあちこちに目をやる。逃走経路や武器になりそうなものを探し、ここから逃れる方法しか頭になさそうだった。

部屋は三階にあった。ベランダの下は硬いアスファルトで、飛び降りれば大怪我を負う可能性が高い。玄関から逃れようと決めたらしく、彼女は我妻に突進してきた。

我妻自身の声がした。この売女にツケを払わせろ。それをかき消すように吠える。

「よせ！」

玲緒奈がハサミで突きを繰り出してきた。

その動きはプロボクサーのジャブのように速く、正確に急所を狙ってくる。さっきの雑誌による攻撃でわかった。

それゆえに予測できた。ハサミが心臓に向かってくるのを。半身になってかわし、ハサミを持った彼女の右腕を、外側から抱えこむように捕らえた。

閂《かんぬき》で肘関節を極めて力をこめた。彼女の腕自体は、我妻と比較にならないほど細い。

玲緒奈が短くうめくと同時に、乾いた音が部屋中に響いた。肘関節が外れた音だとわかった。ハサミが彼女の手から落ちる。

玲緒奈の身体を引き寄せ、我妻は頭を振り下ろした。彼女の右頬に頭突きをかます。頬骨がひしゃげるのが、額を通じて伝わってくる。床がパラパラと鳴った。彼女の折れた歯が落ちた音だとわかった。

玲緒奈の身体がガクリと落ちた。閂を外すと床に膝をついた。生死にかかわる戦いだというのに、我妻は一瞬だけ目をそむけた。

彼女の右腕はありえない角度に折れ曲がり、右頬がみるみる腫れ上がっていく。鼻からもおびただしい量の血を流し、コートや床を血で濡らしていた。我妻以上の激痛に襲われているというのに、顎に力をこめて痛みに耐えていた。

我妻はハサミを拾い上げ、彼女の首に突きつけた。

「抵抗すんでねえ」

命令というより懇願だった。これ以上、傷つけさせないでくれ。

玲緒奈の目から鋭さが消えた。諦《あきら》めたように肩を落とすと、口からも血を吐いた。

「私の負け」

ようやく彼女の本音が聞けた。

「救急車を呼ぶべ。ひとまず治療を受けてもらうがらよ」

我妻が負った傷も大きい。

興奮が痛みを覆い隠し、一時的に力を漲らせていたが、猛烈な虚脱感に見舞われ、立っているのがやっとだった。玲緒奈が激痛に耐えている以上、我妻としてもへたりこんではいられない。

玲緒奈のコートのポケットに手を突っこんで携帯端末を奪った。電源を入れると、暗証番号を求められた。彼女に尋ねると、四桁《けた》の番号を素直に吐いた。

携帯端末のロックが解かれた。中身のデータをチェックしたい誘惑に駆られたが、電話アプリを起動させる。

「あなたは警察官をクビになる」

「お互いさまだ。お前《め》だって廃業だべ」

玲緒奈の頬の腫れはひどく、右目を塞ぎつつあった。己の血が気管に入るのか、ときおり激しく咳きこんだ。

「どのみち、これが最後の仕事だった。ターゲットに情が移るようになったら潮時だもの」

「玲緒奈……」

「あなたとの日々、悪くなかった」

玲緒奈の顔面は凄惨《せいさん》だった。

腫れと傷で大きく歪み、真っ赤に汚れている。にもかかわらず、我妻に向けた笑顔は美しかった。笑顔に見とれて気づくのが遅れた。彼女は左手になにかを握っている。足先に鋭い痛みが走り、我妻は身体をぐらつかせる。

彼女は武器をまだ隠し持っていた。足の親指の先に、五センチほどの縫い針が突き刺さっていた。

「待てや！」

玲緒奈は再び背を向けた。手を伸ばしたが、今度は届かない。

彼女はベランダへ駆けていた。サッシの窓を開け放ってベランダに出る。

「よせ！」

我妻が制止するのを無視し、ベランダの柵《さく》を乗り越えて飛び降りた。我妻は縫い針を引き抜いて後を追う。

下のほうで車のブレーキ音と鈍い衝突音がした。ベランダの手すりに摑まって見下ろす。

下の道路にはバンパーとボンネットを大きくへこませたセダンが停止していた。路上にはライトカバーの破片などが散乱している。玲緒奈の姿はセダン周辺になかった。

彼女はセダンから数メートル離れたところにいた。セダンにはねられ、向かい側の一軒家のブロック塀に衝突したらしい。ブロック塀には血痕があり、彼女はその下に倒れていた。

セダンから降りた運転手が頭を搔きむしっていた。

「い、いきなり、その人が上から降ってきたんだ。おれは悪くない、悪くない！」

我妻もベランダの柵を乗り越えた。

高さ五メートルはありそうだった。だが、悠長に階段を下りている場合ではない。アスファルトとの衝撃を膝のクッションで緩和し、仰向《あおむ》けになって受け身を取った。水溜まりの泥水で全身が濡れ、冷たい雨にさらされる。

「玲緒奈！」

素早く立ち上がろうとしたが、身体が言うことを聞かず、前のめりに転倒する。顔をアスファルトに打ちつけた。平衡感覚が怪しくなっているのか、地面が傾いて見える。這うようにして、玲緒奈のもとへと近寄った。

女性の悲鳴があがった。近所の住民が外に出ている。交通事故に続いて、血にまみれた男が現れたのだ。驚かれるのは当然だった。

「救急車だ！」

住民たちに叫んだ。

玲緒奈はぴくりとも動かず、雨に打たれっぱなしでいた。心臓が凍りつく。

我妻によって右腕はへし折られ、頭と右頬に深い損傷を負っていた。左目の眼球が飛び出し、耳の穴から血が流れている。彼女の胸に耳をあて、心臓の鼓動を確かめた。反応はない。胸部と腹部に動きも見られず、呼吸も停止しているとわかった。

「待ってけろ」

両手を重ね合わせ、心肺蘇生《そせい》のために胸骨を圧迫した。

置いていかないでくれ。行かないでくれ。お前が何者なのかを、お前の口から聞きたかった。どこまでが嘘で、どこまでが真実なのかを知りたかった。

彼女の顎を上げ、気道を確保した。彼女の鼻をつまんで、口を大きく開くと、唇を覆うように密着させる。柔らかな唇の感触がした。彼女との口づけは至福の瞬間で、いつもは温かい吐息が返ってきた。今はなんの反応もなく、ただ血の味がするだけだった。

救急車のサイレンが聞こえた。ずぶ濡れのふたりを雨から守ろうと、傘で覆ってくれる者もいた。

しかし、彼女が息を吹き返すことはなかった。

※

「八島玲緒奈の正体について、もう一度教えてくれ」

「……ノーラ・チョウ。中国系アメリカ人だ」

「何者だ」

我妻はため息をついた。

「産業スパイだず。カリフォルニア大学で日本語をマスターすっど、東鞘会のスパイとして、おれに近づいた」

尋問の相手は人事一課監察係の岩倉俊太郎《いわくらしゅんたろう》だった。

監察係は〝警察のなかの警察〟と呼ばれるセクションだ。警察職員服務規程や規律の違反が疑われる者に対する調査――警察官の職務倫理の保持を目的とし、内部に対する取り締まりを行う。

通報されたとき、我妻の置かれた状況は異常だった。我妻の部屋から女性が路上に飛び降りた挙句、走行中の車にはねられて即死した。

救命措置にあたった我妻も頭から血を流し、ただならぬ様子だったため、搬送された病院の救急病棟で治療を受けながら、赤羽署の刑事らから尋問を受けた。玲緒奈との関係を始めとして、彼女の正体についてを。

我妻は素直に応じた。玲緒奈の正体が名うての産業スパイであり、日本人でもなく、東鞘会に雇われていたという事実を打ち明けた。刑事たちは神妙に耳を傾けていたが、話を一通り聞き終えると、我妻に尿検査を行おうとした。薬物でもやって怪しげな妄想に取りつかれていると思ったらしい。かりに自分が所轄の刑事だとしたら、やはり同じような印象を抱くだろう。

尿検査のために小便をしている最中、岩倉が赤羽署に乗りこんで、我妻の身柄をさらった。

連れていかれたのは桜田門の本庁ではなく、警察共済組合の宿泊保養所である半蔵門《はんぞうもん》のホテルだった。

我妻は岩倉にも玲緒奈について話した。まともに取り合わなかった赤羽署員とは違い、岩倉は熱心に耳を傾けてくれた。供述に矛盾を感じれば、話をさえぎって何度も聞き返してきた。

半蔵門のホテルの小さな宴会場に閉じこめられ、ほぼ休憩を取ることなく、辣腕《らつわん》監察官と向き合う羽目となった。彼がラップトップのスイッチを切ったのは、玲緒奈が死亡してから約十時間後のことだ。時計の針は午前四時を指していた。

「ひとまず、これくらいにしておこう。夜食でもどうだ。この時間じゃ頼めるものは限られるが」

「いらねえ……」

食欲などあるはずもなかった。眠気もない。玲緒奈がこの世から消えたという実感がまだ湧かなかった。悲しみも苦しみもない。感情が死に絶えてしまったかのようだ。

岩倉は内線電話でルームサービスにかけると、カレーライスを二人前頼んだ。

「無理をしてでも腹に入れてもらう。聞きたいことはまだ山ほどある。組特隊《ソトク》は八島玲緒奈の正体を知りながら、なぜ親切に君に教え、野に放つような真似をした」

「わがんねえ」

首を横に振った。

「推測でかまわない」

「意趣返しのつもりでねえがと思います」

「意趣返し……組特隊《ソトク》がなぜ君に報復しなければならない」

「東鞘会の情報欲しさに、組特隊《ソトク》の奥堀巡査長につきまとったことに対してだず」

「つきまとった結果、君はどんな情報を入手した」

「なにも。奥堀をこっぴどく痛めつけはしたけんど……」

質問が飛べば、たいていは正直に答えた。

ただ唯一、組特隊《ソトク》の極秘捜査に関してだけはシラを切った。なぜかは自分でもわからなかった。監察官にすべてをぶちまければ、阿内たちは無事では済まないだろう。十朱が警察官である事実までが東鞘会に漏れ、まとめて連中を破滅させるチャンスかもしれないというのに。自分や玲緒奈を嵌めたやつらを叩き潰せるというのに。

岩倉はラップトップを畳んだ。疑《うたぐ》るような視線を向けてくる。

「当然だが、君はクビになる」

「んだべな」

「まだショックで混乱しているだろうが、これだけは肝に銘じておくといい。恋人を三階から飛び下りさせる暴力警官と報道されて懲戒免職になるか、退職金をもらって依願退職という形で静かに去れるか。今はその瀬戸際にいることを。この期に及んで隠し立てをするのは得策ではない」

「今さら隠しっだことなんかねえず」

「そうかね」

時間が経つにつれて理解した。感情は一時的に麻痺《まひ》しているに過ぎない。組特隊《ソトク》の秘密をぶちまけずにいるのは、この手でやつらに思い知らせてやりたいからだとわかった。

玲緒奈を自分に送りこんだ東鞘会に、彼女の正体を自分に知らせた組特隊《ソトク》に。

この手で彼女の腕をへし折り、頭突きを入れた挙句に取り逃がし、みすみす死なせた己自身も許せなかった。

会議室のドアがノックされた。岩倉が入るように促した。ワゴンを転がしながら、ジャンパー姿の中年男が姿を現した。ホテルの従業員ではない。微笑を浮かべた阿内だった。

「お前《め》は――」

一瞬で血が沸騰した。心臓がひときわ大きく鳴り、怒りで頭が熱くなる。

気がつくと椅子を摑んでいた。身体が半ば勝手に動き、阿内の頭に叩きつけようと振り上げる。

阿内に続いてスーツ姿の部下が次々に入室し、我妻に飛びかかってきた。胴体にタックルを受け、椅子ごと床に倒れた。三人がかりで両腕と足を押さえこまれる。

岩倉が阿内の肩を軽く叩き、会議室から出て行った。我妻は目を見張った。ふたりはグルだったのだ。

「死ね、この野郎《やろ》」

全身が無意識に震え、歯がガチガチと鳴った。

このペテン野郎がそそのかしさえしなければ、玲緒奈が死ぬことはなかった。涙があふれて視界がぼやける。

「死ね！」

阿内は我妻を見下ろしながら、タバコをくわえて火をつけた。彼はゆっくりと屈《かが》んで、我妻の額に手を乗せた。

「こいつは驚いた。熱があると聞いてたが、もうすっかり落ち着いてやがる。女狐に時計でぶん殴られて、何時間もぶっ続けで尋問も受けたってのに。頑健な身体で羨《うらや》ましいぜ」

我妻は両腕に力をこめた。しかし、スーツの男たちは屈強で、万力で固定されたようにびくともしない。

阿内に間近から煙を吐きかけられた。視界が紫煙に覆われる。

「お前は素直でわかりやすい。部下にするのなら、お前のようなやつに限る」

二の腕の筋肉が痛みを訴え、上腕骨が折れそうだった。かまわずに抗《あらが》い、右腕を押さえていた男を振り払った。阿内の頬に右フックを叩きこむ。

拳の骨が折れそうなほどの威力をこめた。阿内はまともに喰らっていた。にもかかわらず、彼はタバコをくわえたまま、我妻をじっと見下ろしていた。まるで大きな岩を殴ったような独特の重みがある。

阿内の鼻から血が流れ落ちる。

「殺《や》らせてやるよ。まずは十朱からだ」

「なんだと」

「うまくやったら、次におれを殺《や》れ。十朱もおれも始末して、自分の首を掻き切るといい。あの世で女狐と再会しろ」

阿内は鼻血を垂らしながら笑った。だが、その目に光はなく、瞳は深い闇を湛えていた。

## 16

織内は風圧に耐えていた。

バイクのタンデムシートに座り、運転手の喜納とともに高速道を走っていた。

冬晴れの東京は青空が広がっていた。排ガスと埃の混じった乾いた空気が鼻を通り抜け、林立する高層ビルや巨大な広告看板が目に飛びこんでくる。東京に戻ってきたと実感しつつ、別世界に入りこんでしまったような違和感を覚えてもいた。

ほんの数ヶ月前まで、東京は縄張りでありオアシスだった。埼玉の郊外から出てきたガキは、池袋で勝一に拾われ、渡世入りしてからは銀座や京橋《きょうばし》をおもな活動拠点とした。帰る場所のない織内にとって、もはや東京こそが故郷だった。

今は違う。敵地であり修羅場だ。そこへ喜納の腰にしがみつきながら潜りこもうとしている。ときおり、奇妙な感覚に襲われた。自分が自分でなくなったような。義兄の新開をこの手で葬ってから、姉を撃ってから、別の生き物に変わり果てた気がしてならない。

喜納とバイクツーリングをしているのも妙だった。叔父貴分にあたるとはいえ、相手は鬼よりも怖いといわれた大組織の武闘派組長であり、織内程度の三下《さんした》がやすやすと声をかけられる存在ではなかった。

週末の首都高4号線は空いていた。中央道の相模湖インターから、あっという間に都心に入ろうとしている。

〈きょろきょろするなよ〉

「ええ」

織内らはフルフェイスのヘルメットをかぶり、会話はインカムでやり取りをしていた。

バイクの前には、シルバーのクラウンが法定速度を守って走っていた。水色の制服を着た男たちが乗っている。喜納は覆面パトカーを追い抜くと、すぐに走行車線へと戻り、クラウンと変わらぬスピードでゆっくり走った。

警察官に呼び止められはせず、バイクは徐々に覆面パトカーから離れる。織内はそっと息を吐いた。

不測の事態に備えて、コルトを隠し持っていた。喜納自身も警視庁から詐欺罪で指名手配され、今はお尋ね者の身である。彼が懸念していたとおり、今年の初春に九州《きゅうしゅう》で偽名を使ってゴルフをしたとして、警察は彼の身柄を拘束しようと動いている。

にもかかわらず、喜納はバイクを駆っては、精力的に動いているようだった。警察の目を引くかもと、単独で走っていることさえあるようだ。今がまさにそうだ。

――お前には舞台を用意してやる。口をつぐんで待ってろ。

先週、喜納は言っていたものだった。

ちょうど一週間後の今日、喜納は再び相模原のアジトにやって来て、織内にバイクに乗るように命じた。

――他の仕事人たちと合流するぞ。

また関西の助っ人と組むのか、和鞘連合内の暗殺部隊とともに行動するのかもわからず、行き先すら聞かされていない。警視庁は都内で厳しい警備態勢を敷いているとの話を耳にしていた。それだけに、まっすぐ都心へと向かうのが意外に思えた。首都高4号線から三宅坂《みやけざか》ジャンクションの地下トンネルを潜り、環状線の内回りへと入った。

バイクはさらに速度を落とし、環状線を一キロも走らないうちに出口へと向かう。

「そこは――」

織内は驚きの声をあげた。そこは霞が関出入口だ。

広々とした道路と官庁街に出る。マンションや飲食店はなく、生活感をまるで感じさせないエリアだ。裁判でもないかぎり、ヤクザ者には縁がない。

すぐ近くには国会議事堂、それに警視庁本部があり、路肩には警察車両の人員輸送車が停まっており、複数の制服警察官が睨みを利かせている。

「叔父さん、あんたはなにを」

〈うろたえんじゃねえ。じっとしてろ〉

喜納は振り向かずに命じた。

うろたえるなというほうが無理だった。よりによって、敵の本陣のどまんなかに出るとは。週末で人気も車も少ないため、エンジン音を轟かせる喜納のバイクはひどく目立っているような気がした。警視庁本部の赤いアンテナが嫌でも目につく。

バイクは皇居の濠《ほり》沿いを走った。最高裁判所の前を過ぎ、国立劇場の隣にある巨大ホテルの敷地へと入った。

先手を打つように、喜納がハンドルを握りながら言った。

〈四の五の言わずについてこい。ここでごちゃごちゃやってりゃ、警察官《ヒネ》に取り囲まれるぞ〉

「わかりました」

警察の巣のような場所にやって来ておいて、取り囲まれるもなにもないだろう。心のなかで毒づいた。

そこはただのホテルなどではなかった。運営こそ有名ホテルが行っているが、警察共済組合の宿泊保養施設でもある。

喜納は地下駐車場にバイクを停めた。彼はヘルメットを脱ぐと、サイドバッグを開けて、中からマスクをふたつ取り出した。

「つけろ」

「叔父さん」

織内もヘルメットを脱ぎ、指示通りにマスクで顔を覆った。

「拳銃《どうぐ》も置いていけ。邪魔になるだけだ」

織内はためらった。

喜納は有無を言わさず、織内のライダースジャケットのジッパーを下ろし、ショルダーホルスターのコルトに右手を伸ばした。殴られるのを覚悟で、喜納の右手を摑んだ。

「待ってください」

喜納はまっすぐに見つめ返してきた。なにかを訴えるような目だった。彼は左手で織内の頬をなでる。

「舞台を用意してやると言ったはずだ。おれも腹をくくってる。信じろ」

喜納は声を潜めていた。だが、ふだんの怒声や面罵《めんば》よりも迫力を感じた。

「わかりました」

コルトを喜納に渡した。

喜納は凶暴な男で、彼の側近たちは生傷をこさえてばかりいる。それでも慕う者が多いのは、この業界では珍しく、ハッタリをかまさず、つねに有言実行を貫いてきたからだ。泥水をすすってでも、戦い抜いてみせるという意欲が伝わってくる。

喜納はコルトをサイドバッグにしまうと、ホテルの出入口を顎で指した。

「なかに入れば事情がわかる」

喜納とともに建物内に入り、階段で一階に上がった。シティホテルらしく、ロビーは吹き抜けとなっていて開放感があった。

上階から騒がしい声とともに破裂音がした。思わず身構える。結婚式が行われているらしく、招待客がクラッカーを鳴らした音だとわかった。新郎新婦を祝う声が響き渡る。

結婚式は一組だけではなさそうで、ロビーは礼服やドレスを着た男女でいっぱいだ。男性のほとんどが短髪でがたいがよく、祝い事で盛り上がっているが、プライベートであっても警察官の臭いを振りまいていた。

ロビーを通り抜けて、エレベーターに乗った。警察官らしき複数の男女と乗り合わせて息苦しさを覚えたが、すでに酔っ払っているようだった。酒の臭いを漂わせながら、宴会場へと姿を消した。織内らは最上階で降りた。喜納の足取りには迷いがなく、ある客室の前で足を止めてドアをノックした。

ドアが開いた。なかから出てきたのは地味なスーツ姿の男ふたりだ。頭髪を七三に分け、メガネをかけている。サラリーマン風を装っているが、身体は階下にいた警察官と同じく、がっちりとしており、分厚い筋肉をまとっているのがわかった。

「両手を頭の上で組め」

客室に入ると、有無を言わさずボディチェックをされた。喜納が素直に応じたため、織内も無言で従った。男のひとりに身体を触れられ、もうひとりに金属探知機で調べられた。

入念にチェックされてから奥へ通された。客室はスイートルームのようで広々としており、寝室以外にリビングがあった。大きな窓からは、いくつものビルに囲まれた国会議事堂を見下ろせる。

リビングには応接セットがあった。国会議事堂が見える窓を背にし、上座のソファに男がふたり腰かけていた。

ひとりは三白眼とたるんだ腹が特徴的な中年男だった。着古したジャンパーとよれたワイシャツを身につけ、無精ひげを生やしていた。ホテルのスイートルームよりも、ドヤ街の酒場あたりが似合いそうなタイプだ。

もうひとりは見知った顔だった。本庁の組対四課にいる我妻とかいう刑事だ。この男の朴訥《ぼくとつ》な東北訛りに騙されて、甘く見たがために泣かされた極道は多い。ナメた態度を取れば、道場に連行して小便垂れ流すまで投げ飛ばし続けるという危うい暴力警官だ。

今年五月に同じ数寄屋橋一家の杉谷を逮捕したのが、この我妻だった。

杉谷は兄貴分にあたる若衆だったが、クスリでよれたクズ野郎で、仲間からの借金も平気で踏み倒していたため、逮捕されたところで同情するやつは皆無だった。しかし、我妻が杉谷を取り押さえるという名目で、鉄板入りの出動靴で胸骨やあばら骨を平気で踏み砕いたと聞き、サディスト揃いの警察官のなかでも、とびきりのドS野郎と評判になった。

　隣の中年男とは対照的で、無駄な肉がついておらず、刑事というより機動隊員のような身体つきで、かつてはむやみに暑苦しい熱気を漂わせていたものだった。

　だが、今の我妻はケガでも負っているのか、頭に包帯を巻いており、いつものような覇気はない。食事もろくに摂っていないのか、顔にやつれが見られた。まともな体調ではないのは明らかだ。そのくせ、目だけはギラギラと光っている。たちの悪い野犬みたいな殺気を漂わせている。

「喜納の親分、本当にこんなところまで来るとはな。あんたこそ、本物の豪傑というんだろうな。座ってくれ」

　中年男が口を開いた。汚い恰好をしているわりには、態度がやけに大きい。彼は口を覆って言い直した。

「おっと、上座に座ってくれ。国会議事堂を背にして座ったほうが気分いいだろう」

「けっこうだ。とっとと話を進めよう」

　喜納はマスクを取って下座のソファに座った。それを見て織内もマスクを外して隣に腰かける。

　喜納は生粋の極道だ。当然ながらメンツにひどくうるさく、座布団の位置にもえらくこだわる。本来であれば、敵である警察官の風下に立つことなどするはずがない。

　十朱を殺すという言葉に嘘はなさそうだった。そのためならなりふり構ってはいられないのだろう。

　スーツ姿の男が人数分の茶を運んできた。男が去ってから、喜納はふたりを顎で指した。

「組特隊《ソトク》の阿内副隊長と、組対四課の――」

「我妻さんですね」

織内が答えた。我妻が不躾《ぶしつけ》にじろじろと見つめてきた。

不良の世界に足を踏み入れてから、この手の目つきをした人間を何度か見てきた。この世に絶望しきった者特有の目だ。

恋人を半グレに輪姦《りんかん》された元ヤクザの板前。悪質なブローカーに騙され、何年も監禁されながら売春をさせられた少女。非道な親分に稼ぎも女も奪われ、保険金までかけられて家ごと焼き殺されそうになった若衆などだ。

阿内が膝を叩いた。

「知ってるのなら話が早い。織内さん、今後はこの我妻と行動をともにしてくれ」

「なんだと――」

織内は声を詰まらせた。

警察の息がかかった保養所に足を運ぶくらいだ。喜納が毛嫌いしている警察と手を組んででも、東鞘会に攻撃を仕掛ける気でいるのは予測できた。だが、警察官までが暗殺に加わるとは。おまけに相手は極道嫌いで知られる刑事だ。

喜納の横顔に目をやった。彼は黙っているだけだった。阿内が我妻の肩を叩く。

「この男は優秀だよ。射撃は上級。柔道と空手の有段者だ。あんたも相当な腕のようだが、こいつも負けちゃいない」

「叔父さん、いくらなんでも冗談がきつすぎる。刑事《デカ》なんぞを引っ張りこむなんて。正気とは思えない」

喜納に意見をすると、阿内が口を挟んだ。

「刑事じゃない。もう元刑事だ。すでに辞表は受理されていて、今はただの一般人だ」

「黙ってろ。あんたに言ってんじゃねえ」

阿内に掌を向けて制した。

喜納が阿内とアイコンタクトを取った。その慎重なやりとりが、事の重大さを物語っている。

「さすがに説明不足だったか。こいつを見てくれ」

阿内が一枚の写真をテーブルに置いた。警察手帳用に撮影されたと思しき警察官のバストショットだ。制服に身を包んだ中年の警察官で、尖った顎が特徴的な二枚目だった。

写真に目を落とし、思わず息を呑んだ。写真に釘付けとなる。頭髪を短くカットし、メタルフレームのメガネもかけてはいない。瞼の形や頬のラインも異なる。だが、この男は――。

「こいつは」

喜納が写真を拳で小突いた。

「目に焼きつけておけ。おれらが狙う敵の大将が、じつは警察官《ポリ》だってことを。是安総。こっちは現役の潜入捜査官だ」

17

我妻は黙って男たちを見つめた。応接セットの対面に座っているのは、和鞘連合のキーマンである喜納修三と、数寄屋橋一家の若衆の織内鉄だった。

ヤクザ者と同じテーブルにつくなど、本来なら我慢ならないところだ。

この若いヤクザが入室したとき、広いスイートルームの室温が上がった気がした。やつは丸腰だったにもかかわらず、火薬と鉄の臭いをさせていた。体格では喜納より見劣りはするものの、顔や頭にいくつも生傷をつくり、ヤクザというよりも軍人に近い身体つきをしていた。

織内の手と目に注目せざるを得なかった。右手の親指と人差し指の腹は堅く盛り上がり、タコができあがっていた。特殊部隊出身の警察官のような手だ。

親指のそれは自動拳銃の弾薬を押しこんでいるうちにでき、人差し指のほうはトリガーを繰り返し引き続けた結果だろう。拳銃の反動で親指のつけ根も鍛えられたのか、不自然に太くなっていた。よほど銃火器と格闘に心血を注いできたらしいのがわかった。隣室には武装した阿内の部下が控えているものの、織内を制圧するのは難しそうに思えた。

ヤクザはマッチョを売りにしているわりには、楽に生きることしか頭にない弱々しい寄生虫だ。女よりもきれいな手をしている輩《やから》も多く、少し小突いただけで泣きを入れる。

しかし、織内の手は違う。獣じみた熱を発しているものの、その目は正反対に虚無的な暗黒に覆われていた。警察官をやっていれば、年に何度かはこうした目を持った人間に出会う。一家心中を図って妻子を殺し、自分だけが生き残った借金漬けの商店主。長年ともに人生を歩みながらも、介護に疲れ果てて、寝たきりの夫の首を絞めた老妻。絶望のどん底まで落ちた、人殺しの目をしていた。

神津太一が愛人のマンションで殺害されたとき、運転手をしていた神津組の幹部の新開も命を落としている。新開の妻は織内の姉であり、ふたりは義兄弟の仲にあった。

織内の目を見て確信した。新開を殺したのは、目の前にいるヤクザなのだと。姉の新開眞理子も夫の後を追うように謎の失踪を遂げている。今度の内部抗争によって、人生を大きく狂わされた者のひとりといえた。

「是安……十朱が、あの男が警察官《サツカン》だと」

初めて真相を耳にしたのか、織内は全身を震わせていた。よほどの衝撃だったらしく、強烈なパンチをもらったように虚《うつ》ろな目をしている。やがて、大きく口を開けて乾いた笑い声をあげた。気が触れたように、背をのけぞらせて笑う。目に涙を滲《にじ》ませながら。この世が悪質なジョークでできているのを、この男もようやく悟ったようだ。

ヤクザ者と自分を重ね合わせたくはない。だが、織内はどこか自分と似た匂いがした。東鞘会と警察組織に人生を翻弄された匂いが。

「ひでえ茶番だ……クソみてえだ」

織内は天井に目をやりながら指で涙を拭いた。

「納得が行ったよ。あんたら警察《サツ》は、東鞘会にはロクに手出しができなかった。とくに神津組にはな。国木田義成のバカ息子の件があるからだ。あんたらは極道以上にプライドが高く、いつまでもヤクザの風下に立つ気はない。警察官を潜らせて、東鞘会から情報を盗み取る気でいた」

阿内は湯呑みの茶を口にした。

「情報屋をやっていただけあって頭が回るな。そんなところだ」

「新開や姉貴がずっと知りたがってた。あんたらの悪巧みを」

笑っていた織内がすばやく手を動かした。

プロボクサーのジャブのような速さだった。阿内の手から湯呑みを奪い取り、織内は残りの茶を床にこぼした。笑うのをぴたりと止め、一転して怒気を放ちながら立ち上がった。

「一服してる場合か、この野郎。てめえらのイカレた計画のせいで――」

織内が我妻を見やった。我妻は懐からリボルバーを取り出し、織内に銃口を向けていた。

「撃てんのかい、おまわりさん。紙の的とは訳が違うぞ」

「人殺しのヤー公相手なら、紙の的よりたやすく撃でっぞ」

陶器が割れる音がした。織内が湯呑みを握りつぶした。我妻は親指で撃鉄を起こす。

織内と睨み合った。率先して鉄砲玉になるようなやつだ。ただの単細胞と見なしていたが、思っていたよりも頭の回転が速い。

組特隊《ソトク》は十朱を東鞘会内で出世させるため、様々なバックアップをした。警察との対決姿勢を打ち出した氏家必勝を病死に追いやり、後継者の神津を和鞘連合に仕留めさせ、十朱の位は瞬く間に上がった。

阿内らの謀略がなければ、東鞘会は依然として強固な反社会的組織であり続け、この織内も義兄を殺さずに済み、勝ち組ヤクザとして生きていたかもしれない。やつの怒りを理解することぐらいはできた。だが、これ以上妙な動きを見せれば、ためらわずにトリガーを引くつもりでいた。

「よしやがれ！」

喜納がテーブルに拳を振り下ろした。激しい音とともに、テーブルの上の湯呑みから茶があふれる。

喜納は織内の手首を掴んだ。

「座れ」

織内は昏《くら》い目で応接セットの男たちを見下ろしたままだ。

「叔父さん、この計画を勝一《オヤジ》は知っているんですか」

阿内が口を挟んだ。

「それは知らんほうがいい」

「てめえは黙ってろ」

織内のこめかみが痙攣《けいれん》した。

彼の手には湯呑みの欠片がある。今にも阿内の首を切り裂きそうな殺気を感じた。我妻のリボルバーをまったく意に介そうともしない。

隣の寝室には阿内の部下どもが待機していた。ドアをわずかに開け、ハラハラした顔で事態を見守っている。織内が危険な男なのは明白であり、隣にいるのも〝火薬庫〟で知られる喜納なのだ。案の定、喜納の顔が朱に染まっていく。

喜納が動いた。織内の手首を両手で掴む。

「座ってくれ。頼む」

喜納はすがるように言った。まるで織内を拝むように。

驚きに値する光景といえた。希代の荒くれ者として知られ、メンツにもうるさい喜納が、警察の人間の前で目下の者に頭を下げるなど、本来なら考えられない姿だ。

織内が根負けしたように息を吐きながら腰かけた。

「おれはなにを言われても揺らぎません。十朱を殺《や》ります。おそらく、おれもくたばるでしょう。今さら死ぬのを恐れちゃいないが、なにも知らないままじゃ悔いが残る。どうせ、この警察官《サツカン》どもはもう把握しているんでしょう」

喜納は茶を一気に飲み干した。荒々しく湯呑みをテーブルに置くと、顔をしかめながら打ち明けた。

「勝一《ボス》は手打ちの方向に動いている。関東の親分衆に仲裁に入ってもらい、東鞘会側にも打診している」

「どんな条件で」

「勝一《ボス》自身の引退と和鞘連合の解散だ。自身が所有する不動産や証券を売却して、今度の抗争で死んだ者の家族や懲役に行く者への賠償にあてる。敗北を認める形だ」

織内は表情を消して聞いていた。だが、湧き上がる感情を必死に押さえこもうとしているのがわかった。奥歯を噛みしめているらしく、顎に力がこもっている。今にも歯ぎしりが聞こえてきそうだった。

「勝一《オヤジ》は……おれの願いを受け入れてくれました。だから、叔父さんのもとで訓練を積めた。なんだって、そんな芋引くような真似を」

「おれたちだよ」

「え？」

喜納は力なく首を振った。

「東鞘会側はおれたちの身柄《ガラ》を欲しがってる。神津殺しに関わり、十朱暗殺の実行部隊を率いた。戦争を終わらせるには死体がいる。勝一《ボス》はお前を売ったりはしない。おれや藤原も死なせたくないんだ」

織内の口の端から血が流れ出した。歯を強く噛みしめたせいで、歯茎を傷めたのか、口内のどこかを切ったのか、顎から血を滴らせた。

「だからって、一年も経たないうちに白旗揚げようだなんて。勝一《オヤジ》らしくない」

「力を使い果たしてからじゃ遅い。無条件降伏となれば、敵はお前やおれを斬って、首を河原にでもさらすだろう。交渉できるのは、今しかないと考えているんだ」

「バカな」

織内がうめいた。口内の血が飛び散り、テーブルに赤い飛沫《しぶき》が散る。

「おれは……おめおめと生きる気なんかねえ。それじゃ重光の叔父貴や東鞘会に殺《や》られた者《もん》はどうなる。ただのくたばり損だ」

喜納が織内の肩を叩いた。

「会長には会長の立場ってもんがある。もともと、あの人が和鞘連合を結成したのも、組織の改革についていけねえおれらみたいな古い人間を助けるためだ。神津たちと血みどろのケンカをするためじゃなかった。お前だってそうだろう。最初から新開たちと殺《や》り合うために、会長についていったわけじゃなかったはずだ」

「昔と今じゃ話が違う。一度砕けた壺《つぼ》は、元通りにはなりゃしねえんだ」

織内は両膝を摑んだ。レーシングパンツに爪を深く食いこませ、やり場のない怒りを露にしている。

我妻はテーブルをコツコツと叩き、わざとらしく咳払いをした。織内たちが剣呑《けんのん》な目を向けてくる。

「くだらねえ浪花節《なにわ》はその辺にして、話を先に進めっぺや。拳銃をずっと握ってんのも億劫《おっくう》だからよ」

「くだらねえだと……」

織内の顔から血の気が引いていき、人殺しらしい冷たい顔つきになった。

ヤクザというより、殺し屋という肩書きが似合いそうだった。強面の喜納も不快そうに顔を思い切りしかめる。一般人なら小便をもらしそうな圧力を感じた。ベテランのマル暴刑事でも緊張を覚えるだろう。

玲緒奈に死なれてから、我妻の感情も一部が壊死《えし》したのか、危ういヤクザどもから殺気を向けられても、自分でも不思議に思えるほど平静なままだ。

「粉々に砕けた壺は元通りにはなりゃしねえんだべ？　お前《めえ》もお前《めえ》らの大将も、見通しの甘《あめ》え負け組ヤクザだ。それ以上でもそれ以下でもねえ」

喜納が身を乗り出して顔を近づけてきた。バイク乗りらしく、オイルと排ガスが混ざったような臭いがした。我妻はリボルバーを喜納の眉間に向ける。

喜納がドスの利いた声でうなった。

「阿内さん。事が済んだら、このトーホグの兄ちゃんにマナーってもんを教えたい。構わねえよな。もうサクラの代紋つけちゃいねえんだ」

「好きにすりゃいい。しかし、あくまで事が済んだらだ」

阿内だけがのんきな態度を崩さなかった。一触即発の空気を意に介さず、隣室の部下に指示して、暖房を止めるように指示し、冷たい茶を命じた。

「その言葉、忘れんなよ」

喜納が我妻を睨んだままソファに座り直した。

織内は落ち着きを取り戻したのか、ハンカチで口の周りの血を拭っていた。喜納がいかにもヤクザらしく脅してきたのは、隣の危険な男の暴発をふせぐためだろう。暴れん坊の喜納が徹底して怒りを堪え、調整役に徹している姿に、十朱暗殺への意気込みを感じた。

織内が冷静な口調に戻って聞いてきた。

「十朱はいずれ東鞘会七代目になる。あんたら警察《サツ》は、東京の表も裏も牛耳れることになるだろう。なんだって、そんな功労者を消そうとする。ミイラ取りがミイラになったクチか」

「よくわかったな。正解だよ。なにか心当たりでもあるのか？」

「山梨であいつを狙った。野郎は保身に走るどころか、土岐や熊沢を守るために身体を張った。あんたらはおれたちをクズと蔑《さげす》んでる。いくら極道になりきるためとはいえ、クズのために命までかけられるか？」

「やつはストックホルム症候群にでもかかったのか、身も心もすっかり極道になっちまったってわけだ。おかげで、おれたち組特隊《ソトク》はてんてこまいだよ」

阿内は額をぴしゃぴしゃ叩いて続けた。

「織内さん、あんたの読みどおり、もともとは国木田議員のご子息がやらかした事件を揉み消すため、是安を東鞘会に送りこんだ。一議員のトラブル処理に、国民が怒り出すくらいの巨額予算を組んでな。しかし、警視庁《カイシャ》の上層部は考えた。どうせ巨費を投じるなら、いっそ東鞘会を丸ごと乗っ取っちまったほうがいいと」

阿内は世間話でもするかのように打ち明けた。

警察組織にとって、暴力団員は叩きのめすべき相手であると同時に、なくてはならない重要な飯の種だとも。

法律と条例で暴力団員の数自体は減少の一途をたどっている。反社会的勢力の規模が小さくなればなるほど、組織犯罪対策部も人員や予算を削られてしまう。それを防ぐために、十朱を東鞘会の首領《ドン》に据え、東鞘会を生かさず殺さず飼い続けようとした。

警視庁の目論みは成功しつつあった。東鞘会を分裂させ、氏家必勝と神津を始末し、警察のスパイである十朱が七代目を襲名しようとしている。

順風満帆だった作戦に異変が生じたのは、今年の秋に入ってからだ。阿内によれば、十朱が織内らに山梨で襲われたあたりからだという。十朱との定期連絡が途絶えたばかりか、十朱との連絡役を担っていた芸能事務所の経営者が、群馬の山奥で首を吊って息絶えていた。

もともとは東鞘会の企業舎弟で、彼らの庇護《ひご》のもとで会社を成長させてきたが、密接交際者と認定されるのを恐れ、警視庁にすり寄ってきた人物だった。

連絡役の死を、十朱からの絶縁状と受け取った組特隊《ソトク》は、東鞘会の乗っ取りを断念。十朱の逮捕状を請求し、彼の身柄を拘束しようと動いた。

だが、ヤクザを欺き続けた十朱は、今度は警察組織を罠に嵌めた。自分を逮捕しようと動けば、国木田謙太のスキャンダルに加え、組特隊《ソトク》が描いた絵図をすべて暴露すると通告したのだ。

十朱は木羽とのメールのやり取りや電話の通話記録を所持しているという。そればかりか整形手術で顔を変えたときの診療記録をも入手していた。本物の十朱義孝がインドを放浪し、昨年ムンバイでひっそり死亡した事実を独自に調べ上げ、自分が十朱ではなく是安総という警察官である証拠を収集していた。東鞘会に深く食いこんで組特隊《ソトク》を喜ばせながらも、その一方で見切りをつける準備を進めていたのだ。

築地にある組特隊《ソトク》のアジトに連行されたとき、我妻は荒れ狂った木羽の姿を目撃している。十朱から〝絶縁状〟を突きつけられ、木羽は一気に土俵際に追いつめられていたのだ。

組特隊《ソトク》は十朱の逮捕を断念し、極秘裏に抹殺する計画に変更した。その実行者のひとりに選ばれたのが我妻だった。玲緒奈の正体を我妻に明かし、組特隊《ソトク》の思い通りに事は運んだ。玲緒奈は死亡し、我妻が提出した辞表はすみやかに受理された。十朱暗殺の兵隊にするためだった。

このホテルの会議室で監察官から尋問を受けた後、阿内から十朱暗殺計画を打ち明けられた。彼は我妻にこうも言ったのだった。

――うまくやったら、次におれを殺《や》れ。十朱もおれも始末して、自分の首を掻き切るといい。あの世で女狐と再会しろ。

我妻は不思議に思えてならなかった。

――あんたはなして逃げねえ。

――うん？　どういう意味だ？

阿内は不可解そうに首を傾げた。本心を見せない謀略家で、とぼけてばかりいる男だが、このときは本当に意味が摑めないようだった。

――十朱に寝首を掻かれた上に、上司の木羽は頭がおかしぐなりかけっだ。並の警察官なら異動願か辞表書いて、この泥船から脱出しようと考えっぺよ。十朱の暗殺に失敗すりゃ、上はあんたらに責任をおっ被《かぶ》せっぺ。かりに暗殺できたとしても、十朱の操縦に失敗したツケはでけえ。

阿内は人差し指を天井に向けた。

——お前さん、神を信じるかね。

——ああ？

——煉獄《れんごく》ってやつだ。おれは罪を犯した。ここらで清めの火でしっかり焼かれとかねえと、神様の祝福を受けられねえのさ。

——意味がわからねえ。煙《けむ》に巻くのは止めろや。

——なんでわからねえんだ。おれと違って大学出てんだろうが。

阿内はちり紙を鼻に詰めた。我妻のパンチをもろに浴び、カーペットやテーブルを鼻血で汚していた。

——おれは荒っぽい土地の生まれでな。周りは日雇いの肉体労働者に、ビザの切れた不法滞在の外国人、その手の連中をカモにしてるチンピラヤクザがうようよしてた。ガキも粗暴なエテ公ばっかりで、おれもそのひとりだった。

阿内が相当な悪ガキだったのは、わりと知られた話ではあった。本人の口から直接聞くのは初めてだが、都内の下町生まれで〝ヤクザ養成校〟といわれる非行少年だらけの高校で番を張っていた。ケンカや恐喝に明け暮れ、中学の時から雀荘《ジャンそう》に出入りし、イカサマで大人からカネを巻き上げていたという。その才覚を見込まれ、いくつもの暴力団から勧誘されてもいたらしい。

——あんまり悪さばかりしていたんで、無理やりサクラの代紋の構成員にさせられちまったが、警察官《サツカン》となってからは罪滅ぼしにと、悪党退治に邁進《まいしん》してきたつもりだ。東鞘会を丸ごと乗っ取っちまうのも、あんな危険な組織は放っておけねえと、おれなりの義侠心に突き動かされてやったことだ。ここで十朱という害虫を野放しにしたら、ひでえバチが当たっちまう。おれはこう見えても信心深いんだ。

阿内は相変わらず人を喰ったような答えしかしなかった。

ただし、過去に机を並べて働いた経験から、この男の考えが少しだけ理解できるようにはなった。やけに熱っぽい口調から、十朱を斃す決意が伝わってきた。たとえ木羽と心中することになっても。

ヤクザたちから有望株と見られていた阿内が、警察官の道を選んだのは、地元の先輩だった木羽のおかげだと言われている。同じ空手道場に通っていた木羽に、こっぴどく鼻っ柱をへし折られてから、阿内は彼を慕うようになったという。木羽と道場主が阿内を口説き落として、悪の道には進ませずに警視庁へ入庁させた。

この希代の食わせ物を従わせるからには、木羽にも相当な人間的な魅力や実力があったのだろう。我妻が目にしたとき、その木羽はすでに十朱に裏切られて半狂乱に陥っていたが。

土俵際の状況に追いつめられながら、責任を上司の木羽に押しつけず、より危険な勝負に打って出ては、彼の尻を必死に拭おうとしている。寝業師の阿内らしくない選択であり、木羽と阿内の絆《きずな》を見た気がした。

「……まあ、だいたいこんなところだ。十朱にはすみやかに退場してもらわなけりゃ、桜田門はもちろんだが、永田町《ながたちよう》まで燃え上がりかねない。つまり、日本の運命を左右するほどの大仕事ってわけだ。もはやヤクザ同士の抗争じゃねえ。さしずめ、あんたらは国のために身体を張った国士だ」

阿内は極道たちに計画の目的と経緯を残らず打ち明けた。織内は黙って聞いていた。やがて口を開く。

「てめえはクソだな」

「そのクソを平らげなきゃ、あんたに舞台は回ってこない」

「まだ疑問がある」

「なんだ」

「十朱を消すだけなら、なにも直接手を汚す必要はない。あいつを支える三羽ガラスにでも正体を教えりゃ済むことだ。警察官《サツカン》を親分に担ごうとした自分たちの愚かさを呪って、十朱を八つ裂きにしたうえで始末してくれる」

「とっくにやったさ」

「なに？」

「東鞘会の連中もなかなかの狸《たぬき》だ。十朱が警察官《サツカン》と知ったうえで、神輿《みこし》に担いでやがるのさ」

織内は真偽を確かめるように、横の喜納を見やった。喜納が阿内の発言を追認するようにうなずくと、織内は信じられないといった顔つきで首を振った。

阿内が手を叩いた。

「舞台がやって来るのは明後日《あさって》の早朝だ。ラストチャンスと思って気合を入れてくれ」

18

織内の汗が畳に滴り落ちた。

片手で倒立するのは難しい。腕力だけではなく、身体を支えるバランス感覚が求められる。逆立ちをしながら携帯端末で会話をしていた。

〈コウタと大柿の力は侮れねえな。お前の顧客たちが持ってる情報も〉

相手は勝一だった。

畳のうえに置いた携帯端末からは、苦しい状況にさらされているにもかかわらず、朗らかな声が聞こえてくる。

「あいつら、お役に立ってますか」

〈必死にやってくれてるよ。むしろアンテナの高さに驚かされてる。東鞘会の誰が株で大損こいたとか、ある枝の幹部が親分の姐さんを寝取っていたとか、刑務所《ムショ》から戻った兄貴分が、すっかり男の味に目覚めちまったおかげで、弟分の大半がケツの痛みを抱えてオムツつけてるとか、週刊誌以上にエグい話を報告してくれてる〉

勝一はおかしそうに笑った。

変わっていないのは勝一も同じだ。土壇場になればなるほど、気丈に振る舞おうとする。抗争の影響が響いて、勝一の自宅も事務所も武装した警察官に取り囲まれ、容易には動けない環境にある。警察の締めつけにより、和鞘連合の構成員が次々に逮捕され、シノギも立ちゆかなくなっているというのに。

織内は尋ねた。

「十朱の隙は見つかりそうですか」

勝一の声が低くなった。

〈いや、まだだ。あっちも雪隠詰《せっちん》めさ。どこも警察官《サツカン》に張りつかれてるし、ここ一週間は定例会で銀座の本部に顔を出すくらいだ。本部の周りの道路は車止めや輸送車で封鎖されてる。ダンプ特攻もままならねえ〉

「そうですか」

〈とはいっても、十朱はおれ以上に目立ちたがり屋だ。いつまでもじっとしているはずはねえ。氏家《オヤジ》必勝や神津の月命日に墓参りだのして、自分が東鞘会の正統な後継者なのをアピールするだろう。その時が狙い目だ〉

織内は思った。身体を動かしながらの通話でよかったと。

本来であれば、いくら電話といえども親の勝一に対して、こんなナメきった姿勢で会話をしたりはしない。ただ、普段どおりに話していたら、室内の備品やテーブルを叩き壊しているか、携帯端末を握りつぶしていたかもしれない。

右腕に全体重がのしかかり、全身のバランスを維持しなければならない。強烈な負荷がかかっているおかげか、頭に血液が上っているというのに、血が騒ぐことはなかった。

織内はもう知っている。勝一が負けを選んで、十朱の首を奪《と》るどころか、和平工作に動いているのを。

じつに勝一らしかった。かつて織内が朝霞《あさか》の凶悪なギャングに拉致《らち》され、激しいリンチを受けたそのときも、織内など見捨てればよかったものを、わざわざ手下のために勝一自らが身体を張った。

畳に汗の池ができていた。織内も嘘をついた。

「ひたすら静かに鍛え続けます。後れを取るようなことが二度とないように」

〈喜納から聞いてる。教官のアメリカ人とも互角にやり合えてると、あのアメちゃん、元特殊部隊員だってな〉

「互角は盛りすぎですよ。まだあいつから教わることは山ほどある。ですが、出番までには互角以上になってみせます」

そのティトの授業も途中で終わった。訓練の成果を試す時が思わぬ形でやって来たからだ。

勝一に懇願された。

〈もうしばらく堪えてくれ。決して悪いようにはしない〉

「わかっています。勝一《オヤジ》こそ、どうかご無事で」

お互いに淀《よど》みなく嘘をついて通話を終えた。

勝一とは十代からのつきあいで、彼には常に正直であり続けた。彼のためなら命を張れると腹をくくり、ここ数ヶ月はヒットマンとして飛び続けた。勝一もまた、そんな自分を信頼していたと思う。お互いに騙し合う日が来るとは、想像もしていなかった。

勝一は未だに、織内が相模原にいると信じているようだった。今いるのは千葉県東金《とうがね》市の古い商人宿だ。

窓から見えるのは駅前ののどかな商店街だった。夜中の現在はコンビニと酒場の灯りがチラチラと見えるのみだった。

傍にいるのもティトではない。キナ臭さを漂わせる元警察官の我妻という男だ。商人宿に来てから、風光明媚《めいび》とは言いがたい田舎町の風景を、廊下の椅子に腰かけながらじっと見つめていた。頭の包帯を隠すために、大きめのベースボールキャップをかぶっている。動きやすさを重視して、黒いジャージの上下を着ていた。

――舞台がやって来るのは明後日の早朝だ。

阿内というマル暴捜査官が言っていた。

前日、織内は喜納とともに、警察共済組合の宿泊保養施設を訪れた。敵の首領《ドン》は、その正体が潜入捜査官であっただけでなく、警察官としての義務を放棄し、根っからの極道と化したという。耳を疑う話の連続だった。

本来ならどうしようもない駄ボラだ。ましてや敵である警察官の話を鵜呑《うの》みにできるはずはない。ただし、十朱が潜入捜査官だとすれば、納得できる点がいくつもあった。警視庁が四万六千人の職員の中から選んだエリートであり、特殊急襲部隊《SAT》に属していた過去もある。暴力のスペシャリストだった。彼の背後には木羽と阿内がついており、警察組織が持つ情報を使ってシノギを急速に拡大させていった。

――ここで殺《や》られるわけにはいかねえんだ！

十朱はかつて必死に叫んでいた。

山梨のサービスエリアで、銃火器で武装した織内らに対し、ナイフ一本で立ち向かってきた。

あのとき、十朱は本物の極道として生きる道を選んでいたのかもしれない。仲間を救うために身体を張って暴れ回っていた。

物思いにふけるあまり、身体のバランスを崩してしまった。畳に背中を打ちつけ、商人宿の建物がずしんと揺れる。

「うるせえぞ。宿の人間に怪しまっだらどうすんのや？」

我妻が見かねたように顔をしかめた。

「どうもしねえよ」

「約八時間後には大一番が控えてんだ。腕をそだに酷使するやつがあっか」

「この程度でへこたれるほどヤワな鍛え方はしてねえ。あんたは自分の身を心配してろ。ろくにメシだって食ってねえだろうが」

織内は鼻で笑いながら頭を突いた。

「聞いてるぜ。その頭のケガ、女にやられたんだってな。組対四課《ヨンカ》の我妻といや、極道の間じゃ鬼と恐れられていた。それがまさか失恋で病んでいたとは」

我妻はすばやく立ち上がった。織内との距離を一気に詰め、右ストレートを顔面に放ってきた。

彼の大きな拳を掌で受け止めた。バチンと派手な音が鳴る。

織内は頬を歪めた。

「てめえ……なにしやがんだ。大一番が控えてんじゃなかったのかよ。宿の人間に怪しまれるぞ」

掌がヒリヒリと痛んだ。我妻が昏い目でじっと見つめてくる。

ひどくやつれているとはいえ、我妻のパンチには独特の重さがあった。拳がサザエのように固い。まともに喰らったら、顔面をぐしゃぐしゃに砕かれそうだった。

我妻が呟《つぶや》いた。

「こんぐれえかわせねえのなら、そもそも足手まといだべ。地獄で姉夫婦と好きなだけ撃ち合ってろや」

織内が攻撃した。手刀で我妻の喉仏を突こうとしたが、右手首を左手で摑まれた。凄《すさ》まじい握力が加わり、右手首が痛みを訴える。まるでプレス機に挟まれたかのようだ。

右手を振り払って距離を取った。この元刑事を足腰立たなくなるまで痛めつけてやりたかったが、織内も無事では済みそうになかった。

我妻も攻撃を加えてこようとはしなかった。むっつりとした表情で、座布団の上にあぐらを搔く。織内も座卓の座布団に腰を下ろして我妻と向き合った。マル暴刑事のときより、身体がひと回り小さく見えるが、動きの素早さもパンチの威力も図抜けていた。

なにより攻撃には殺気がこもっていた。織内たちを返り討ちにした十朱の動きとよく似ており、もはや警察官だったころの魂など捨て去ったかのようだ。

我妻が電気ポットを手にした。織内は次の攻撃に備えて腰を浮かせる。しかし、我妻は急須《きゅうす》に湯を注ぎ、ふたり分の緑茶を淹《い》れてくれた。

我妻は緑茶をすると言った。

「十朱を殺《や》ったら、その後に阿内も殺《や》る。お前《めえ》も手伝え」

織内はあたりを見渡した。

隠れ家の商人宿を用意したのは阿内だった。部屋に隠しカメラや盗聴器があってもおかしくない。うかつな口は叩けなかった。

「部屋にはなにもねえ。かりになんかあったとしても、阿内はとっくに知ってだ。おれが八つ裂きにしたがってんのを」

「なぜ、おれが手を貸さなきゃならない」

「否が応でも、お前《め》は手伝わなきゃなんねえ。いちいち説明しなきゃなんねえのが？」

「いや」

織内は首を横に振ってみせた。事情を知るヤクザごときを生かしておくはずがなかった。

織内は続けた。

「おれがあんたに手を貸すんじゃない。あんたがおれを手伝うんだ。隊長の木羽とかいう男もだ。あいつらが妙な絵図を描かなければ、東鞘会は割れたりしなかったし、新開や姉貴《や》を殺る羽目にもならなかった。全部やつらのせいだ。何年かかってでも、必ずケジメをつけさせる」

本心を打ち明けつつも、奇妙な感覚に陥った。長年慕ってきた勝一に嘘をつき、昨日会ったばかりの元刑事に本音を漏らしている。

潜入捜査官でありながら関東ヤクザの首領《ドン》となった十朱。その十朱を討つと言いながら和平工作を進める勝一。警察官であるにもかかわらず、ヤクザと元刑事のケツを掻いて殺人を促す阿内たち。姉と新開もそうだった。誰もが表と裏を抱え、織内自身も多くの嘘をついた。

目の前にいる我妻だけは正直だった。純粋な殺意の塊と化している。暴力は嘘をつかない。狂おしいまでの破壊衝動が、さっきのパンチにもこめられていた。

部屋の隅に目をやった。武器を大量に入れたバッグやケースがある。弾薬は数え切れないほどだ。数十人を地獄に突き落とせるだけの火力がある。銃火器以外にも、山刀やシャベル、鉄条網を切断するためのニッパーに、車の窓を叩き割るためのハンマーといった道具もある。現場が不明であるため、あらゆる事態に備えるべく、工具類も用意されていた。

ケジメをつけさせると、威勢のいい言葉を吐き、武器や工具をどれほど持ちこんでも不安は消えない。たとえ戦車や戦闘ヘリを持っていたとしても、満足できそうにない。十朱には一度敗北している。腕利きの殺し屋と強力な武器を用意し、入念に計画を練ったにもかかわらず、手ひどい返り討ちにあったのだ。

おまけに今回は、作戦の立案者は木羽と阿内だった。訳のわからぬ警察の狸親父どもに命を預けることになる。

――舞台がやって来るのは明後日の早朝だ。ラストチャンスと思って気合を入れてくれ。

阿内は保養施設で言ったものだった。織内は聞き返した。

――待てよ。明後日の早朝になにがあるんだ。

――取引だ。十朱のやつ、最後の仕上げとばかりに話を持ちかけてきやがった。

――どんな。

――潜入作戦にまつわる極秘文書をすべてよこせとさ。東鞘会に警察官を潜らせるためにかかった予算の見積もりに稟議《りんぎ》書。十朱義孝のパスポートをでっち上げるため、外務省に秘密裏に働きかけた要請書。やつをいかにして極道社会で出世させるかを記した計画書。部長から警視総監まで判子をついた文書だ。世に知られたらとてもシラを切れない証拠品だ。そんなもんをくれてやったら、うちはいよいよ十朱に手出しできなくなる。

――与えてやらなきゃ、大物議員のボンボンのスキャンダルをばら撒くといったところか。

――さすが情報屋。頭が回る。

織内はため息をついた。

――あんたら、詰んでるじゃねえか。下手に手出しすらできない。

――やっぱり、そう思うか？

阿内は微笑を浮かべた。

十朱は取引の時間を朝五時とし、場所を千葉県の九十九里浜《くじゅうくりはま》とだけ指定した。具体的な地点については、待ち伏せを避けるためか、まだ知らされていないという。織内らは隣町の東金市で待機することとなった。

阿内から作戦内容の詳細を聞かされた。織内や喜納が極道の道を踏み外した外道なら、阿内もまた警察官とは呼べない外道だった。

「連中を始末できようができめえが、おれらは全員地獄行きだべ。そんだけは間違いねえ」

我妻が言った。この警官崩れとはぶつかり合ってばかりいるが、それだけは同意できた。織内はうなずいてみせた。

## 19

我妻はハンドルを握っていた。

国産の高級セダンだけあって、走りはスムーズで滑らかだった。

ただ、車内の天井はヤニで茶色く汚れ、ひどいタバコ臭が充満していた。エアコンに取りつけられた芳香剤の匂いと混ざり合い、胸にむかつきを覚える。

阿内のマイカーであるため、臭いや汚れは覚悟はしていたが、予想を超える空気の悪さだった。さほど長いドライブにならないのが救いといえた。

午前四時十五分、我妻たちは行動を開始した。取引の場所である九十九里浜へと向かうのだ。織内や喜納とは別行動だった。

夜明けの時刻は遅く、夜空には冬の大三角形やオリオン座が光り輝いていた。行き交う車がほとんどないため、ライトをハイビームにして東金九十九里有料道路を走った。

我妻はバックミラーに目をやった。後部座席には阿内と木羽のコンビが座っていた。これから修羅場が待ち受けているというのに、ふたりに焦りや怖れは感じられなかった。

阿内はいつもの着古したジャンパーを身につけていた。しっかり睡眠も取ったのか、頭髪には寝癖すらついていた。

一方の木羽は対照的に、冬用のスリーピーススーツ姿で、シミひとつない白のワイシャツを着ていた。意気込みを示すかのように、シルクの真っ赤なネクタイを締めている。以前、組特隊《ソトク》のアジトで目撃したときは、十朱の裏切りにすっかり我を失い、腐った部下にヤクザ顔負けの制裁を加えていた。我妻にも嚙みついている。我妻と同じくウェイトがだいぶ落ち、顔も体形もほっそりとしていたが、短くカットした頭髪を整髪料でしっかり固め、ヒゲもきれいに剃っていた。かつてのパワーエリートらしい雰囲気を取り戻している。

木羽の横にはアタッシェケースがあった。なかには十朱が要求した極秘文書やUSBメモリなどが入っているという。強奪されぬように、アタッシェケースのハンドルと、自分の手首を手錠でつないでいる。

道路脇の椰子《やし》の木に出迎えられる。料金所を通り抜けると、真っ暗な海が見えてくる。海岸線沿いの九十九里有料道路を北に向かって走行した。強い海風と波の音がし、真っ平らな海沿いの道が続いている。目的地が近づいてきた。

阿内が歓声をあげた。

「おいおい、いい波が来てるじゃねえか。サーフィンにでも繰り出してえな」

木羽が口を開いた。

「すまなかった」

「あ？　なんです？」

「お前をこの件に引っ張りこんだことだ。おれは己の野心のためだけに、このプロジェクトを思い描いた。お前にもさんざん汚い仕事を押しつけた。なのに結果はこのザマだ」

「おれは楽しかったですがね。どのみち東鞘会は誰かがぶっ叩かなきゃならなかったし、国木田という政治家《マルセイ》の横やりのおかげで、今までどれだけの捜査が潰されたことか。やつに対抗するためにも、バカ息子のしでかした悪行の証拠を押さえる必要があった」

「国木田はただの政治屋だ。十朱に比べれば……。やつは本物の悪魔だ。息の根を止めなければ、あの男は裏社会だけでなく、国木田をも子供扱いするような恐るべき魔王になる」

　阿内が木羽の肩を叩いた。

「先輩、悪魔だなんて、あいつを買いかぶりすぎだ。ゴージャスな女にジャグジー付き豪邸、上等な酒に高級なメシ。目先の欲に溺《おぼ》れちまって、自分を見失った一山いくらの三下だよ。おれたちの地元にゃ、あんなのはいくらでもいただろう。覚えてるか？　ナメサクってチンピラ」

　木羽が顎に手をやって中空を睨んだ。

「そういえば、そんなのがいたな。本名は木下大作《きのしただいさく》だったか。年下のお前にどつかれてから、『番長、番長』と熱心にご機嫌取りをやってた。肩を揉んだり、靴を磨いたり。女をあてがったりしていたな」

「盃《さかずき》もらってもいねえのに、ヤクザの看板出すようなフカシですよ。今度はおれに取り入ると、ナメサクはおれの名前を出しちゃ、陰でパー券さばいたり、カツアゲに励んでやがった。その事実がめくれそうになると、おれに純トロ《ゲンタイ》吸わせて、ラリラリになったところを鉄パイプで襲いかかってきやがった。先輩があいつを現行犯逮捕してくれなかったら、おれは頭をザクロみたいに叩き割られてた」

木羽は小さく笑った。

「そんなことがあったっけな」

懐かしそうに昔話をしながら、阿内がさりげなく木羽を鼓舞しているのがわかった。この狸親父は泥船から逃げ出さず、危険な勝負に出るらしい。

「なにが言いたいかってえと、十朱はあのフカシのナメサクと同じだってことです。悪魔と呼んだら当の悪魔様に対して失礼だ。おれらをペテンにかけて、いい気になってる警察官《サツカン》に、ささっと身の程を思い知らせて、サーフィンでもやりましょう」

「悪くないな」

木羽が相槌を打った。

我妻は黙って運転を続けた。阿内の話こそペテンだと思いながらも。

十朱がただのチンピラではないのを、もっともよく知るのは阿内自身だろう。警察組織を罠に嵌めて、武闘派で知られるヤクザを支配下に置いた。悪魔の類いでもなければ到達できない。十朱を悪魔と認めているからこそ、なりふり構わない道を選択したのだ。

我妻は煉獄なる言葉を思い出した。煉獄とはカトリックの教義で、天国と地獄の間にあるという。天国に行けない霊魂が、清めの火によって苦しみながら浄化され、最後の審判を待つとされる場所だ。

阿内たちや自分が天国に行けるはずはない。しかし、十朱という悪魔を斃さぬかぎり、魂が救われることもないのは確かだった。

我妻はサイドミラーに目をやった。九十九里有料道路に入ってから、あからさまに追尾してくるSUVがいた。

阿内が後ろを振り向き、携帯端末でＳＵＶのナンバー照会を要請した。

「どこの者《もん》だ」

木羽が阿内に尋ねた。

「所有者は六本木《ろっぽんぎ》の美容外科クリニックです。ボッタクリ治療で太く儲《もう》けてる。三羽ガラスの大前《おおまえ》田《だ》の企業舎弟《フロント》ですよ」

砂浜には人の姿があった。朝五時前だというのに、ダウンジャケットやコートを着た男が立ち、有料道路を走る我妻たちに鋭い視線を放っている。

取引の場を指定したのは十朱だ。それだけに東鞘会は万全のシフトを敷いているようだ。それを誇示してさえいる。

やがて指定場所の片貝《かたかい》海水浴場が見えてきた。夏は多くの海水浴客で賑《にぎ》わう。ここはサーフィンの有名なスポットでもあり、冬でも熱心なサーファーが朝からやって来るというが、今の時間はガランとしている。

駐車場は北側と南側のふたつがあった。有料道路の終点である交差点を右折し、ガードレールに囲まれた南側の駐車場に向かう。

陸上競技場のような広大な駐車場に停まっているのは、黒の高級ミニバン一台のみだった。ヘッドライトをつけ、真っ暗な駐車場を照らしている。

駐車場の出入口には小さなプレハブの守衛室があった。我妻らのセダンが近づくと、ダークスーツで身を固めた男ふたりが守衛室から出てきた。耳にはイヤホンマイクをつけ、まるでＳＰのようだ。

ふたりの顔は知っていた。熊沢組の幹部と若手組員だ。幹部が運転席の窓を小突いた。我妻は窓を下ろす。

「降りろ。ボディチェックだ」

「降りるまでもねえ。持ってるよ」

阿内がジャンパーのチャックを下ろした。ショルダーホルスターに入ったリボルバーを見せる。

幹部が顔を強張らせる。

木羽もスーツのボタンを外し、懐のシグP230をチラつかせた。阿内が笑った。

「丸腰で来るわけねえだろ。バカ野郎」

幹部は不快そうに眉をひそめた。分厚い掌を上に向ける。

「拳銃《どうぐ》は預からせてもらう」

我妻がジャージのジッパーを下ろし、懐からコルトを抜いた。幹部の心臓に向ける。

「拳銃をヤクザに渡す警察官がいっと思うが？　お前《め》らこそ持ってっぺよ。現行犯でぶっこむぞ」

「てめえらこそ立場をわきまえろ。ここじゃサクラの代紋は通用しねえ」

高級ミニバンからクラクションが鳴らされた。親分の熊沢が運転席から怒鳴った。

「なにモタモタしてやがる！」

「親っさん、こいつら持ってますよ」

幹部が熊沢に伝えた。熊沢は窓から腕を出して手招きした。

「承知の上だ。とっとと入ってもらえ」

幹部が低い声でうなった。

「拳銃《どうぐ》をしまえ。間違っても抜くんじゃねえぞ。そのときがあんたらの最期だ」

「わかった、わかった。お役目ご苦労」

阿内が追い払うように手を振った。

幹部が舌打ちして引き下がった。我妻はコルトをベルトホルスターにしまい、ハンドルを握り直す。

　セダンを駐車場内へと走らせると、高級ミニバンと向き合う形で、約十五メートル離れた位置に停めた。拳銃で正確に命中させられるギリギリの距離だ。

　我妻たちはマグライトを手にしてセダンを降りた。風に運ばれた砂粒が顔にあたる。マグライトのスイッチを入れて、駐車場の隅や堤防に向けた。堤防にはコートや作業着姿の男たちが、じっと我妻たちを見下ろしている。徹底した包囲網を築いていた。

　木羽が高級ミニバンに向かって言った。

「いるんだろう、是安。さっさと済ませよう。夜が明けて困るのはお前たちだ」

　我妻はマグライトを高級ミニバンに向けた。

　運転席の熊沢が眩《まぶ》しそうに顔をしかめた。見えるのは運転席と助手席のみで、後ろはカーテンで仕切られていた。サイドウィンドウもスモークが貼られている。

　阿内が鼻で笑った。

「源氏名《げんじな》で呼んでくれなきゃ答えねえってか。出てこいよ、十朱さん」

　高級ミニバンのスライドドアが開き、十朱が姿を見せて降り立った。

　彼はずいぶんと目立つ恰好をしていた。カシミアのチェスターコートを身につけ、首には一見してハイブランドとわかるストールを巻いていた。両手には黒の革手袋を嵌めている。自分が関東ヤクザを統べる首領《ドン》なのだと、無言で主張しているかのようだ。

　降り立ったのは十朱だけではなかった。彼に続いて高級ミニバンからふたりの護衛が続き、さらに三羽ガラスの一人、大前田が降りた。運転席の熊沢とともに十朱の傍に立ち、万が一のドンパチに備えて身構える。

　我妻たちが銃器を持ったまま通された理由がわかった。護衛ふたりがすでにショットガンやサブマシンガンを手にしていたからだ。刃物を得意とする大前田も、抜き身のダガーナイフを握っている。幹部の警告は脅しではなさそうだった。駐車場を取り囲んでいる男たちも、それぞれ持っているだろう。連中の火力に比べれば、我妻らの拳銃など豆鉄砲みたいなものだ。

もし十朱が目の前に現れたら、阿内たちの計画など無視し、彼の頭に銃弾を叩きこむかとひそかに考えてもいた。しかし、相討ちにすら持ちこめそうになかった。

「久しぶりだ……と言いたいが、挨拶《あいさつ》は省略させてもらう。言いたいことは山ほどあるだろうが」

十朱がかつての上司たちに言い放った。

「偉そうにタメ口利きやがって。今さら言いたいことなんかねえ。これだけだ」

阿内が口を歪めて中指を立てた。

「無駄が省ける。確かにダラダラやっている暇はない」

十朱は微笑を浮かべて受け流し、彼は木羽のアタッシェケースを見やった。

「持って来たようだな」

「ああ」

木羽がアタッシェケースを掲げた。手錠の鎖がジャラジャラと鳴る。

十朱が熊沢に目をやった。熊沢が高級ミニバンの助手席のドアを開いた。なかから黒のビジネスバッグを取り出すと、阿内たちの足元へと無造作に放り投げた。

十朱がビジネスバッグを見下ろした。

「くれてやる。あんたらが必死に欲しがっていたものだ」

阿内がビジネスバッグのジッパーを開けた。なかから掌サイズの四角い物体を取り出した。ポータブルハードディスクだった。阿内は目を見開く。

「こいつは……」

十朱が言った。

「国木田の倅がモデルといっしょにラリってる動画に、おれ自身がまとめた報告書のファイルが入っている。それには倅の体毛や使用済みコンドーム、指紋のついたグラスの保管場所も記されている」

阿内はハードディスクをしげしげと見つめた。

「ずいぶんと気前がいいじゃないか」

「おれたちにはもう不用の代物だ。国木田と直接話《ナシ》をつけさせてもらったのさ。警視庁《ホンチョウ》に倅の不始末を揉み消させる作戦はあいにくダメになった。どうせなら、おれたち東鞘会と取引しないかと。国木田はあっさり乗ってきたよ。あんたら組特隊《ソトク》がミスったからには、相手がヤクザだろうと応じなきゃ、息子に安心して地盤を譲れない」

木羽がため息をついた。

「なるほど。見返りは東南アジア一帯のODA利権といったところか。野郎は国際協力にもなにかと熱心だからな」

「政治家や官僚どもを安心させるんだな。これで少しは、あんたらのメンツも立つ」

阿内が唾《つば》を地面に吐いた。

「立つわけねえだろう。お前がヤンチャしまくったせいで、おれらはすっかり居場所をなくしちまった」

十朱はアタッシェケースに目をやった。

「今度はあんたらの番だ。どうせ、おとなしくよこすつもりはないんだろう。あんたらは三度のメシより謀《はかりごと》が好きだ」

「そのとおりだ。話が早《はえ》え」

阿内がジャンパーのポケットに右手を突っこむ。護衛たちが色めきたって銃口を阿内に向け、熊沢たちが盾となって十朱の前に立ちはだかる。

「おっと、撃つなよ」

阿内はポケットから携帯端末を取り出した。

「取引の前に見せたいものがある。隣町でなにやら揉め事が起きてるみたいなんでな。知らせておきたかった」

十朱の顔から微笑が消え、冷ややかな顔つきに変わった。護衛ふたりに声をかけた。

「外してろ」

「ですが……」

護衛が不安げに阿内たちを見やる。十朱はつま先で護衛の脛《すね》を蹴飛ばす。護衛ふたりが慌てて十朱たちから離れ、駐車場の外へと出る。

広大な駐車場にいるのは、十朱と最高幹部ふたり、それに我妻ら三人のみとなった。熊沢も自動拳銃を抜き、我妻たちの動きを少しでも見逃すまいと目を大きく見開く。

我妻は掌をジャージズボンにこすりつけて汗を拭った。とっくに腹をくくっていたつもりだが、心臓の鼓動が速まっていく。喉がカラカラに渇いていた。

場がみるみる張りつめていくなかで、阿内は気味の悪い笑みを浮かべて液晶画面をタップした。青白い光が彼の顔を妖《あや》しく照らす。

「おれらがここに来たのは説得のためだ。餞別《せんべつ》をくれてやるためじゃない」

阿内は携帯端末の液晶画面を見せた。

十朱の表情がみるみる険しくなる。我妻には液晶画面が見えていない。ただ、なにが映っているのかは事前に聞かされていた。

隣接する山武市には、十朱こと是安の実家がある。七十代になる伯父夫婦が今もそこで暮らしていた。十朱の両親と弟は、少年時代に交通事故で死亡した。子供のいなかった伯父夫婦が彼を引き取り、実の子のように可愛がったという。是安という魔物を生み出したわりには、その育ての親たちはどこにでもいる高齢者夫婦だった。

その夫婦が暮らす家に、覆面をした屈強な男ふたりが夜中に押し入った。眠っていた夫婦の手足をビニール紐《ひも》で縛り、粘着テープで口を塞いでいた。ふたりは金目のものを盗むでもなく、寝室にいた夫婦を拘束したまま家に居座り、ネットワークカメラを設置して夫婦の姿を撮影していた。

男ふたりは喜納組の若衆だ。相模原にある元ホテルの廃墟で、アメリカ人の元軍人からみっちりと訓練を受けていた。無警戒な家の老夫婦をふん縛るのは、赤子の手をひねるよりも簡単だったらしい。携帯端末からは、老夫婦のものと思しきうなり声が聞こえた。

大前田がダガーナイフの刃先を阿内に向けた。凄まじい殺気を全身から迸らせる。

「人質だと。かりにも警察官《サツカン》だろうが……小汚《こぎたね》え真似しやがって」

阿内は小指で耳の穴をほじった。

「なんのことだかな。どこかのならず者が流してるライブ配信の映像を入手したってだけだ」

熊沢も自動拳銃を向けてくる。

「おい、こら。今すぐ引き揚げさせろ。人質取ったつもりだろうが、お前らこそ立場考えろ。蜂の巣にされてえのか」

木羽が一歩前に出た。

「とっくに腹はくくってる。でなけりゃ、こんなところにのこのこやって来たりはしない」

阿内が十朱に向かって手招きした。

「おれらの目的はお前をもとの警視庁《カイシャ》に復職させることだ。しんどい役目、ご苦労だった。ヤクザごっこはおしまいにしよう。お前は東鞘会理事長の十朱義孝なんかじゃなく、警視庁組特隊《ソトク》の是安総なんだからな」

## 20

織内はハシゴに足をかけた。

一気に駆け上りたかったが、物音を立てては元も子もない。慎重さが求められた。狙撃《そげき》銃のレミントンM24を肩に下げながら一段ずつ上っていく。

「焦るな」

下でハシゴを支えている喜納が囁《ささや》いた。

ハシゴは伸縮が可能で最長約五メートルまで伸ばせる代物だった。材質は一般のアルミ合金と同じだが、物音を立てないためにゴムで覆われており、色は黒く染められている。元軍人のティトが取り寄せてくれたもので、本来は警察や軍隊の特殊部隊が建物に侵入するために使われる。

我妻たちとは別行動を取り、四トントラックで九十九里町へとやって来た。荷台にはハシゴ以外にも、ドアを破るためのハンマーやバール、ボルトカッターといった工具を載せていた。いかなる場所でも戦えるように、である。

ハシゴは水産加工場の外壁に立てかけた。外壁は薄いトタン板だ。ハシゴがゴムでコーティングされているとはいえ、ゆっくりと上らなければベコベコと派手に音が鳴りそうだった。十朱たちがいる駐車場からは二百メートルほど離れているが、その周囲は東鞘会の護衛が警戒している。

水産加工場の外壁は高さ約五メートルにもなる。ハシゴから屋根へと乗り移った。屋根もトタン板でできているため、音を鳴らさぬように注意しながら腹ばいになる。

ハシゴの先端を握って、今度は織内が支える。大きなバックパックを担いだ喜納がハシゴを上りながら訊いてきた。

「どんな様子だ」

赤外線双眼鏡であたりを見渡した。片貝海水浴場の周囲に高い建物はほとんどない。商工会館に町役場、病院くらいだ。それらの建物の屋上に目をやった。今のところ人の姿は見当たらない。

今度は、片貝海水浴場の駐車場へと目をやる。駐車場の出入口や傍の堤防には、東鞘会のヤクザが立って睨みを利かせている。ざっと見ただけで十人はくだらない。

駐車場の中央には十朱の姿があった。傍には三羽ガラスの熊沢や大前田の他に、ショットガンやサブマシンガンを手にした護衛がついている。阿内ら三人と対峙していた。高級ミニバンとセダンのヘッドライトが男たちの姿を照らしている。

織内は小声で答えた。

「悪くないタイミングです」

喜納も屋根に足をかけると、すぐにトタン板に腹ばいになった。

彼の体形は以前に比べて格段にシェイプされており、動きは軽やかだった。彼もまた激しいトレーニングを自らに課していたようだった。

織内はストラップを肩から外し、寝そべったままレミントンM24を構えた。喜納がバックパックを屋根に置き、中に手を突っこんでビーンバッグを取り出した。ポシェットほどの大きさで、中には砂が詰まっている。織内はビーンバッグを受け取ると、銃床の下に敷いて照準を安定させた。

レンズ保護キャップを外し、夜間スコープを覗いた。視界がモノクロに変わるが、真昼のように明るくなる。駐車場にいる男たちの姿がよりはっきりと視認できた。スコープの倍率調整ノブをいじり、より拡大させると同時に、照準を十朱へと合わせた。

ショットガンを持った護衛が邪魔だった。射線上に立ちはだかっている。

「距離は二百十三メートルだ」

喜納がレーザー距離計を手にして、即座に十朱たちとの距離を割り出した。

狙撃はスナイパーと観測者《スポッター》の二人一組が基本だ。ひとりでは決して動くなと、ティトから教えこまれた。

スナイパーは狙撃に集中しなければならない。ターゲットを狙い続けたまま無防備な姿をさらけだす。周りに注意を払い、風速や距離を測るなど、狙撃をサポートしてくれる人物が必要とされる。組織を率いる喜納本人がスポッターの役割を引き受けるのは予想外ではあったが。

喜納がデジタル風速計を睨んだ。

「海風がけっこうありやがる。右から風速五メートルだ」

「わかりました」

スコープのヴィンテージノブをいじってスコープをわずかに調整し、再び狙いを定めた。

射程距離が長ければ長いほど風のあおりを受け、照準を大きくいじる必要が出てくる。ティトによれば、その他にも気温や高度も考慮しなければならないという。距離が約二百メートルといえど、外房《そとぼう》の風は強く、弾丸が受ける影響を考慮しなければならなかった。

十朱たちの間で動きがあった。彼らは圧倒的な兵力で阿内らを包囲し、余裕に満ちた態度を取っていた。

しかし、阿内が携帯端末を取り出すと、急に笑みを消して表情を強張らせた。遠く離れた位置にいる織内にも、緊張がヒリヒリと伝わってくる。

強力な銃火器を携えていた護衛らが退き、十朱と最高幹部ふたりのみになる。

「始まったようだな」

隣の喜納が赤外線双眼鏡を覗いていた。

阿内たちのやり方はすでに聞かされていた。阿内は切り札を出したのだろう。十朱こと是安総の伯父夫婦の現状を教えたのだ。山武市にいる十朱の育ての親らは、現在喜納組の組員に拘束されている。屈強なヤクザに紐で縛られ、生殺与奪の権を握られていた。

「早まるなよ」

喜納に釘を刺された。

護衛が退いたことで、射線を遮るものはなくなった。スコープの十字線を十朱の胸に合わせていた。あとはトリガーを引くだけで、怨敵《おんてき》の心臓をぶち抜ける。喜納の警告を無視して、トリガーを引きたい誘惑に駆られる。

もし十朱を撃ち殺せば、あの警察官たちは瞬時に蜂の巣にされるだろう。だが、おまわりどもがどうなろうと知ったことではない。凶暴な感情が身体中を駆けめぐる。

あの警察官たちも同罪だ。あいつらがふざけた絵図を描いたせいで、東鞘会はふたつに分裂し、織内は姉夫婦を殺す羽目になった。全員を葬り去るには絶好の機会ではあった。

「気持ちはわかる。今はまだだ」

喜納に肩を摑まれた。織内はうなずかざるを得なかった。

スポッターが喜納でなければ、おそらくトリガーを引いていただろう。発砲は最後の手段だ。

養親を人質に取り、十朱には極道の世界から強制的に足を洗わせる。

——東鞘会の結束にヒビが入って、和鞘連合は有利な条件を引き出せる。元の鞘《さや》に収まるもよし、勢いに乗って東鞘会を呑みこむもよし。勝一親分を男にしてやれる。

東金の商人宿で阿内は言ったものだった。織内は尋ねた。

——十朱はどうする気だ。まさか警察官《サツカン》に戻して、そこらの交番に立たせるつもりじゃないだろう。

——んなわけねえだろう。本来なら、おイタが過ぎるあいつの尻を、おれたちが引っぱたいてやらなきゃならないが、餅は餅屋に任せるのが一番だ。お前らにくれてやる。跡形もなく消してくれ。是安は潜入捜査に失敗して行方不明になった。そういう筋書きだ。

——十朱の次は、おれたちというわけだ。

阿内は口を歪めて笑ってみせた。

——そこまで考えちゃいねえ。今は十朱の鼻を明かすだけで手一杯だ。かりにこの取引でミスったら、その時こそお前の出番だ。アタッシェケースが合図だ。

阿内が切ったカードは、大きな効果があったようだ。十朱は表情を強張らせ、熊沢と大前田がそれぞれ武器を手にして、阿内をどやしつけている。一方の阿内は小指で耳の穴をほじり、十朱に対して手招きをする。

「ざまあみやがれ。エセ極道が。やつらの吠え面かく姿が見たかった」

喜納が赤外線双眼鏡を覗きながら呟いた。

ふいに十朱が口に手をやって身体を震わせだした。泣いているのかと思った。白い歯を覗かせて笑っていた。

21

十朱が声をあげて笑いだした。

予想外の反応だったらしく、熊沢や大前田たちがぎょっとしたようにリーダーの顔に目をやる。

我妻は身構えた。十朱は笑いながら人を殺せるタイプの男だ。彼の動きに注意を払う。

「そんなにおかしいかい？　大将」

阿内が眉をひそめ、木羽が息を呑んだ。

「おかしいさ。あんたから騙しのイロハを学んだだけあって、どうしても手口が似通っちまう」

十朱は目元を指で拭った。

「ああ？」

阿内の携帯端末から叫び声と、炭酸飲料の栓を抜いたような音がした——減音器《サプレッサー》をつけた銃声だ。

「クソ！」

阿内は液晶画面を見やり、目を大きく見開いた。木羽が阿内に尋ねた。

「どうした」

十朱がチェスターコートのポケットから携帯端末を取り出した。液晶画面を阿内らに見せる。

「あんたらはサクラの代紋をつけた外道だ。おれの身内を狙いに行くことぐらい予想がつく」

十朱の携帯端末には、紐で縛られた老夫婦が映っていた。

阿内の映像とカメラの角度や解像度こそ異なるが、同じ部屋が撮られていた。

我妻は奥歯を噛みしめた。老夫婦の傍にいた喜納組の男たちが、顔から血を流して倒れていた。

痩せた男が減音器《サプレッサー》つきの自動拳銃を手にし、戦闘不能に陥った喜納組の男たちをじっと見下ろしている。ベースボールキャップにマスクで顔を隠しているものの、少年のように若そうだった。

喜納組のふたりは、ともにティトから厳しい訓練を受けており、実力は折り紙つきだった。にもかかわらず、不意を突かれたとはいえ、なにもできずに撃たれるとは。痩せた男がさらに一発ずつ発砲してトドメを刺し、その様を撮影者が捉えている。老夫婦がうめき声をあげる。

「土岐が拾った男だ。あの『ヴェーダ天啓の会』で軍事訓練を受けた筋金入りらしい。まだガキとはいえ、いい仕事をする」

十朱が側近たちに話した。

ヴェーダ天啓の会は、かつて全国に支部を抱えていたカルト教団だ。終末思想を唱えるイカレた教祖のもと、国家転覆を目論み、大規模な軍事クーデターを計画していた。熱狂的な信者とその家族に特殊部隊顔負けの武装訓練を施していたという。

熊沢の喉が大きく動く。

「待ち伏せさせてたんですか……」

身内にも秘密にしていたのか。熊沢たちは当惑の表情を隠せずにいた。

木羽は静かに言った。声がわずかに震えている。

「こちらとしては温情を施してやったつもりだ。こっちに戻れる最後のチャンスをお前は自分で潰した」

「犬に戻るつもりなどない」

阿内が不愉快そうに舌打ちした。

「わかってねえな。てめえに戻る気がなくとも、周りが戻ってほしいと願うようになるのさ。これからもお前の養親や親類、昔の恋人から旧友まで、戻らないかぎりいつまでも暴力団員《マルB》につきまとわれ、警察からも嫌がらせを受ける羽目になる」

「よくわかってるさ」

十朱は携帯端末に声をかけた。

「やれ」

「まさか――」

「これがおれの返事だ」

十朱は液晶画面を再び見せつけた。

痩せた男が老夫婦の頭に銃口を突きつけた。ためらうことなく発砲する。二発の弾丸が放たれ、老夫婦は頭から血を噴き出しながら倒れた。何度か痙攣はするものの、やがてぐったりと動かなくなる。

「とち狂いやがって……」

阿内は苦しげに顔を歪めた。十朱の目に妖しい輝きが宿っていた。

「おれは是安総などという犬じゃない。どこぞの犬の親類が狙われようと知ったことか。よく聞いておけ。ここにいるのは十朱義孝で、鎖から解き放たれた獅子《しし》だけだ！」

十朱は吠えた。海風をも弾き飛ばすかのような声量で、あたりの空気をビリビリと震わせる。

十朱の上等なコートに血の滴が落ちていた。唇を深々と噛み切ったらしく、口の端から顎が赤く濡れていた。その気迫に圧倒されそうになる。

十朱は左手を木羽に向けた。

「茶番はおしまいだ。おとなしくよこせ。さもなくば、お前らの頭もこの場でぶち抜いてやる」

「恐れ入ったよ。おれらの負けだ」

阿内が携帯端末を放り投げた。我妻に顎で指示をする。

我妻はゆっくりとポケットに手を入れた。熊沢たちが血走った目を向けてくる。十朱の恐るべき決断に興奮したのか、側近たちも危険な臭いを発散させていた。

なかから小さな鍵を取り出した。木羽とアタッシェケースをつなぐ手錠の鍵だ。

「外してくれ」

木羽が我妻に右腕を伸ばした。我妻は表情を消してうなずいた。木羽たちは最後の手段に出る気でいる。

手錠の鍵を外すのは、十朱の死を意味していた。外すのをきっかけに、織内がライフルで十朱を仕留める手筈《てはず》となっている。

それは同時に我妻たちの死でもあった。周りのヤクザたちに蜂の巣にされるだろう。全員がすでに腹をくくっている。我妻も生きながらえる気はない。できることなら、我妻自身の手で十朱の息の根を止めたかった。

我妻は木羽の右手首を摑んだ。十朱が首を横に振った。

「待て」

「なんだよ。おとなしくくれてやると言ってんだ」

阿内が眉をひそめた。十朱は携帯端末をタップし、三度液晶画面を見せる。

老夫婦の死体や若い殺し屋の姿ではなかった。南国リゾートをイメージしたような造りの、籐《とう》のテーブルや長椅子、天蓋つきの大きなベッドのある、ラブホテルかスタジオらしき一室とわかった。

木羽がうめいた。

「裕美《ひろみ》……真平《しんぺい》！」

ベッドのうえには、ワイヤーで手首を縛られた中年女性と男児が寝かされていた。口は布きれの猿ぐつわを嚙まされている。ふたりともスウェットのパジャマ姿だ。

「なんだと」

阿内は表情を凍てつかせた。

理解するのに少しの時間を要した。ベッドのうえに寝かされているのは木羽の妻子だとわかった。

「言ったはずだ。あんたたちから騙しのイロハを学んだんだ。手口が師匠と似るのは当然のことだ」

「この野郎……」

「あんたら警察官《サツカン》は、つねに自分たちが謀略を練る側だと勘違いしてる。腹のくくり方も甘い。自分だけくたばれば、ケジメがつくと思っているだろう。そうは行かない」

我妻は阿内に目で尋ねた。

しかし、彼は目を泳がせるばかりだった。阿内は明らかに当惑していた。

「てめえ、一体なにが望みだ」

阿内が十朱に訊いた。声がひどく掠れていた。

「あくまで円滑な取引を進めるための手続きだ。あんたらの諦めの悪さはよく知っている」

「お前も相当な狸だな」

阿内は歯を剝いた。十朱は熊沢からハンカチを受け取ると、顎の血を丁寧に拭き取る。

「あんたらにも選択肢はある。さっさとそのアタッシェケースを渡すか。おれと同じく家族を見殺しにして暴れるかのどちらかだ。選べ」

「おれらの負けだ。先輩の家族を放してやってくれ。放したらくれてやる」

阿内は両膝を地面についた。十朱をすがるように見上げる。

熊沢が唾を吐いた。阿内の膝に落ちる。

「都合のいいこと吐《ぬ》かしやがって。ド頭弾《タマ》かれたいのか？」

「頼む」

阿内は懇願しながら我妻に目配せした――手錠の鍵を外すな。強く訴えてくる。

彼は木羽の家族を守ろうと必死だった。十朱もろとも地獄に落ちる覚悟はしていたものの、手の内を次々に暴かれて取り乱しているのがわかった。

大前田がナイフを木羽に向けた。

「腐れ外道どもが。お願いできる立場だと思ってるのか。さっさとよこせ。それとも、そのカバンになにか物騒なブツでも積んでるのか？」

木羽の顔色は死人のように真っ白だった。身体をガタガタと震わせている。阿内と同じく、死の覚悟こそしていたようだが、家族まで巻きこむとは思っていなかったようだ。

「くれてやる！」

木羽がアタッシェケースを突きつけた。彼は再度吠えた。

「くれてやる！　持っていけ」

「先輩……そりゃダメだ」

阿内の頭がぐっしょりと汗で濡れていた。彼は木羽の足にすがりついた。寝業師や策士と散々呼ばれてきたが、今は狸の仮面をかなぐり捨てて、暴挙に出ようとする上司を食い止めようとする。

木羽の表情は狂気を感じさせた。養親を手にかけた十朱と張り合うかのように叫ぶ。ただ、十朱の腹のくくり方とはどこか違った。逃げ場のない立てこもり犯のような危うい臭いがする。

十朱たちは冷ややかに木羽を見つめていた。熊沢と大前田が盾となり、十朱の前に立った。

「鍵を外せ！」

木羽が右手を突きつけた。

手錠がかけられた彼の右手首は、皮膚が擦れて血が滴り落ちている。

我妻はうなずいてみせた。血に濡れた木羽の右手首を摑んだ。

我妻にしてみれば、十朱と同じく阿内や木羽も地獄へ落とすべき相手だ。連中の謀略のせいで、玲緒奈と出会う羽目になり、彼女に手をかける事態となり……。木羽の家族を巻き込むのに、さほど抵抗はない。

「よせ！」

阿内の声を無視し、木羽の手錠に鍵を挿した。右手首から手錠が外れ、アタッシェケースが地面に落ちる。

遠くで銃声が鳴った。尾を引くようなライフル独特の発砲音だ。反射的に十朱に目をやった。

十朱はその場に立ったままだった。銃弾を喰らった様子はなく、熊沢たちも被弾していない。

阿内たちが絶句するなか、十朱だけは目を輝かせて笑っていた。

22

アタッシェケースを突きつける木羽の姿を、織内はスコープ越しに捉えていた。

「クソが……」

赤外線双眼鏡を持つ喜納の手が震えた。

彼のイヤホンマイクを通じて、十朱の実家に押し入った子分たちが、返り討ちに遭ったとの知らせがもたらされた。阿内たちの策略はまんまと見破られていたのだ。

阿内は警察幹部の身分をかなぐり捨てて土下座していた。木羽の自暴自棄とも取れる行動を見るかぎり、ふたりのどちらかの親兄弟や家族あたりが人質に取られたのかもしれなかった。我妻が発砲の合図である手錠の鍵を握り、木羽の右手首を摑んだ。阿内は正反対に発砲を止めたがっている。

織内の全身が昂《たか》ぶりで熱くなった。冬の海風にさらされているというのに、下着が汗で濡れているのがわかる。

警察官たちの事情など知ったことではない。この手で希代のペテン師を撃ち殺せるチャンスがめぐってきたのだ。

「準備はいいな」

喜納の声は怒りで震えていた。織内は相槌を打った。

スコープの十字線を十朱の胸から頭へと合わせていた。頭蓋骨と脳みそを吹き飛ばし、より確実に絶命させてやる。

「手錠を外した」

喜納が早口で告げた。織内はトリガーに指をかけた。

そのときだった。銃声が轟くと同時に、喜納が短く声を漏らした。

「叔父貴」

夜間スコープから目を離した。

視界が真っ暗闇に包まれた。喜納が下半身のどこかを撃たれたのがかろうじてわかった。彼の戦闘服が破れ、尻のあたりが血で汚れている。

銃声がした方角に、レミントンM24を向けた。駐車場から商工会館の建物へ。うつ伏せの状態で夜間スコープを覗きながら、倍率調整ノブをいじった。先程まで誰もいなかった商工会館の屋上のバルコニーに人影がふたつ見える。

ひとりはバルコニーの床にうつ伏せの姿勢を取っており、もうひとりは三脚を立て、片膝立ちの姿勢で距離計を睨んでいる。織内たちと同じスナイパーだ。スコープや距離計でツラは見えないが、身体の輪郭や髪型で誰かは判別できた。

ライフルを握っているのは小柄で長髪の男。元自衛官で三羽ガラスの土岐だ。隣でスポッターの役割を果たしているのは、彼の舎弟の宮内《みやうち》だ。その手には土岐のものと思《おぼ》しきステッキがあった。

「クソッ」

織内は夜間スコープのノブを調整し、急いで土岐に狙いを定めた。十字線を土岐の身体に合わせる。

土岐のライフルの銃口が光った。重たい銃声が轟き、左肩に痛みが走った。弾丸に皮膚と肉を貫かれ、激痛が脳天にまで轟く。左手で支えていたレミントンM24を取り落とした。

なぜだ。なぜ土岐があの場にいる。まるで狙い澄ましたように。疑問が湧くものの、むせかえるような血の臭いと肩の激痛でなにも考えられない。

「危ねえ！」

喜納に身体を抱えられ、水産加工場の屋根を転がった。三発目の銃声がし、弾丸が通過していく音が耳に入った。

「顎を引け！」

喜納が怒鳴った。

気がつくと屋根から地面へと落下していた。五メートル下の地面に身体を打ちつけ、衝撃のあまり呼吸ができなくなる。ただ、肩の激痛に比べれば、耐えられない痛みではない。

「叔父貴」

織内の下に喜納がいた。

喜納が身体を張って織内を守っていたのだと気づく。彼は後頭部や背中をしたたかに打ちつけたらしく、薄く目を開けたまま意識を失っていた。彼の脈と呼吸の有無を確かめたかった。

だが、肩が爆発したように痛む。とても身動きが取れそうにない。銃弾でうがたれた穴から血が止めどなく流れ、左半身がずぶ濡れだった。汗を掻くほどの熱に包まれていたというのに、今は凍えるように寒い。左腕の感覚がなかった。

複数の足音が近づいてきた。腰のホルスターにはコルトがある。だが、グリップさえも握る力は出なかった。

# 23

合計三発の銃声が鳴った。

十朱の身体にはかすりもしない。それどころか、駐車場に弾丸が飛び込んですら来なかった。なにが起きたのかは不明だ。ただ、織内らが狙撃できず、待ち伏せに遭ったのはわかった。

つまり、一から十まで十朱に見破られていたのだ。阿内も木羽も途方に暮れたように唖然《あぜん》としていた。

十朱が手を叩いた。

「てめえの命だけじゃなく、家族まで見捨てるとは見上げた根性だ。隊長、あんたは立派な腐れ外道だ。うちに来て働かないか。あんたのような人材が欲しい」

木羽が雄叫《おたけ》びをあげ、スーツの懐に手をやった。リボルバーを抜こうとする。

その刹那《せつな》、木羽の足に阿内が飛びかかった。アスファルトの地面に押し倒す。

「もういい！　おれたちの完敗だ」

「邪魔をするな！　ぶち殺してやる。てめえら、全員殺してやる！」

木羽は倒されてからも必死にもがいていた。

空手で鍛えたごつい拳を阿内の頭に容赦なく叩きつける。阿内は鉄拳の嵐にさらされながらも、木羽の身体にしがみついた。彼のリボルバーを奪い取る。

十朱は笑みを消し、阿内たちを見下ろした。

「冗談だ。それだけめでたく騙されるような男に、仕事を任せるわけがない。己の間抜けさを呪いながら生きろ」

「確かに間抜けだなや」

我妻はアタッシェケースを拾い上げた。

返す言葉はない。そのとおりだ。十朱に比べれば、どこまでも甘く、ぬるま湯のなかで生きてきた。自分を陥れる者が傍にいることにまるで気づかず、魂をも持ち去られてしまった。

熊沢に命じられた。

「そのカバンを開けてみせろ。厄介なもん積んでねえだろうな」

我妻は金具を外して、アタッシェケースを開いてみせた。

中身が飛び出し、文書の束やUSBメモリ、ポータブルハードディスクが落下する。

熊沢たちの目が落下物に集まった。その隙をついた。

アタッシェケースから手を離し、懐からコルトを抜き出した。サムセーフティを親指で下げ、狙いを十朱の顔面へと定める。熊沢と大前田が後から気づき、十朱もその場で立ち尽くしている。

おれは間抜けだ。しかし、最期ぐらいは出し抜きたかった。

トリガーを引く――。

背後で発砲音がし、延髄のあたりに衝撃が走った。

痛みはない。首から下の感覚が消え、血で呼吸が塞がれた。身体の力が抜け、気がつくと地面に倒れていた。

阿内の姿が目に入った。リボルバーを握っている。その銃口からは硝煙が昇っている。

この腐れ外道が。声にはならなかった。

コルトで応射してやりたかったが、自分が拳銃を握っているのかさえわからない。怨敵に一矢報いることさえ出来ないのか。視界が急速に暗くなっていく。

間抜けな自分には似つかわしい最期なのかもしれなかった。あの世なるものが存在するとしたら。また、あの狡猾《こうかつ》な女スパイに会いたい。あの女に永遠に騙され続けたかった。

## 24

織内は頬に痛みを感じて目を覚ました。

意識を取り戻した途端、あまりの肩の痛みに目の前で火花が散った。無意識に苦痛のうめき声が漏れる。

自分の置かれた状況を思い出し、腰のベルトホルスターに手をやった。コルトはない。

背中も打撲傷らしき鈍い痛みを訴えていた。約五メートル落下して地面に落ちたのだ。おまけにワンボックスカーの荷室に押し込められ、防水シートが敷かれただけの硬い床が背中の痛みを増幅させていた。ワンボックスカーは走行中であるらしく、カーブのたびに身体が滑り、隣にいる喜納にぶつかった。

うつ伏せに倒れた喜納も、意識はほぼないようだった。うわ言を口にし、臀部《でんぶ》から出血させている。

ワンボックスカーが停止し、バックドアが開かれた。冷たい海風が吹きつけ、身体が寒さでガタガタと震えだした。懐中電灯の灯りを顔に向けられ、思わず目をつむってしまう。

複数の腕が伸びて戦闘服を摑まれた。荷室から引きずり出され、砂まみれのアスファルトのうえを転がされた。

そこは海水浴場の駐車場だった。夜間スコープ越しに見つめていた警察官とヤクザたちがいた。

狙撃ライフルで狙い続けた十朱は、顎やコートを血で汚しながらも、帝王のごとく胸を張っていた。熊沢と大前田が、王を守る将軍のように傍らについている。

彼らの敵である警察官たちは負け犬と化していた。明らかに完敗だ。

殺意の塊と化していた我妻は、延髄のあたりを撃たれ、コルトを握ったまま血の池に沈んでいた。絶命しているのは明らかだった。ぼんやりと夜空を見上げ、口を中途半端に開いていた。本懐を遂げられずに死んだわりに、なぜか笑っているように見える。

けっきょく翻弄され続けてくたばったのか。胸がずきりと痛んだ。さんざんヤクザをつけ狙うけ好かない元刑事だった。それでも念仏のひとつくらいは唱えてやりたかった。声もまともに出ず、片合掌すらできないが。

木羽は地面に尻餅をついたまうなだれていた。上等なスーツの袖は千切れ、膝には穴が空いている。しっかりと整えていた頭髪は乱れ、拳から血を流していた。

阿内は頭から流血していた。鈍器で殴られたかのように、タンコブや裂傷を山ほどこさえて膝をついていた。降伏を示すかのように、リボルバーを地面に置いていた――シリンダーを横に振り出し、弾薬もすべて抜かれてある。

「……殺してやる」

喜納が意識を取り戻したようだった。ひどい流血で顔色が紙のように白かった。立ち上がろうとするが、砂まみれの地面に足を滑らせる。

ボロボロなのは織内たちも同じだった。喜納は腰のホルスターに手をやり、拳銃がないのを知って忌々しそうに顔をしかめる。武器はない上、抵抗する力は残されていない。半死半生の状態にあった。

熊沢が十朱にアドバイスをした。

「銃声《おと》が鳴っちまった。警察《サツ》が来るかもしれません。ずらかりましょう」

「ああ」

熊沢が指笛を鳴らし、駐車場の周りにいる手下どもに合図を出した。撤退の支度を始める。

「……待て」

織内は声を振り絞った。

十朱たちに無視された。彼らは高級ミニバンへと歩む。周りにいた見張りたちも姿を消していた。

織内は腹に力をこめた。

「待て！　てめえら、なんの真似だ。殺《や》りもしねえで、どこへ失せる気だ」

十朱が足を止めた。なおも織内は吠えた。

「新開や神津を殺したのはおれだ。仇も取らないタマナシどもが」

「確かに、お前のような人間凶器は消しておくべきだ」

十朱は振り返ると、懐から銃身の短いリボルバーを抜いた。大股で歩み寄り、地面を這う織内に銃口を向けた。

織内は目をそらさずに睨みつけた。くたばる覚悟はできていた――精神とは裏腹に、顎の筋肉が勝手に震え、尿意がこみ上げてくる。

十朱は無造作にトリガーを引いた。織内は息を呑む。だが、音も光もない。ただガチリと金属音がするだけだった。

リボルバーが火を噴かず、弾丸に貫かれていないと気づく。

十朱は小さく笑うと、リボルバーを懐にしまった。織内は十朱の足を摑もうとした。左肩と背中の痛みで、腕を伸ばすことさえできなかったが。

「……根性悪すぎるぜ。おまわりさん」

口のなかがカラカラだった。なんとか憎まれ口を叩く。

「死に花咲かせたいだろうが、そうはさせない。お前らを生かすように頼まれている」

「なんだと……」

「いい親分を持ったな」

十朱は再び背を向け、高級ミニバンへと歩んだ。熊沢たちも後に続く。

「待て！」

織内は呼び止めた。十朱が再び戻ってくることはなかった。

負け犬と化した警察官と極道だけが残された。高級ミニバンとワンボックスカーが走り出す。

十朱は去り際に爆弾を投げていった。

「戻ってこい、てめえ！」

織内の言葉は無視された。高級ミニバンのテールランプが遠ざかり、駐車場から完全に姿を消す。

阿内が携帯端末を操作しながら言った。

「おれたちもずらかるぞ。部下を近くに待機させてる。時間がない」

織内は歯を食いしばって足に力をこめた。

喜納を右肩で担ごうとした。左肩や背中の激痛が脳にまで突き刺さる。痛みと重みに耐えながら、彼をセダンの後部座席に乗せた。

「先輩」

阿内が木羽に声をかけた。木羽は死体となった我妻の傍で膝をついていた。スラックスが血の池に浸かっている。

「これが……外道に落ちた報いか」

「悲しむのは後だ。さらわれた家族のこともある」

「もういい」

木羽はゆっくりと首を横に振った。

彼の表情に締まりはなく、涙が頬を伝っていた。彼の右手にはシグＰ２３０が握られている。

「この地獄には耐えられない」

「バカな」

阿内が止めに入った。

それよりも早く、木羽は自動拳銃を側頭部に押しつけ、トリガーを引いた。乾いた発砲音がし、木羽の頭から血と脳漿が噴き出した。我妻の死体に折り重なるようにして倒れる。

「なんてことを……」

阿内が顔をくしゃくしゃに歪めた。織内は呟いた。

「地獄か」

地面にはふたりの刑事の血でさらに大きな池ができていた。

織内たちも銃弾に穿たれ、殴打されて真っ赤に染まっている。ただし、鼻の感覚が麻痺し、血の臭いはもうしない。

十朱に銃弾を叩きこまれはしなかった。だが、自分たちがすでに亡霊と化してしまったように思えた。

## 25

陽が落ちてからも、銀座のすずらん通りは明るかった。

老舗《しにせ》の高級衣料品店、懐石料理店、有名レストランが軒を連ねる洒落た通りで、それぞれの店がライトを派手に灯し、夜はまだまだこれからだと主張していた。クリスマスが近づいているため、色とりどりのイルミネーションライトが華やかな雰囲気を演出している。

夜中にもかかわらず、織内は高濃度のサングラスをかけていたが、とくに暗いとは思わない。

数寄屋橋一家のビルだけは別だった。ビルの前には二台のパトカーが張りついている。道行く人々が不審そうに見やりながら通り過ぎていく。

織内がビルへと近づくと、パトカーからスーツ姿の男ふたりが降りた。がっちりとした体格で、頭髪を七三に分けている。

ふたりには見覚えがあった。警察関係者の保養施設で、阿内の護衛をしていた刑事たちだ。あのときと同じく、彼らからボディチェックをされた。両脇から足首まで身体に触れられ、着ていたトレンチコートのポケットに手を突っこまれる。

両手を頭に組むよう命じられたが、狙撃された左肩はまだ治療中だ。左手を頭まで上げられない。彼らに囁いた。

「阿内副隊長によろしく」

刑事のひとりが小さくうなずいた。

織内はエレベーターで四階まであがった。正面玄関からエレベーターのかご箱、非常階段から通路まで、いたるところに監視カメラが設置されている。

四階に数寄屋橋一家の事務所があった。他のフロアは義理事を行うための大広間や、部屋住みの若い衆の待機所として使われていた。

ビルは和鞘連合の本部も兼ねていた。ドアは戦車の装甲のように分厚い金属でできており、爆弾でもないかぎり破壊できない代物だ。キーを挿しこんで、中へと入る。

事務所はガランとしていた。警察から何度も家宅捜索が入り、パソコンや書棚のファイルは片っ端から押収されていた。スケジュールボードには、義理回状のハガキやファックス、プリントアウトされたメールなどがつねに貼り出されているものだが、それらもきれいさっぱり持ち去られている。

事務所の三分の一を占める応接スペースには誰もいない。この時間であれば、総革張りの高級ソファに、幹部や直参の誰かが居座り、花札や将棋で熱くなっていたものだ。彼らの使いっ走りとして、忙しく動いていた若い衆もいない。紫煙がもうもうと立ちこめ、空気清浄機が音を立ててフル稼働していた時代が、はるか遠い昔のように思える。

オフィス用のデスクも同様で、しばらく誰も使用していないらしく、うっすらと埃が積もっていた。本来なら許されるはずはなく、喜納のようなうるさ型の幹部に見つかれば、部屋住みの若い衆はゴルフクラブやクリスタルの灰皿で制裁を受けていただろう。事務所の有様は、和鞘連合の末路を表していた。

織内と喜納は、千葉の九十九里浜から脱出を果たした。水戸《みと》にある華岡組系列の組織に匿《かくま》われ、三週間を組織の息のかかった病院で過ごした。

織内らの不在の間に、分裂抗争に終止符が打たれる決定的な事件が起きた。

東鞘会は勝一からの申し出を受け入れ、手打ちの段取りを進める一方、和鞘連合の息の根を止める暗殺計画を進めていた。

副会長、幹事長、最高顧問の三名が一斉に失踪するという非常事態が起きたのだ。和鞘連合の最高幹部がまとめて消されたことに震撼《しんかん》した親分衆は次々に引退を表明。組を解散させた。

勝一の和平工作は東鞘会の裏切りにより、最悪の形に終わった。もはや彼を守り立てる親分は皆無だった。警察が二十四時間態勢で、この事務所や勝一の自宅を見張っていなければ、勝一自身も消されていただろう。東鞘会の狡知な戦略と、非情な戦闘力に敗れ去った。木羽と阿内と同じように。

事務所には、ひとりだけ詰めている組員がいた。組員といっても、七十は過ぎていそうな老人で、今さらカタギにもなれない老いぼれヤクザだ。監視カメラのモニターの前に陣取り、見張り役の任に就いているが、椅子に座ったまま完全に熟睡していた。

織内はオフィス用デスクを蹴り、けたたましい音を立てた。老人が慌てて目を覚ますと、手の甲でヨダレを拭きながら立ち上がり、直立不動の姿勢を取った。

「お、織内さん！　お疲れ様です」

叱り飛ばす気にもなれなかった。隣の会長室のドアを指さす。

「勝一《オヤジ》はいるな？」

「は、はい」

会長室からドアを通じて音楽が耳に届いた。

アメリカ西海岸のクラシックなヒップホップで、重低音のベースが腹に響いた。勝一と織内にとって青春のサウンドだった。

ドアを強めにノックした。返事はなかったが、構わずにドアを開けてなかに入った。

会長室は、ヤクザの親分というより、ミュージシャンのプライベートルームのようだった。六つのスピーカーが音の洪水を生み出し、百インチのモニターには黒人ラッパーのミュージックビデオが映っている。部屋の一角はＤＪブースで占められ、その後ろの棚には何千枚ものレコードやＣＤがぎっしりと詰めこまれている。

室内は酒の臭いが充満していた。部屋の主である勝一は、本革のプレジデントチェアにもたれたまま、ロックグラスを手にしていた。デスクにはプレミアムテキーラのボトルが何本も並んでいた。

極道界では伊達者《だてしゃ》で知られていたが、今はシワだらけのワイシャツ姿で、無精ヒゲを生やしっぱなしにしている。

勝一の目はアルコールで淀んでいた。織内の姿を認めると、目に光が戻った。

「鉄……」

「ごぶさたしていました」

織内は頭を下げた。

勝一が椅子から立ち上がろうとするが、酒が回っているらしく、デスクにもたれかかった。空のボトルが床を転がる。

「お前、ケガは……ケガはいいのか」

「おかげさまで。おれも喜納《オジキ》も命を拾いました」

織内はうなずいてみせた。

乾坤一擲《けんこんいってき》の覚悟で十朱暗殺に臨んだ。喜納とともに闇夜にまぎれて狙撃を目論んだが、手の内をすべて十朱に見破られた。東鞘会に位置を摑まれ、土岐に撃たれて終わった。極秘の計画だったにもかかわらず、情報がすべて漏れていたのだ。

織内は訊いた。

「ティトですか?」

勝一は視線をそらしてうつむいた。

「言っただろう。おれの目は背中にもあると。相模湖の訓練場にもあって、お前が喜納や警察《サツ》と組んで、ごちゃごちゃやってるのを知った」

勝一はリモコンを手にして、騒々しいヒップホップを止めた。室内が急に静かになる。勝一はポツリと言った。

「……お前らを死なせたくなかった」

織内はため息をついた。

やはり勝一が情報を東鞘会に流したのだ。彼は東鞘会との手打ちを目指していた。抗争の敗北を認め、極道の世界から足を洗い、シノギや財産もすべて東鞘会側に譲渡すると。織内たち子分を助けるために。

勝一のおかげで生き残った。だが、それは彼に売られたことを意味していた。その事実は銃弾よりも痛烈だった。

あの場では、警察官ふたりが息絶えてもいる。

木羽は片貝海水浴場から約五十キロも離れた犬吠埼《いぬぼうさき》の崖下《がけした》で見つかった。飛び降り自殺の上、岩礁に激しく叩きつけられた、ということになっている。

我妻の行方はわかっていない。おそらく半永久的に行方不明のままだろう。警察官のなかで唯一生き残った阿内は、上司のようにギブアップせず、あの場からの撤退と隠蔽《いんぺい》工作を同時に進めた。

十朱に徹底的に叩きのめされ、派手に下手を打ったわりには、あの男は未だに組特隊《ソトク》の副隊長の座にいる。警察組織から追い出されるどころか、木羽に代わって組特隊《ソトク》を牛耳る気でいる。マムシのようなしぶとさを持っていた。

勝一は空のボトルに目を落とした。

「おれを殺《や》りに来たんだろう。こいつを使え。凶器になりそうなもんは、みんな警察《サツ》に持っていかれちまった。台所の包丁でもいい。あっちのほうが手間いらずかもな」

勝一は自嘲《じちよう》的な笑みを浮かべた。

彼はアルコール以外のものをほとんど口にしていないらしく、ひどく不健康そうな痩せ方をしていた。頬はげっそりと痩《こ》け、顔色はどす黒く、肌や唇が荒れている。

「そんなんじゃありません」

「盃を返しに来たのか？」

「いえ」

勝一は再び椅子に腰かけ、深いため息をついた。

「だったらなんだ。芋引いたうえ、敵に裏を掻かれる間抜けな親分を笑うためか？」

「違います」

織内は勝一に近づくと、その右手を両手で包みこむように握った。

「巻き返しにでるんですよ。日和《ひよ》ったタマナシどもはみんな去った。これでもう子分たちの生活だの命だのを考えずに済むんです」

「なんだと？」

「ギャングやってたころに戻りゃいいんです。あのときも、いつだって多勢に無勢だった。朝霞の連中は殺しも上等な狂犬ばかりで、人数もおれたちの倍以上はいた。あんたはあいつらを叩きのめして、おれを助けてくれた。手打ちだの共存共栄だの、ガラにもない生き方をしなくていい。本来の氏家勝一として、新たな船出ができる。その祝いに来たんです。喜納の叔父貴だってまだまだやる気だ。警察《サツ》や華岡組も、東鞘会を潰したがってる。連中を利用して、今度こそ――」

「よせ」

勝一に手を振り払われた。

「勝一《オヤジ》……」

「本来の氏家勝一だと。買いかぶりすぎだ。あんなガキのケンカごっこと、この抗争を一緒にするな」

勝一はロックグラスを手に取り、テキーラをあおろうとした。織内は手首を摑んで制す。

「酒に溺れたくなるのもわかります。今のあんたはへとへとに疲れきってる。アルコールを抜いて少しばかり休養すれば、また再び牙を取り戻せる」

「やかましい！」

勝一が足を振り上げた。織内は腹を蹴られて後じさった。さほど痛みはない。ただショックは大きかった。

勝一はテキーラを飲み干し、酒臭い息を吐いた。

「手打ちを選んだのは……子分の命を守るためなんかじゃねえ。これ以上の流血は無意味だと、大局を睨んでモノ言ってたわけでもねえ。やつらが恐ろしいからだ。おれはビビったんだよ」

勝一は両手で顔を覆った。

「夢に出てくるんだ。やつらに拉致られた連中のツラが。生爪剥がされて、キンタマひねり潰されて、ガスバーナーで生きたまま手足を焼き切られる。戦いを挑めだと？　おれにそんな肝っ玉は――」

「黙れ」

勝一の顔面に右の拳を叩きつけていた。彼は椅子ごとひっくり返って床を転がる。

織内は口を歪めた。

「あんたはそうじゃねえだろ。氏家勝一はそんな弱音は吐かねえ」

氏家勝一は苦境を乗り越える男のはずだった。勇猛なアウトローのはずだった。朝霞のギャングにさらわれた織内を、敵の本拠地に乗りこんで身体を張って救いだしてくれた時のように。子分を敵に売るだけでなく、腑《ふぬ》抜けた言葉を口にする男が、氏家勝一であるわけがない。

勝一は鼻血で顔を赤く汚した。泣き笑いのような表情で、織内を見上げた。

「その調子で殺《や》れ……殺《や》ってくれ。おれには自分で腹を切る勇気すらねえんだ」

織内は首を横に振った。

「氏家勝一はくたばらない。東鞘会を滅ぼすまで戦い抜く。豪胆な侠客であり続ける！」

サングラスを外して床に放った。勝一が息を呑む。

「鉄、お前……その目は」

海岸での戦いに敗れた後、織内が手術を受けたのは、銃弾を喰らった左肩だけではなかった。美容外科医に大金を積み、目尻と下瞼を切開して、勝一とそっくりな目の形に変えた。これから鼻や顎も直し、さらに勝一の顔へと近づける。誰も見分けがつかないくらいに。

勝一本人が氏家勝一でいるのを止めるという以上、織内が勝一になるしかない。もともと、背恰好はほぼ同じだ。彼に憧《あこが》れて髪型もそっくりにしていた。ガキのころからのつきあいで、生い立ちや性格も熟知している。

十朱が教えてくれた。あの男は一介の警察官から極道界の頂点へと、大きく姿を変えてみせた。その十朱を斃すため、自分も化けてみせるのだ。

「氏家勝一は腑抜けじゃねえ」

織内はトレンチコートのボタンを外した。

濃紺のセーターにスラックスというカタギのような恰好だ。ただし、コルトが収まったベルトホルスターがある。阿内の部下がボディチェックをした。ごつい自動拳銃を所持しているのを承知で通していた。

勝一は顔を切なげに歪ませた。

「……あのポリ公どもと、まだつるんでるのか。鉄、あいつらはおれらを虫けらとしか思ってねえ。いいように使われるだけだ。おれを殺《や》るのはいい。ただ、あいつらとは手を切れ。警察《サツ》や極道なんかと関わらずに、どこかで静かに暮らせ。お前の姉貴も新開もそれを望んでる」

早く彼を黙らせたかった。その温かさに魅了され、その優しさに失望させられた。

トレンチコートのポケットから減音器《サプレッサー》を取り出し、コルトの銃口に取りつけた。セーフティを外してコルトを勝一に向ける。

「織内などという三下はいない。ここにいるのは氏家勝一という獅子だけだ！」

「鉄――」

勝一はテキーラのボトルを握っていた。コルトを払いのけようと、ボトルを振り上げる。アルコール漬けで筋力が落ちたのか、その動きにはキレがない。織内は右膝を上げ、ボトルを右脛で受け止めた。ボトルが砕け、液体や破片が飛び散る。

右脛が痺れるような痛みに襲われた。だが、織内のフォームは崩れない。銃口は勝一を捉えていた。

トリガーを引いた。銃弾が勝一の胸を貫いた。さらに二発撃つ。くぐもった銃声と耳障りな作動音がした。

勝一のワイシャツが瞬く間に血で赤く染まっていった。彼の手からボトルの首が落ちる。

「イカレやがって……」

勝一は大量の血を吐き出し、力尽きたように床に倒れた。

「勝一《オヤジ》」

織内はコルトをテーブルのうえに置いた。勝一の傍でしゃがみ、その頭を抱えた。トレンチコートに血がべっとりとつくのもかまわずに。まだ温もりは残っており、テキーラと血液が混じり合った臭いがする。

撃たれた男は勝一ではない。めそめそと弱音を吐く馬の骨であり、自分こそが氏家勝一なのだ。わかっていても、抱えずにはいられなかった。彼の両瞼に触れて目を閉じさせてやる。

織内は立ち上がり、血に濡れたトレンチコートを脱ぐと、遺体にかけた。再びコルトを手にして部屋を出る。

事務所は相変わらずガランとしており、監視役の老いぼれヤクザがいるだけだった。テキーラのボトルが砕け、発砲されたにもかかわらず、モニターの前で居眠りをしていた。

織内はコルトで老人を撃った。耳の下を撃ち抜かれた老人は、床にひっくり返って、それっきり動かなくなる。

ポケットから携帯端末を取り出した。事務所の窓側に寄りながら電話をかけた。

「おれだ。処理を頼む」

〈氏家会長は？〉

相手は喜納組の藤原だった。山梨で重傷を負ったうえに、眞理子から二発も銃弾を喰らった。ケガが全快したとはいえないが、すでに戦線に復帰している。

織内は窓を見下ろした。ビルの前に停まっていたパトカーはなく、代わりにワンボックスカーがあった——車体には大手配送業者のロゴが描かれている。イヤホンマイクをつけた藤原と組員が、ブルーシートと台車を運んでいた。

織内は言った。

「偽者はもう片づけた」

26

織内はコーヒーをすすった。

羽田空港《はねだ》の第3ターミナルの五階。窓に目をやると、展望デッキと飛行機が見える。真冬の朝とあって、展望デッキに人の姿はほとんどない。

織内がいるカフェも開いたばかりで、若い女が離れた席でサンドウィッチをパクついている。筋者の姿は見かけない。

テーブル上の携帯端末が震えた。ショートメールでメッセージが届く。

〈お祭り広場の便所だ〉

織内はカフェを出て、送り主がいる場所へと向かった。

お祭り広場とは同じフロアにあるイベントスペースだ。飛行機の模型が展示されているTIAT SKY ROADを通り抜け、お祭り広場にたどり着いた。暇つぶしやデートスポットとして利用される場所のようだが、平日の朝とあって閑散としている。

お祭り広場の傍にあるトイレに向かった。人の姿はなかったが、個室のひとつが使用中だった。織内が入ると同時に、水が流れる音がし、個室のドアが開いた。

出てきたのは阿内だった。ベルトをカチャカチャと鳴らして締め、スラックスのジッパーを上げる。

彼に変わった様子は見られなかった。顔をじかに合わせるのは、あの海岸での戦い以来だ。慕っていた上司に死なれ、十朱にすべてを出し抜かれ、完膚なきまでに叩きのめされたはずだが、血色はよかった。

織内は鼻をつまんでみせた。

「もっとマシな場所は選べないのか」

「なんでだ。おれたちにふさわしいだろう。しばらくはゴキブリみたいにねちょねちょやっていくしかねえんだ」

阿内はトイレをぐるりと見回した。

彼の目つきだけは変わったかもしれない。瞳に輝きがなく、吸い込まれそうな闇があった。

阿内が胸ポケットからパスポートを取り出した。織内に渡す。

受け取って中を開くと、航空券が挟まっていた。行き先は韓国の金浦《キンポ》国際空港だ。パスポートには知らない名前が記され、まだ目を変えただけの織内の顔写真が貼られている。

「整形の続きはソウルの明洞《ミョンドン》でやれ。腕のいい医者が待ってる。手術を終えたらパスポートの更新を忘れるな。必要な書類と身分証明書を後で送る。氏家必勝のコネを利用して、当分は海外のあちこちでドサ回りだ。東鞘会もお前の海外脱出を黙認してる。なにせ五代目の実子だからな」

「舞台を用意する気はあるんだろうな」

「もちろんだ。喜納も含めて、おれたちは運命共同体だからな。おれたちだけじゃない。うちの警視庁《カイシャ》もだ。おれがクビになるどころか、あれだけのポカをやらかしたってのに、組特隊《ソトク》を任されるのがいい証拠だ」

「降りられないということか。自殺でもしないかぎり」

「もしくは十朱を消すまでだ。頼りにしてるぞ。お前らは警察官《サツカン》よりも根性がある。木羽なんかと違って、途中下車をやらかさねえ。勝手に頭撃ち抜きやがって。あのアホが、尻ぬぐいするのに苦労したぜ」

阿内は十朱排除のため、すでに新しい計画を立案し、実行に移しているという。

この男の殺意はおそらく本物だ。十朱を殺すためなら手段を選ばない。自分の家族さえも平然と利用するだろう。十朱が養親を手にかけたように。織内が勝一を撃ったように。

——鉄、あいつらはおれらを虫けらとしか思ってねえ。いいように使われるだけだ。

勝一は最期に言い残していた。たぶん、そうなるだろう。ただの駒として終わるかもしれないが、十朱に煮え湯を呑ませるには、阿内の狡猾さと力が必要だった。

阿内が腕時計に目をやった。

「旅の間にもっと体重を増やせ。デブったほうが見た目をさらにごまかせる。帰国した時は獅子王の凱旋《がいせん》だ。華々しいステージを作っておいてやる」

阿内が右手を差し出してきた。握手を交わすと、彼はトイレを出て行った。

織内は手洗い器で念入りに手を洗った。手洗いを済ませると、サングラスを外した。鏡には勝一が映っている。

「あんたは戦い続ける」

小さく呟き、織内は出発ロビーへと向かった。

初出　「小説 野性時代」
（二〇一八年十一月号～二〇二〇年七月号）
なお、本作はフィクションであり、実在の個人・団体とは一切関係ありません。

深町秋生（ふかまち　あきお）
1975年山形県生まれ。2004年『果てしなき渇き』で第3回「このミステリーがすごい！」大賞を受賞して05年にデビュー。同作は14年「渇き。」として映画化され話題となる。11年刊行の『アウトバーン　組織犯罪対策課　八神瑛子』はベストセラーとなり、シリーズ累計45万部を突破している。本作は、極道と潜入捜査官の切ない人間ドラマを描き、第20回大藪春彦賞候補となる等、大きな話題を集めた『地獄の犬たち』に続くシリーズ第2作。他著書に『バッドカンパニー』『デッドクルージング』『ダブル』『ダウン・バイ・ロー』『ヒステリック・サバイバー』『ショットガン・ロード』『卑怯者の流儀』『探偵は女手ひとつ　シングルマザー探偵の事件日誌』『ドッグ・メーカー　警視庁人事一課監察係　黒滝誠治』など多数。

煉獄《れんごく》の獅子《しし》たち

2020年9月30日　初版発行
2020年11月10日　再版発行

著者／深町秋生《ふかまちあきお》

発行者／青柳昌行

発行／株式会社KADOKAWA
〒102-8177　東京都千代田区富士見2-13-3
電話　0570-002-301(ナビダイヤル)

印刷所／大日本印刷株式会社

製本所／本間製本株式会社



●お問い合わせ
https://www.kadokawa.co.jp/（「お問い合わせ」へお進みください）
※内容によっては、お答えできない場合があります。
※サポートは日本国内のみとさせていただきます。
※Japanese text only

定価はカバーに表示してあります。


ISBN 978-4-04-109411-2　C0093

深町秋生の好評既刊

## ヘルドッグス　地獄の犬たち

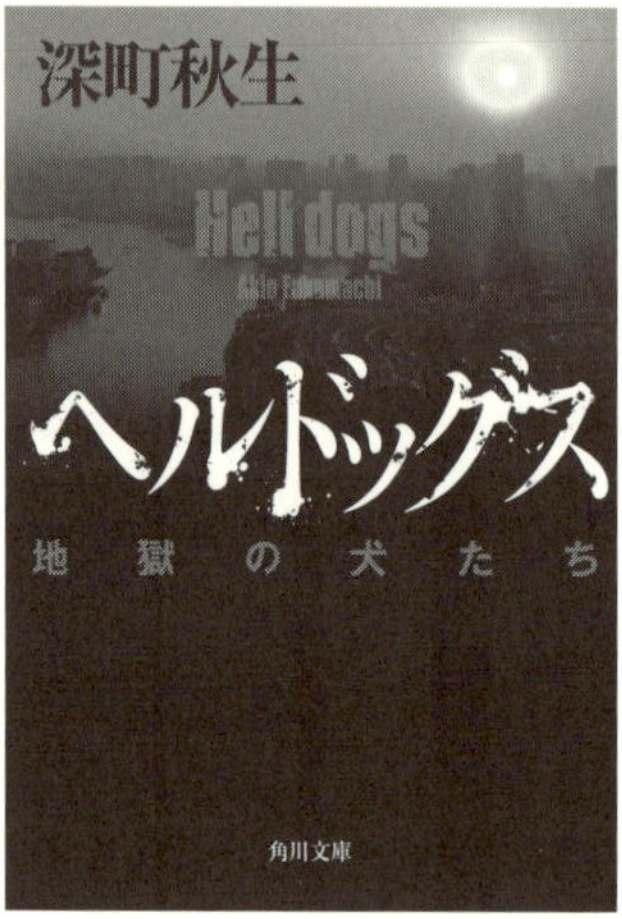


### 切なすぎる外道たちの慟哭

東鞘会の兼高昭吾は、弟分の室岡と沖縄に飛び、ターゲットの喜納修三を殺害した。その夜、一人になった兼高は激しく嘔吐する。実は兼高は警視庁組対部に所属する潜入捜査官だったのだ。後継者問題をめぐり、東鞘会では血で血を洗う抗争が続いており、喜納殺害はその一環だった。兼高の最終任務は東鞘会会長である十朱の殺害。十朱は警視庁を揺るがす、ある“秘密”を握っていた。ボディガード役に抜擢された兼高は、身分が明かされた瞬間に死が迫る中、十朱への接近を図るが……。

警察小説を超えた、と話題を集めたシリーズ第1作

角川文庫　ISBN 978-4-04-109410-5